ro
ro
ro

W0014735

«Wie wenig dazu gehörte, das Leben in die eine oder andere Richtung zu lenken, dachte Christian. Eine Entscheidung, die man traf, ein Zufall, der einen ereilte, ein Glück. All das musste zusammenkommen.»

Maiken Nielsen wurde 1965 in Hamburg geboren. Einen Teil ihrer Kindheit und Jugend verbrachte sie auf Frachtschiffen und wurde dort von ihren Eltern unterrichtet. Nach ihrem Abitur reiste sie ein Jahr per Anhalter durch Europa. Anschließend studierte sie u.a. Linguistik in Aix-en-Provence. Sie liest und spricht sechs Sprachen. Seit 1996 arbeitet Maiken Nielsen als Autorin, Reporterin und Rundfunksprecherin für das NDR Fernsehen. Sie dreht TV-Dokumentationen und schreibt Romane.

Maiken Nielsen

UND
UNTER UNS
DIE WELT

Roman

Rowohlt Taschenbuch Verlag

Veröffentlicht im Rowohlt Taschenbuch Verlag,
Reinbek bei Hamburg, Oktober 2017
Copyright © 2016 by Rowohlt Verlag GmbH,
Reinbek bei Hamburg
Zeppelinmotiv innen:
Copyright © SeM/Kontributor/Getty Images
Umschlaggestaltung Hafen Werbeagentur, Hamburg
Umschlagabbildungen joshblake/E+, SeM/Kontributor,
Eduardo Mueses/EyeEm/Getty Images; textures.com
Satz aus der Bembo PostScript, PageOne,
bei Dörlemann Satz, Lemförde
Druck und Bindung CPI books GmbH, Leck, Germany
ISBN 978 3 499 27300 1

Und wenn vielleicht in hundert Jahren
Ein Luftschiff hoch mit Griechenwein
Durchs Morgenrot käm' hergefahren,
Wer möchte da nicht Fährmann sein?

Dann bög' ich mich, ein sel'ger Zecher,
Wohl über Bord von Kränzen schwer,
Und gösse langsam meinen Becher
Hinab in das verlassne Meer.

GOTTFRIED KELLER

Prolog

Es sah wie ein riesiger Fisch aus, nur dass es in dem Luftmeer über ihm schwamm. Silbergrau schob es sich durch die Wolkenströmung, Grau in Grau strudelte es dort oben, aber der Fisch trieb ganz ruhig hindurch.

Christian legte den Kopf in den Nacken und wackelte an seinem Milchzahn. Ein solches Wesen hatte er noch nie gesehen, nicht, wenn er mit dem Vater auf die Nordsee hinausfuhr, nicht beim Angeln mit Onkel Per. Nicht auf der Hauptstraße, auf der die Karren zuckelten. Kein Haus, nicht einmal das Gehöft, auf dem die kleine Robbe wohnte, war so mächtig wie das Wesen, das über ihn hinwegglitt und nun, da die Sonne durchbrach, einen gewaltigen Schatten auf die Inselerde warf. Christian konnte den Fisch jetzt deutlich hören, wie er über ihm durch den Wind sirrte, und er konnte sogar seine Flossen sehen, so dicht schwebte er über seinem Kopf.

Plötzlich kippte der Zahn nach vorne, an dem Christian gewackelt hatte. Mit der Zungenspitze konnte er die Kuhle ertasten, in der der Zahn eben noch gesessen hatte.

Noch Jahre später sollte er sich an alles erinnern: den Silberfisch im Himmel, das Loch in seinem Mund. Die Mutter weinend zu Hause, der Vater mit einem Brief in der Hand. Obwohl niemand in der Stube redete, konnte Christian gar nichts sagen – nichts über den Fisch im Himmel und nichts über seinen ersten verlorenen Zahn. Die Großen schwiegen auch, als Onkel Per aus Keitum kam, der seine Tasche schon gepackt hatte. In ihr Schweigen passte kein Wort hinein.

Was Krieg war, konnte Christian nicht begreifen an diesem 20. November 1914. Aber etwas war anders, das spürte er. So, als habe der Himmelsfisch die Zeit in zwei Hälften zerteilt.

***

Etwas hatte sich verändert. Lil spürte es. Ihr Kopf fühlte sich wie eines dieser Bücher aus der Bibliothek an, mit Zeichnungen von Dingen, die es jenseits des großen Wassers gab, und mit Buchstaben, die sie auf einen Bogen Papier kopierte, obwohl sie noch immer nicht zur Schule ging, A, B und C. Ihr Kopf war voll, Wörter und Fragen schwirrten darin. Ob sie die Stadt denn nie wiedersehen würden, wollte sie vom Vater wissen, der die Luft in Kringeln ausblies, und dann sah sie auch zur Mutter hinüber, die noch auf ihrem Klavierschemel saß. Natürlich würden sie zurückkehren, sagte der Vater. Eines Tages. Aber dort, wo sie jetzt hinzögen, gebe es auch ein Meer, ein viel schöneres sogar.

Pearl Harbor, Perlenhafen. Ob sie Freundinnen in diesem Pearl Harbor haben würde, wollte sie wissen, und ob die Mädchen dort auch mit Reifen trudelten. Der Vater sah zur Mutter hinüber, aber die begann auf einmal Klavier zu spielen, so schnell, dass ihre Finger über die Tasten tanzten, und so laut, dass das, was der Vater sagte, jetzt darin unterging.

Lil wurde der Kopf noch schwerer. Die Ohren taten ihr weh. Draußen klapperte eine Pferdekutsche über das Pflaster, der Sturm brüllte gegen die Fenster, und hier drinnen donnerte die Mutter am Klavier. Sie dachte an all das, was sie nicht mehr sehen würde, wenn sie in diesen Perlenhafen zögen mit dem schöneren Meer: an Myra mit der Zahnlücke und den Sommersprossen, an ihre Spiele im Schatten der hohen Häuser am Broadway, die Kirche mit dem abgemagerten Jesuskind darin.

«Wir fahren in einer Woche», sagte der Vater. «Du hast also noch genug Zeit, dich von allen zu verabschieden.»

Lil griff nach einem Buch, dessen Wörter sie fast alle kannte. Bilder formten sich in ihrem Kopf, wenn sie in dem Band las, sie sah den Zyklon vor sich, der ein Mädchen namens Dorothy davonwirbelte, in ein Land namens Oz. Die Welt draußen wurde dann leise, und sie selbst ganz ruhig.

★★★

Sechstausend Kilometer trennten Lil und Christian, zwei Vierjährige, die eine in New York, der andere auf Sylt. Aber die Welt begann, kleiner zu werden. Immer mehr Sylter beantragten, aus dem preußischen Untertanenverband entlassen zu werden, jeden Monat machte sich wieder jemand auf den Weg in die Neue Welt. Unablässig legten Auswandererschiffe von Hamburg und Bremerhaven ab, dampften zwei Wochen lang über den Atlantik und erreichten schließlich Amerika.

Immer wieder sah Christian die Männer mit Koffern und Seesäcken beladen Abschied nehmen von der Insel. Und Lil sah sie ankommen: die Menschen, vielleicht von einem Zyklon vertrieben, vielleicht auf der Suche nach einem Land namens Oz. Genau konnte sie das nicht sagen. Sie redeten in Sprachen, die sie nicht verstand.

Und dann rückten die Kontinente noch enger zusammen. Einen Weltkrieg und ein weiteres Jahr später gelang es zwei Briten, den Ozean ohne Zwischenstopp zu überfliegen.

Das Zeitalter der Menschen, die den Himmel beherrschten, begann.

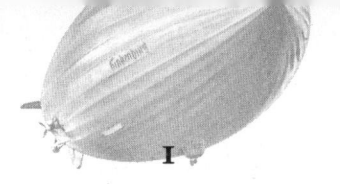

I

Der Sturm drückte die *Pinnas* in eine Talfahrt. Christian klammerte sich an den Kreuzmast, während das Schiff immer tiefer rauschte. Er rutschte ab und wäre in die See gespült worden, wenn der Koch ihn nicht am Arm gepackt hätte. Dann wieder ein Gipfel, den sie erklimmen mussten. Und noch mal hinab in ein strudelndes Loch. Stunde um Stunde wühlte sich der Dreimaster durch das lärmende Wassergebirge. So wankte er aus der Nacht ins Morgenlicht. Wie Onkel Per aus Keitum, der im Schützengraben verrückt geworden war, dachte Christian. Wie ein Mensch, den man nicht halten kann.

Eine Wand aus Wasser wuchs vor ihnen in die Höhe, größer als jede andere, die Christian bislang gesehen hatte. So hoch ragte die Wand auf, dass alles dahinter verschwand. Christian spürte, wie es ihn nach hinten drückte. So steil war die Wand, dass die *Pinnas* sich aufrichtete. Mit der Bugspitze nach oben schob sie sich das senkrechte Wasser hinauf.

Das Schiff hatte die Spitze erklommen. Alles konnte er jetzt erkennen: die See, die wie ein Berg war, und den ganzen geballten Himmel und Fietes Fluch, den man nicht hören konnte, so laut brach der Berg. Das Wasser donnerte ihm eiskalt entgegen, aber etwas anderes war noch lauter, und das war Holz, das brach. Das Schiff wurde in die Tiefe geschleudert, in ein strudelndes Tal. Christian fühlte, wie es ihn mitriss, wie der Fall in den Abgrund nicht enden wollte und wie ihm ein Schmerz in den Kopf schoss, dass es nicht mehr zum Aushalten war. Das Tosen und Prasseln verstummte. Finsternis hüllte ihn ein.

Er sah die Augen der Mutter beim Abschied, hörte ihre zärtliche Stimme, konnte ihre Angst in der Umarmung fühlen. Wie fest sie ihn an sich gepresst hatte. Das neue Hemd war ganz knittrig davon geworden. Er sah sich selbst lachen und sagen, sie solle sich keine Sorgen machen. Und dann war die kleine Robbe aufgetaucht, das Mädchen, mit dem er gespielt hatte, solange er denken konnte, und hatte ihm einen Kuss auf die Wange gedrückt. Die Sonne hatte geschienen, als er von Sylt losgefahren war, Wind hatte die Baumhecken gezaust. Bald würde der Herbst kommen und mit ihm die Äpfel, hatte er gedacht. Die kleine Robbe war auf ihrem Fahrrad ein Stück neben dem Zug hergefahren. Mit ihrem ganzen Gewicht hatte sie sich in die Pedale gestemmt, und ihre langen Zöpfe waren im Wind geflogen, so schnell war sie gefahren, um mit dem Zug mithalten zu können, bis sie schließlich zurückgefallen, kleiner geworden und ihre Silhouette aus seinem Blickfeld verschwunden war. So hatte er sie in den letzten Tagen immer vor sich gesehen, wenn seine Sehnsucht nach zu Hause groß geworden war. Und so würde sie ihn begrüßen, wenn er den Fall und den Schmerz überlebte, das wusste er.

Er erwachte vom Krächzen der Neuweltgeier. Jemand hatte ihn an einem Mast festgebunden. Noch immer gleißte der Schmerz in seinem Kopf. Ein grünliches Licht zuckte über den Himmel, und es fing an zu regnen. Nadeltropfen stachen ihm in die Haut. Als er an sich hinabsah, bemerkte er, dass seine Leinenhose zerfetzt war. Er wollte den anderen zurufen, sie mögen ihn losbinden, aber zu seinem Entsetzen konnte er den Mund nicht bewegen. Etwas schien sich in seinem Gesicht verkantet zu haben, so als passe oben und unten nicht mehr zusammen. An Backbord sah er aus einem Wellental Mastspitzen ragen, und er erinnerte sich daran, was der Kapitän gesagt hatte, als sie auf die Südspitze Amerikas zugesegelt waren: Kap Hoorn war der Schiffsfriedhof der Welt.

Erneut begann das Schiff zu rollen, und er musste seine ganze Kraft aufbieten, damit er mit dem schmerzenden Kopf nicht auf das Holz aufschlug.

«Vor- und Großmast sind gebrochen», erklärte der Koch, als er sah, dass Christian wieder bei Sinnen war. «Der Mannschaftswohnraum ist eingeschlagen, alles überflutet, deshalb haben wir dich hier festgemacht. Der nächste Orkan zieht schon auf. Kannst du wieder stehen?»

Christian deutete auf sein Gesicht, um Fiete anzuzeigen, dass etwas darin kaputt sei, und der Koch betastete die Knochen in seinen Wangen und in seinem Kinn.

«Kiefer gebrochen», befand er schließlich. «Tut mir leid.»

Im nächsten Augenblick packte Fiete sein Gesicht, als wolle er es auseinanderreißen, und dann knackte etwas, und der Schrei, der sich aus ihm löste, klang in seinen Ohren noch lauter als das Tosen der See. Aber das Gefühl, dass oben nicht auf unten passte, war verschwunden, und er wollte sich bei Fiete bedanken, aber der Koch verbot ihm zu sprechen und wankte fort. Aus den Augenwinkeln sah Christian, dass er zur geborstenen Takelage schlitterte und ein Stück Holz herunterschlug.

«Der Kiefer muss geschient werden.» Fiete legte das Stück Holz an Christians Gesicht, um Maß zu nehmen, doch in diesem Moment holte das Schiff stark über, und Fiete rutschte über die nassen Planken fast bis zur Verschanzung.

«Wo sind wir?», fragte Christian mühsam, als Fiete sich wieder gefangen hatte. Der Koch war von oben bis unten durchnässt, die Hände waren blau von der Kälte, aber es war etwas Beruhigendes an ihm, etwas, das Christian an seinen Vater erinnerte. Vielleicht lag es an Fietes Geruch, einer Mischung aus Teer und Schweiß und Eisen. Ein Geruch, den man bekommt, wenn man wochenlang auf einem Walfänger unterwegs ist, und den man immer behält, sogar, wenn man im Schützengraben liegt und verblutet und nie mehr nach Hause kommt.

«Wir haben Kap Hoorn hinter uns gelassen.» Mit einem Tampen befestigte Fiete das Holzstück an Christians Kiefer. «Und nu nich mehr reden, Kische. Darfst den Kiefer nicht bewegen. Warte, ich mach dich los. Gibt leider keine Kojen mehr. Das Schiff is in 'nem ziemlich schlimmen Zustand. Der Großmast ist dicht über Deck abgebrochen, und die Kreuzmarsstenge hängt mit der ganzen Takelage außenbords. So müsste es gehen.» Fiete zurrte das Seil, das er um Christians Kopf geschlungen hat, fest und machte sich daran, ihn vom Vormast loszubinden, oder vielmehr von dem, was vom Vormast übrig geblieben war.

«Danke», brachte Christian hervor.

«Nich reden, Kleiner.»

«Wir müssen SOS senden!», hörte Christian die Stimme des Kapitäns.

Die Wolken rasten über den Himmel. Weiß und grün türmte sich das Meer. Vom Sturm getrieben kamen jetzt die Vögel näher: weiße Möwen, Neuweltgeier und mittendrin die Albatrosse mit ihren schwarzgeränderten Schwingen, mächtig und elegant. So weit oben sein zu können, dachte Christian, während er gemeinsam mit den anderen Matrosen daran arbeitete, die Trümmer des Kreuzmastes wegzuschlagen, die immer noch an einer Seite des Schiffes hingen und bei jeder Bewegung gegen die Bordwand schlugen. So weit im Himmel, erhaben über Schmerz und Angst.

«Wir können kein SOS mehr senden.» Der Funker brüllte gegen den Sturm an. «Der Motor läuft nicht mehr!»

«Notantenne an der Back anbringen! Wir müssen SOS senden! Es muss doch hier irgendwo noch ein anderes gottverdammtes Schiff sein!»

«Notantenne an der Back anbringen», wiederholte der Funker den Befehl.

Kurz bevor der Orkan erneut losbrach, waren die Geräusche draußen so gedämpft, dass Christian in der geborstenen Kombüse, wo er mit Fiete lag, die Augen zufielen. Sein gebrochener Kiefer schmerzte, und das Stück Holz, das Fiete an seinem Gesicht befestigt hatte, verhinderte, dass er sich auf die Seite legen konnte. Auf einmal musste er sich zusammenreißen, um nicht zu weinen. Ihn fror. Er hatte solche Schmerzen. Und es war möglich, dass die Notantenne nie mehr funken würde, dass sie alle sterben würden hier draußen im Meer. Am schlimmsten aber war die Sehnsucht nach seiner Mutter, die er in diesem Moment empfand. Er dachte an ihren warmen Kachelofen und den Apfelkuchen, den sie im Herbst immer buk. Wir Sylter sind stark, hatte seine Mutter oft nach einem Abend am Ofen festgestellt, um dann, wie zum Beweis, den überbordenden Wäschekorb hochzuheben und ins Nebenzimmer zu tragen. Stärker noch als die von Amrum. Und noch stärker als die von Föhr. Wieder sah er ihre Augen vor sich und die Angst, die er beim Abschied in ihnen hatte lesen können, so als hätte sie all das Schreckliche geahnt, das er jetzt erlebte.

Ein Ruck fuhr durch die *Pinnas*, und Christian wurde gegen die Wand geschleudert. Von draußen drangen Geräusche, die er zunächst nicht einordnen konnte. Er hörte Fiete neben sich fluchen und versuchte aufzustehen, doch das Schiff holte über zur anderen Seite, sodass er gegen den Herd stürzte.

Die Männer an Deck begannen zu schreien. Vor der Küste Feuerlands brach die Hölle los.

★★★

Lil Kimming hatte alles aufgeschrieben: Wie die Haut duftete, wenn man lange genug am Strand lag. Wie Tessi Ketten aus Hibiskus und Ilima wand. Was die Menschen in Pearl Harbor umtrieb.

Sie liebte Oahu, obwohl sie als Tochter eines Armeelieferanten von der Ostküste keine Hawaiianerin war. Dreizehn Jahre lang, seit der ersten Klasse, hatte sie das Leben auf der Insel beobachtet. Notizbuch um Notizbuch hatte sie gefüllt.

Sie griff nach ihrem Führerschein, schnappte sich die Autoschlüssel aus dem schimmernden Seeohr in der Diele und ließ beides in ihre Rocktasche gleiten. Heute musste es einfach klappen, es musste! Ein Kleidervogel fuhr singend von seinem Ast auf, als Lil hinaus in den Garten stürmte. Auf der Bank unter dem Ingwerbaum saß Dave und aß Fisch.

«Aloha, Dave!»

«Aloha, Lil! Möchtest du was abhaben?» Der Gärtner klaubte ein Stück rötliches Fleisch von den Gräten und hielt es ihr hin. Er aß seinen Fisch immer roh, vom Kopf über das Rückgrat bis zur Schwanzflosse.

Lil ließ sich neben ihm nieder und wurde sofort ruhiger. Solange sie zurückdenken konnte, hatte Dave diese Wirkung auf sie. «Nein, danke. Ich esse noch immer nichts Lebendiges.»

Dave musterte seinen Fisch, als sähe er ihn zum ersten Mal. «Er ist eindeutig tot.»

«Dave.» Sie krampfte die Finger um die Kaurimuschel, die sie eingesteckt hatte, weil sie heute Glück brauchte. Und weil sie manchmal etwas abergläubisch war. «Hast du schon mal darüber nachgedacht, wie es wohl wäre, alles hinter dir zu lassen und mit Tessi irgendwo ein neues Leben anzufangen?»

Dave sah sie entsetzt an. «Warum sollte ich das denn tun?»

«Ich weiß nicht, weil es vielleicht langweilig sein könnte? Immer nur am selben Ort zu sein?»

Dave kaute bedächtig, dann legte er das Fischskelett beiseite. Wieder einmal frage sich Lil, wie alt er wohl sein mochte. Soweit sie wusste, hatten er und Tessi sich schon um das Haus am Palmgrove Beach gekümmert, als hier noch die alte Missus Jones mit ihren Bienen gewohnt hatte.

«Ich finde es gar nicht langweilig. Es gibt Tausende von Blumen. Tausende von Fischen. Das Meer ist auf Tausende Weisen blau.»

«Aber denkst du nicht, dass hinter diesem Blau noch etwas anderes Schönes und Interessantes sein könnte?» Lil deutete auf das Meer. «Etwas, das du unbedingt noch sehen musst?»

Dave schenkte ihr ein Lächeln. «Die Menschen, die dahinter wohnen, die haben kein Aloha. Ich bleibe lieber hier.»

Lil biss sich auf die Lippen. Sie wünschte, sie könnte ebenfalls so fühlen. Aber sie hatte die Unruhe-Krankheit, wie die Mutter es nannte. Die Mutter, die stundenlang auf einem Klavierhocker sitzen und spielen konnte und darüber das Sprechen mit ihrer Tochter vergaß. Der Kleidervogel flatterte dicht vor ihrem Gesicht vorbei in die Höhe.

«Ich will das machen, was er macht», seufzte Lil.

«Zwitschern?», fragte Dave erstaunt.

Lil lachte. «Nein, nicht zwitschern. Durch die Luft sausen. Frei sein. Fliegen.»

«Das sollten aber eigentlich nur die Vögel tun.»

«Oh, aber Menschen können auch fliegen, sehr gut können sie das sogar! So wie der Freimaurer Lindbergh, der über den

Atlantik flog, oder der deutsche Mann mit seinem Luftschiff oder Ruth Elder, die Filmschauspielerin!»

Dave bewegte seine Zehen. «Ich schaue keine Filme.» Und mit einem Blick hinauf in den Ingwerbaum fügte er hinzu: «Man muss nur die Pflanzen betrachten, dann erkennt man die Welt.»

«Es gibt aber doch auch noch andere Lebewesen, die das Auge beglücken.»

Dave runzelte die Stirn. «Fische meinst du.»

Lil lachte. «Fische bestimmt auch.»

Aus dem Haus wehten ein paar Takte Klaviermusik zu ihnen herüber. Lil sprang mit einem Satz auf die Füße. «Ich muss gehen. Übrigens, es kann ziemlich spät werden heute. Sagst du Mutter und Vater Bescheid, wenn du sie siehst?»

Dave bedachte sie mit einem langen Blick. Schließlich nickte er, nahm das Fischskelett und stand auf.

Eine Mappe mit ausgewählten Texten, fein säuberlich auf der Remington abgetippt. Ihr Schulzeugnis. Ein Lippenstift. Mehr brauchte sie nicht für ihr Vorstellungsgespräch beim *Honolulu Star-Bulletin*. Und los.

Sie liebte die Tin Lizzy, mit der die Familie gelegentlich zu Wochenendausflügen in die Berge fuhr. Soweit sie sich erinnern konnte, hatten sie den grün lackierten Ford nie anders als mit offenem Verdeck gefahren. Der Wind zerrte an ihren Haaren, sie spürte, wie ihr Herz klopfte. Niemand wusste, dass sie sich als Reporterin beim *Honolulu Star-Bulletin* vorstellen wollte, nicht einmal der Chef der Zeitung selbst. Reine Vorsichtsmaßnahme. Sie hatte nämlich keine Lust, dass er wie der Chef des *Honolulu Advertiser* reagierte, der ihr durch seine Sekretärin hatte ausrichten lassen, sie solle ihn nie wieder belästigen. Er halte nichts von Frauen, die über Fischfang berichteten, und diese spezielle hawaiianische Einkommensquelle bilde nun mal den thematischen Schwerpunkt seiner Druckerzeugnisse; und zweitens halte er nichts von Leuten, die immer wieder anriefen, auch wenn man ihnen schon mal gesagt hatte, dass man nichts von ihnen wolle.

Sie parkte den Wagen in der Nähe des Hafenbeckens und ging den Weg bis zur 125 Merchant Street zu Fuß. Die Zeitungsredaktion lag im Parterre eines zweigeschossigen Gebäudes.

Noch bevor sie den Eingang erreichte, hörte sie den Lärm von drinnen. Ein Rattern und Klacken mehrerer Maschinen erfüllte die Luft, dazwischen brüllten sich Männer Befehle und Flüche zu. Lil durchquerte einen Raum, in dem Schriftsetzer Manuskriptseiten in Spalten aus Blei übertrugen. Im hinteren Teil des Raums liefen Papierstreifen von Zylindern in Pressen, die wiederum bedruckte Seiten ausspuckten. Bürojungen hasteten zwischen den Männern hindurch. Bei Lils Anblick hielten einige Männer kurz inne und kratzten sich mit zurückgeschobenem Hut den Kopf. Frauen waren hier ein Anblick mit Seltenheitswert.

Mit Ausnahme einer Sekretärin. Lil kannte sie flüchtig, sie war mit dem Sohn ihrer Nachbarn verheiratet gewesen. Ihren Mann, einen Marinesoldaten, hatte sie im Vorjahr verloren. Jetzt musste sie sich allein durchbringen.

Der Chefredakteur sei nicht zu sprechen, erklärte sie bestimmt. Lil, die mit diesem Satz gerechnet hatte, ließ sich auf einem Stuhl nieder und entgegnete der konsternierten Frau, dass sie in der Lage sei zu warten. In der Tat machte es Spaß, das Treiben im Raum zu beobachten. Hier war es fast ebenso laut wie im Raum mit den Pressen. Ein riesiger Ventilator kreiste unter der Decke. Männer schrien sich an, und Journalisten hämmerten auf die Tasten ihrer Schreibmaschinen in einer Geschwindigkeit, dass es wie Trommelfeuer von den Wänden hallte. Es klang so, wie Lil sich Krieg vorstellte, und von diesem Erlebnis hatte sich der alte Waffenhersteller Remington sicherlich auch inspirieren lassen, als er das mechanische Schreibgerät entwickelte. Genauso treffsicher wollte auch sie hier sitzen und formulieren dürfen, genauso schlagfertig hoffte sie gleich in ihrem Gespräch mit dem Chef zu sein.

Nachdem eine Stunde vergangen war, hielt Lil die Untätigkeit nicht mehr aus. Sie beschloss, ein wenig im Raum spazieren zu gehen. Besonders interessierte sie ein Vorhang im hinteren Teil: Immer wieder verschwanden Männer dahinter. Aber niemand kam wieder hervor. So vorsichtig wie möglich näherte sie sich und schob den Vorhang beiseite. Fünf Künstler saßen hier an Tischen und zeichneten mit Tinte und Stahlfeder Menschen. Auf einem Papier konnte Lil eine Figur ausmachen, die eine andere mit einem Messer bedrohte. Auf der nächsten Zeichnung waren ein Mann und eine Frau mit Pistolen zu sehen. An einem der Tische stand ein Reporter. Eine Zigarette baumelte ihm im Mundwinkel, und er sagte: «Nein, nein, das musst du völlig anders zeichnen! Der hat die Villa abgefackelt, kein Barbecue gemacht!»

Lil zog sich wieder zurück. Um ihre Nervosität zu dämpfen, schlug sie die Zeitung vom Vortag auf. Da war es wieder, das Luftschiff, das sie in den vergangenen Wochen so oft betrachtet hatte. Fast die Hälfte der Seite war von seinem Bild ausgefüllt. Darüber stand in riesigen Lettern: Zeppelin bereit für seine Weltfahrt. Start am 7. August 1929 in New York.

Fünf Stunden später ließ sich der Chef endlich dazu herab, sie zu empfangen. Allerdings nur, um ihr klarzumachen, dass er keine weiblichen Reporter beschäftigen könne. Sie schrieben nicht so schnell wie Männer, und außerdem sei bei ihnen das Risiko zu groß, überfallen zu werden. Er brauche Journalisten, die auch mal ein Geländer herunterrutschen konnten. Lil stellte ihr Tempo unter Beweis, indem sie geschwind einwarf, dass sie an der Schule in Leichtathletik geglänzt habe, und – sie wedelte mit ihren Arbeitsproben – schreiben könne sie nicht nur schnell, sondern auch viel.

Hier entstand eine Pause im Gespräch, die der Chef schließlich mit der Feststellung beendete, dass in einer Woche Hawaiis erster nationaler Feiertag stattfinde. Ein Reporter seiner Zeitung habe den Lei Day erfunden, den Tag, an dem die Hawaiianer einander von nun an Blumenketten schenkten. Er blickte Lil müde an und sagte: «Ich nehme an, dass sie als Frau was von Blumen verstehen.»

Lil ballte die Fäuste, aber sie zwang sich zu einem Lächeln. «Blumen, aber sicher», sagte sie. «Ich werde Sie nicht enttäuschen, Sir.»

★★★

Am Nachmittag des 22. April 1929 fingen die Männer an, Wetten über ihre Todesart abzuschließen, leise zunächst, ohne dass der Kapitän es hörte. Einer der Steuerleute meinte, er werde verdursten, das Trinkwasser rieche schon so komisch. Fiete ging von Ertrinken aus, was der Steuermann ziemlich phantasielos fand. Der Funker sagte gar nichts. Er hatte sich die Lippen blutig gebissen bei seiner Arbeit an der Notantenne. Immerhin schien sie jetzt zu funktionieren. Er morste unablässig sos.

Die Masten und Rahen hingen wie ein entwurzelter Wald über der Bordwand. Bei jeder Welle, die heranrollte, krachte die Takelage gegen das Schiff. Alle packten mit an, um die Masten endlich vom Schiffsrumpf zu trennen, sogar Kapitän

Lehmann. Sie mussten sich beeilen, bevor das Gestänge ein Leck in den Rumpf schlug, das Wasser eindrang und sie allesamt untergingen. Christian zitterte vor Kälte, obwohl seine Haut glühend heiß war. Der Sturm hatte abgenommen, doch noch immer brandete die See über Deck, und die *Pinnas* torkelte durch die Dünung, der Nacht entgegen. Sie lag jetzt so tief im Wasser, dass nur noch die Verschanzung aus dem Wasser ragte. Die Zementladung hatte sich mit Wasser vollgesogen und zog den Dreimaster in die Tiefe. Kein anderes Schiff, keine Küste. Sie waren vollkommen allein auf dem Meer.

Vielleicht würde er aber überhaupt nicht sterben, dachte Christian, als er irgendwann wieder auf dem Boden der Kombüse lag. Weder ertrinken noch verdursten. Vielleicht war er wie Onkel Per aus Keitum, den der Tod nicht finden konnte und der darüber im Schützengraben verrückt geworden war.

Christian schloss die Augen und träumte sich wieder nach Sylt, zu seiner Mutter und zu den Geschichten, die sie der kleinen Schwester und ihm erzählt hatte, wenn es draußen dunkel geworden war. Die Geschichten rund um Onkel Per hatten Christian immer am besten gefallen, auch wenn er schon als Kind nicht glauben konnte, dass Per unsterblich war. Auf Sylt erzählte man sich, dass er als Vierzehnjähriger versucht hatte, sich auf dem Dachboden zu erhängen. Aber dann riss das Seil. Also lebte der Onkel einfach weiter. Er trank sich mit friesischen Bieren regelmäßig in die Flaute, probierte Eistauchen und diverse Raufereien, nahm aber keinen Schaden. Als er eines Morgens am Westerländer Strand mit einer blutenden Kopfwunde aufwachte, die von einem Arzt als «normalerweise tödlich» diagnostiziert wurde, befand Pers Vater, Christians Großonkel, dass es für Per an der Zeit sei, etwas zu lernen. Eingedenk der Geschehnisse im heimischen Dachstuhl kamen

Tätigkeiten wie Knoten und Spleißen nicht in die engere Berufswahl.

Also beschloss Per, seine Fähigkeit, todbringende Situationen zu überleben, noch ein bisschen weiter auf die Probe zu stellen, und wurde Soldat. Der Krieg erschien ihm als das letzte große Abenteuer, das ein Mann seiner Zeit erleben konnte, und passenderweise brach dann auch einer aus. Als Onkel Per 1918 mit wenig mehr als einer Schramme von Verdun nach Sylt heimkehrte, hatte er keinen Zweifel mehr: Er war ein Auserwählter. Obwohl Onkel Per nach seiner Kriegsheimkehr allgemein als verrückt galt, durfte er der Feuerwehr beitreten, denn Brände gab es auf Sylt viele und Feuerwehrleute nicht genug. Und so kletterte der Onkel in verrauchte Schlafzimmer, brennende Treppenhäuser und erwies sich selbst im Funkenregen als wetterfest. Wie er sich selbst stets aufs Neue dem Tod entriss, so rettete er andere ins Leben. Nur Christians Vater hatte er nicht retten können. Der war neben ihm im Schützengraben gestorben, und wenn Onkel Per betrunken genug war, klopfte er bei Christians Mutter an die Tür und entschuldigte sich weinend dafür.

Ja, vielleicht war Christian ein bisschen wie Onkel Per aus Keitum, wenngleich natürlich nicht so verrückt. Aber von einem brechenden Mast niedergestreckt zu werden und sich dabei nur den Kiefer zu verletzen, dann noch auf einem Schiff zu überleben, das entmastet im Sturm trieb, das war bestimmt nicht normal.

Ja, wir Sylter sind stark, dachte Christian. Einigen von uns kann der Tod nichts anhaben. Trotz der eisigen Kälte schlief er in dieser Nacht durch.

Am Morgen des 24. April 1929 gelang es dem Funker endlich, Verbindung zu einem chilenischen Küstendampfer aufzunehmen. Die *Alfonso* war unterwegs nach Punta Arenas, um dort Fahrgäste abzusetzen. Zwei Tage später traf das Schiff bei der *Pinnas* ein, gleichzeitig mit dem nächsten Sturm. An Schleppversuche war nicht zu denken.

Die Quecksilbersäule des Barometers fiel auf 718 Millimeter. Schwere Brechseen schlugen über die Decks. Mittlerweile war das Trinkwasser brack geworden. Christian bekam Fieber, und er litt entsetzlichen Durst. Wann die *Pinnas* begonnen hatte zu weinen, konnte er nicht mehr sagen. Er hörte das Wimmern trotz des Sturms. Langgezogene hohe Töne drangen aus den Ritzen, dort, wo die Decksnähte rissen und das Schiff zu lecken begann.

Nun gab es nichts mehr, was sie tun konnten. Das Weinen kam aus allen Ecken, aus jeder Planke. Draußen brüllte der Sturm. Schwere Brecher brandeten über das Deck und die Aufbauten. Fiete hockte auf dem Boden der Kombüse und zählte etwas an seinen Fingern ab. Er roch jetzt nicht mehr nur nach Teer und Schweiß und Eisen, sondern auch nach Angst. So verging die zweiundzwanzigste Nacht im Sturm. Keiner der Männer konnte vor Durst noch sprechen. Christians Zunge war angeschwollen. Mit letzter Kraft presste er sich die Hände auf die Ohren, weil er das Heulen nicht mehr ertrug.

Als der Morgen heraufdämmerte, lag er in einer eiskalten Lache Wasser. Irgendetwas krächzte im Raum. Vielleicht die Neuweltgeier, dachte Christian. Das Schiff ist überall undicht, jetzt kommen die Geier herein. Auf einmal geschah etwas, das er sich nicht erklären konnte: Er sah sich selbst, wie er auf dem Boden der Kombüse lag. Um ihn herum wuchs das Wasser, es bedeckte seine Beine, seine Arme und die Schiene an seinem Gesicht. Jetzt sah er Fiete durch all das Wasser waten und ihn emporwuchten. Er packte ihn sich auf eine Schulter, als ob er nicht mehr als eine Feder wöge. Das Wasser spritzte in alle Richtungen. Jemand stützte Fiete, als das Schiff schlingerte.

Christian war der Erste, der vom Klüverbaum heruntergefiert wurde, um auf das Rettungsboot der *Alfonso* zu gelangen, das in den Wellen bei der *Pinnas* tanzte. Als Letzter verließ der Kapitän das Schiff.

Die *Pinnas* war mittlerweile vollgelaufen. Als Christian in Decken gehüllt zu sich kam und durch das Bullauge in seiner Kammer hinausblickte, war von dem Flying P-Liner der Hamburger Reederei F. Laeisz nichts mehr zu sehen. Drei Tage lang hatte Kapitän Jorge Jensen mit der Besatzung der *Alfonso* bei dem entmasteten Segelschiff ausgeharrt. Es war der 28. April 1929, als er die Männer endlich retten konnte, aber das erfuhr Christian erst später. Während des Sturms hatte er aufgehört, die Tage zu zählen.

Und so wurde ihm erst in seinem Krankenhausbett in Punta Arenas klar, dass der Tag seiner Rettung auch sein Geburtstag war. Eine Krankenschwester schenkte ihm etwas, das dunkel war und süß schmeckte. Noch nie in seinem Leben hatte er als Junge von der Insel etwas so Köstliches gegessen. Als er sie nach dem Namen der Medizin fragte, lächelte sie ihn an.

«Chocolate», erklärte sie.

Die Chocolate brachte ihn schnell wieder auf die Beine. Die Krankenschwester, der es gefiel, wie er sich freute, brachte ihm von nun an jeden Tag ein paar Stücke mit. Christian stellte fest, dass die dunkle Masse nicht immer gleich schmeckte, und offenbar in unterschiedlichen Brauntönen zu haben war. Da er immer noch nicht beißen konnte, ließ er sich die Chocolate im Mund zergehen. Dann schloss er die Augen und träumte sich in den Himmel. Er war jetzt neunzehn Jahre alt, und er würde weiterleben. Bis an sein Lebensende würde er der Besatzung der *Alfonso* und der Chocolate-Krankenschwester dankbar dafür sein.

Nach zwei Wochen im Krankenhaus von Punta Arenas fuhr er gemeinsam mit Fiete und dem Rest der Mannschaft nach Hamburg zurück, ziemlich luxuriös auf einem Frachtdampfer. Die Aussicht, bald wieder auf einem Segler anzuheuern, erfüllte ihn nicht mit unbändiger Freude, zudem hatte er einen Plan gefasst. Aber um diesen Plan in die Tat umzusetzen, würde er Geld brauchen. Und so musste er wohl oder übel das tun, was alle Männer in seiner Familie taten, seit sein Ururgroßvater, der Norweger Peter Nikolai Lassen, 1809 vor Sylt Schiffbruch erlitten hatte und mit der Rantumerin Merret einundzwanzig Kinder zeugte: weiterhin zur See fahren.

Das Telegramm, das er kurz vor seiner Abfahrt in Punta Arenas erhielt, machte seine Entscheidung leichter. Seine Mutter hatte ihm geschrieben: Lieber Sohn melde dich bei Germania Krupp in Kiel STOP Suchen Matrosen für Weltumsegelung auf Motoryacht.

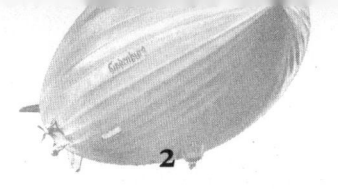

2

Julius Forstmann legte die *Kieler Neuesten Nachrichten* beiseite und blickte hinaus in den hellblauen Himmel über Norddeutschland. Es sah ganz so aus, als ob man kugelsichere Westen bräuchte, um das Jahr zu überstehen.

Ausgerechnet am Valentinstag hatte in Chicago ein gewisser Al Capone alles niedergemäht, was nicht bei drei im Blumengeschäft war. Und in Italien wütete ein Mann namens Benito Mussolini. Seine zornig gebellten Befehle konnte man mittlerweile in Wochenschauen auf der ganzen Welt hören – vorausgesetzt, man besuchte Lichtspielhäuser für Filme mit Ton. Auch in Palästina sah es nicht gut aus. Aschkenasische Juden waren dort allem Anschein nach nicht wohlgelitten, und wenn man der Zeitung glaubte, würde es dort demnächst zu Kämpfen kommen.

Julius Forstmann bedauerte das außerordentlich. Er hätte Jerusalem auf der geplanten Weltreise mit seiner Familie gerne besucht, wollte aber auch niemanden unnötig in Gefahr bringen. Ferdinand Magellan, der vierhundert Jahre vor ihm die Welt auf einem Schiff hatte umrunden wollen, war auf der Reise getötet worden – ein Schicksal, das zu imitieren nicht in Forstmanns Sinne war.

Das alles beherrschende Thema der Zeitungen aber war das Luftschiff. Ein Schleswig-Holsteiner namens Hugo Eckener plante, mit einem Zeppelin von New York aus um den Globus zu fahren. Das stellte Julius Forstmanns eigenes Unterfangen, die Welt mit seiner Motoryacht *Orion* zu umrunden, natürlich in den Schatten, aber der New Yorker Textilkaufmann deutscher Herkunft war so großzügig, diesem Luftschiffer den Ruhm nicht zu neiden. Er konnte sich auch nicht beklagen. Schließlich besaß er ein wunderschönes Haus im nördlichen Teil Manhattans, einen großenteils gut geratenen Nachwuchs und ein Vermögen von über 50 Millionen US-Dollar. Das hatte einen selbstbewussten Mann aus ihm gemacht.

Innerhalb der nächsten Tage, so hatte ihm der Chef der Werft versichert, hätten sie die Männer beisammen, die sie für die *Orion* benötigten – erfahrene Seeleute, von denen keiner zu viel Alkohol trank. Die Männer, die für seine Reise in Frage kamen, sollten möglichst schon Kap Hoorn umsegelt haben, das war Forstmann wichtig. Nur wer die Knochenarbeit in der Takelage eines Chile-Seglers überstanden hatte, war in der Lage, seine *Orion* sicher um die Welt zu lenken.

Es war schließlich nicht irgendein Schiff. Die *Orion* war die größte und luxuriöseste Yacht, die jemals gebaut worden war. Ein Triumph deutscher Ingenieurskunst über das nasse Element. Mit einer Inneneinrichtung, die lässig mit jener auf der *Titanic* mithalten konnte – nur dass die *Orion* tatsächlich als unsinkbar galt. Jeder einzelne Raum war mit Teppichen ausgelegt, die Wände beschlagen mit poliertem Holz. Gepolsterte Möbel, Kristalllüster und perlenbehangene Lampen schmückten die Zimmer, und jede der Gästekammern hatte ein eigenes Bad. Herzstück des Wohnbereichs war eine Suite auf dem Oberdeck, die ein Musikzimmer, ein Esszimmer und eine Lounge beherbergte. Alles in den Räumen wirkte harmonisch: Polsterstoffe, Gemälde und Lichtstimmung waren perfekt aufeinander abgestimmt. In dem überdachten Schwimmbad funkelten die Wände beim Baden dank der eingebauten Strahler im Wasserbecken. Selbst ein gut ausgestattetes Krankenzimmer gab es.

Er konnte die Reise kaum erwarten. So viele Jahre hatte er auf diesen Augenblick hingearbeitet. Es würde das Abenteuer seines Lebens sein.

* * *

Christian erwachte davon, dass ihn eine kleine Hand im Nacken kitzelte. Dann hörte er ein Kichern.

«Du bist so eine Schlafmütze, Kische!»

Er warf sich auf die andere Seite und zog sich die Decke über den Kopf. Die Hand krabbelte unter den Stoff und kitzelte weiter.

«Wir sind die Ameisen», hörte er Erikas Stimme. «Und unsere Straße führt hier leider vorbei!»

«Können die Ameisen heute nicht mal die Umgehungsstraße benutzen?»

«Nein», kicherte Erika. «Das können die Ameisen leider nicht.»

«Na gut, ihr nichtigen kleinen Tiere. Macht, was ihr wollt. Ich schlafe weiter.»

Eine zweite Hand landete auf seinem Kopf. «Auch, wenn wir über deine Haare spazieren?»

Christian drehte sich blitzschnell um und packte Erikas Handgelenke. «Das könnt ihr ja mal ausprobieren!»

Erika lachte. «Lass die Ameisen los, Kische! Das ist gemein! Die können sich doch gar nicht wehren!»

«Guten Morgen, kleine Schwester! Freue mich, dich so wohlauf zu sehen!»

Erika versuchte, sich aus Christians eisernem Griff herauszuwinden. «Lass mich los, Kische! Ich verspreche dir, dass ich die Ameisen verschwinden lasse!»

«Schwörst du auf Ekke Nekkepenn?»

«Ich schwöre auf Ekke Nekkepenn, seine Frau Rahn und alle anderen Götter im Meer!»

«Schön, kleine Schwester, nur dass Ekke Nekkepenn kein Gott ist. Nur so ein kleines Meermenschlein wie du.» Er ließ sie los, um sie gleich darauf durchzukitzeln.

«Aufhören!», stieß Erika hervor. «Hör sofort auf, Kische, du bist so gemein!»

«Sehr gut, ich sehe, die Ameisen haben ihre Lektion gelernt!» Christian richtete sich auf. «Lass uns frühstücken. Oder sind die anderen noch nicht wach?»

Erika rollte mit den Augen. «*Alle* sind wach. Schon seit Stunden! Nur die alte Schlafmütze Kische liegt hier rum.» Sie wackelte mit allen zehn Fingern. «Aber wozu sind die Ameisen da?»

Etwas hatte sich in Christian verändert. Als wäre da plötzlich ein Licht in ihm. Er konnte es an den Blicken der Mädchen sehen, als er später mit Erika hinunter an den Strand ging. An der Art, wie sie ihm zulächelten, und wie nahe sie ihm jetzt kamen. Am Kontor der Germania Werft in Kiel hatte man seine Bewerbung auf die *Orion* angenommen. Seitdem kam es ihm so vor, als schare sich das gesamte weibliche Sylt um ihn. Nur eine fehlte: Die kleine Robbe konnte er nirgendwo sehen. Nicht auf den Wiesen vor ihrem Haus, auf dem die schwarzbunten Kühe standen, nicht auf den Westerländer Straßen und auch nicht am Strand beim Krabbenpulen. Als er seine Mutter nach ihr fragte, hob sie bloß die Schultern. «Tut mir leid, Junge. Die hat eine Anstellung auf dem Festland bekommen.»

Auf Sylt waren die ersten Badegäste eingetrudelt, und das, obwohl die Sommerferien noch gar nicht begonnen hatten. Aber seitdem ein Damm mit Eisenbahnschienen zum Festland hinüberführte, reisten die Kurgäste auch mal fürs Wochenende an. Christian beobachtete, wie sie in ihren gestreiften Strandanzügen Kniebeugen machten und sich ihre Strandkörbe zurechtrückten, um die Sonne auf der Haut zu spüren. Von ihrem erhöhten Platz in den Dünen aus konnten er und Erika den Sandburgenbauern zusehen, die am Wasser eine Welt errichteten, eine Welt, die aus Burgen, prächtigen Villen und sogar einem Zeppelin bestand.

Erika deutete mit ihrem Geigenbogen auf eine Gruppe von Männern mit hochgezwirbelten Schnurrbärten, die entschlossen ins Wasser marschierten.

Christian schüttelte sich. Es gab immer noch Momente, in denen er die Wasserwände vor Feuerland sah, in denen er die Kälte auf seiner Haut spürte, den Schmerz in seinem Kiefer, die Angst, für immer unterzugehen. Etwas kreischte neben ihm, aber es war keine Möwe, sondern Erika, die mit dem Bogen über ihre Geige glitt.

Niemand konnte sagen, wie die Geige auf die Insel gelangt war. Die Mutter behauptete, ein Schriftsteller namens Hase oder Hesse (man konnte ihn nicht so gut verstehen, da er ein eigentümlich gefärbtes Deutsch gesprochen hatte) habe sie in einem Lokal liegen gelassen, aber Genaues wusste man nicht.

Christian schloss die Augen, wie immer, wenn der Augenblick vollkommen war. Die Sonne wärmte seine Haut, eine Brise fuhr ihm durch die Haare, und neben ihm lag seine Lieblingsschwester, die er so sehr vermisst hatte und die in diesem Jahr so groß geworden war.

«Hast du gehört, Kische, dass sie jetzt auch einen Strand für Nackte eröffnen wollen?»

Christian lachte. «Unsinn, wer hat dir das denn erzählt?»

«Nein, im Ernst.» Erika ließ die Geige sinken. «Das stand in der Zeitung!»

«Sie sind schon sehr amüsant, die Buntmenschen», lächelte Christian und strich sich die Haare aus der Stirn.

Erika beobachtete, wie der Zeppelin-Erbauer eine Gondel aus Sand zurechtklopfte. «Manchmal denke ich darüber nach, wie es wohl ist, dort, wo die Buntmenschen wohnen. Und wie sie es schaffen, so zu leben. So bunt.»

«So, wie der da?», lachte Christian und deutete auf einen missgelaunt aussehenden Mann, der vor ihnen durch den Sand stapfte und dabei die Heckflosse des Zeppelins zertrampelte. Ein Rudel Buntkinder, einige von ihnen schon recht groß, folgte ihm durch den aufgewühlten Sand.

«Das ist ein Schriftsteller aus Lübeck, der mit seiner Familie oben in Kampen die Sommerferien verbringt.» Erika ließ den Bogen wieder über die Saiten sausen. Vom Himmel kreischten die Möwen zurück.

Christian sah ihnen zu, wie sie durch das Blau flogen. «Das möchte ich auch gern können.»

«Fliegen? So richtig? Mit einem Flugzeug? Aber wie willst du das anstellen? Kostet das nicht furchtbar viel Geld?»

«Ja, das tut es, und darum wird es damit wohl erst einmal nichts werden. Aber von meiner Heuer auf der Motoryacht werde ich ein bisschen was sparen. Und dann, wer weiß …»

«Dann nimmst du mich mit?»

Christian lachte. «Dich kleine Möwe nehme ich überall hin mit!»

«Auch auf die Weltreise?»

«In Gedanken.»

Erika ließ den Bogen über eine Saite fahren, dass es weh klang. «In Gedanken ist ja nicht echt.»

«Darf ich die auch mal haben?», fragte Christian und streckte die Hand nach dem Instrument aus.

«Ja, natürlich. Du musst mit den Fingern auf den Saiten herumdrücken. Und dann mit dem Bogen drüberwischen. Und die Geige so ans Gesicht halten. Aber vielleicht tut dir das weh am Kiefer?»

Die Sonne strahlte Erika so ins Gesicht, dass er alles darin sehen konnte, auch dass die Kindheit allmählich daraus schwand. Vielleicht war dies der letzte Sommer, in dem sie morgens Ameisen spielen würde.

Christian legte sich das Instrument auf die Schulter und stimmte seine ersten Geigentöne an.

Die Leute waren gekommen, um mit Christian Abschied zu feiern. Als er auf den Strand vor der Westerländer Sandstraße zulief, erkannte er sie alle, die mit ihm in Westerland zur Schule gegangen waren. Arfst, Haulk und Brork waren damit beschäftigt, ein Feuer zu entfachen, der Menge an Zweigen und Ästen nach zu schließen, ein ziemlich großes.

Brork klopfte ihm auf die Schulter. «Wir haben uns gedacht, dass dieses Feuer die bösen Geister vertreiben muss. Jene Geister, die dich immerzu in den Untergang zwingen!»

«Sie haben es ja nur ein Mal versucht. Und schon verloren.» Christian lachte und drückte Brork kurz an sich. Dann schlug er ihm ebenfalls auf die Schulter. «Danke, dass ihr das hier für mich tut.»

«Fährt ja nicht jeden Tag ein Sylter auf Weltreise. Und dann auch noch mit so einer Yacht!»

«Ich weiß, ich kann es selbst noch nicht fassen, dass es geklappt hat. Warum hast du eigentlich nicht angemustert auf der *Orion*?»

«Kann ich nicht machen, Mann.» Brork blickte hinüber zu

seiner kleinen Familie. Er war als Erster der Freunde Vater geworden.

Seine Geeske saß mit dem Baby etwas weiter abseits, um die Kleine vor dem Funkenflug zu schützen. Christian ging zu ihr hinüber, um sie zu begrüßen. Sie war mit mehreren Buntmenschen im Gespräch, einer hellblonden Frau und ein paar Männern. Die Gruppe hatte sogar ein Grammophon dabei.

«Moin, ich bin Käthe!» Die Hellblonde sprang aus dem Sand auf und ergriff seine Hand. «Sehr erfreut, dich kennenzulernen! Bist ja wohl so was wie eine Berühmtheit hier!»

Christian spürte, wie er errötete, was bei dem Dämmerlicht hoffentlich niemandem auffiel. «Nein, ich …»

«Hoffe, es stört dich nicht, dass wir mitfeiern! Wo wir doch schon älter sind als ihr!» Die Hellblonde blitzte ihn an. Sie hatte sehr helle Augen, die im Schein des Feuers strahlten wie die Lichter eines Schiffs. «Ich werde demnächst dreißig. Ein interessantes Alter, nicht wahr? Und wer hat nicht schon alles darüber geschrieben! Mit dreißig bringt man sich entweder um, oder man beschließt, sein Liebesleben aufzuforsten. Ich persönlich tendiere zu Letzterem.» Sie zwinkerte Christian zu.

Er spürte, wie er jetzt richtig rot wurde. Eine fast dreißigjährige Frau! «Es ist sicherlich schön, mit Hoffnungsfreude in die Zukunft zu blicken.» Er entriss der Hellblonden hastig seine Hand.

«Du musst Käthe entschuldigen», mischte sich einer ihrer Begleiter in das Gespräch ein. «Sie beherrscht die Umgangsformen nur auf dem Tanzparkett. Wilhelm aus Altona. Freut mich, dich kennenzulernen.»

«Wilhelm ist Bankdirektor», erklärte Käthe. «Er hat das Stadium des Tellerwäschers großzügig übersprungen, um direkt Millionär zu werden.»

«Darf ich dich fragen, wie du das angestellt hast?», platzte Christian heraus, nur um sich gleich darauf für seine Frage zu entschuldigen.

Wilhelm lachte. «Keine Ursache. Ich habe in meiner Jugend eine Bank gegründet. Während der Inflation.»

Christian überlegte. Er war noch zur Schule gegangen während der Zeit der Geldentwertung, aber er konnte sich gut daran erinnern, wie verzweifelt die Mutter gewesen war, als sie zwei Milliarden Reichsmark für ein Stück Butter hatte bezahlen sollen. Onkel Per hatte geflucht, dass er jetzt doch lieber tot wäre – nur einen Tag, nachdem man ihm seinen Lohn ausgezahlt hatte, war das Geld nichts mehr wert gewesen. Es war die Stunde der Zauberer gewesen, die Geld verschwinden lassen konnten und dann wieder vervielfältigen, und die Stunde all jener, die einen Hof mit Tieren hatten, so wie die Eltern der kleinen Robbe.

«Das Geheimnis hieß damals Aktiengeschäft, jetzt ist es das wieder. Zumindest in Amerika. Da müsste man jetzt sein, in New York an der Wall Street. Da wirst du im Handumdrehen reich.»

Auf einmal spürte Christian sein Herz bis zum Hals klopfen. New York – den Hafen würden sie in wenigen Wochen anlaufen! Vielleicht würde er dort das Geld für seine Flugstunden auftreiben können? Aber wie genau sollte er das anstellen mit dieser Wall Street? Ging man da einfach hin?

Wilhelm kniete sich in den Sand, um die Nadel auf die Platte abzusenken. Christian setzte sich neben ihn.

«Ich bin jetzt übrigens kein Millionär mehr», sagte Wilhelm, als die ersten Takte aus dem Trichter strömten, so wild und lebendig, dass Christian gleich wieder aufstehen wollte, um zu tanzen. «So geht das eben auch mit den Aktien. Hab das meiste wieder verloren.»

Die Hellblonde sah, dass Christian mit dem Fuß wippte. «Hab das Gleiche gedacht, Schätzchen», sagte sie und zog ihn hoch. «Komm, swing mit mir!»

Noch Wochen später würde Christian an diesen Abend am Strand denken. Wie er mit dieser Käthe tanzte. Und wie Geeske ihm ihr Baby reichte und wie er dann über den Strand lief mit diesem kleinen Stück Mensch, an den Wellen entlang, die auf den Strand schäumten. Wie die Kleine lachte, als er sie über seinen Kopf in den Himmel hob, hoch wie ein Zeppelin. Und wie er später, trunken von Bier und Glück, an all das dachte, was noch kommen würde. Wie unglaublich weit und offen das Leben war, das vor ihm lag!

Später, als die Nacht schon schwarz war und das Feuer noch hell, setzte sich Onkel Per zu ihnen. Er hatte getrunken, wie stets zu dieser Stunde, und wedelte mit seiner Hand durch die Flammen, um festzustellen, ob seine Haut immer noch feuerfest war.

«Und dann, als wir im Schützengraben lagen …», hörte Christian ihn durch den Nebel in seinem Kopf sagen. Im Schein des Feuers verglich er seine Züge mit denen des Onkels. Sie sahen sich eigentlich nicht besonders ähnlich, fand er. Onkel Per war klein und stämmig und dunkel. Aber vielleicht sind wir beide unsterblich, flüsterte eine kleine, glückliche Stimme in seinen Gedanken.

Am Tag seiner Abfahrt brachte ihn die Mutter zum Bahnsteig. «Ich bin sehr stolz auf dich, Junge», sagte sie. «Mach aber keinen Unsinn unterwegs und präg dir alles genau ein! Wer weiß, wann du wieder die Gelegenheit haben wirst, all diese Länder zu bereisen!»

Christian wollte einwenden, dass er New York und Rio de Janeiro schon gesehen und Kap Hoorn umsegelt hatte, also kein Neuling in Sachen Welterkundung war, aber in diesem Moment kam Erika mit dem Geigenkasten angelaufen.

«Nimm du sie, Kische!», brüllte sie gegen den Lärm der Dampflok an. «Sie soll dein Glücksbringer sein!»

Christian drückte seine kleine Schwester an sich und ließ die vielen Küsse seiner Mutter über sich ergehen. Dann, als der Zug hinausrollte, stand er am offenen Fenster und wartete darauf, dass ein kleines Stück Glück schon jetzt auftauchen würde. Aber die kleine Robbe auf ihrem Fahrrad war bis zum Schluss nicht zu sehen.

***

Lil hatte über jeden einzelnen Blumenmarkt berichtet, der auf Oahu sein Geschäft betrieb, als Nächstes blühten ihr die Frauenvereine. Es war nicht so, dass sie sich ihre Anfangszeit als Reporterin beim *Honolulu Star-Bulletin* irgendwie aufregender vorgestellt hätte. Sie fand nur, dass diese Art von Langeweile allmählich unerträglich war.

«Ich hab den Chef gefragt, ob ich auch mal etwas über die Beziehungen zwischen Hawaii und den USA schreiben könnte, und da hat er mich angesehen, als ob ich das achte Weltwunder wäre.»

«Das neunte, meinst du.» Dave kaute genüsslich auf einem Stück Ananas herum.

«Das neunte, bist du sicher?» Lil runzelte die Brauen.

«Ja, das achte liegt direkt vor dir.»

«Du, Dave?», kicherte Lil.

«Nein, ich sitze. Das achte ist das.» Er deutete über den Rasen mit seinen Beeten voller Ilima und Orchideen hinunter zum Meer. «Oahu. Der schönste Ort der Welt. Und du darfst hier sein. Nimm das als Geschenk.»

Lil stampfte so heftig auf, dass die Erde erzitterte und mit ihr der Ingwerbaum. Ein Blatt segelte auf ihren Kopf hinunter und blieb dort hängen. «Aber ich will über wichtigere Dinge schreiben als über Blumen und Feste und Mode! Ich will begreifen … und verständlich machen», sie deutete ebenfalls in den Garten, «was das da zusammenhält!»

«Gute Arbeit hält das zusammen. Mit viel Aloha gemacht.»

Lil schüttelte den Kopf. «Nein, Dave, mit Verlaub, das glaube ich nicht. Die Welt da draußen ist aus Wettstreit entstanden. Es geht immer darum, wer am größten, schönsten, erfolgreichsten ist. Und egal, was man von Wettbewerben halten mag, ich will da mitmachen! Ich will die beste Story schreiben! Ich will zeigen, dass ich besser bin als Jack und Albie und all die anderen Wichtigtuer mit ihren Kontakten in die Regierung und ihren Autos und Zigarren und Frauen!»

«Du bist ganz bestimmt besser als Jack und Albie. *Und* ihre Autos und Frauen.»

Lil ballte die Fäuste. «Nicht, solange ich über Blumenmärkte und das Fest des Frauenvereins schreibe. Außerdem kennst du Jack und Albie überhaupt nicht! Entschuldige bitte, es ist natürlich trotzdem sehr nett, dass du das zu mir sagst.»

Dave legte die abgenagte Ananasscheibe vorsichtig beiseite. «Du hast einen Samen gepflanzt», sagte er. «Nun warte ab, was für eine Blume daraus erwächst.»

Ein dunkles Musikzimmer, das auch als Lesezimmer dient. Eine Mutter, die nicht von ihrem Klavierhocker aufsteht, die nicht spricht, auch nicht, als sie sieht, dass Mann und Tochter sich in den Sesseln am Fenster niederlassen. Chopin, immer nur Chopin, schon seit Wochen.

Lil wippte ungeduldig mit dem Fuß. Sie sah, wie sich der Vater Scotch in ein Glas schenkte. Weiß der Teufel, woher er das Zeug hatte, mitten in der Prohibition, aber ihr Vater hatte Freunde auf Oahu, so viel stand fest. Die Flakons auf dem Tablett glitzerten im Schein der Petroleumleuchten. Tessi hatte sie auf Hochglanz poliert. Wie sehr etwas leuchten konnte in einem Haus, in dem es sonst so dunkel war! Sie nahm das Glas Saft, das der Vater ihr reichte.

«Du wolltest uns sprechen, Lil», sagte er.

Sie sah ihm in die Augen. Auch ihrer Mutter hätte sie gern ins Gesicht geblickt, aber die hatte sich auf ihrem Klavierschemel nicht umgedreht. «Ich möchte nach New York reisen.»

Der Vater nickte, als überrasche ihn diese Ankündigung nicht im Geringsten. «Und da willst du bei Tante Abigail wohnen.»

«Wenn das ginge. Das wäre sehr schön.»

«Ich muss gestehen, ich bin überrascht, dass du diesen Wunsch nicht schon früher geäußert hast.» Endlich hatte sich die Mutter ihnen zugewandt. «Du wirst bald zwanzig Jahre alt. Höchste Zeit, dass du in die New Yorker Gesellschaft eingeführt wirst.» Und mit einem vorwurfsvollen Blick zum Vater fügte sie hinzu: «Ich weiß allerdings nicht, ob die Schwester deines Vaters in der Lage ist, dich mit den richtigen Leuten bekannt zu machen.»

Der Vater nahm einen Schluck aus seinem Glas.

«Oh, darum geht es gar nicht!», wehrte Lil rasch ab. «Ich möchte meinem Chef vorschlagen, als New Yorker Korrespondentin für den *Honolulu Star-Bulletin* zu arbeiten.»

«Das darf doch wohl nicht wahr sein!» Die Mutter erhob sich abrupt vom Klavierhocker und durchwanderte das Zimmer bis zum Bücherschrank. «Sag mir bitte nicht, dass du diesen Zeitungsunsinn noch weitertreiben willst! Das ist doch deiner nicht würdig!»

«Ach ja?», fuhr Lil auf. «Was ist meiner denn würdig? Auf

dem New Yorker Heiratsmarkt verscherbelt zu werden wie ein Stück Fleisch?»

«Mäßige deinen Ton!», herrschte die Mutter sie an. «Ich wusste, dass die vulgären Manieren dieser Zeitungsleute auf dich abfärben würden! Warum musst du denn überhaupt arbeiten? Geben wir dir nicht ausreichend Taschengeld?»

Lil schloss die Augen. Die Wut bleichte ihren Kopf aus, bis kein Gedanke mehr Farbe hatte. Nichts existierte mehr in diesen Bleichwutmomenten, nur Leere und allumfassendes Weiß.

«Vielleicht könntest du mir antworten», hörte sie die kühle Stimme ihrer Mutter. «Wo du Worte doch so magst.»

«Ich habe nur gedacht», brachte Lil endlich hervor, «dass du selbst doch auch arbeiten gehst.»

Die Mutter lächelte. «Ich bin ausgebildete Konzertpianistin.»

«Die jetzt Stummfilme auf dem Klavier begleitet!»

«Weil ich keine andere Wahl habe.» Die Mutter warf einen anklagenden Blick in Richtung des Vaters. Der Scotch kreiste in seinem Glas. «Oder kennst du ein anständiges Konzerthaus auf Hawaii?»

«Ich werde meine Schwester Abigail fragen.» Der Vater blickte auf einen Punkt zwischen seiner Frau und seiner Tochter. «Lil soll zu ihr nach New York gehen, wenn sie das will.»

Auf einmal hatte Lil das Gefühl, im Musikzimmer zu ersticken. Sie sprang auf und lief zum geöffneten Fenster hinüber, hin zum Duft von Salz und Weite. Alles, was dort draußen lebte, tanzte im Abendwind: die Ilimablumen und Orchideen, die Blätter am Ingwerbaum, die Wellen auf dem Meer. Am Ende des Gartens konnte sie Tessi und Dave erkennen, die auf einer Bank saßen und sich an den Händen hielten. Eine Sehnsucht durchströmte sie, vielleicht nach Wärme, aber auch danach, weit fort zu sein. Zitronengelbes und orangefarbenes

Licht ergoss sich über den Himmel. Die Wolken quollen auf. Und dann, plötzlich, fühlte sie sich getröstet. Wie glanzvoll die Welt da draußen war! Und sie würde sie in all ihrer Pracht sehen! Zuerst diesen deutschen Zeppelin, dann alles andere.

«Ich werde Tante Abigail gleich schreiben», sagte sie.

$$\star\star\star$$

Vielleicht war sie die Schönste. Mit Sicherheit aber die Eleganteste, die er je gesehen hatte. Und natürlich die Größte. Das Wasser umspülte ihre Kurven. Die *Orion* aber lag einfach majestätisch da, einhundert Meter lang und mit 3600 PS die größte und stärkste Motoryacht der Welt. Von den Aufbauten wehte die amerikanische Flagge. Ein leichter Wind blies von der Ostsee, gerade kräftig genug, dass man die Streifen und die Sterne am oberen linken Rand erkennen konnte.

Christian schulterte seinen Seesack und bahnte sich den Weg durch die Menge. Im Hafen von Kiel herrschte ein Treiben, als ob es ein Volksfesttag wäre. Die Menschen waren zu Hunderten gekommen, um die *Orion* zu bestaunen, die größte und luxuriöseste Yacht der Welt. Auf der Pier drängten sich Männer in Fischerhemden, Kaufleute in dunklen Anzügen, Damen in gerade geschnittenen Kleidern mit enganliegenden Kappen auf dem Kopf. Dazwischen standen die vom Krieg Versehrten, Männer mit Augenklappen, denen ein Arm fehlte oder ein Bein. Blasmusik schepperte ohrenbetäubend.

«Was für eine Yacht!», brüllte ein Mann neben ihm auf der Pier. Ebenso wie Christian trug er einen Seesack über der Schulter. «Moin, ich bin Jan Katzenmeyer, Vollmatrose. Du gehörst auch zur Besatzung, nehme ich an.»

Christian strahlte. «Ja, moin! Christian, auch Vollmatrose. Freut mich, dich kennenzulernen!»

Ein Mann mit Falten, die ihm die Wetterlagen ins Gesicht gegerbt hatten, stieß sie von hinten an. «Nu man nich stehen bleiben, Jungs! Ick bün übrigens de Bootsmann un werd euch von nu an tüchtig rumkommandieren! Kümmt ihr nu an Bord, oder wüllt je noch'n beten inne Gegend kieken?»

Christian musste lachen. Das waren die Augenblicke, die er so liebte: Wenn er das Schiff, auf dem er fahren sollte, zum ersten Mal anschaute. Wenn er seinen Kameraden das erste Mal begegnete. Wenn alles noch so frisch war. Alles schien möglich in diesem ersten Moment. Freundschaft, die ein Leben halten sollte. Jeden Tag ein Meer mit anderen Launen, neue Dinge, die man tun musste, neue Häfen zu sehen. Gemeinsam mit Katzenmeyer und dem Bootsmann quetschte er sich durch die Menge hin zur Gangway, an der ein Wachmann stand und ihre Ausweise kontrollierte. Er schien Christian eine Ewigkeit zu mustern, als vergleiche er sein leuchtendes Gesicht mit der Passfotografie, und fragte ihn etwas, das Christian nicht hören konnte, so laut blies die Kapelle, so sehr lärmte die Begeisterung auf der Pier hinter ihm.

«In dem Kasten befindet sich eine Geige», erklärte er, als er die Frage endlich verstand.

Der Wachmann schaute ihm erneut in die Augen. Spätestens jetzt wurde Christian klar, was der von ihm denken musste: Dieser Vollmatrose hat nicht mehr alle Fahnen am Mast. Endlich durfte Christian über die Gangway die Planken der Yacht betreten, die still wie eine Villa im Wasser lag.

Gemeinsam mit Katzenmeyer und dem Bootsmann ging er zum Achterdeck, wo sie bereits der Erste Offizier erwartete, einer der Amerikaner an Bord. Er begrüßte die Deckscrew so begeistert, wie es alle Amerikaner taten, die Christian kennengelernt hatte, mit Händen, die immer genau zu wissen schienen, wo sie hingehörten, und einem festen, breitbeinigen

Stand. Auf Englisch wies er den Bootsmann an, den Matrosen die Mannschaftsquartiere zu zeigen. Geschlossen gingen die Männer zu den Aufbauten, und der Bootsmann, der vorwegschritt, öffnete die Tür ins Innere des Schiffes.

Christian betrat eine andere Welt. Er hatte gewusst, dass Reiche oft exzentrisch waren. Der Eigner der *Orion* war indes so reich – und so exzentrisch –, dass er kurzerhand die gute Schiffssitte, Bullaugen rund anfertigen zu lassen, über Bord geworfen hatte, um stattdessen Bullaugen einzusetzen, die eckig und verschnörkelt wie Hausfenster waren. Zu Forstmanns Verteidigung ließ sich zumindest anführen, dass er sein Vermögen nicht geerbt hatte, sondern in Jahrzehnten harter Arbeit selbst aufgebaut. Das wusste Matrose Katzenmeyer zu berichten, nachdem sie bei den Rettungsbooten erste Sicherheitsinstruktionen empfangen hatten.

Die nachfolgende halbe Stunde, die sie zu ihrer freien Verfügung hatten, nutzten die beiden gewinnbringend, indem sie die Räume der Herrschaften inspizierten, von außen leider nur. Durch die merkwürdigen Fenster.

«Man hört, dass er mit einer Textilmanufaktur im Rheinland angefangen hat», fuhr Katzenmeyer fort. «Dann ist er nach Amerika ausgewandert.»

«Um dort auch in kaufmännischer Hinsicht Neuland zu betreten, nehme ich an.» Christian blieb vor einem Bullauge stehen, hinter dessen Scheibe ein Raum lag, der bis auf ein paar Geräte vollkommen leer war.

Katzenmeyer drehte sich um und spuckte in die Ostsee. «Ja, und weniger fein ausgedrückt, könnte man sagen, dass er in Amerika so viel Kohle gescheffelt hat, dass er sich die ganze Kieler Förde davon kaufen könnte. Mitsamt den Schiffen drauf. Ja, und dann hat der Mistkerl das Geld auch noch in Aktien angelegt.»

«Darüber habe ich auch mal nachgedacht», erklärte Christian.

«Über Aktien?» Katzenmeyer musterte ihn interessiert. «Hast du denn Geld?»

«Nein. Aber nach dieser Fahrt werde ich welches haben. Ich werde meine Heuer sparen.»

«Ja, bist du denn wahnsinnig? Da machst du 'ne Weltreise und willst unterwegs gar keinen Spaß haben? Nicht mal mit Mädchen und so?»

Christian schüttelte entschlossen den Kopf. Ein Mädchen mit Zöpfen, das sich in die Pedale stemmte, kam ihm in den Sinn.

«Aber wozu willst du das Geld anlegen? Was willst du denn damit machen nachher?»

Christian überlegte. Er kannte diesen Matrosen noch nicht. Er machte einen netten Eindruck, aber ob er sein Freund werden würde, so wie Fiete, der alles getan hatte, um ihm das Leben zu retten, ob das einer war, der einem den Kiefer schiente und bei dem man sogar weinen konnte, obwohl man ein Mann war, das wusste er noch nicht. Er beschloss, lieber das Thema zu wechseln. Es musste hier an Bord vielleicht keiner wissen, dass er vorhatte, fliegen zu lernen. «Also, dieser Eigner – Forstmann? Schlau von ihm, dass er nicht die Kieler Förde gekauft hat, sondern nur ein einzelnes, sehr schönes Schiff. Manchmal muss man sich eben auf das Wesentliche beschränken.»

Katzenmeyer klebte jetzt mit dem Gesicht an einem Bullauge. «Guck mal, Christian, was, glaubst du, sind das für Geräte dadrinnen? Sieht nach Folterwerkzeugen aus. Die werden doch wohl nicht komische Sachen mit uns machen, oder? Ich meine, nicht, dass das so 'ne neue Sache bei den Reichen ist – statt Kielholen oder so.»

«Kielholen!» Christian musste lachen. «Also ich glaube nicht, dass das noch jemand macht. Du?»

Katzenmeyer wiegte nachdenklich den Kopf hin und her. «Man weiß das nie. So, jetzt geht da einer rein! Ist das nicht der Sohn vom Forstmann? Was der da wohl macht?»

Christian drängte sich neben ihn. «Er zieht an dem Tampen, der in der Decke klemmt … Aber er scheint ihn nicht herauszubekommen, sieh mal, er probiert es immer wieder! Ob wir ihm vielleicht unsere Hilfe anbieten sollten? Also ich bekomme so einen Tampen ruckzuck …» Christian unterbrach sich und legte sich eine Hand vor den Mund.

«Was ist?», wollte Katzenmeyer wissen.

«Der Tampen …!», lachte Christian. Weiter kam er nicht, so sehr schüttelte es ihn.

«Hast du getrunken?», erkundigte sich Katzenmeyer ungläubig. Der Junge war mittlerweile vor Anstrengung hochrot im Gesicht. «Der Junge dadrinnen – der arbeitet überhaupt nicht. Das ist einer von den Herrschaften. Und der Raum da ist ein Gymnastikraum!»

«Ein Gym– was?»

«Ein Raum mit Sportgeräten. Damit der männliche Teil der Herrschaft am ganzen Körper genauso gut aussieht wie wir!»

Katzenmeyer grinste. «Wird schwer werden.»

«Wenn nicht gar unmöglich!», lachte Christian. «So, und jetzt komm weiter, ich muss gleich meinen Dienst antreten.»

Katzenmeyer krachte ihm eine Hand auf die Schulter. «Richtig! Auf nach New York!»

***

Der Chef schenkte Lil ein Lächeln, das sie hinter all dem Rauch kaum erkennen konnte. «Da sind Sie ja endlich, Miss Kimming! Also um es gleich zu sagen: Das mit dem Blumenwettbewerb haben Sie ja ganz gut gemacht.»

«Von welchem der zwölf Wettbewerbe, über die ich seit Beginn meiner Reportertätigkeit vor sechs Wochen geschrieben habe, sprechen Sie?»

«Ha ha, und witzig sind Sie auch!» Der Chef sog an seiner Zigarre, dass es knisterte. Seine Füße auf dem Schreibtisch sahen riesig aus. Durch die Schwaden hindurch konnte Lil seine schmutzigen Sohlen erkennen.

«Ja, Humor hat mich aber bislang nicht weitergebracht.»

«Könnte jetzt vielleicht klappen. Ich weiß, dass Sie unbedingt vom amerikanischen Festland berichten möchten. Und ich bin kein Unmensch. Aus meiner Sicht haben Sie sich für ein neues Themengebiet qualifiziert.»

«Und warum bin ich jetzt misstrauisch?» Lil klemmte sich eine kinnlange Strähne hinters Ohr und zückte den Stift.

«Vielleicht, weil Sie doch nicht so schlecht sind, wie ich zunächst dachte», grinste der Chef. «Gesundes Misstrauen ist bei uns oberstes Gebot. Also, wenn ich es richtig verstanden habe, wollen Sie zurück nach New York.»

«Das ist richtig. Eine Tante von mir lebt dort, und deshalb müssten Sie mir nicht mal eine Unterkunft zahlen, wenn Sie mich als Korrespondentin entsenden. Aber wie gesagt», sie atmete einmal tief durch, «ich würde so gern über diesen deutschen Zeppelin berichten!» Sie drückte ihr Kreuz durch und setzte sich sehr gerade hin. «Ich bin Expertin auf dem Gebiet!»

«Fein, aber das Leben ist kein Wunschkonzert, oder?» Der Chef faltete ein Stück Papier zu einem Segelflieger zusammen und warf es über den Tisch zu ihr. Lil versuchte, das Papier zu fangen, aber das Zimmer war so rauchvernebelt, dass sie danebengriff. «Frauen und fangen», grummelte der Chef, sog an seiner Zigarre und schüttelte den Kopf. «Selbst wenn ich wollte, könnte ich Sie nicht mit diesem Thema betrauen. Randolph Hearst hat die Exklusivrechte an der Zeppelin-Geschichte gekauft. So, hier finden Sie alle Informationen über das Thema, über das Sie stattdessen berichten dürfen. Sie können heute noch Ihre Sachen packen. Viel Spaß.»

Lil faltete den Papierflieger auseinander und unterdrückte einen Fluch. «Sie schicken mich nach New York, damit ich was über eine Hochzeit schreibe?»

Das Lachen ihres Chefs ging direkt in einen Hustenanfall über. «Ja, und schreiben Sie bitte dieses ganze Zeug, das Frauen immer so gerne lesen – große Gefühle, ewige Liebe und so. Sie wissen, dass unsere Zeitung immer mehr weibliche Leser anzieht, oder? Denen müssen wir ja auch was bieten. Also, Carol wird sich darum kümmern, Ihre Schiffspassage zu buchen. Von San Francisco aus fahren Sie mit der Eisenbahn. Haben Sie sich nicht immer damit gebrüstet, die schnellste Reporterin im Haus zu sein? Dann fahren Sie jetzt nach Hause und packen Ihre Sachen. Der Dampfer legt in acht Stunden ab.»

3

Lils Kleid glitzerte wie der Sternenhimmel über Hawaii. Es war das erste Abendkleid ihres Lebens, sie hatte es auf der Fifth Avenue erstanden, so wie es sich für ein Mädchen gehörte, das einen New Yorker Ball besuchen wollte – zumal den wichtigsten dieses Sommers: den Ball zu Ehren des deutschen Zeppelins. Lil holte tief Luft. Wie gut es war, Tante Abigails nasser Wohnung entronnen zu sein. Ihr Vater hatte sie ja vorgewarnt, seine Schwester sei seit dem Tod ihres Mannes etwas wunderlich geworden. Aber die Feuchtigkeit hatte er nicht erwähnt.

Die Automobile fuhren vor, eines nach dem anderen, ein Strom aus funkelndem Metall. Frauen in pelzgesäumten Mänteln schwangen Beine daraus hervor, die lang und elegant aussahen, und wichtig wirkende Männer führten sie zum Eingang, ihre Eintrittskarten in der Hand. Woher hatten sie die alle nur? In den letzten Wochen, nach dieser schrecklichen Hochzeit, deretwegen sie nach New York gekommen war, hatte Lil versucht, die geheime Quelle der Eintrittskarten ausfindig zu machen. Leider ohne Erfolg. Wer am Zeppelin-Ball teilnahm, war entweder unermesslich reich, unermesslich wichtig oder schrieb für Randolph Hearst. Aber wenn sie, Lil Kimming aus Oahu, es schaffen würde, sich am Vorabend der Zeppelin-Weltfahrt auf den Abschiedsball zu schmuggeln, dann würde er, der Chef, vielleicht darüber nachdenken, sie demnächst mit wichtigeren Aufgaben zu betrauen. Sie musste also hinein, sie musste!

An der Eingangskontrolle wurden Stimmen laut. «Ja, das hast du richtig verstanden!», hörte Lil eine Frau rufen. «Die Karten habe ich in meiner Handtasche, und stell dir vor: Dich nehme ich nicht mit rein!»

Die Worte des Mannes konnte Lil nicht verstehen, aber seinem Tonfall nach zu schließen, dachte er anders über die Angelegenheit. Jetzt oder nie, dachte sie und schloss kurz die Augen. Sie hatte so etwas noch nie getan, und vermutlich würde es das auch nie wieder geben, aber die Situation erforderte nun mal drastische Maßnahmen. Ihre Beine setzten sich in Bewegung, fast ohne ihr Zutun.

Als sie vor dem Paar stand, sah sie, dass die Frau noch sehr jung war, höchstens so alt wie sie selbst. «Ich höre, dass eine Karte frei geworden ist», sagte Lil, so fest sie konnte. «Wie viel möchten Sie haben dafür?»

Der Mann tat alles, um das Geschäft zu verhindern, er fluchte, drohte und sah aus, als hätte er Lil am liebsten weggeschubst. Aber das Mädchen nannte einen Preis, Lil reichte ihr ein paar Scheine, und eine Minute später waren sie drin.

«Er muss Ihnen überhaupt nicht leidtun!», rief das Mädchen über die Musik der Kapelle hinweg, die in der Mitte des Ballsaals auf einem Podium spielte. «Der Kerl hat mir heute verkündet, dass er morgen zu seiner Frau zurückkehrt. Dabei hatte er mir noch gestern ewige Liebe geschworen! Männer, ich sag's Ihnen, einer nichtsnutziger als der andere. Aber ich will verdammt sein, wenn ich heute Abend nicht ein fescheres Exemplar finde! O gut, sie spielen Swing und nicht dieses öde, langsame Zeug! Und jetzt genehmigen wir uns erst mal einen Drink!» Sie lachte und hob den Saum ihres Kleides. Unter ihrem Strumpfhalter blitzte ein Flakon auf. «Ach, und übrigens: Ich heiße Amy. Und wie war Ihr Name doch gleich?»

«Ich heiße Lil.»

«Und? Schon mal mit einer Frau getanzt?», lachte Amy.

Lil schüttelte den Kopf.

«Na, dann mal los!»

Eine Stunde später hatte Lil das Gefühl, noch nie in ihrem Leben eine so gute Freundin gehabt zu haben wie Amy. Sie nahmen sich zwei Luftballons, die ein als Zeppelin verkleideter Mann an die Gäste verteilte, knoteten sie sich kichernd an die Träger ihrer Kleider und gingen damit auf die Tanzfläche. Es war das erste Mal in Lils Leben, dass sie Alkohol trank, und es war das erste Mal, dass sie Swing tanzte – aber zu ihrem eigenen Erstaunen war sie offenbar in beidem so etwas wie ein Naturtalent.

Irgendwann warf sie sich mit Amy in eine Sitzecke, bestellte zwei Drinks, in die Amy den Inhalt ihres Flakons mischte, und Lil erzählte ihrer neuen Freundin alles: dass sie über den Zeppelin-Ball und die Abfahrt am nächsten Tag schreiben wollte, um ihrem Chef zu zeigen, dass sie eine ernstzunehmende Reporterin war (das Wort ging ihr nicht besonders glatt von der Zunge); dass sie es leid war, über Blumen und Hochzeiten und große Gefühle zu schreiben; dass sie hoffte, dem Zeitungs-Tycoon Randolph Hearst auf dem Ball zu begegnen, der die Weltfahrt des Zeppelins finanzierte; und wie gern sie selbst einmal durch die Luft reisen wollte, so wie diese weibliche Reporterin an Bord des Zeppelins.

«Du willst fliegen lernen?», fragte Amy.

Lil lachte. «Nein, ich will darüber schreiben. Ich will begreifen, wie das alles …» Sie machte eine Armbewegung, die die Kapelle auf dem Podium, die Paare auf der Tanzfläche und die Luftballons im Raum umfasste. «Wie das alles funktioniert!»

«Wie merkwürdig, immer nur über das schreiben zu wollen, was andere erleben», schrie Amy in ihr Ohr. «Dann führst du ja nur ein Leben aus zweiter Hand!»

Vielleicht waren es Sätze wie dieser, die sie für Amy einnahmen. Vielleicht war es aber auch der Alkohol. Die Menge waberte vor ihren Augen. Gesichter schoben sich ineinander, Münder standen offen, Augen strahlten, alles tanzte und schrie. Wieder und wieder fühlte Lil sich emporgerissen, wenn Amy zurück auf die Tanzfläche wollte, die Musik fuhr ihr in die Beine, und sie war so glücklich, dass sie hätte heulen können. In den Pausen zwischen den Stücken stellte sie Fragen – was für Fragen, das hätte sie später nicht mehr sagen können, aber ihr Stift flog nur so über den Notizblock. Aus irgendeinem Grund sprach sie an diesem Abend nur mit Frauen, die einen ähnlichen Trunkenheitsgrad erreicht hatten wie sie, und die Frauen redeten und redeten, und einmal musste Lil auch Tränen trocknen.

Am Ende des Abends sagte sie zu Amy, die gerade einen Luftballon mit der Nadel ihrer Brosche zerstach, dass es knallte und alle sich zu ihnen umdrehten, dass sie recht gehabt habe und dass das mit den großen Gefühlen wirklich ein sehr kompliziertes Unterfangen sei. Sie erzählte Amy auch von Tante Abigail, von den großen, wässrigen Augen der Tante und von deren Apartment oben in der 111. Straße, in das es hineinregnete und wo die Spülung ständig lief und die Wasserhähne tropften, und dass Tante Abigail behauptete, dass all das Wasser an dem Tag zu strömen begonnen hatte, als ihr Mann gestorben war. Sie war in Trauer, ihre Tante, das durfte man nicht vergessen, aber je länger Lil bei ihr wohnte, desto mehr beschlich sie der Verdacht, dass die alte Frau vielleicht einfach keine nette Person war. Sie zählte die feuchten Brotscheiben ab, die sie ihr morgens vorsetzte, sie war missmutig, kleinlich und pedantisch und kritisierte einfach alles: was Lil tat, wie sie es tat, was sie anzog, wie sie sprach, wann sie nach Hause kam. Lil war es nicht gewohnt, für alles Rechenschaft ablegen zu müssen, dazu war ihre Kindheit auf Hawaii zu frei gewesen.

Irgendwann konnte sie nicht mehr stehen und musste sich die Schuhe ausziehen, weil ihr die Füße schmerzten. So ging sie mit Amy barfuß im Morgenlicht durch die Straßen einer Stadt, die ihr plötzlich so vertraut war, ja, die sie liebte, so wie sie alles liebte an diesem Abend, Amy und den Alkohol und die Zeppeline und den Swing. Amy erklärte, dass sie ein sehr trockenes Zimmer habe und dass Lil dort gerne übernachten dürfe, und Lil sagte mit Freuden zu.

Die Hand an ihrer Schulter wollte nicht aufhören mit dem Rütteln. «Wir verpassen das größte Ereignis des Jahres!», hörte Lil Amys Stimme, die aus unerfindlichen Gründen noch immer begeistert klang. «Der Zeppelin startet in zwei Stunden! Komm, Darling, zieh dich schnell an! Wir fahren nach Lakehurst hinaus!»

✶✶✶

Jemand hatte ein Radiogerät auf volle Lautstärke gedreht. Christian, der auf einem Poller an Deck saß und einen Tampen spleißte, konnte nicht alles verstehen, denn der Reporter sprach amerikanisch. Aber dass es um das Luftschiff *Graf Zeppelin* ging, das von New York aus einmal rund um die Welt fahren würde, das begriff er doch.

«It's a beautiful morning down here, and it's the day of the greatest aerial adventure in history!», rief der Radio-Reporter begeistert. «Crowds are gathering here in Lakehurst, New

Jersey, to take a glimpse at the beautiful *Graf Zeppelin* and to watch the departure of her flight around the world.»

«Na, mokt di dat Spaß, so 'n büschen Urlaub an Deck?» Der Bootsmann war urplötzlich hinter ihm aufgetaucht.

«Ich mache keinen Urlaub, ich habe hier nur gerade …»

«Un dat war falsch! So, un nu weiterspleißen!»

«Ja, aber …» Christian fasste den Bootsmann am Ärmel. «Hör doch mal kurz zu, Kuddel! Der Zeppelin steigt in New Jersey auf! Unser deutscher Zeppelin fährt gleich los, einmal rund um die Welt!»

Kuddel kratzte sich am Kopf. «Wi mok dat auch. Eenmol rund um de Welt.»

«Ja, aber wir fahren auf dem Wasser, so wie Millionen von Seeleuten vor uns, seit Tausenden von Jahren! Aber der Zeppelin, der heute startet, der fährt durch die Luft, Kuddel! Durch die Luft!»

«Fein.» Kuddel ging weiter. «Un nu weitermoken. Gift noch Arbeit genug.»

Christian griff sich einen der fertig gespleißten Tampen und begann, ihn mit gewachstem Garn zu umwickeln. Es war noch gar nicht so lange her, da hatte ihn die Eintönigkeit dieser Arbeit in den Wahnsinn getrieben, aber seit er beschlossen hatte, fliegen zu lernen, versank er immer wieder in Tagträume. Verantwortlich dafür war ein kleiner Stapel Bücher. Und ein Trick.

Um die *Orion* auf ihre Weltreisefähigkeit zu testen, hatten sie in den vergangenen Wochen Probefahrten nach Schweden, Dänemark, Portugal und zur Insel Madeira unternommen. Und jedes Mal, wenn sie aus einem Hafen ausliefen, oblag es Christian und den anderen Matrosen nachzusehen, ob sich vielleicht blinde Passagiere in den Rettungsbooten versteckt hatten, die in den Davits an Backbord und Steuerbord hingen.

Oder ob die Feuerlöscher noch da waren, wo sie hingehörten. Ob Tauwerk herumlag und ob die Kisten mit den Rettungswesten an den Aufbauten vorne und hinten noch verschlossen waren.

Christian hatte dem Bootsmann zudem vorgeschlagen, sich persönlich um kleine Tischlerarbeiten zu kümmern in den Salons, im Speisezimmer, im Musikzimmer, in den Zimmern der drei Forstmann-Kinder, in Forstmanns Wohn-, Schlaf- und Ankleidezimmer, im Ankleidezimmer von Frau Forstmann, im Treppenhaus mit seinen geschwungenen Handläufen – und natürlich auch in der Bibliothek. Besonders die merkwürdigen Fenster sollten doch regelmäßig darauf überprüft werden, ob Wasser hineindringen konnte. Ja, und wenn er schon unter den Kristalllüstern spazieren ging, dann konnte er wohl auch gleich mal die Bücher durchsehen. Letzteres sagte er natürlich nicht, das tat er einfach. Und so schuf er sich eine Art personalisiertes Ausleihsystem, das darin bestand, dass er bei jedem seiner Kontrollgänge ein Buch mitnahm, das er selbstverständlich beim nächsten Rundgang zurücklegte. Oder beim übernächsten. Oder dem danach.

Kurz hinter Lissabon hatte er auf diese Weise die Sage von Ikarus gelesen. Nach Madeira hatte er sich in da Vincis Gedanken über das Fliegen vertieft und sich die erstaunlichen Skizzen des alten Toskaners angesehen, der ein Fluggerät geplant hatte, das sich in die Lüfte schrauben sollte. Jetzt, auf Höhe der Azoren, las er ein amerikanisches Traktat über Zeppeline, für das er sich gleich ein zweites Buch ausleihen musste, ein Wörterbuch. Wie er hier erfuhr, hatten die Alliierten deutsche Zeppeline neuester Bauart bei Kriegsende beschlagnahmt und untereinander verteilt (ein Zeppelin pro Siegermacht; Russland war praktischerweise nach der Oktoberrevolution 1917 ausgeschieden). Weil aber nun die Luftschiffbesatzungen ihre

Zeppeline nicht den Siegern übergeben wollten, hatten sie sie von den Flaschenzügen fallen gelassen, an denen sie gelagert worden waren. Natürlich hatten die Luftschiffe diesen Fall nicht unbeschadet überstanden. Die Alliierten ordneten daraufhin an, dass Deutschland eine Entschädigung an die vier Mächte zu leisten habe. Amerika forderte über drei Millionen Goldmark, woraufhin der deutsche Zeppelin-Konstrukteur Hugo Eckener direkt mit der amerikanischen Militärkommission verhandelte, um ihr vorzuschlagen, den Amerikanern ein Ersatzluftschiff zu bauen.

Es gab eine Übereinstimmung von Zahlen, ein kleines Ziffernspiel, das Christian faszinierte. Der Tag, an dem Hugo Eckener das neue Luftschiff an die Amerikaner ausliefern sollte, indem er es über den Atlantik fuhr, war der 12. Oktober 1924. Der 12. Oktober 1492 war der Tag gewesen, an dem Christoph Kolumbus von Spanien aus in Amerika gelandet war. Die Übereinstimmung aller Ziffern in diesen beiden Daten erschien dem spanischen Gesandten in Berlin als göttliche Fügung, sodass er daraus den moralischen Anspruch der spanischen Regierung ableitete, auf diese Fahrt einen höheren spanischen Beamten (vorzugsweise sich selbst) mitzuschicken. Dies hatte ein paar diplomatische Wirren zur Folge, befeuert unter anderem durch den italienischen Gesandten, der die Weltgemeinschaft daran erinnerte, dass Kolumbus Italiener und nicht Spanier gewesen sei und dass man insofern überlegen müsse, einen höheren *italienischen* Beamten (vorzugsweise sich selbst) mit dem Luftschiff reisen zu lassen. Am Ende wiesen Hugo Eckener und die Mitglieder der amerikanischen Kommission, die an der Fahrt teilnahmen, darauf hin, dass sich das Luftschiff keinesfalls mit zu viel Ballast beschweren dürfe – eine zu jener Zeit bemerkenswerte deutsch-amerikanische Entente. Das Luftschiff LZ 126 überstand die Überfahrt über den Atlantik schadlos und wurde von der Gattin des Präsidenten auf den Namen *Los Angeles* getauft.

So vergingen die ersten Wochen auf der *Orion*. Christian leistete seine Seewachen auf dem Ausguck und am Ruder auf der Kommandobrücke. Er bediente den Steuerstand mit dem Kreiselkompass und die Scheinwerfer. Er schrubbte das Deck, arbeitete am Tauwerk und besserte zusammen mit dem Zimmermann erste Schäden am Lack der Yacht aus. In seinen freien Stunden las er oder spielte mit den anderen Matrosen und dem Bootsmann Karten. Aber seit er im Radio von der Abfahrt des Zeppelins gehört hatte, hoffte er nur eines: ihn während seiner Fahrt über den Atlantik mit eigenen Augen zu sehen.

***

«Du hast ein Auto?» Lil blieb vor Staunen mitten auf der Straße stehen. Eine Pferdedroschke musste ihr ausweichen, und der Kutscher fluchte so laut, dass ein Seiltänzer, der einige Meter über ihnen die Straße überquerte, fast das Gleichgewicht verlor.

Amy schloss seelenruhig den dunkelgrünen Chevrolet auf, der quer auf dem Bürgersteig stand, dann hielt sie Lil die Tür auf und stülpte sich ihre Schutzkappe auf den Kopf. «So ähnlich. Das Gesetz mag da vielleicht anderer Meinung sein. Hast du eine Ahnung, wie man jetzt am besten nach Lakehurst kommt?»

Lil starrte sie entgeistert an. «Welcher Meinung ist denn bitte das Gesetz?»

Amy rumpelte vom Bürgersteig herunter. «Es könnte meinen, dass dieses kleine Schätzchen», sie streichelte die schimmernde Armatur, «dem Mann gehört, der mir ewige Liebe geschworen hat.»

«Bill?», fragte Lil entsetzt. «Du meinst, wir fahren im Auto vom armen Bill?»

«Bill ist weit davon entfernt, arm zu sein. Und nein, ich meine nicht Bill, sondern Paul. Wenn du wüsstest, wie viele Männer mir schon ewige Liebe geschworen haben – also, ich habe das Zählen aufgegeben!» Sie wich einer Schar Kinder aus, die sich auf der Fahrbahn eine Wasserschlacht lieferten. Ein Hydrant war geplatzt, und die Kinder sprangen jubelnd durch den Strahl. Amy wandte sich zu Lil. «Aber bei Paul war es besonders schlimm. An Paul habe ich mein Herz verloren. Naja, da musste Paul auch was verlieren, das ist ja nur gerecht.»

«Der Bus da vorne!», schrie Lil. «Pass auf, er fährt direkt auf uns zu!»

Amy kicherte. «Dann weiß der wohl nicht, wie gut ich ausweichen kann!» Sie riss das Lenkrad zur Seite, kurvte auf den Bürgersteig, dass der Karren eines Gemüsehändlers in die Luft flog und ein Regen von Tomaten auf sie niederging. «Vielleicht werden wir das schmutzigste Auto in Lakehurst sein. Aber dafür die hübschesten Mädchen!»

Lil umklammerte ihren Sitz so fest, dass die Knöchel weiß hervortraten. «Wo hast du fahren gelernt?», fragte sie, während Amy zurück auf die Fahrbahn schoss, direkt in die Menge aus Radfahrern, Automobilen und Pferdedroschken.

«Gar nicht», lachte Amy. «Ich bin ein Naturtalent!»

Die Sonne stand schon hoch am Himmel, als sie endlich den Rasenplatz vor dem Luftschiff-Hangar in Lakehurst erreichten. Hunderte von Autos standen kreuz und quer geparkt, dazwischen liefen Männer in Overalls, Süßwarenverkäufer und Familien mit Kindern umher. Vor der Absperrung drängte sich eine Menschenmenge, wie Lil sie noch nie gesehen hatte. Es mussten Zehntausende sein.

«Gott sei Dank!», rief Amy, während sie den Chevrolet so

plötzlich zum Stehen brachte, dass Lil vornüberkippte. «Der Zeppelin ist noch da!»

«Gott sei Dank sind *wir* noch da», murmelte Lil.

Im Hangar hielt jemand eine Rede. Dem deutschen Akzent nach zu urteilen, musste es der Kapitän des Zeppelins Hugo Eckener sein. Es war nicht ganz leicht, sich durch die Menge vor dem Gitter zu kämpfen. Lil presste die Arme an den Körper und schob sich unter vielen Entschuldigungen nach vorn.

«Du machst das ganz falsch!», rief Amy, warf sich schreiend nach vorn und zerteilte die Menge, als wäre sie ein Meer.

Der Zeppelin war so gewaltig, dass sie ihn um ein Haar übersehen hätten. Seine Schnauze erinnerte Lil an den Wal, den sie einmal mit Dave beobachtet hatte, als sie mit ihm zum Fischen hinausgefahren war. Das Luftschiff hing ein paar Meter über ihr in der Halle, über all den Menschen, die heute gekommen waren, um ihn zu verabschieden, über dem Deutschen, der auf einem Podest stand und eine Rede an die Menge hielt. Lil schrieb alles auf: Wie die bunten Wimpel flatterten, mit denen der Zeppelin geschmückt war. Wie die Haut des Zeppelins glänzte. Wie die Menschen aussahen, die auf das Gerüst geklettert waren, um alles mit anzusehen, den Redner, die Menge, den Zeppelin.

Eine Frau betrat das Podest. Lil erkannte sie von einem Bild aus der Zeitung: Es war die Journalistin, die für Randolph Hearsts achtundzwanzig Zeitungen schrieb. Sie sah seltsam schüchtern aus, wie sie da stand und der Menge versicherte, dass sie sich der großen Ehre bewusst sei, die erste Frau auf Weltfahrt durch die Luft zu sein.

Und schließlich war es so weit. Die Bodenmannschaft begann, den Zeppelin an Seilen aus der Halle zu ziehen. Amy ergriff Lils Hand und wollte sie gar nicht mehr loslassen. Ihre

Augen glitzerten, als sie das riesige Luftschiff anstarrte, das Stück für Stück aus dem Hangar schwebte.

Plötzlich waren sie auch draußen auf der Wiese, Lil wusste gar nicht, dass sich ihre Beine in Bewegung gesetzt hatten und wie es angehen konnte, dass sie ebenso laut schrie und jubelte wie die Menschen um sie herum. Auf einmal wurde es dunkel. Der Zeppelin war aus der Halle geglitten, und er war so riesig, dass er die Sonne verdeckte. Lil beobachtete, wie die Männer von der Bodenmannschaft ein Geländer am Bauch des Zeppelins umfassten und ihm dann einen Schubs versetzten. Der Zeppelin stieg auf, und mit ihm einundsechzig Menschen. Lils Stift flog über das Papier.

Plötzlich zückte jemand ein weißes Taschentuch, und dann noch einer, und dann war die ganze Wiese voller Menschen, die mit Taschentüchern dem Luftschiff zuwedelten, das nun höher und immer höher schwebte.

Aus einem der geöffneten Zeppelinfenster winkte die Journalistin zur Menge hinunter. Sie strahlte übers ganze Gesicht, und in diesem Moment spürte Lil, wie neidisch sie war. Oh, was gäbe sie darum, jetzt auch an Bord des Zeppelins zu sein, mit ihm über die Ozeane zu schweben und die ganze Welt zu sehen! Der Zeppelin, oben am Himmel, wurde klein.

Millionen von Menschen hielten inne, als das Luftschiff über Manhattan auftauchte. Ein Seiltänzer in der Lower East Side verlor zum zweiten Mal an diesem Tag das Gleichgewicht. Durchnässte Kinder sprangen nicht mehr durch den Wasserstrahl eines Hydranten. Fünf Frauen hörten auf, einen Ballsaal von Zigaretten, Glasscherben und zerplatzten Luftballons zu reinigen. Ein Mann namens Paul, der ein dunkelgrünes Auto suchte, blieb stehen.

Luftschiff 127 *Graf Zeppelin* schwebte so dicht über der

Stadt, dass seine Passagiere, die an den Fenstern des Aufenthaltsraums standen und hinunterblickten, fast meinten, dass er die Spitzen der Wolkenkratzer berührte. Vom Baugerüst eines Hauses, das einmal Chrysler Building heißen sollte, winkten ihnen die Arbeiter zu. Weiter unten, in den Straßenschluchten, war das Leben spielzeugklein. Auf dem Hudson River hupten die Dampfschiffe. Jetzt flog das Luftschiff über die Freiheitsstatue, die aus der Upper Bay ragte. Dann bog es nach Richtung Osten, unter ihm das offene Meer.

★★★

Dreißig Stunden später glitt der Zeppelin auf die größte Luxusyacht der Welt zu, unter ihm das schwarze Wasser des Atlantiks. Ein Matrose, der Nachtwache am Ausguck hatte, blickte vom Horizont in den mondhellen Himmel. Er lachte in sich hinein, wobei ihm ein kleiner Schmerz durch den Kiefer zuckte. Auf diesen Augenblick hatte er so lange gewartet. Wie ein riesiger Schatten schwebte das Luftschiff auf ihn zu, schob sich über den Mond und verdunkelte ein paar Herzschläge lang die Welt. Als es das Licht wieder freigab, glänzte seine silberne Außenhülle, es sah aus wie ein fliegender Fisch – wie der Himmelsfisch, den er als kleiner Junge über Sylt gesehen hatte, damals, als der Milchzahn brach.

Christian beschloss, seiner kleinen Schwester in einem Brief über den Zeppelin zu berichten, der die Welt umrundete, genau wie er. Und dass es genauso gekommen war, wie sie gesagt hatte: Die Geige hatte ihm Glück gebracht.

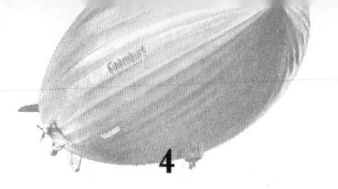

4

Hugo Eckener durchsuchte die Zigarrenkiste, in der er ein paar seiner Orden aufbewahrte, nach einem ausreichend schweren Stück Metall. An Auswahlmöglichkeiten fehlte es nicht: In der Zeit vor dem Krieg hatte er für seine Luftschiffkonstruktionen so viele Medaillen und Orden erhalten, dass er manchmal den Überblick verlor. Er erinnerte sich noch gut an sein Erstaunen, kurz nachdem er das Luftschiff 126, später *Los Angeles* genannt, an die Amerikaner überführt hatte. An einem einzigen Tag hatte er gleich zwei Orden erhalten, vom Großherzog von Weimar und vom Herzog von Coburg-Gotha.

Er setzte sich in seiner Kabine auf das Bett, das die Stewards jeden Morgen in ein Sofa verwandelten. Solange der Zeppelin nicht die Richtung wechselte oder im Sturm durchgeschüttelt wurde, konnte man sich vorstellen, man halte sich in einem ganz normalen kleinen Zimmer auf: Die Wände waren mit gemusterten Tapeten verkleidet, vor dem Fenster hingen Gardinen, und auf dem kleinen Tisch davor stand ein Blumenstrauß.

Endlich fand Hugo Eckener ein geeignetes Metallstück: eine Medaille undefinierbarer Herkunft und hässlich obendrein. Damit konnte der amerikanische Junge seinen Brief über Paris abwerfen. Er lehnte sich aus dem geöffneten Fenster und sog die Nachtluft ein. Unter dem Zeppelin schäumte das

Meer in mitlaufenden Wellen. Seit Neufundland hatten sie Rückenwind.

Er wollte so gerne schlafen, aber das konnte er nicht, ebenso wenig wie die Journalisten im Aufenthaltsraum, die mit den Tasten ihrer Schreibmaschinen die Stille über dem Atlantik zerhackten. Er dachte an die Länder und Luftmeere, die noch vor ihm lagen, an Russland und das Uralgebirge, an Japan und den Pazifik, an all diese Teile der Welt, die er noch sehen wollte, sodass er beim besten Willen nicht schlafen konnte.

Um Mitternacht beschloss er, sich zu den Navigatoren zu gesellen. Er mochte die sanften Bewegungen des Luftschiffs in der Gondel, den Blick auf das, was vor und seitlich und unter ihnen lag. An seinen Geburtstag dachte er dabei nicht eine Sekunde. Erst als sich ein paar Passagiere mit Sektgläsern in die Gondel schoben, um ihm zu gratulieren, fiel ihm ein, dass er jetzt einundsechzig war. Erfahren genug, um Förderer für sein nächstes Projekt zu sammeln. Aber dafür musste diese Reise hier gutgehen, das Schweben um die Welt.

Morgenfarbe mischte sich in den Nachthimmel, als der Zeppelin die französische Küste erreichte. Der amerikanische Junge trat so leise neben Eckener ans Fenster, dass er ihn nicht gleich bemerkte.

«Haben Sie was gefunden, Sir?», fragte er. «Womit ich meinen Brief beschweren könnte?»

Eckener holte die Medaille aus seiner Westentasche und lächelte. «Das habe ich in der Tat. Jetzt müssen wir nur noch hoffen, dass dein Brief niemanden erschlägt.»

Der Junge kicherte und stopfte das Stück Metall in einen Briefumschlag, adressiert an das französische Volk, und klebte ihn sogleich zu.

«Was hast du denn geschrieben?», fragte er. «Also, wenn meine Frage nicht indiskret ist.»

«Mein Vater hat neulich von Völkerverständigung gesprochen», erklärte der Junge. «Da habe ich beschlossen, den Franzosen etwas Nettes zu schreiben. Und den anderen natürlich auch. So einen Brief werfe ich über jeder Hauptstadt ab.» Er kratzte sich am Kopf und überlegte. «Als Nächstes kommt dann wohl Berlin.»

Das Luftmeer färbte sich gelb und rötlich, als sie endlich über Paris flogen. Die Journalisten hatten ihre Schreibmaschinen von den Tischen im Aufenthaltsraum geräumt und waren schlafen gegangen. Eckener und der amerikanische Junge beugten sich aus dem geöffneten Fenster und betrachteten die sternförmig angeordneten Straßen, in ihrer Mitte ein Bogen aus Stein. Die Seine zog sich wie ein schimmerndes Band durch die Ansammlung von Häusern, Fuhrwerke und Karren strebten den Markthallen zu. Plötzlich bemerkte eine Gruppe von Menschen den Zeppelin, der über ihnen schwebte. Der Jubel drang bis zu Eckener und dem Jungen empor.

«Jetzt», flüsterte Eckener.

Der Junge warf.

★★★

«Wusstest du, dass Kakerlaken sich vor Menschen ekeln?» Amy zeigte mit ihrem rot lackierten Fingernagel auf ein Tier, das sich an ihrem Thunfischsandwich gütlich tat. Die Schabe spürte die Bewegung und verschwand hastig durch ein Loch in der Wand.

Lil schüttelte sich. «Hat die Ungeziefer-Expertin auch noch beruhigendere Neuigkeiten auf Lager? Zum Beispiel, dass dieses Viech keine Verwandten mehr hat in diesem Haus?»

«Nein, denn dann müsste ich dich ja anlügen, Darling!» Amy versuchte, den Tumult zu übertönen, der plötzlich im Hausflur losbrach. «Und du bist ja schließlich kein Mann!»

Lil ließ sich vorsichtig auf Amys einzigem Stuhl nieder und begann, sich die Schuhe aufzuknöpfen. Sie hatte noch nie etwas so Heruntergekommenes gesehen wie dieses Gebäude in der Mulberry Street. Es roch hier nach einer Mischung aus gekochten Innereien und Menschen, die sich nicht wuschen, und das vom Erdgeschoss bis hin in den sechsten Stock, in dem Amy ein winziges Zimmer bewohnte. Die neue Freundin bildete einen seltsamen Kontrast zu der abblätternden Farbe, zu all dem Schmutz und Gestank. Ihr Haar war zu einem glänzenden Buster Brown frisiert, einem Schnitt, der gerade unter den Ohren endete, und sie verwandte Stunden darauf, sich das Haar mit der Brennschere in Wellen zu legen. Sie war eine Erscheinung, nach der sich alle umdrehten, und die umso heller leuchtete, je dunkler es draußen war.

Seit der Zeppelin abgefahren war, hatte sie sich von Amy nur getrennt, um in dem New Yorker Büro, mit dem der *Honolulu Star-Bulletin* zusammenarbeitete, ihren Artikel zu schreiben. Und um noch einmal zu Tante Abigail zu fahren. Ihre Wäsche war ganz klamm und muffig geworden in den Wochen bei der Tante, Tropfen perlten von ihrem Koffer, und die Seiten ihrer Bücher und Notizhefte hatten sich gewellt.

«Ihr jungen Frauen», hatte Tante Abigail mit großen, tränenden Augen gesagt. «Mit euren kleinen Kleidern und euren großen Ideen.»

«Ich werde dich jeden Sonntag besuchen kommen, Tante.»

«Oh, bitte, erspar uns das. Wir beide mögen uns doch nicht besonders, du und ich.»

Ein Spülkasten rauschte, ein Hahn tropfte. Wasser benetzte das Bild vom Onkel an der Wand. Am Ende hatte Lil ihren

Koffer genommen und war bei Amy eingezogen. Amy besaß ein Grammophon, und wenn sie zusammen unter dem Ventilator tanzten, der von der Decke hing und ihnen einen kühlen Wind in die Haare blies, dann fühlte sich Lil so lebendig wie schon lange nicht mehr.

Sie ließ sich rückwärts auf Amys Bett fallen. «Du wirst sie doch nicht alle belogen haben! Nicht deine große Liebe Paul, und doch wohl auch nicht den armen Bill!»

«Bill ist nicht arm, sondern Millionär, und ich müsste mir eigentlich ein Beispiel an seinen Lügen nehmen, damit ich auch mal zu Geld komme, so kann das hier ja nicht weitergehen!» Sie kniete sich zum Grammophon hinunter, setzte die Nadel auf die Schallplatte, und Sekunden später klang es aus dem Trichter, dass Lil mit dem Fuß wippen musste. Amy riss sie hoch und sang mit: *«I'm thirsty for kisses, I'm hungry for love»*, bis eine Faust gegen die Tür hämmerte und jemand laut etwas auf Italienisch schrie. «Siehst du, was ich meine?» Amy riss entnervt die Arme hoch. «Lass uns ins Savoy gehen heute Abend! Die haben da einen Tanzwettbewerb, und ich will ihn gewinnen!»

Lil schüttelte den Kopf. «Tut mir leid, Amy. Ich hab kein Geld mehr. Ich muss darauf warten, dass mein Chef mir welches kabelt.»

«Um Gottes willen!» Amy starrte sie übertrieben entsetzt an. «Du musst auf das Geld eines Mannes warten, du schlimmes Mädchen? Dann bist du ja genauso verdorben wie ich!»

Lil musste lachen. Dann hämmerte es erneut an die Tür.

«Ich mach die Musik ja schon aus, ihr Spielverderber!», schrie Amy und riss die Nadel von der Platte. «So besser? Könnt ihr eure katholischen Gebete jetzt besser hören?»

«Amy, ich bin mir nicht sicher, ob …»

Die Freundin winkte ab. «Das war die alte Mutter vom

Bestattungsunternehmer Giovanni. Die versteht sowieso kein Englisch, der kann ich erzählen, was ich will. Also, Darling, ich glaube, ich weiß jetzt eine Lösung für unser Problem!»

«Für welches?» Lil zog die Füße hoch – eine Kakerlake krabbelte direkt an ihrem Stuhl vorbei.

«Für das Geldproblem natürlich. Zieh dein schönstes Kleid an. Wir gehen aus.»

***

Die *Orion* fuhr auf der Achse des Golfstroms und wurde immer schneller. Mit fast 19 Knoten eilte sie auf den Ambrose Channel zu. Die letzte Nacht auf See war angebrochen. In einer Viertelstunde hatten sie den Hauptschifffahrtsweg nach New York erreicht. Christian nahm drei Stufen auf einmal, als er die Außentreppe zur Brücke hinauflief. Direkt vor ihm konnte er das Feuerschiff Ambrose erkennen, das am Eingang des Kanals verankert war und im gelben Morgenlicht schimmerte wie ein Versprechen auf eine andere Welt. Unzählige Schiffe quollen zu dieser frühen Stunde aus dem Kanal heraus, Fischerboote, Fähren auf dem Weg nach New Jersey, Lastkähne, und Schlepper. Sogar ein Passagierschiff dampfte über den Strom.

«Moin.» Christian strahlte, als er die Brücke betrat. Unfassbar, dass er am Ruder stehen und die Yacht in den Hafen von New York lenken durfte! Als Leichtmatrose hatte er New York schon angelaufen, aber dabei hatte er höchstens das Deck geschrubbt oder Taue gespleißt. Er dachte daran, was ihm der Bootsmann gesagt hatte: dass sie gut zwei Monate lang bleiben würden, bevor sie ihre Weltreise anträten. Zwei Monate – was konnte man in dieser Zeit nicht alles anstellen in der Stadt!

«Sie sehen ja so fröhlich aus, Nielsen.» Der Zweite Offizier warf ihm einen scheelen Blick aus seinem schmalen, spitzen Gesicht mit der Adlernase zu. Von der Seite wirkte sein Profil wie das eines Raubvogels. «Bestimmt schön, wenn man mal ausschlafen kann!»

Christian übernahm das Ruder.

«Den Mitläufer klar an Backbord halten!», befahl der Zweite.

Christian wiederholte den Befehl und korrigierte seinen Kurs. Immer mehr Schiffe kamen ihm entgegen. Gleich zwei Frachtdampfer schoben sich an der *Orion* vorbei. Kurz darauf hatten sie das Feuerschiff Ambrose erreicht und damit den Hauptschifffahrtsweg nach New York. Das Lotsenschiff legte längsseits an, und Minuten später trat der Lotse auf die Brücke, ein leutseliger Amerikaner, der jeden mit Handschlag begrüßte, selbst Christian. Er wirkte sichtlich beeindruckt von der Yacht und stellte dem Kapitän zwischen jedem Ruderkommando eine Frage.

«Die roten Tonnen eben an Steuerbord halten … und wie viele Umdrehungen hat sie pro Minute? 175 – Donnerwetter! Und zwei Acht-Zylinder-Dieselmaschinen? *Und* ein Musikzimmer mit Klavier?»

«Ja, und eine beeindruckende Bibliothek, die sich hier an Bord großer Beliebtheit erfreut.» Christian kam es so vor, als sehe ihn der Kapitän bei dieser Bemerkung kurz an. Er errötete. Der Zweite Offizier grinste.

Nun passierten sie die Narrows, die Meerenge, die die Upper mit der Lower Bay verband. An Backbord und Steuerbord konnte er Häuser erkennen, die ersten amerikanischen Häuser nach all der Zeit auf See. Plötzlich ragte die Freiheitsstatue mächtig vor ihm auf, und er war so damit beschäftigt, die Statue zu bestaunen und dabei gleichzeitig den Ruderanweisungen des Lotsen zu folgen, dass er Jan Katzenmeyer neben sich gar nicht bemerkte, der gekommen war, um das Steuer zu übernehmen. Christian ging in die Lee-Nock auf Ausguck.

Vor der Einfahrt in den Hudson River musste die *Orion* zwanzig Minuten lang stoppen. Christian beobachtete durch sein Fernglas, wie der deutsche Passagierdampfer *Bremen* von seinem Liegeplatz auf den Strom gezogen wurde. Er konnte alles genau sehen: Wie sich die Menschen an Deck drängten, Herren in hellen Sommeranzügen mit Hüten auf dem Kopf, Frauen in eleganten Kleidern, die ganze schimmernde Welt.

Als der gut dreihundert Meter lange Dampfer endlich auf Auslaufkurs manövriert war, fuhr die *Orion* flussaufwärts weiter. Kurz vor elf Uhr machte sie an ihrem Liegeplatz an der Upper West Side von Manhattan fest, nahe der 96. Straße.

Christian war in New York.

***

«Ich verstehe immer noch nicht, warum wir den Mann in einem Drugstore treffen müssen.» Lil blickte sich um. Der Raum war in Dämmerlicht gehüllt, obwohl draußen die Sonne schien, und sie waren die einzigen Kundinnen hier. Ein Ventilator summte unter der Decke – das einzige Geräusch im Raum.

«Wir treffen den Mann hier nicht.» Amy pustete sich mit vorgeschobener Unterlippe den Pony hoch. «Wir holen uns hier etwas, das wir brauchen, *damit* wir den Mann treffen können!» «Talkumpuder? Mag-Lac Zahnpasta? Oder Ayer's Haarfestiger?» Lil las die Produkte in der Auslage vor. «Sag nicht, der Mann ist Kosmetik-Fetischist?»

Amy kicherte. «Er hat tatsächlich mal gesagt, dass er meinen Lippenstift mag. Kauf dir doch auch mal einen, er würde dir bestimmt gut stehen! Oder nimm meinen!» Sie beugte sich vor, um mit dem Finger Lils Oberlippe nachzuzeichnen. «Dein Mund ist dafür wie gemacht.»

Lil verzog das Gesicht. «Selbst wenn ich Geld hätte, würde ich es nicht in Gesichtsfarbe investieren. Apropos Geld, was trägst du da eigentlich am Handgelenk? Hattest du diese goldene Uhr gestern auch schon?»

Amy setzte ein geheimnisvolles Lächeln auf. «Du wirst alles beizeiten erfahren. Dann kannst du es aufschreiben und deiner hawaiianischen Zeitung schicken, es soll dein Schaden nicht sein. Aber ohne meinen Namen zu nennen, wenn ich bitten dürfte.»

Irgendwo fiel eine Tür zu, und auf einmal stand ein Mann vor ihnen. Ein weißes Unterhemd umspannte seinen Bauch. Schwarzes Brusthaar quoll über dem Ausschnitt hervor.

«Was haben wir denn heute Schönes, *amore*?», fragte er Amy.

Amy reckte ihr Handgelenk in die Höhe. «Hallo, Tony. Wir haben die Uhrzeit. Präzise wie nie.»

Der Mann fischte eine Lupe aus seiner Hosentasche, griff nach Amys Gelenk und beugte sich darüber, das Vergrößerungsglas fast an sein Auge gepresst. «Donnerwetter», sagte er. «Damit kann ich etwas anfangen.»

«Wie viel?», fragte Amy.

Der Mann beugte sich vor, wobei sein Bauch die Tischplatte berührte, und flüsterte Amy etwas ins Ohr.

«Netter Versuch, Tony.» Amy ließ ihre silberne Dose aufspringen, holte eine Quaste daraus hervor und begann, sich die Nase damit zu pudern. «Mal sehen, ob du das besser kannst.»

Lil starrte die Freundin aus aufgerissenen Augen an. Wo hatte Amy das bloß gelernt?

Tony nannte eine neue Zahl, die Amy immer noch nicht zu gefallen schien. Daraufhin blickte er gequält zur Decke. «Du treibst mich in den Ruin, *amore*», seufzte er.

«Genau das sagt mir Onkel Alfonso auch immer», seufzte Amy zurück.

«Von welchem Alfonso sprichst du? Capone? Alfonso Capone – Al?»

«Du bist ein sehr gescheites Bürschchen, Tony. Komm, Lil, hilf mir mal das Armband abnehmen. Tony hat es sich redlich verdient.»

Tony stand immer noch da wie erstarrt. «Du bist Als Nichte? Ist das wahr, oder erzählst du mir schon wieder irgendeinen Scheiß?»

«Ach, komm schon, Tony, du weißt doch, dass ich aus Brooklyn stamme. Klar bin ich die Nichte von Onkel Al. Das Geld diesmal nicht in Raten, bitte schön. Ich hätte es gern jetzt und hier.»

«Du bist wirklich die Nichte von Al Capone? Dem Typen, der im Februar halb Chicago zusammengeschossen hat?» Lil blieb stehen, kaum dass sie um den nächsten Block herum waren.

«Darling, du musst unbedingt diese Naivität ablegen, wenn du in New York bestehen willst. Nein, ich bin nicht die Nichte von Alfonso Capone. Ich bin so was wie eine entfernte angeheiratete Cousine, aber ich dachte, das hätte vielleicht nicht so gut geklungen.»

«Und woher hast du die Uhr?»

Amy zwinkerte ihr zu. «Frag mich lieber, was ich jetzt mit dem vielen Geld machen will, das ist wesentlich interessanter!»

«Also gut: Was willst du jetzt mit dem vielen Geld machen?» Lil versuchte den Zeitungsjungen neben ihnen zu übertönen. «Zeppelin von Friedrichshafen zum Nonstop-Flug nach Tokio gestartet!», brüllte der Junge ihr ins Ohr.

«Nicht so laut, Darling! Bist du wahnsinnig?» Amy beugte sich verschwörerisch vor: «Du wirst es in wenigen Stunden erfahren. Aber für das, was wir vorhaben, müssen wir uns jetzt schick machen. Es kann sogar sein, dass du Lippenstift dafür brauchst!»

Lil nickte ergeben. Hauptsache, sie waren in der Lage, sich morgen etwas zu essen zu kaufen. Als sie ihren Chef das letzte Mal daran erinnert hatte, dass er ihr Geld schuldete, hatte er nur gesagt, sie solle sich glücklich schätzen, dass er ihr überhaupt manchmal Geld überwies, schließlich bekämen weibliche Journalistinnen in der Regel überhaupt nichts. Sie griff in ihre Handtasche, um ein paar Cents für die Zeitung herauszuholen. Nur, um festzustellen, dass sie auch die nicht besaß.

«Gibt es da, wo wir heute Abend hingehen, auch Zeitungen?», fragte sie Amy.

Amy rollte mit den Augen, als hätte Lil nicht mehr alle Tassen im Schrank. «Da, wo wir heute Abend hingehen, erwartet uns so viel Geld, dass du dir hinterher einen eigenen Zeitungsverlag kaufen kannst!»

«Wirklich?» Lil spürte, wie ihre gute Laune schlagartig zurückkehrte. «Also dann – worauf warten wir noch?»

★★★

Wie wenig doch dazu gehörte, das Leben in die eine oder andere Richtung zu lenken, dachte Christian. Eine Entscheidung, die man traf, ein Zufall, der einem widerfuhr, ein wenig Glück. Dass er jemanden wie Fiete an Bord der *Pinnas* gehabt hatte, der ihm den Kiefer geschient und ihn gerettet hatte! Ohne Fiete wäre er jetzt nicht in New York.

Christian musste seinen Kopf in den Nacken legen, um zu sehen, wo die Häuser endeten. Karren und vereinzelte Pferdekutschen rumpelten über das Pflaster, während er so schaute, und dazwischen fädelten sich Autos durch den Verkehr, Menschen hasteten zwischen den Fahrzeugen hindurch. Niemand hatte anscheinend Zeit zu verlieren. Zeitungsjungen riefen Schlagzeilen aus. Auf den Titelblättern der Abendzeitungen war der *Graf Zeppelin* abgebildet. Christian griff in seine Tasche nach ein paar Cent-Stücken und kaufte einem der Jungen eine Zeitung ab.

Es wurde allmählich dunkel, doch je weiter sich der Himmel verfinsterte, desto mehr Lichter flammten an den Hausfassaden auf. Lichtspielhäuser priesen in weißglühenden Lettern ihre Filme an, Kaufhausschaufenster funkelten. Bald schien die Stadt in einem Lichtermeer zu baden, und die vielen Mädchen mit den kinnlang geschnittenen Haaren und den schimmernden Kleidern waren die Nixen darin.

Jan und Christian trugen frische Hemden mit weißen Streifen auf dem blauen Kragen. Man sah ihnen an, dass sie Matrosen waren, und einige Mädchen lächelten ihnen zu. Obwohl es schon nach neun Uhr war, konnte Christian noch immer die Hitze spüren, die vom Pflaster aufwallte. Selbst die Backsteinfassaden waren warm.

«Mann, hab ich einen Durst!», stöhnte Jan. «Sag doch mal, wo man einen dieser geheimen Läden findet, in denen sie einem ein anständiges Bier ausschenken, Kische! Du warst doch schon öfter in New York!»

«Keine Ahnung, aber wir könnten in den Drugstore da gehen.» Christian blieb vor einer Auslage stehen, in der die amerikanische und die italienische Flagge einträchtig nebeneinanderhingen. «Hier gibt es frischen Orangensaft – immer ein sicheres Mittel gegen Durst.»

Jan starrte ihn an. «Bei dir weiß ich nie, ob du mich veralberst oder ob du tatsächlich meinst, was du sagst!»

Christian lachte und trat beiseite. Zwei Mädchen gingen auf den Drugstore zu, und während die erste der beiden die

Tür öffnete, drehte sich die zweite zu ihm um. Sie hatte schulterlange dunkle Locken und seltsam helle, leuchtende Augen.

Plötzlich meinte er, die kleine Robbe vor sich zu sehen. Eine erwachsene, amerikanische Version von ihr, mit geschminkten Lippen und schwarz ummalten Augen, aber eine, die ihm genauso vertraut vorkam wie seine Freundin aus der Kindheit. Der Moment dehnte sich zu einer Ewigkeit.

Später hätte er nicht mehr sagen können, was eigentlich geschehen war. Aber während sich ihre Blicke ineinander versenkten, machte sie zwei Schritte auf ihn zu und stolperte. Instinktiv streckte er die Arme aus und fing sie auf. Ihre Haut war sehr weich, und sie roch gut. Er wusste nicht, wie lange er sie so ansah und ihre Haut spürte und ihren Duft einsog. Aber er spürte, wie sein Herz klopfte. Laut und schnell und immer schneller.

Der Moment war vorüber. Sie folgte ihrer Freundin ins Innere des Geschäfts.

«Hallo, Kische?» Jan schnipste mit den Fingern vor Christians Gesicht. «Bist du noch da?»

Christian sah ihn strahlend an. «Ja.»

Jan deutete grinsend auf die Tür, hinter der die beiden Frauen verschwunden waren. «Jetzt will ich da doch reingehen!»

Doch als sie den Drugstore betraten, waren die Frauen verschwunden. Der Drugstore war leer, abgesehen von einem Mann im Unterhemd, der vom hinteren Ende des Ladens kam und sich an den Tresen stellte. Ein Ventilator sirrte an der Decke, Dämmerlicht erfüllte den Raum.

«Los, Kische!» Jan stieß ihm mit dem Ellenbogen in die Seite. «Du kannst doch Englisch! Frag ihn, wo er die schicken Mädels versteckt hat, die hier eben reingegangen sind!»

«Zweimal Orangensaft, bitte!», sagte Christian zu dem Mann.

Jan verdrehte die Augen. «Frag ihn, wo die Mädels sind!»

«Sie sind vielleicht da, wo Damen manchmal hingehen. Die kommen schon wieder raus.»

Aber ihre Säfte kamen, und nichts geschah. Der Mann hinter dem Tresen musterte sie schweigend.

«Das ist die unheimlichste Saftbar der Welt», flüsterte Jan ihm zu. «Der Typ hat die Mädels nicht vielleicht aufgeschlitzt und irgendwo eingemauert?»

Christian hob eine Braue. «Falls ihm das gelungen sein sollte, so wäre er der schnellste Mörder der Welt!»

Jan stieß ihn in die Seite. «Du, vielleicht ist sie gar nicht gestolpert. Vielleicht war das so ein geheimes Zeichen, das sie dir gesandt hat! Vielleicht wollte sie dir sagen: Rette mich!»

Christian lachte. «Du liest zu viele von diesen Heftchen.»

Jan machte ein empörtes Gesicht. «Willst du mich beleidigen? Ich lese überhaupt nicht, Mann!»

Dennoch sagte eine kleine Stimme in seinem Inneren Christian, dass Jan recht hatte. Hier war irgendetwas nicht normal.

***

«Hast du den Matrosen gesehen, Amy?», flüsterte Lil, während sie Tony in den hinteren Teil des Drugstores folgten. Tony holte den Schlüsselbund hervor, den er an einer Kette trug, die wiederum an einer Hosenschlaufe befestigt war, dann schloss er eine Tür auf. Keine Sekunde zu spät, denn in diesem Moment klingelte es am Eingang, und Kundschaft trat ein.

«Oh, Darling, du weißt, dass ich immer nach schönen Männern Ausschau halte!» Amy tastete die Wand ab, während Tony die Tür hinter ihnen zuwarf. «Aber leider habe ich eben nicht aufgepasst. Ah, da ist ja die Taschenlampe.»

Mit einem Klicken erhellte ein Lichtkegel den Gang. Lil folgte dem flackernden Schein. In Gedanken sah sie immer noch den Blonden vor sich, sein Gesicht mit dem strahlenden Lachen darin. In seinem Blick hatte sie ein ganzes Leben gesehen.

Jetzt hörte sie ein Saxophon, Trompeten, ein Schlagzeug – es klang zwar etwas dumpf hinter der Mauer, aber es war eindeutig Musik. Irgendwo im hinteren Teil des Ganges wurde ein Riegel zurückgeschoben. Ein Lichtstreifen schimmerte auf Augenhöhe in der Wand.

«Passwort», sagte eine Stimme.

«Garibaldi.»

«Ach, Amy.» Eine Tür öffnete sich, und jetzt sah Lil das Gesicht zu den Augen. «Das war das Passwort von letzter Woche.»

«Was fragst du denn so dumm, wenn du mich sowieso kennst!»

In dem Saal, der sich hinter der Tür auftat, hing ein Kronleuchter unter der Decke, Tische mit weißen Decken standen im Halbkreis um ein Bühnenpodest gruppiert, auf dem eine Kapelle schwarzer Musiker spielte. Stimmen und Gläserklirren mischten sich in die Musik. An den Tischen saßen Männer im Frack und Frauen in knielangen Kleidern. Einige rauchten Zigaretten, die in langen Filtern steckten, andere tanzten auf der freien Fläche vor der Kapelle. Das Erstaunlichste aber war die Bar. Reihenweise Flaschen mit schillernd buntem Inhalt standen in den Regalen.

«Da wären wir!», freute sich Amy.

«Wie bitte?» Ein Trompetensolo setzte ein.

«Ich sagte», schrie Amy, «dass wir da wären. Im Speakeasy Club. Das da vorne ist übrigens der Mann, der uns in die Geheimnisse des Aktiengeschäfts einführen wird!» Amy winkte jemandem zu.

«Der Grauhaarige dort? Du wirst deinem Typ wohl ewig treu bleiben!»

«Einem muss ich ja treu sein.» Amy zwinkerte Lil zu.

«Sie können also investieren, Miss Morricone?», fragte der Grauhaarige, als sie wenig später mit einem Glas Sekt in der Hand vor ihm standen.

Lil beugte ihr Gesicht über die zischenden Bläschen und musste niesen. Es war der erste Sekt ihres Lebens.

«Ja, das kann ich», erwiderte Amy stolz.

Der Abend verging in einem Rausch aus Tönen und Farben. Lil wurde mehrmals aufgefordert zu tanzen, auch von dem Grauhaarigen, aber in Gedanken war sie weit fort. Sie beobachtete ein Paar, das sich innig küsste. Eine Sehnsucht erfüllte sie, die sie nicht benennen konnte. Genauso wollte sie auch einmal geküsst werden, genauso wollte sie die Hände des fremden Matrosen auf ihrem Körper spüren. Dann erschrak sie über sich selbst – sie war ja vollkommen verrückt! Schließlich hatte ihre Begegnung mit dem Fremden nur ein paar Sekunden gedauert. Doch je stärker sie gegen ihr Verlangen ankämpfte, umso mehr wusste sie: Sie wollte ihn wiedersehen.

∗∗∗

Nur noch wenige Tage, dann würde Vollmond sein, doch schon jetzt war die Nacht so hell. Fassaden gleißten, Menschen strahlten, und auf den Straßen durchbohrten Lichtkegel die Dunkelheit. Jan war längst an Bord der *Orion* zurückgekehrt, aber Christian fühlte sich überhaupt nicht müde. Immer wieder sah er das Mädchen vor sich, die leuchtenden Augen, die geschminkten Lippen, die hübsche Figur. Und wie elegant sie in seine Arme gefallen war. Ob sie hier als Künstlerin arbeitete? Vielleicht in einem der Varietés?

Er wanderte durch die Straßen, und da war er, der Broadway, auf dem *sie* vielleicht auftrat. Unzählige Theater und Lichtspielhäuser kündigten ihre Stücke in leuchtenden Lettern an. Frauen stöckelten am Arm ihrer Galane über das Pflaster. Automobile mit breiten Dächern hupten vorbei. Christian blickte den entgegenkommenden Frauen ins Gesicht, und die meisten von ihnen sahen hübsch aus, aber *sie* war nicht darunter. An einem Wolkenkratzer hielt er inne. «Express-Lift 30 Cent», las er und ging hinein.

Der Fahrstuhl raste so schnell nach oben, dass es in seinen Ohren sauste. Immer höher und höher stieg er, und Christians Herz klopfte. Vorbei raste der Fahrstuhl am vierzigsten, am fünfzigsten, am sechzigsten Stock. So weit oben zu sein, höher als der Mast jedes Schiffes, den er erklommen hatte – es fühlte sich seltsam unwirklich an. Und dann konnte er auf die Stadt hinuntersehen, den funkelnden Broadway auf der einen Seite, und den Hafen mit den leuchtenden Schiffen auf der anderen. Am Horizont, dort, wo sich die beiden Wasserarme berührten, ragte die Freiheitsstatue in den Glitzerhimmel. Dahinter Schwärze. Das weite Meer.

Wieder dachte er an das Mädchen vor dem Drugstore. Wie groß die Stadt war und wie viele Menschen hier lebten und wie wenig wahrscheinlich es war, dass er sie wiedersehen würde. Aber er blieb immerhin zwei Monate in New York. Und es brauchte nur wenig, um sein Leben in die eine oder andere Richtung zu lenken. Eine Entscheidung, die er traf, ein Zufall, der ihn ereilte, ein Glück.

5

«**Wir können nicht** über Moskau fliegen.» Hugo Eckener drückte dem russischen Regierungsvertreter im Navigationsraum des Zeppelins den Wetterbericht in die Hand. «Lesen Sie selbst! Ein Tiefdruckgebiet hat sich nördlich vom Kaspischen Meer gebildet. Es verursacht starke östliche Winde bis nach Moskau hinauf. So leid es mir tut, aber wir werden eine andere Route nehmen.»

Die Sicht war nicht besonders gut. Wolken bauschten sich um den Zeppelin, sodass es aussah, als flögen sie durch ein Wattemeer. Um achtzehn Uhr waren sie über die russische Grenze geglitten, nun schwebten sie in den Abendhimmel. Um sie herum leuchtete es rosa und gelb.

«Das wird die russische Regierung nicht zulassen.» Der Mann ballte die Fäuste und zerknüllte den Wetterbericht. «Hunderttausende Menschen warten in Moskau auf das Erscheinen des Zeppelins, ein Spektakel, das *Ihre* Regierung», er stieß Eckener einen Zeigefinger in die Brust, «*meiner* Regierung in Aussicht gestellt hat!»

Eckener streckte die Hand aus, um den Wetterbericht wieder entgegenzunehmen. «Meine Regierung hat überhaupt nichts versprochen. Wenn überhaupt, dann ich. Und ich habe eine Verantwortung für dieses Schiff und die Menschen, die sich an Bord befinden. Ich werde nicht zulassen, dass jemandem etwas zustößt, nur weil es politisch opportun ist, über Moskau zu fliegen.»

«Politisch opportun?», stieß der Russe hervor. «Ich warne Sie, Dr. Eckener, wenn Sie nicht über Moskau fliegen, dann wird das Folgen haben, die Sie sich überhaupt nicht ausmalen können!»

Eckener seufzte und führte den Regierungsvertreter an den Kartentisch. «Ich möchte Ihnen etwas zeigen. Wenn wir diesen Weg nach Moskau nehmen», er schwebte mit dem Finger über Kaunas und Smolensk, «dann haben wir mit starken Gegenwinden zu rechnen. Auf der weiter nördlich gelegenen Route hingegen», Eckeners Finger fuhr nach Wologda, «kann ich die mitlaufenden Winde aus Westen nutzen. Bitte bedenken Sie Folgendes: In Friedrichshafen haben wir Betriebsmittel für rund einhundert Stunden in der Luft erhalten. Das reicht aus, um die elftausend Kilometer lange Strecke nach Tokio in ruhiger Luft zu bewältigen. Unser Vorrat ist also begrenzt.»

Der russische Regierungsvertreter öffnete den Mund, um zu einer zornigen Antwort anzusetzen, aber Eckener hob nur die Hand.

«Und so verhält es sich auch mit meiner Geduld in dieser Angelegenheit. Wir werden die nördliche Route nehmen. Ende der Diskussion. Ich trage die Verantwortung für dieses Luftschiff.»

«Sie machen das absichtlich, nicht wahr?», brachte der Russe hervor. «Weil Sie den Bolschewismus ablehnen! Darum wollen Sie die Moskauer um ihr Vergnügen bringen.»

«Meine politischen Ansichten haben nichts mit meiner Tätigkeit als Zeppelin-Navigator zu tun», entgegnete Eckener ruhig.

«Gut, wenn Ihnen nicht mit Vernunft beizukommen ist, so

doch hoffentlich mit Gefühl. Die Menschen, die in diesem Augenblick auf den Dächern und Plätzen der Hauptstadt sitzen, haben lange auf diesen Moment gewartet. Sie wissen, dass zum ersten Mal in der Geschichte der Menschheit ein Luftschiff den Globus umrundet, und sie wollen ihren Kindern und Enkeln von diesem Augenblick erzählen. Wollen Sie diese Menschen allen Ernstes enttäuschen?»

Eckener ließ sich mit seiner Antwort etwas Zeit. Er bemerkte, dass sich die Wolken vor den Fenstern der Gondel tiefrot verfärbt hatten. «Es liegt mir fern, jemanden enttäuschen zu wollen», sagte er schließlich. «So wie es zweifelsohne auch Ihnen fernliegt, den Zeppelin, die Passagiere und die Besatzung in Lebensgefahr bringen zu wollen.»

Es war ein stummer Kampf der Blicke, den die Männer in der dämmrigen Gondel ausfochten. Am Ende gewann Eckener. Der russische Regierungsvertreter ging ohne ein Wort des Abschieds hinaus.

***

Christians Englisch wurde von Tag zu Tag besser, denn er verbrachte so viel Zeit wie möglich in seinem Lieblingsbuchladen in der 96. Straße in Hafennähe. Hier konnte er nach Herzenslust stöbern und schmökern, weil ihn der Buchhändler meist in Ruhe ließ. Die Buchhandlung befand sich in einem Gebäude, das seitlich ein wenig eingesunken war. Beinahe schien es, als ob der Buchhändler mit seinem Ordnungssystem dazu beitrüge, dass das Haus sich nach rechts neigte, denn er hatte die schweren Atlanten, Bildbände und Nachschlagewerke nach rechts sortiert, während die Unterhaltungs- und Erbauungsbüchlein, die teilweise gar keinen festen Einband hatten, links standen. In dem kleinen Verkaufsraum dienten mehrere Regale als Raumteiler, die bis zur Decke reichten.

«Zeppeline», knarrte der Buchhändler, der die meiste Zeit des Tages mit einem Buch und einer Schale Dörrpflaumen hinter dem Kassentisch saß. «Die habe ich irgendwo in der Ornithologie … oder nein, bei den Wirbellosen. Sagen Sie mal, junger Mann, haben Sie denn eines Tages vor, auch ein Buch zu kaufen?»

Zwischen zwei Büchern über seltene Schmetterlingsarten entdeckte Christian die Geschichte des Zeppelin-Baus in den Vereinigten Staaten. Er setzte sich im Schneidersitz auf den Boden zwischen den Regalen und lernte, dass der amerikanische Reifenhersteller Goodyear vor dem Krieg selbst Luftschiffe hergestellt hatte und dass Goodyear und die Zeppelin-Aktiengesellschaft fünf Jahre nach Kriegsende ein Joint Venture im Zeppelin-Bau eingegangen waren. (Was ein Joint Venture war, schlug er auf der eingesunkenen Seite des Geschäfts nach.) Er las alles über die Ankunft des deutschen Zeppelins in Lakehurst 1924 und erfuhr, dass viele deutsche Ingenieure und Techniker in die USA ausgewandert waren, um dort für die neue Corporation zu arbeiten. Schließlich schlug er das kleine Buch mit der Erkenntnis zu, dass Luftschiffe die Völker auf der Welt näher zusammenbrachten, insbesondere die Amerikaner und die Deutschen, und dass es vielleicht kein größeres Symbol für eine Freundschaft zwischen den Nationen gab als ein gewaltiger Luftschiffkörper, der so leicht und elegant daherschwebt.

Etwas Merkwürdiges war in ihm vorgegangen seit der Begegnung mit dem Mädchen vor dem Drugstore. Er meinte, alles klarer zu sehen, so als hätte ihm jemand einen Schleier von den Augen gezogen. Der Himmel flirrte blauer, die Karosserie der Automobile funkelte intensiver, und die Röcke der Mädchen auf den Straßen schienen kürzer zu sein. Er hatte keine Ahnung, was mit ihm passiert war, aber was auch immer es war, es fühlte sich herrlich an.

★★★

«Ich muss unbedingt was mit der Saumlänge deines Kleids machen, so kannst du auf keinen Fall weiter rumlaufen!»

«Tob dich aus, Amy, alles, was dir Spaß macht.» Lil blickte nicht auf. Erst seit sie als Reporterin arbeitete, fiel ihr auf, was für ein Flickwerk diese Zeitungen waren.

Verstörende Nachrichten reihten sich an Gesellschaftsklatsch, alles schön Spalte an Spalte gepresst. In Brooklyn war bei einem Bandenkrieg versehentlich ein Kind erschossen worden. Der erste Western mit Ton kam in die Kinos, und ein junger, unbekannter Schauspieler namens Gary Cooper spielte zum Vergnügen vieler Frauen die Hauptrolle darin. Zeppelin-Kommandant Eckener hat die Sowjetunion brüskiert. Auch in den Herbstkollektionen 1929 wird die Taille der Frau tief sitzen, insgesamt bleibt die Silhouette gerade und schlank. Anhänger einer radikalen deutschen Partei hatten sich in Nürnberg Straßenschlachten mit der Polizei geliefert und zahlreiche jüdische Geschäfte zerstört. Ein Mann namens Michael Meehan, Börsenspezialist der Radio Corporation of America, bot einen neuen Service an Bord von Ozeandampfern an: Passagiere konnten von nun an in einem eigens dafür eingerichteten Büro ihre Aktiengeschäfte tätigen. Und amerikanische Juden boykottierten jetzt Automobile der Marke Ford – weil ihr Hersteller in der eigens dafür gekauften Zeitung, dem *Dearborn Independent*, täglich Hasstiraden gegen Juden abfeuerte. Henry Ford selbst schrieb, die Zeitung könne über den Boykott aber nur lächeln. «Das ist ein bisschen so, wie wenn man die Liegestühle an Bord der Titanic etwas zurechtrücken würde. *Nachdem* das Schiff von einem Eisblock gerammt wurde», wurde er zitiert. Zeitung zu lesen war, als ob man Aufputschmittel und Beruhigungspillen gleichzeitig schluckte.

«Es hat nichts damit zu tun, dass ich mich langweile!», lächelte Amy. «Glaub mir, wenn ich Spaß haben will, nehme ich was anderes in die Hände als Stoff!»

«Noch ein Punkt, in dem wir uns nicht ähneln.»

«Gib es zu, du willst auch mal so einen richtig feschen Mann haben! So wie diesen Matrosen zum Beispiel, von dem du ständig redest!»

«Ich rede nicht ständig …»

«Was für ein schönes Lächeln der hatte und wie intensiv er dich angesehen hat!»

Lil ließ ihre Beine über die Lehne von Amys einzigem Stuhl baumeln und wackelte mit den Zehen. Es war so heiß an diesem Tag, dass sie nicht einmal Strümpfe trug, aber sie waren ja nur zu zweit im Zimmer. Die Kakerlaken nicht mitgezählt.

«Kennst du den Saumhöhen-Index?» Amy, die nur einen seidenen Unterrock trug, vollführte beim Reden ein paar Charleston-Schritte. Ihre Augen waren von der Tanznacht noch schwarz verschmiert.

«Ich schätze, dass mich nur noch wenige Sekunden von diesem Wissen trennen.»

«Ja, und dabei warst du auf einer Highschool und schreibst für eine Zeitung, aber du weißt nicht mal, was Saumlängen bedeuten! Wie willst du das Leben eigentlich bewältigen ohne mich?»

Lil seufzte. Sie wollte endlich lesen, wie es dem Zeppelin-Kommandanten Eckener gelungen war, im Alleingang die gesamte Sowjetunion zu brüskieren. «Vermutlich gar nicht», murmelte sie.

«Da hast du endlich mal ein wahres Wort gesprochen!», rief Amy und drehte sich, dass ihr Unterrock in die Höhe flog. «Der Saumlängen-Index zeigt, wie gut es Amerika geht! Je kürzer die Röcke, desto besser geht es der Wirtschaft. Und weil es auch um unsere Hauswirtschaft gerade sehr gut bestellt ist, wirst du dein Kleid abschneiden müssen.» Sie bemerkte Lils Gesichtsausdruck. «Aber keine Sorge, ich helfe dir beim Umnähen!»

Lil musterte Amys nackte Knie. «Wenn diese Theorie stimmen sollte, mache ich mir um dich keine Sorgen mehr. Aber warum sagst du *unsere* Hauswirtschaft? Du hast schließlich deine Uhr in Aktien investiert. Ich bin immer noch das arme Mädchen, das auf Geld vom Chef wartet. Nein, Korrektur, auf das Geld, das ihr zusteht, verdammt noch mal!» Sie zerknüllte die Zeitung zu einem festen Ball und warf sie an die Wand.

Amy lachte. «Ich liebe deine Leidenschaft! Und mein Geld ist dein Geld, Baby!»

«Oh, das ist …» Lil starrte sie überrascht an. «Ausgesprochen nett!»

«Diese Regel gilt natürlich auch im umgekehrten Fall!» Amy griff in ihren Ausschnitt und zog zwei Billetts daraus hervor.

«Was ist das? Eine Einladung zu einer Party?»

«Richtig!» Amy machte einen kleinen Luftsprung. «Und zwar auf der … *Orion*!»

«Auf der *Orion*?» Lil setzte sich augenblicklich aufrecht hin. «Auf der größten Luxusyacht der Welt? Die gerade auf dem Hudson River festgemacht hat? Wir?»

Amy hüpfte auf und ab, was augenblicklich ein lautes Klopfen vom Stockwerk unter ihnen nach sich zog, gefolgt von einer Schimpftirade, die wütend und sehr italienisch klang. «Ja, wir! Jetzt haben wir drei Tage, um unsere Garderobe auf Vordermann zu bringen!»

Lil rümpfte die Nase. «Was riecht hier eigentlich so komisch?»

«*Dio mio!*» Amy rannte zum Gasherd hinüber. «Unser Kaffee brennt an!»

★★★

Das Feuer loderte so hell unter ihnen, dass sein Widerschein die Instrumente im Navigationsraum des Zeppelins golden färbte. Eckener stand im Navigationsraum und blickte auf die Flammen unter ihm. Wachoffizier Lehmann ließ den Zeppelin etwas höher steuern. Fast eintausend Meter schwebten sie jetzt über dem Uralgebirge, und unter ihnen brannte der Wald. Minuten später war die Gondel in dichten Qualm gehüllt, und sie konnten keine dreißig Meter weit blicken, nach vorn und nach unten nicht. Mehrere Stunden lang steuerten die Männer am Höhen- und am Seitenruder den Zeppelin blind. Die Waldbrände hörten erst auf, als sie Europa verließen. Sie flogen fünfzig Kilometer nördlich von Jekaterinburg und steuerten nun wieder tiefer. Weiter und immer weiter schoben sie sich so in Richtung Asien hinein, unter ihnen die Schienen der Transsibirischen Eisenbahn. Die Landschaft wurde jetzt eintönig, keine Straßen, nicht einmal Feldwege – nichts durchschnitt das Sumpfgebiet. Nicht einmal Bäume ragten aus diesen Weiten auf. Endlich schimmerte ein Band auf: der große Fluss Ob. Und schon begann die Welt unter ihnen in hundert Farben zu flirren: Grün, gelb, blau, rot und orange leuchteten die Blumen an den Ufern des Ob, ein Teppich, den noch kein Mensch je berührt – geschweige denn aus dieser Höhe angesehen hatte.

Das Abendessen wurde bei Sonnenuntergang im Speisesaal serviert, es gab Borschtsch und geschmorte Hühnerbrust mit

Karotten und Erbsen auf Silbertafeln, doch Mr. Johnson, ein Geflügelfarmer aus dem Mittleren Westen, hatte seinen Appetit verloren.

«Und was, wenn wir in dieser entsetzlichen Einöde landen müssen?», fragte er, als Wachoffizier Lehmann mit seinem Akkordeon den Raum betrat. «Man würde uns niemals finden! Wir wären auf immer verloren!»

Ein Mitreisender stimmte Mr. Johnson in seiner Einschätzung zu, dass sie gerade den verlassensten Ort der Erde überflogen, eine wahre Wüste, und er ließ sich vom Kellner rasch das Glas mit Château d'Aux Talbot Jahrgang 1921 füllen, das er hinunterstürzte, als sei seine Kehle schon jetzt verdorrt. Der Junge am Tisch sagte gar nichts. Während Lehmann aufspielte, formulierte er einen Brief zur Völkerverständigung an Tokio.

Die Nacht senkte sich über die Taiga. Der Zeppelin glitt weiter nach Osten, so wie Eckener es geplant hatte, aber er fand es schwierig, sich zu orientieren. Unter ihm erstreckte sich Sibirien in ewig gleichem Dunkel. Nur der mächtige Ob schlängelte sich glitzernd unter ihm. Ihm folgte er, bis er einen weiteren Fluss sichtete, der durch die Ödnis mäanderte, den Jenissei.

Gegen Morgen erreichten sie dann Imbatsk, eine Flusssiedlung, die aus einer Handvoll Häuser bestand. Eckener zählte etwa fünfundzwanzig und ging tiefer. Er dachte an den verängstigten Mr. Johnson, der in diesem Moment im Speisesaal sein Frühstück einnahm. Im unwahrscheinlichen Fall einer Bruchlandung sollten die Passagiere zumindest Kohl zu essen bekommen – just in diesem Augenblick zog ein vollbeladener Karren mit dem nahrhaften Gemüse unter ihnen vorbei. Der Kutscher schien dem Ortssinn seines Pferdes voll und ganz zu vertrauen, denn er lag hintenübergebeugt, den Kopf entspannt auf den Kohl gebettet. Doch dann schrak er auf. Der

Zeppelin fuhr so tief, dass Eckener das Gesicht des Kutschers sehen konnte, die weit aufgerissenen Augen, den geöffneten Mund, und durch das Fenster im Navigationsraum konnte er hören, wie der Mann schrie. Frauen, Männer und Kinder kamen auf die Straßen und den kleinen Platz im Herzen des Dorfs gelaufen, sie stürmten aus ihren Hütten und von den Feldern. Einige zeigten nach oben, anderen hielten sich die Hände vors Gesicht, so als wäre das riesige Luftschiff, das da aus dem Nichts über ihnen aufgetaucht war, der Teufel persönlich. Der Kutscher rutschte von dem Karren herunter und begann zu rennen. Sein Pferd geriet ebenfalls in Panik. Es sauste mit dem Karren davon. Kohlköpfe flogen nach links und rechts wie Geschosse. Die nächste Kurve, die das Pferd nahm, war so eng, dass es mit dem Karren aneckte, ein Häuschen zum Einsturz brachte und die Hütte daneben gleich mit umriss. Was dann geschah, bekamen Eckener und Wachoffizier Lehmann in der Gondel nicht mehr mit, denn schon hatten sie das Dorf hinter sich gelassen und bewegten sich auf eine neue Weite zu.

Nach etwa einstündiger Fahrt überflogen sie den Steinigen Tunguska, einen Fluss in der sibirischen Ebene, wo vor einigen Jahren eine rätselhafte Explosion stattgefunden hatte. Neugierig schauten sie hinunter und suchten nach einem Krater, konnten aber nichts entdecken, nur Wald, den glitzernden Fluss und ödes Land.

Mittlerweile war es so empfindlich kalt geworden an Bord, dass die Fahrgäste in Pelzmänteln und Decken eingehüllt im Speiseraum saßen. Grace Drummond-Hay, die wie alle Journalisten den Speiseraum zwischen den Mahlzeiten als Redaktionsbüro nutzte, tippte ihren Sibirien-Artikel mit blaugefrorenen Fingern:

Wir haben 300 000 Kubikmeter Gas, aber keine Heizung. Gnadenlos dringt die Kälte durch die Leinwände dieses fliegenden Zelts. Ich hatte mir vorgestellt, wie ich mich graziös an eines der Fenster im Salon lehne, um den mondbeschienenen Himmel zu betrachten. Die Männer hatten sich gegenseitig daran erinnert, ihre Dinnerjackets und Hemden nicht zu vergessen. Wir hatten uns ausgemalt, wie wir oben in der Luft elegant zu Abend essen, mit Commodore Eckener am Kopf eines blumengeschmückten Tisches. Stattdessen sind Ledermäntel, Wollpullover und Pelze unsere Dinnerkleidung; heiße Suppe und Eintöpfe schmecken uns besser als kalter Kaviar und Hähnchensalat.

Doch die Beziehung zwischen warmen Mahlzeiten und ihren Essern schien abzukühlen, je weiter sie in Richtung Osten fuhren. Sie hatten mittlerweile den 64. Längengrad nördlicher Breite erreicht. Infolgedessen überquerten sie die Längengrade nun in so schneller Folge, dass Eckener die Uhren alle sieben Stunden um eine Stunde vorstellen ließ. Daraufhin drängten sich die Mahlzeiten so, dass selbst die Journalisten, die alle miteinander über einen erstaunlichen Appetit verfügten, mit Streik drohten, sollte es «schon wieder» etwas zu essen geben. Andere Fahrgäste verweigerten den Kaffee, der ihnen nunmehr alle zwei Stunden verabreicht wurde, sodass Kapitän Flemming laut darüber nachdachte, das derart verschmähte Essen über Bord zu werfen, schließlich mussten sie ja regelmäßig Ballast abgeben. Zum Glück blieb die angedrohte Essensrevolte aus, denn am nächsten Tag ließ Eckener den Zeppelin wieder in Richtung Süden lenken, und die Tage wurden – zumindest, was die Anzahl ihrer Stunden anbelangte – wieder gleich.

Das Luftschiff schwebte gerade in einen Sonnenuntergang, der die kahle Ebene mit goldenem Licht flutete. Die Nacht war kurz, zu kurz für die Mondreise, die schon ein Stück über dem Horizont wieder endete – höher schaffte es das Himmelsgestirn nicht hinauf. Im Norden zeigte ein diffuses Leuchten, dass die Sonne schon bald wieder aufgehen würde. Der Geflügelfarmer aus dem Mittleren Westen war so beeindruckt von diesem Schauspiel, dass er sich zwei Flaschen Uerziger Würzgarten Jahrgang 1925 bringen ließ und die Nacht im Speiseraum verbrachte, um sich nur ja nichts entgehen zu lassen. Eckener setzte sich auf ein Glas zu ihm. Es war eine Nacht wie aus einem Märchen. Die Welt lag unter ihnen, und sie selbst schwebten zwischen Licht und Schatten, zwischen Sonne und Mond.

Als die Sonne strahlend im Nordnordosten aufging, steuerten sie auf Jakutsk im äußersten Sibirien zu. Grace Drummond-Hay, die zum Frühstück alles angezogen hatte, was ihre Garderobe hergab, erinnerte die anderen daran, dass Jakutsk der Ort war, an dem die tiefsten Temperaturen der Erde gemessen wurden. Einer der Journalisten erklärte daraufhin, dass in Jakutsk auch all jene Menschen lebten, die bei Stalin in Ungnade gefallen wären. Und da der sowjetische Diktator generell nur auf ganz wenige Menschen gut zu sprechen war, kämen Hunderttausende arme Seelen an diesen Ort. Der russische Regierungsvertreter bekam von dem Gespräch nichts mit. Seit dem Vorfall mit Moskau verbrachte er einen Großteil seiner Zeit allein.

«Wenn er könnte», witzelte Grace mit einem Seitenblick auf ihren Kollegen Karl von Wiegand, einen deutschstämmigen US-Amerikaner, der ebenfalls für die Hearst-Zeitungen schrieb, «würde er Dr. Eckener am liebsten auch nach Jakutsk verbannen. Und uns alle gleich mit.»

Doch das Lachen verging ihnen, als sie Jakutsk erreichten. Es war die erste größere Siedlung nach einer dreißigstündigen Fahrt über Sümpfe und Wälder. Erst jetzt ging ihnen auf, wie abgelegen Stalins Straflager war. Von hier entkam niemand – außer in den Tod.

Jemand hatte trotz der Kälte ein Fenster geöffnet. Sie blickten hinunter auf eine Ebene, in der Lagerhäuser aus Holz errichtet waren. Menschen in zerlumpten Kleidern zogen Karren durch den Sumpf. Sie beobachteten ein Pferd, das mit seinen Hinterhufen im Morast stecken blieb. Immer und immer wieder versuchte es, sich daraus zu befreien. Dann überflogen sie einen kleinen Friedhof am Rande der Stadt. Die Holzkreuze bildeten ein seltsames Muster auf der Erde. In Friedrichshafen hatte ihnen ein deutscher Regierungsvertreter einen Kranz mitgegeben für die deutschen Gefangenen, die während des Krieges in Jakutsk interniert worden waren. Hugo Eckener warf den Kranz zum Fenster hinaus.

Das Mittagessen – Huhn auf creolische Art – nahmen die meisten Passagiere schweigend ein. Sie hatten mittlerweile das Dschugdschur-Gebirge an der Nordwestküste des Ochotskischen Meers erreicht, einen Teil der Erde, von dem keiner der Reisenden jemals etwas gehört hatte. Der Geflügelfarmer behauptete, die Berge würden ihn an die Rocky Mountains erinnern, allerdings seien sie bei weitem nicht so schön. Karl von Wiegand dachte bei dem Anblick der prächtigen Kuppen an die Vogesen, in deren Nähe er geboren war. Hugo Eckener sagte gar nichts. Er beeilte sich, in den Steuerraum zu kommen. Denn das, was er da direkt auf sich zukommen sah, beunruhigte ihn.

***

Die *Orion* war festlich beleuchtet. Bunte Wimpel flatterten in der Abendbrise. Christian trug eine frischgewaschene, strahlend weiße Uniform. Kapitän Kruell hatte den Matrosen, die an diesem Abend ihren Dienst versahen, befohlen, so reinlich und höflich wie möglich aufzutreten. Hinter Hoboken ging die Sonne unter, und ihre Strahlen übergossen den Hudson River mit orangefarbenem Licht, sodass die Dampfer, Fähren, Segelschiffe und Schlepper regelrecht funkelten – aber vielleicht kam es Christian auch nur so vor. Noch immer war ihm, als strahle die Welt heller, als sei alles in Glanz und Wärme getaucht. Zwischen die Rufe der Schauerleute mischte sich Jubelgeschrei. Eine Gruppe Kinder sprang von den Docks kopfüber ins Wasser, kletterte zurück auf die Pier und stürzte sich erneut in den Fluss.

Die Familie des Eigentümers verbrachte inzwischen einen Großteil ihrer Zeit auf der Yacht, um sich an die Räume und die Schiffsbewegungen zu gewöhnen. Niemand wusste, wann genau sie zu ihrer Weltreise aufbrechen würden. Der Bootsmann, der es wiederum vom Dritten Offizier hatte, meinte, es hänge von den Geschäften des alten Forstmann ab.

Christian lief über die Außentreppe zur Gangway hinunter, um eine letzte Sicherheitsprüfung vorzunehmen. Dann inspizierte er die Festmacherleinen des Schiffes. Die *Orion* lag im Tidenstrom des Hudson River, und je länger sie hier lag, desto mehr scheuerten die Leinen auf.

Der Erste Offizier berührte seinen Arm. «Sie haben heute Abend Deckswache, Nielsen?»

Christian nickte.

«Dann bleiben Sie hier unten. Die Gäste werden gleich eintreffen. Kapitän Kruell wird sie an der Gangway empfangen, und ich werde sie nach oben auf das Salondeck zu den Forstmanns bringen. Es ist aber wichtig, dass Sie in der Nähe des

Kapitäns bleiben, falls etwas Unvorhergesehenes geschehen sollte. Haben Sie das verstanden?»

«Verstanden», wiederholte Christian.

Wenig später tuckerte und brummte es von der Pier her. Die ersten Besucher trafen in ihren Autos ein, große und elegant wirkende amerikanische Fahrzeuge. Ebenso elegant aussehende Menschen stiegen aus. Die Frauen trugen enganliegende Kappen und Mäntel mit Pelzkragen, obwohl es ja nun alles andere als kalt war. An der Gangway gab es einiges Gekicher, als es darum ging, mit den hohen Absätzen darüberzuschreiten. Der Kapitän in seiner weißen Uniform mit den Goldknöpfen schüttelte jedem Einzelnen die Hand.

Der Erste Offizier hakte die Namen auf seiner Liste ab. «Fehlt nur noch ein Mr. Rodrigo Pereira mit seinen zwei Begleiterinnen.»

«Eine brasilianische Familie bekommen wir heute Abend auch zu Besuch?», schmunzelte der Kapitän. «Schön, damit hätten wir dann sechs Nationen an Bord. Eine gute Einstimmung auf die Weltreise.»

Der Erste blickte wieder auf seine Liste. «Mr. Pereira wird von einer Lil Kimming und einer Amelia Morricone begleitet. Hört sich nicht nach Familie an.» Und so leise, dass nur Christian es hören konnte, fügte er hinzu: «Hoffe bloß, dass es keine Prostituierten sind.»

«In Ordnung, Sie warten noch eine Viertelstunde an der Gangway», ordnete der Kapitän an. «Nielsen, Sie kommen mit mir nach oben. Ich habe sowieso noch mit Ihnen zu reden. Kollege Katzenmeyer übernimmt hier unten mit dem Ersten. Wenn Sie die Gäste mit mir auf das Salondeck gebracht haben, überprüfen Sie bitte noch einmal die Beleuchtung im oberen Decksbereich.»

Christian nickte. «Geht in Ordnung, Kapitän.»

Der Kapitän bat ihn in seine Kammer und bedeutete ihm mit einer Handbewegung, sich zu setzen. «Nielsen», sagte er dann, «man hat mir zugetragen, dass Sie sich hier an der Bibliothek der Forstmanns bedienen. Ich muss wohl nicht betonen, dass Sie dazu nicht berechtigt sind.»

Christian hielt seinem Blick stand. «Nein, das müssen Sie nicht, Kapitän.»

«Kann ich davon ausgehen, dass Sie in Zukunft andere Mittel und Wege finden, um sich fortzubilden?»

«Das können Sie. Es tut mir leid.»

Ein paar Sekunden verstrichen. Draußen brandete Gelächter auf.

«Ich habe natürlich grundsätzlich nichts gegen eine belesene Mannschaft.» Die Haut um die Augen des Kapitäns kräuselte sich leicht. «Man könnte sogar sagen, dass mir ein lesender Matrose lieber ist als ein Denunziant. Wenn Sie verstehen, was ich meine.»

Christian nickte. «Ja, sehr gut sogar.»

«Das war's dann, Nielsen.»

Draußen auf dem Gang trat ihm der Zweite Offizier entgegen. Christian wollte ihn grüßend passieren, doch der Zweite ging so dicht an ihm vorbei, dass er gezwungen war, sich an die Wand zu drücken.

«Das nächste Mal, Nielsen», raunte der Zweite und wandte ihm sein Raubvogelgesicht zu, «passen Sie besser auf.»

★★★

Es sah unwirklich aus. Eine Gebirgskette nach der anderen tauchte vor ihnen auf, und jede neue Kette schien über die vorige hinwegzuwachsen.

«Wie hoch wird dieses Gebirge denn noch?», sagte Wachoffizier Lehmann, der neben dem Zweiten Offizier am Höhenruder stand.

«Welche Höhe haben wir jetzt?», fragte Hugo Eckener so ruhig wie möglich.

«Wir sind jetzt auf siebzehnhundert Meter gegangen. Die geographischen Handbücher geben uns eine maximale Kammhöhe von zweitausend Metern an», erklärte Lehmann.

«Ja, aber die kartographische Aufzeichnung des Gebirges ist noch nicht abgeschlossen.» Eckener kniff die Augen zusammen. «Wir müssen damit rechnen, dass wir noch höher rauf müssen.»

«Wir können das Schiff noch siebenhundert bis achthundert Meter höher treiben.»

«Dafür müssten wir aber noch mehr Gas abblasen», entgegnete Eckener. «Das halte ich für keine gute Idee.»

Die Männer im Steuerraum schwiegen.

«Kein Wort hiervon zu den Journalisten.» Eckeners Stimme war ungewohnt leise.

«Nein.» Die Männer schüttelten die Köpfe. «Natürlich nicht.»

Die Küche hatte sich derweil in ein Filmset verwandelt. Grace Drummond-Hay, immer noch mit dickem Wollpullover bekleidet, hatte sich eine Küchenschürze umgebunden und eine Kochmütze aufgesetzt.

«Und jetzt noch einmal genauso im Topf herumrühren!», bat der Kameramann.

Sie lächelte, der Kamera zuliebe, und rührte die Suppe für den Abend um. Es war unfassbar, dachte sie, wie klein die Küche war, in dem die Köche, Küchengehilfen und Stewards dreimal täglich die Mahlzeiten für einundsechzig Menschen zubereiteten. Aber der Raum war perfekt genutzt: Die Töpfe stapelten sich an den Wänden hoch, die Löffel und anderen Küchengeräte hingen an einer Stange über dem Herd. Die Kochplatten und sogar der Ofen wurden mit Elektrizität betrieben – logischerweise, Streichhölzer oder gar Gasflammen waren hier verboten. Der Zeppelin hielt sich durch mit Wasserstoff gefüllte Gaszellen in der Luft. Ein winziger Funken, und das Luftschiff würde explodieren.

Aber noch unfassbarer als die winzige Küche war der Umstand, dass sie hier stehen musste, um gutgelaunt in den Töpfen zu rühren – sie, eine Journalistin, die die Welt umrundete. Aber sie hatte Hearst versprochen, dass sie mitspielen würde. «Können wir heute vielleicht auch die Aufnahmen im Steuerraum machen?», fragte sie, als der Kameramann endlich zufrieden war.

«Gute Idee! Ich werde die Herren Navigatoren fragen, ob einer von ihnen so freundlich wäre, Ihnen seinen Ledermantel zu leihen. Das wird putzig aussehen! Eine Frau am Steuer eines Zeppelins, unglaublich!»

Grace machte sich nicht einmal die Mühe zu lächeln. Schließlich war die Kamera jetzt aus.

«Dr. Eckener, das amerikanische Filmteam fragt an, ob sie jetzt im Steuerraum filmen dürfen!» Der Dritte Offizier sah den Blick seines Chefs und schloss hastig die Tür des Navigationsraums hinter sich.

Eckener schüttelte den Kopf. «Heute nicht, nein, auf gar keinen Fall.»

«Was soll ich ihnen sagen?»

«Sagen Sie ihnen einfach, dass wir ein Manöver fahren müssen, und dass das Filmteam dabei im Weg stehen würde.»

«In Ordnung.» Der Dritte nickte. Er hatte seinen Vorgesetzten selten so besorgt erlebt.

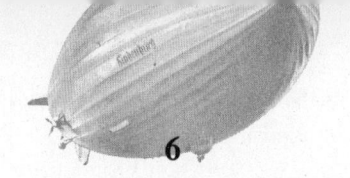

6

«**Sofort anhalten!**», schrie Amy und klatschte laut in die Hände. «Ich kenne diesen Mann, Rod! Der ist so witzig! Lil, wo haben wir den neulich erst gesehen?»

Rodrigo lächelte etwas abschätzig, fuhr aber an die Straßenseite und hielt an. Seit er Amy vor drei Tagen in Tonys Speakeasy Club in Sachen Aktien beraten hatte, war er ihr nicht von der Seite gewichen, auch wenn das bedeutete, dass er Amys Freundin immer mit ausführen musste.

Tatsächlich klebten Amy und Lil aneinander wie Pech und Schwefel, seit sie sich kannten. Rod schien das etwas lästig finden, so Lils Eindruck, aber immerhin brachten die beiden jungen Mädchen frischen Wind in sein Leben als Finanzmakler und Exportkaufmann.

«Das war, als wir nach Lakehurst hinausgefahren sind», erklärte Lil. «Du weißt, als du mit dem Wagen von dem armen … also, da ist er auf einem Seil über die Straße spaziert.» Sie beobachteten den Mann, der die Gaslaterne hinaufkletterte, ohne dabei seinen Zylinder zu verlieren. Eine Menge hatte sich unter der Laterne gebildet. Einige lachten, andere klatschten, wieder anderen blieb einfach nur der Mund offen stehen.

«Können wir jetzt weiter?», fragte Rodrigo und strich sich eine graue Haarsträhne aus der Stirn. «Der Empfang auf der

Orion ist auf neunzehn Uhr angesetzt, und wir sind schon spät dran.»

«Schöne Frauen brauchen nun mal ihre Zeit», versetzte Amy. «Sieh mal, Lil, was er jetzt macht, er versucht, sich die Zigarette an der Gaslaterne anzuzünden!»

«Mädchen, ihr könnt euch den Herrn auch im Theater ansehen. Das ist Ben Dova, ein stadtbekannter Akrobat.»

«Kommt der auch aus Brasilien?», fragte Amy.

Rodrigo musterte sie von der Seite.

«Du hast den Namen so lustig ausgesprochen. Wie Ipanema. Oder Copacabana», sagte Amy und lächelte ihn an.

«Ich glaube, er ist Deutscher», erklärte Rodrigo. «Und heißt eigentlich Joseph Späh. Können wir jetzt weiterfahren?»

«O mein Gott, er fällt runter!» Amy riss die Autotür auf und stürmte hinaus. Dabei stieß sie gegen einen Jungen, der einen Eimer mit irgendeiner Flüssigkeit auf der Schulter balancierte. Ihr Schrei war so ohrenbetäubend, dass Ben Dova oben auf der Laterne tatsächlich gefährlich zu schwanken begann.

Amy stieß einen langen italienischen Fluch aus. «Was ist das?», rief sie. «Was war in dem Eimer?»

Die Leute an der Laterne hatten sichtlich Mühe, sich zwischen einem der beiden Spektakel zu entscheiden. Da war Ben Dova, dieser erstaunliche Komiker und Akrobat – und da war eine junge Lady, die ganz offensichtlich kein Mieder, sondern nur einen Hüftgürtel unter ihrem klatschnassen Seidenkleid trug.

«Das war nur Wasser», stammelte der Junge.

«Komm endlich wieder in den Wagen, verdammt!» Rodrigo steckte seinen Kopf zum Fenster hinaus und herrschte die durchnässte Amy an. «Die halbe Stadt sieht dich ja nackt!» Sein Gesicht war vor Zorn gerötet, er wirkte vollkommen außer sich.

Lil versuchte, sich ihren Schrecken nicht anmerken zu lassen. Sie hatte Rod noch nie so erlebt. «Sie ist überhaupt nicht nackt!», sagte sie vom Rücksitz. «Sie trägt ein Kleid!»

Nun begann Ben Dova, die Situation, die sich unten auf der Straße bot, nachzuahmen. Er hielt sich mit den Beinen am Laternenpfahl fest, löste die Arme und tat, als ob er ein Auto steuern würde. Dann legte er den Kopf schief, schüttelte die Faust und machte ein wütendes Gesicht. Die Menge bog sich vor Lachen.

Selbst Amy lachte mit. «Er macht dich nach, Rod!», rief sie. «Guck doch mal!»

«Rein mit dir in den Wagen!», brüllte Rod. «Sofort!»

Ben Dova riss den Mund auf und schüttelte die Faust noch heftiger. Rod wurde knallrot im Gesicht.

Während der restlichen Fahrt zum Hafen sprach keiner der drei ein Wort. Lil hatte Amy ihren Mantel geliehen, um ihr nasses Kleid zu bedecken. In der Wärme, die selbst noch am Abend wie eine Glocke über der Stadt hing, würde das Kleid sicher bald wieder trocken sein.

***

Inzwischen war es dunkel geworden. Manhattan glitzerte am anderen Ufer, und auf dem Salondeck hellte sich die Stimmung dank Grammophon und Gin-Bowle auf. Christian überprüfte ein letztes Mal die Beleuchtung, dann blickte er zu den Gästen hinüber. Die Frauen hatten ihre Mäntel abgelegt. Ihre Kleider schimmerten bei jeder Bewegung, Fransen schwangen daran und lange Perlenketten. Die ersten Paare drehten sich auf der Tanzfläche. Andere lehnten mit Sektgläsern in der Hand an der Reling. Ihr Lachen perlte zu den Aufbauten empor.

«Und wir können morgen wieder das Deck schrubben»,

98

murrte Jan, der neben ihm aufgetaucht war. «Hast du gesehen, was die Frauen für Absätze tragen? Das hinterlässt doch wieder überall schwarze Spuren an Deck!»

Christian musste lachen. «Das ist alles, was dir zu den Schönheiten einfällt?»

Jan grinste. «Da hast du irgendwie recht. Welche gefällt dir denn am besten? Guck mal, die Blonde dahinten, die ist ganz süß!»

Das konnte Christian nicht finden. «Zu dünn», befand er.

«Dünn sind die alle», bemerkte Jan. «Ist die neue Mode, hab ich mir sagen lassen. Guck mal, wie gerade die Kleider sind. Da passt kein anständiger Busen mehr rein. Eine Sünde, wenn du mich fragst.»

Christian nickte. «Ganz deiner Meinung.»

«Na los, mach schon, deine Wache ist beendet», sagte Jan und kniff ein Auge zu: «Wenn du Glück hast, bring ich dir nachher noch was zu trinken in die Kammer.»

«Ich hätte lieber was davon.» Christian deutete auf eine Schale mit Schokoladenkonfekt.

«Was ist das?», fragte Jan stirnrunzelnd.

Christian dachte an Punta Arenas und an die freundliche Krankenschwester. «Das ist für ein langes Leben», lächelte er.

***

Amy und Lil betraten das Deck, als die Party schon in vollem Gang war, aber Amy zufolge war das nicht weiter schlimm. Sie sagte, sie seien schließlich beide von Natur aus fröhlich und damit Normalfeiernden um Stunden voraus. Rodrigo hingegen wirkte ausgesprochen verkrampft.

«Ach, nun sei doch nicht so ein Griesgram!» Amy schlang ihm ihre Arme um den Hals. «Lass uns endlich tanzen, Rod!»

Lil beobachtete ihre Freundin, wie sie mit dem alten Brasilianer tanzte. Man konnte Rod vieles nachsagen (Zornesfalten, Schroffheit, ein fast schon spektakulärer Mangel an Humor), aber tanzen konnte er wie ein junger Gott. Sie nippte an ihrer Bowle und blickte in den Sternenhimmel. Die Musik erweckte Sehnsucht in ihr. Der unbekannte Matrose fiel ihr wieder ein. Sie konnte selbst nicht sagen, warum, aber sie würde ihn so gern wiedersehen.

Eines Tages, schwor sie sich, während sie Amy und Rod beim Tanzen zusah und dabei Schokolade naschte, werde ich auch jemanden finden, mit dem ich so tanzen kann.

***

Sie waren auf neunzehnhundert Meter hochgegangen, als die Sonne allmählich unterging. Bald würde das Gebirge in Nacht gehüllt daliegen, beschienen allein vom abnehmenden Mond. Sein Leuchten würde immerhin dafür sorgen, dass sie die Spitzen des Gebirges rechtzeitig erkennen konnten – zumindest hoffte Hugo Eckener das. Sie hatten die Wachen im Navigationsraum und im Steuerraum verdoppelt. So aufmerksam sie konnten, blickten die Männer nach unten – ein Gipfel, der zu hoch aufragte, und sei es nur um ein paar Zentimeter, und das Luftschiff würde aufgeschlitzt werden. Stunde um Stunde glitten sie über das Gebirge, so knapp über den Felsspitzen, dass er meinte, sie aus dem Fenster heraus berühren zu können.

Die Nacht wollte einfach nicht enden.

«Gehen Sie doch in Ihre Kammer und schlafen Sie ein paar Stunden», sagte Kapitän Flemming.

Eckener warf ihm einen Blick zu. Sogar in der schwachen Beleuchtung bemerkte er, wie abgekämpft der Mann aussah. «Sie wissen genau, dass ich das nicht tun werde», lächelte er.

Flemming erwiderte sein Lächeln. «Einen Versuch war es wert.»

Die Nacht wich endlich dem Tage, als er ihn sah: den verschneiten Passübergang. Er glitzerte im Licht der aufgehenden Sonne, und Eckener kam es in diesem Moment so vor, als sei das das Schönste, was er in seinem Leben gesehen hatte. Der Dritte Offizier, der die Wache am Höhenruder übernommen hatte, drehte sich zu Kapitän Flemming und Hugo Eckener um. Sein Blick war eine Mischung aus Furcht und Erleichterung. «Der Passübergang zum Hafen von Ajan», sagte er.

«Ja», sagte Kapitän Flemming. «Wenn wir den überwunden haben, dann haben wir es geschafft.»

Gespannt schauten sie voraus. Die Passschwelle kam immer näher.

«Kurs nach oben korrigieren», sagte Eckener ruhig.

Und dann hatten sie es geschafft. Knapp fünfzig Meter über dem Kamm glitten sie über ihn hinweg. Die Männer schrien vor Begeisterung. Draußen quoll es orange am Himmel auf. Das Gebirge fiel in einer Steilwand ab, und schon lag das Ochotskische Meer unter ihnen. So tief schäumte das Wasser unter ihnen, dass sie die Kronen darauf nur als winzige Punkte erkennen konnten. Die Sonne stieg noch weiter in den Himmel, und das Meer leuchtete unendlich blau.

Die Deutschen saßen an einem der Tische, die dem Fenster am nächsten waren. Es roch nach Bratkartoffeln. Karl von Wiegand, der bei seinen amerikanischen Landsleuten saß, beugte sich hinüber und sprach die Gruppe an.

«Was ist das für ein Gefühl, meine Herren, zu wissen, dass Sie morgen in Tokio sein werden? Vor elf Jahren lagen Sie mit den Japanern ja noch im Krieg.»

Einer der Männer, der seit Sibirien beim Essen immer eine

Wollmütze trug, nickte ernsthaft. «Sagen wir mal so, wir sind sehr gespannt, wie uns die Japaner empfangen. Der Besuch eines deutschen Zeppelins ist das erste Ereignis nach dem Krieg, das uns zeigen könnte, wie die Japaner mittlerweile zu uns stehen.»

In dem Moment betraten die Stewards den Speiseraum mit dampfenden Silberplatten. Wieder einmal dachte Karl von Wiegand, wie erstaunlich es war, dass der Raum einem ganz normalen Restaurant glich: Polsterstühle, weiße Tischdecken aus Damast, tapezierte Wände und fein geraffte Gardinen am Fenster.

Einer der Deutschen steckte sich seine Serviette in den Kragen. «Wir nehmen es ihnen jedenfalls nicht mehr übel, dass sie uns unsere chinesischen Kolonien weggenommen haben, diese Schlitzohren!» Er lachte. «Zumindest bemühen wir uns, nicht allzu nachtragend zu sein.»

«Schlitz*aung*», korrigierte ein anderer Deutscher am Tisch.

«Wie bitte?», fragte Karl von Wiegand.

«Er meint Schlitzaugen», erklärte der Mann mit der Wollmütze. Und an den anderen gewandt: «Der Amerikaner versteht kein Bayrisch, sprechen Sie doch Hochdeutsch!»

«Hochdeitsch ko i aber ned», bedauerte der Mann.

«Ein Bayer, da schau einer an», nickte von Wiegand. «Ich war einmal in Ihrem Land.» Ob es ihm dort gefallen habe, wollte der Bayer wissen. «Ich habe ein Interview mit Adolf Hitler geführt.»

Auf einmal wurde es still im Raum. Besteck schabte über Porzellanteller, aber niemand sprach mehr ein Wort.

«Was haben Sie von ihm gehalten?», fragte schließlich der Deutsche mit der Wollmütze auf dem Kopf.

«Ich halte ihn für einen sehr gefährlichen Menschen», sagte Wiegand.

Wieder herrschte Schweigen.

«Aber er vertritt ein interessantes Programm», hielt der Deutsche dagegen.

«Angriffe auf Polizisten und jüdische Geschäftsinhaber finden Sie interessant?»

«Ach, jetzt tun'S doch ned so schockiert!», rief der Bayer. «Eana großer Automobilhersteller mog a koane Jud'n!»

«Henry Ford vertritt in Amerika eine Einzelmeinung», entgegnete von Wiegand. «Adolf Hitler hingegen …»

Wie er es wagen könne, fuhr der Bayer auf. Als Amerikaner habe er doch gar keine Ahnung von deutscher Politik! Ob er überhaupt ermessen könne, wie stark die Reparationsforderungen der Siegermächte auf den Deutschen lasteten und wie wohltuend es sei, jemanden wie Adolf Hitler laut aussprechen zu hören, was alle dachten?

Von Wiegand beobachtete den Bayern ein paar Sekunden reglos durch seine Nickelbrille. Seit 1924 strömten riesige Summen von Amerika nach Deutschland. Natürlich nicht aus Mitgefühl, das wusste er auch, sondern weil es viel gewinnbringender war, im inflationsgeplagten Deutschland mit seinen höheren Zinssätzen zu investieren. Deutschland hatte das amerikanische Kapital wie ein Schwamm aufgesaugt. Dadurch hatte sich das Land zwar noch mehr verschuldet, gleichzeitig aber auch Hoffnung gewonnen. Es gab viel weniger Arbeitslose, neue Fabriken konnten in Deutschland gebaut werden. Parks, Theater und Kirchen wurden subventioniert. Es ging voran in Deutschland. Was das Land jetzt brauchte, war Vernunft, dachte von Wiegand. Keinen Hassprediger.

«Ich habe damals geschrieben, dass ich es für wahrscheinlich halte, dass Adolf Hitler einmal der faschistische Diktator Bayerns wird», sagte er. «Das war vor sieben Jahren. Mittlerweile halte ich es für wahrscheinlich, dass Hitler in ganz Deutschland eine Diktatur errichten wird. Ist es wirklich das, was Sie wollen? Einen Unrechtsstaat?»

Jetzt mischte sich der Mann mit der Serviette ein: «Sie Amerikaner! Immer glauben Sie, dass die Demokratie die Antwort auf alles ist!»

«Ich bin in Elsass-Lothringen geboren», entgegnete von Wiegand. «Und ja, ich halte es wirklich für vorteilhaft, seinen Kopf zum Denken zu benutzen anstatt ihn mit Unsinn zu füllen.»

«Noch etwas Liebfraumilch, Auslese?», fragte der Obersteward mit undurchdringlichem Gesicht.

Karl von Wiegand war der Appetit vergangen.

***

Am nächsten Abend bestand Amy darauf, einen Club in Harlem zu besuchen, in dem angeblich «mitreißende» Musik gespielt wurde. Lils üblicher Einwand, sie sei nicht flüssig genug, um von irgendetwas mitgerissen zu werden, wirkte nicht. Zwar hatte ihr der Chef mittlerweile etwas Geld für ihre Berichte über New Yorker Brautmodenschneider an ein Konto bei der Western Union gekabelt, aber es war viel weniger, als sie mit ihm vereinbart hatte.

«Wir haben doch Rod», wandte Amy ein.

Aber Lil wollte kein Geld von Rod. Sie wollte das Geld, das ihr zustand und das sie sich selbst erarbeitet hatte. Immer wenn sie sich darüber beschwerte, dass ihr Honorar zu spät und nicht in voller Höhe oder manchmal auch gar nicht ankam, sagte ihr Chef, sie könne sich glücklich schätzen, überhaupt als Journalistin arbeiten zu dürfen.

«Ich habe Dutzende von Reportern in New York herumlaufen, und zwar durchweg schnelle und mutige Männer. Nennen Sie mir einen Grund, warum ich *Sie* beschäftigen sollte! Sie sind undankbar und streitlustig, und Sie wollen immer nur mehr Geld!»

«Sie beschäftigen mich, weil ich gut schreibe», hatte Lil dem Gedächtnis ihres Chefs auf die Sprünge geholfen. Es war das einzige Telefongespräch nach Hawaii geblieben, das sie sich geleistet hatte. Für das Geld hätte sie sich lieber etwas zu essen gekauft.

Warum sie nicht ebenfalls Geld in Wertpapieren anlegen wolle, hatte Amy sie gefragt. Sie würde ihr sogar welches leihen. «Damit verdienst du dein Geld im Schlaf!»

Lil nahm an, dass das vermutlich sogar stimmte. In der Zeitung hatte sie ein Zitat über die Aktiengeschäfte von J.J. Raskob, dem Direktor von General Motors gelesen: «Da sich das Einkommen tatsächlich auf diese Weise vermehren lässt, glaube ich fest daran, dass nicht nur jeder reich werden kann, sondern dass jeder dazu verpflichtet ist.» Aber sie wollte nicht ins Aktiengeschäft einsteigen, denn das hätte bedeutet, dass sie sich mit Rodrigo darüber hätte unterhalten müssen. Rodrigo war grob, und sie traute ihm nicht.

«Meinst du, dass dieser Club in Harlem etwas wäre, das auch Menschen auf Hawaii interessiert?», fragte Lil.

Amy schaute sie an, als wäre sie nicht mehr ganz bei Verstand. «Du bist ja so ein Inselkind!», rief sie. «Du weißt gar nicht, was in dieser Stadt gerade passiert, oder? Vom Cotton Club werden unsere Enkel noch sprechen! Los, zieh dich an, Darling, Rod holt uns in zwei Stunden ab!» Aber natürlich reichten die zwei Stunden nicht.

«Du bist ja schon fast so dünn wie ich!», rief Amy, als sie Lil in dem Kleid sah, mit dem sie nach New York gekommen war und das mittlerweile wie ein Zelt an ihr hing. «Ich wünschte, ich könnte auch so schnell abnehmen wie du!»

«Und ich wünschte, mein Magen bekäme mal wieder was zu tun», murrte Lil.

«Du hast es nicht begriffen. Jedes Mädchen, das in Manhattan etwas auf sich hält, ist dünn. Zieh das Kleid aus, ich werde es dir abstecken!»

«Nein, nein und nochmals nein! Bleib mir bloß vom Leib mit Nadeln und Schere!»

«Aber wieso?», fragte Amy entrüstet.

«Wieso? Jedes Mal, wenn du mit Werkzeug hantierst, wird mir angst und bange!»

Amy lachte. «Nun komm schon! Stecknadeln und Nähnadeln sind keine Werkzeuge, das ist Frauenalltagsgerät!»

«Ja, und heute habe ich zufällig keine Lust, mich davon durchbohren zu lassen!», wehrte Lil ab.

Am Ende nähte Lil ihr Kleid selbst ab. Es war das erste Mal, dass sie so etwas tun musste. Auf Oahu hatte das immer Tessi für sie getan.

Die Reklamebuchstaben am Cotton Club leuchteten in der Nacht. Sie waren so angebracht, dass sie die Rundbogenfenster im ersten Stock verdeckten.

«Ist tagsüber bestimmt ganz schön düster dadrinnen», sagte Lil, als sie an der Ecke 142. Straße und Lenox Avenue hielten. Unzählige Taxen standen vor dem Club.

Amy lachte. «Darling, keinen Menschen interessiert, was da tagsüber los ist! Nachts spielt die Musik!»

«Kein einziger Parkplatz», fluchte Rodrigo.

«Stell den Wagen doch ein paar Blocks weiter ab, und wir gehen zu Fuß», schlug Amy vor.

«Bist du wahnsinnig? Wir sind hier in Harlem! Hier wohnen nur Neger, da lasse ich euch Ladies doch nicht zu Fuß laufen!»

«Ich glaube nicht, dass das gefährlicher ist als die Straße, in der Lil und ich wohnen», wandte Amy ein. «Gestern Abend gab es bei uns vor der Tür eine Schießerei. Wir hatten nur deshalb keine Angst, weil Giovannis alte Mutter rausgegangen ist und die Männer angebrüllt hat, sie sollen weniger Lärm machen.» Amy stieß ihn in die Seite. «Die sind dann tatsächlich abgehauen!»

«Wenn du mal richtig Angst haben willst, Rod, dann musst du zu uns kommen, wenn Amy dem Bestattungsunternehmer Giovanni den Bart schert! Ein Wunder, dass er noch lebt.»

«Lil übertreibt.» Amy reckte das Kinn. «Mein Papa hatte einen Barbiersalon, und meine Mama hat Haare geschnitten. Mit Scheren und Messern kenne ich mich aus.»

Rod boxte Amy in die Schulter. «Ich suche einen Parkplatz, verdammt! Könnt ihr einmal die Klappe halten, ihr zwei?»

«Er ist nicht immer so», sagte Amy zu Lil und bot ihr auf der Toilette des Clubs einen Schluck Gin aus ihrem Flakon an.

«Es reicht ja wohl, dass er überhaupt so sein kann!» Lil legte den Kopf in den Nacken und trank. «Schieß diesen Idioten endlich in den Wind, so wie du es mit seinen Vorgängern auch gemacht hast!»

Amy schaute sie aus großen Augen an und schüttelte langsam den Kopf.

«Was findest du eigentlich an dem?», fragte Lil.

Amy stürzte den restlichen Gin herunter. «Er ist ein echter Gentleman. So erfahren. Er kennt die Welt.»

«Sein *Geld* kennt die Welt. Es hat bestimmt schon Bordelle gesehen, Schmugglerhöhlen mit literweise illegalem Alkohol, Spielcasinos, Waffenlager …»

«Sag so was nicht, Lil. Er ist eigentlich Textilkaufmann und handelt mit Aktien.»

«O mein Gott – dich hat es wirklich erwischt, oder?» Lil starrte ihre Freundin entsetzt an.

«Findest du ihn wirklich so furchtbar?»

«Ich finde ihn …» Lil fehlten die Worte. Sie wollte gern sagen, dass sie noch nie einen so unsympathischen, selbstgefälligen und obendrein hässlichen Mann gesehen hatte, der Amy noch dazu behandelte wie ein kleines Dummchen. Aber sie wollte die Gefühle der Freundin auch nicht verletzen. «Er ist wohl manchmal etwas ungehobelt», wiegelte sie ab.

«Ja, das ist er, oder?» Amys Augen leuchteten. «Er ist ein richtiger Mann!»

Sie saßen an einem kleinen Vierertisch nahe an der Bühne, sodass Lil in die Gesichter der Musiker sehen konnte. Da war ein Strahlen in den Augen dieser Menschen, wie Lil es selten gesehen hatte. Sie lachten, während sie spielten! So musste es sein, wenn man etwas tat, das einen vollkommen erfüllte, dachte Lil. So fühlte sie sich, wenn sie über etwas schrieb, das sie fesselte. Oder das sie mochte.

Auf einmal sah sie sich selbst, wie sie mit Dave unter dem Ingwerbaum saß. Oder am Strand, wie sie den Kindern beim Wellenreiten zusah. Und je länger sie der Musik lauschte, desto plastischer sah sie Oahu vor sich. Sie roch Tessis Kokosöl. Sie sah die Palmen, die sich im Wind bauschten. Den Pazifik, kobaltblau. Die Bilder schoben sich vor die tanzenden Paare im Club. Sie hatte kein Auge für die verzierten Säulen und die Fresken an den Wänden, sie bemerkte nicht den Rauch, der sich aus unzähligen Zigaretten und Zigarren über den Tischen kräuselte. Sie hörte einfach nur auf die Musik. Das Glück sprang taktweise auf sie über. Der Rhythmus ließ ihr Herz schneller schlagen. Wie anders der Pianist aussah als ihre Mutter, wenn sie Klavier spielte! Auch ihre Mutter war eine leidenschaftliche Musikerin, aber es war eine schwere, fast wütende Leidenschaft. Wie dieser Ellington seine Jazzmelodien spielte, sah es so leicht aus. Wie ein Zeppelin, der in den Himmel steigt, dachte sie. Ein kompliziertes Gerüst. Aber leichter als Luft.

«Möchten Sie vielleicht tanzen?», fragte jemand und riss sie aus ihren Gedanken. Es war der Mann, an dessen Tisch sie Platz genommen hatten. Gut sah er aus, in elegantem Tweed gekleidet, mit einem feinen Lächeln im Gesicht.

Jetzt erst bemerkte Lil, dass Amy und Rod fort waren, vermutlich ebenfalls auf der Tanzfläche. Ihr fiel nichts ein, wie sie ihn abwehren konnte, also erhob sie sich und tanzte mit ihm.

«Man fühlt sich hier wie auf einer Plantage, oder?», bemerkte er, als sie wieder am Tisch saßen. «Dschungel-Rhythmen, Neger, die Musik machen. Neger, die einen bedienen …» Er winkte einem der Kellner zu, er möge zu ihnen herüberkommen. «Und die Gäste sind alle weiß.»

Lil hielt nach Amy Ausschau. Kam ihre Freundin eigentlich irgendwann auch mal wieder zurück?

«Aber die Musik ist erstklassig. Ehrlich, so etwas gibt es nirgendwo sonst auf der Welt. Was machen Sie so im Leben?»

«Ich arbeite als Reporterin für den *Honolulu Star-Bulletin*. Versuche aber gerade, Fuß zu fassen in New Yorker Redaktionen.»

«Nicht einfach für eine Frau, was?», sagte der Mann und bot ihr eine Zigarette aus einem Etui an, das im Bühnenschein glänzte.

Lil schüttelte dankend den Kopf.

«Dann verfolgen Sie ja sicher die Fahrt unseres Zeppelins.»

«Nun ja, ich würde eher sagen, dass es ein deutscher Zeppelin ist.»

«Mag sein, und doch ist es unsere Weltfahrt. Von Amerikanern finanziert. Aber Sie haben natürlich recht, dass es sich um ein Luftschiff handelt, das in Deutschland gebaut wurde und das deutsche Offiziere über den Erdball führen. Was halten Sie denn davon, dass diese Deutschen jetzt nach Japan fliegen? Wird das gut ausgehen? Wo Sie doch gerade im Krieg mit Japan waren!»

Etwas an der Art, wie der Mann fragte, verriet Lil, dass er ebenfalls Journalist sein musste. Seltsam, dass er das gar nicht erwähnt hatte. Ihrer Erfahrung nach erzählten Männer erst einmal ausgiebig von dem, was sie selbst bewegte, ehe sie sich die Mühe machten, eine Frau kennenzulernen.

«Also ich denke, dass diese Fahrt nach Japan für die Zeppelin-Fahrer nicht nur technisch eine große Herausforderung sein wird.»

«Inwiefern?», fragte der Mann amüsiert.

«Japan mag zwar klein auf der Landkarte aussehen, ist aber de facto eine Großmacht in Ostasien und beansprucht eine Vormachtstellung im asiatischen Raum. Deutschland versucht, sich von seiner Niederlage zu erholen, und sucht sich neue Verbündete. Vielleicht ist Japan ja interessant?»

«Gewagt, was Sie da behaupten. Kein einziger deutscher Politiker befindet sich an Bord des *Graf Zeppelin*. Wie sollen die Deutschen da verhandeln?»

Lil nahm noch einen Schluck von ihrer Limonade. «Gar nicht. Deutschland muss nur einen guten Eindruck machen. Und wer wäre besser dafür geeignet als der Kommandant des Luftschiffs, Hugo Eckener?»

«Sie scheinen eine sehr aufgeweckte junge Frau zu sein», schmunzelte der Mann. «Ich bin übrigens Redakteur beim *New York Morning Journal*. Ich werde mir Ihren Namen notieren und ein Treffen zwischen Ihnen und unserem Chefredakteur in die Wege leiten. Oh, sehen Sie mal, da ist der Bürgermeister der Stadt, Jimmy Walker!» Er deutete auf einen Mann mittleren Alters, der von ein paar jungen Frauen umringt war, deren Rückendekolletés fast bis zum Po reichten. «Wusste gar nicht, dass er auch im Cotton Club verkehrt!»

«Darf ich mir Ihren Namen auch notieren? Und wann könnte dieses Treffen stattfinden? Und wie könnte ich Sie kontaktieren?»

«Sir.» Ihr Nachbar war aufgestanden und verbeugte sich halb vor dem Bürgermeister. Über die Musik hinweg rief er: «Auf Ihr Wohl, Sir! Und das Wohl unserer Stadt!»

Der Angesprochene drehte sich um. «Mr. Miller», sagte er. «Hat mich die Hearst-Presse also doch noch erwischt!»

«So ist es!» Lils Nachbar grinste, aber es sah nicht echt aus. «Gut, dass ich Sie hier treffe, Sir, ich wollte Ihnen sowieso noch ein, zwei Fragen stellen.»

«Ja, aber heute bin ich im Nachtclub», versetzte der Bürgermeister. «Da gefällt es mir nämlich. Und das ist gut so!»

«Selbstverständlich, Sir.» Lils Nachbar sank zurück auf seinen Stuhl. «Kontakte pflegen», stöhnte er. «Nicht ganz ohne hier in Manhattan.»

Lil hatte ihren Notizblock und einen Stift gezückt. «Miller ist also Ihr Name? Mathew Miller?»

«Woher wissen Sie das?»

«Ich lese alle Zeitungen, die hier erscheinen. Und ich präge mir die Namen derjenigen, die für die Zeitungen schreiben, gut ein.» Sie lächelte. «Also, wann habe ich denn nun diesen Termin mit Ihrem Chef?»

An diesem Abend tanzte sie nicht mehr. Sie füllte Seite um Seite ihres Notizblocks. Am Ende hatte sie alles aufgeschrieben: Wie dieser Mr. Ellington, der am Piano saß, in die Luft lachte, während er spielte. Wie seine rechte Hand über die Tasten tanzte und wie sein Bein dazu wippte, so als sei jeder Teil seines Körpers von Musik erfüllt.

Sie hatte einen Termin bei einer New Yorker Zeitung! Und diesmal würde es gutgehen. Es musste einfach. Sie hatte Amy versprochen, die Hälfte der Miete in der Mulberry Street zu bezahlen, und sie musste sich beeilen. Es war schon der 21. August.

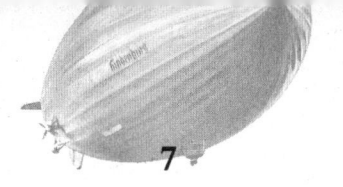

7

Der Zeppelin erreichte Honshu bei Sonnenaufgang. Die Passagiere und Journalisten drängten sich an den Fenstern, um die japanische Hauptinsel zu betrachten. Sie sahen enge Täler, die sich zum Meer hin öffneten, Häuser mit exotischen Dächern, akkurat geschnittene Gärten, ein sauberes Land.

Einer der Deutschen rief beim Anblick des Zeppelin-Hangars von Kasumiga Ura aus, wie schön es sei, den guten alten deutschen Hangar endlich wiederzusehen. Woraufhin der russische Gesandte wissen wollte, inwiefern denn ein japanischer Hangar deutscher Besitz sein könne? Er fügte sogleich an, dass Eigentum die Wurzel allen Übels sei, weshalb die Bolschewiken das Privateigentum abgeschafft hätten. Der Deutsche erklärte nun, dass der Hangar als Teil der Reparationsforderungen nach Japan gekommen sei und dass er das mit dem unrechtmäßigen Besitz den Japanern gleich mal genauer erklären könne – sie, die Deutschen, würden den Hangar nämlich gerne wiederhaben und hätten übrigens auch nichts gegen Besitz.

Die Diskussion, die gerade hitzig zu werden drohte, wurde durch Jubelschreie beendet, die zu ihnen heraufdrangen. Zu Hunderttausenden waren die Menschen zusammengeströmt, um die Ankunft des Zeppelins mit eigenen Augen zu sehen, Frauen und Männer in bodenlangen gemusterten Gewändern, mit Schirmen in der Hand. Immer weiter sank der Zeppelin, sodass sie jetzt die Straßen von Tokio erkennen konnten, die flachen Häuser, die Menschen auf ihren Fahrrädern. Sie folgten dem schillernden Fluss Sumida bis zu der Stelle, wo er ins Meer mündete, beschrieben eine Schleife über dem Hafen von Yokohama und kehrten über das Zentrum von Tokio zurück. Dort, über einem riesigen Gebäude mit Zinnen und Säulen, warf der Junge seinen Brief ab.

Und dann landeten sie, die erste Landung seit Friedrichshafen vor 101 Stunden und 49 Minuten. Japanische Matrosen brachten den Zeppelin in den «deutschen» Hangar, und zusammen mit der Besatzung wurden sie in eine Zelthalle geführt.

Es fühlte sich merkwürdig an, wieder festen Boden unter den Füßen zu haben, fand Grace. Das Gefühl der Erhabenheit war verflogen. Eine gewaltige Menschenmenge schloss sie ein.

Ein japanischer Herr in Gehrock und Zylinderhut hielt eine Rede – der Verkehrsminister, wie ihnen der Dolmetscher verriet. Dann musste ein erschöpft aussehender Dr. Eckener auf einen weithin sichtbaren Tisch steigen und ebenfalls eine Rede halten. Grace bemerkte, dass er darauf nicht vorbereitet war. Er rang sichtlich nach Worten. Am Ende bemerkte er, dass er sich glücklich schätzte, im Land der aufgehenden Sonne und der Kirschblüte zu sein. Als der Dolmetscher seine Worte übersetzte, blickte der Verkehrsminister überaus zufrieden drein, und auch die Menge schien sich zu freuen. Zum Zeichen ihrer Verbundenheit mit dem deutschen Volk reckten sie auf einen Befehl hin alle gleichzeitig deutsche Fähnchen in die Luft, wobei sie einen Schrei ausstießen. So ging das einige Male: Fähnchen hoch, schreien, Fähnchen herunter.

Grace fand das ziemlich lustig. Sie wandte sich um und bemerkte, dass Karl von Wiegand sie ansah. Nicht Hugo Eckener und das Treiben der Menge. Nur sie. Auf einmal wusste sie nicht mehr, was sie sagen oder tun sollte. Es war seltsam: Als Reporterin konnte sie nichts aus der Fassung bringen. Aber in Gegenwart dieses Mannes fühlte sie sich immer so scheu.

Von ferne hörte sie, wie Hugo Eckener etwas über die historische Bedeutung ihrer Fahrt sagte. Noch immer schaute ihr Karl von Wiegand in die Augen. Und dann nahm er ihre Hand.

Hugo Eckener war vollkommen verblüfft. Da hatte er diese abgedroschenen Sätze vom Land der Kirschblüte von sich gegeben und wurde dafür gefeiert wie ein Rhetorik-Genie.

«Gleich mit Ihren ersten Worten haben Sie das Herz des japanischen Volkes erobert!», erklärte der Ministerpräsident am folgenden Tag. Das heißt, sein Dolmetscher sagte es, und Eckener dachte bei sich, dass dieser Dolmetscher, der ja auch bei ihrer Ankunft seinen Dienst getan hatte, sehr gut sein musste, wenn er seine wenigen Sätze in etwas verwandelt hatte, das dem japanischen Volk so zu Herzen gegangen war.

Sie standen auf einem weiten Platz vor den kaiserlichen Gärten. Hunderttausende Japaner waren gekommen, um ihn zu sehen. Tatsächlich hatte Eckener schon lange nicht mehr so viel Freundlichkeit an einem Ort erlebt. Die Menschen strahlten, und er und die anderen Besatzungsmitglieder wurden mit Geschenken überhäuft: mit Vasen, Radierungen und Holzschnitten, Seidenstickereien und Gewändern. In den Reden des Ministerpräsidenten, des Bürgermeisters von Tokio und des Außenministers klang Bewunderung an für die aeronautischen Leistungen der Zeppelin-Fahrer. Und in den Tagen darauf konnte Eckener es auch in den Presseberichten lesen, die eigens für ihn übersetzt wurden: Wie sehr Japan sich freue, die alte Freundschaft zu Deutschland wieder aufleben zu lassen, und wie sehr das Land das Können der Deutschen bewundere.

Die Tage in Tokio waren wie ein Märchen. Die Weltumfahrer schliefen in einem Hotel, das einer Tempelanlage glich, und Grace bekam einen Pyjama aus schwarzer Seide geschenkt. Tagsüber wanderte sie mit Karl im Regen durch die Gärten des Tempels, aß zarten Fisch und schrieb ihre Berichte. Sie war so glücklich, dass sie sang.

Sechs Tage später war das Programm zu Ende, das die Japaner zu Ehren der deutschen Luftschiffer auf die Beine gestellt hatten, und man begab sich wieder in den Hangar. Die japanischen Matrosen, die das Luftschiff aus der Halle herauszogen, taten ihre Arbeit genauso, wie es ihnen befohlen worden war. Der Zeppelin glitt ins Freie. Doch plötzlich gab es einen Ruck, fast so, als ob das Luftschiff bockte. Die Matrosen zogen und zerrten. Und dann brach etwas.

Hugo Eckener wurde bleich.

Die Nachricht vom gebrochenen Gerippeträger machte die Runde um die ganze Welt. Randolph Hearst, der von seinem ehemaligen Mentor und jetzigen Rivalen Joseph Pulitzer gelernt hatte, dass die Leser Sensationen wünschten, ließ die Neuigkeit vom zerstörten Luftschiff auf Weltfahrt ordentlich aufbauschen. Das Hotel der Journalisten, eigentlich ein Tempel, wurde auf seinen Befehl hin kurzerhand zum Redaktionsbüro umfunktioniert. Die Funker an Bord des Zeppelins setzten im Schichtbetrieb die Korrespondentenberichte als Telegramme ab, und die Meldungen wurden in sämtlichen Zeitungen veröffentlicht, die Hearst besaß – dem *New York Morning Journal*, dem *San Francisco Examiner*, der *Washington Times* und den fünfundzwanzig anderen. Die deutschen, russischen, französischen und britischen Pressevertreter hieben ebenfalls in die Tasten. Jeder wollte der Erste im Funkraum des Zeppelins sein.

★★★

In Friedrichshafen rauften sich indes die Luftschiff-Ingenieure die Haare. In New York kaufte ein deutscher Matrose einem Zeitungsjungen das Blatt mit der Geschichte vom beschädigten Zeppelin ab. Sein Onkel auf Sylt kommentierte die Neuigkeit mit einem Lachen: «Ein Luftschiff kann man kaputt machen. Nur ich bleibe bis in alle Ewigkeit bestehen!» Auf Hawaii las ein Gärtner den Bericht unter einem Ingwerbaum.

Und in der Mulberry Street in Manhattan schlug eine junge Frau mit der Faust auf den Tisch. «Auf der ganzen Welt passieren interessante Sachen!», wütete Lil. «Nur ich muss immer noch von Hochzeiten berichten!»

«Aber nein, du hast doch heute deinen Termin beim *Morning Journal*», tröstete Amy. Sie stand auf einem Schemel und versuchte mit Hilfe eines langen Messers den Ventilator in Schwung zu bringen, der nicht mehr richtig rotierte. «Wann ist der noch mal?»

«Amy, was machst du da?», fragte Lil alarmiert.

«Ein bisschen frischen Wind in dein Leben bringen», versetzte Amy. «Das Ding ist so lahm wie eine Entschuldigung vom ‹armen› Bill.» Sie setzte das Wort mit den Fingern in Anführungszeichen, und der Schemel unter ihr schwankte gefährlich.

«Amy, komm sofort da runter! Ich bin mir sicher, dass Giovanni …»

Ein Gepolter unterbrach Lils Worte. Amy lag auf dem Boden mit schmerzverzerrtem Gesicht.

«Alles in Ordnung?» Lil stürzte zu ihr. «Kannst du dich bewegen?»

Amy schüttelte den Kopf und biss sich auf die Lippen. «Mein rechtes Handgelenk nicht mehr.»

***

Eine Stunde später saß Christian auf seiner Koje, die Geige zwischen Wange und Schulter eingeklemmt, als er von draußen lautes Geschrei hörte. Die Stimme kam immer näher, und sie gehörte einer Frau.

«Warum musst du immer so schlechte Laune haben?», rief sie in breitem New Yorker Dialekt. «Sogar jetzt, in dieser Situation! Ich wünschte, Lil wäre mit mir hergekommen!»

«Lil, Lil, Lil, ich kann es langsam nicht mehr hören!», schimpfte jetzt eine männliche Stimme, die mit einem spanischen oder portugiesischen Akzent sprach, so genau konnte Christian das nicht heraushören. «Hat Lil Geld für ein Krankenhaus? Nein? Ach, was für eine Überraschung! Kennt Lil den Eigner der *Orion*, der eine Krankenstation an Bord hat? Auch nicht? Ach, sieh an!»

«Ich bin dir ja auch dankbar dafür, dass du mich hergefahren hast.» Die Frau klang nun etwas versöhnlicher. «Aber ich habe Schmerzen, und es hilft mir kein bisschen, wenn du immer so brüllst!»

«Übrigens hätte deine Lil ja gerne mitkommen können. Ich hab sie sogar gefragt, ob sie das will. Aber sie wollte ja lieber zu ihrer Zeitung gehen.»

«Du verstehst das nicht, Rod. Sie hat einen Termin dort. Sie muss Geld verdienen.»

«Warum leiht sie sich nicht Geld bei der Bank und kauft

Aktien wie alle anderen vernünftigen Menschen auch? Ich hätte sie beraten können, ich hab es tausendmal angeboten.»

«Rod, bitte ...»

«Hallo, Sir! Ja, genau Sie meine ich! Meine Freundin ist eben gestürzt, und ich habe mit Mr. Forstmann gesprochen, damit sie hier behandelt werden kann! Das ist freundlich, vielen Dank.»

Christian hob den Kopf. Eine Frau kam an Bord. Das konnte wohl nicht zufällig die Frau vom Drugstore sein? Nein, natürlich nicht, das wäre ein viel zu großer Zufall, aber er würde es sich nie verzeihen, wenn er nicht ...

«Wo willst du hin, Kische?» Jan stand auf einmal in der Kammer.

«An Deck!», rief Christian und drängte sich an Jan vorbei.

«Aber du hast doch gar keine Wache!»

Christian war schon halb den Gang hinunter. «Egal!»

Es war nicht das Mädchen vom Drugstore. Sie trug zwar die Haare ähnlich, und sie sah ebenfalls sehr hübsch aus, aber sie war nicht das Mädchen, an das er immer noch denken musste, jeden Tag.

«Mit ins Krankenzimmer, Nielsen!» Der Zweite Offizier packte ihn am Arm.

«Warum?», fragte Christian.

«Weil du der erste Dumme bist, der mir über den Weg läuft.» Der Offizier machte eine Kopfbewegung hin zu dem Mädchen, das mit seinem Vater oder Onkel an der Gangway stand. «Wir müssen die Lady da verarzten.» Und während sie die Treppe hinunter in die kleine Krankenstation gingen, zischte er: «Du machst besser gleich alles richtig. Ihr Galan ist ein wichtiger Geschäftspartner vom alten Forstmann. Aber wenn du keine Erste Hilfe beherrschst – kein Problem, ich bin mir sicher, dass wir hier im Hafen jede Menge Ersatz für dich bekommen.»

★★★

Von weitem wirkte die Park Row mit ihren hohen Gebäuden, den spitzen Türmen darauf und den Mansardenfenstern in den Dächern wie eine uneinnehmbare Festung. Lil schluckte, ballte die Fäuste und versuchte, sich wie ein Ritter zu fühlen. Rechts und links von ihr rannten Männer mit wehenden Krawatten und hielten sich mit einer Hand den Hut fest. Autos und Karren rumpelten an ihr vorbei. Entschlossen bahnte sie sich ihren Weg vom unteren Broadway in die Park Row hinein, die im Westen an die Grünanlagen der City Hall grenzte. Hier herrschte noch mehr Getümmel: Sie hatte das Herz des Zeitungsviertels erreicht.

Jeder wollte zeigen, dass er in der Park Row der Größte war. Das Gebäude, in dem die *Times* beheimatet war, besaß einen Turm, den man um den alten herumgebaut hatte, um das Gebäude größer erscheinen zu lassen. Im Jahr 1889, als es in der Park Row noch Baugrund gab, ließ Joseph Pulitzer ein Gebäude für seine *New York World* errichten, das diesen Turm dann mit seinen siebzehn Stockwerken noch überragte. Das ließen sich die Leute vom *Tribune* und vom *New York Journal* aber nicht gefallen und setzten ab 1903 auf ihr neunstöckiges Zeitungshaus noch einmal neun Geschosse drauf. Nur die *Sun* residierte weiterhin in einem vierstöckigen Bau, was die Redakteure der *World* mitunter dazu verführte, ihre Fenster zu öffnen und den *Sun*-Leuten aufs Dach zu spucken.

Lil schob sich durch das Getümmel hinüber zum Tribune Building, in dem das *New York Journal* saß, und betrat das Tor zu einer anderen Welt. Der Fahrstuhl raste mit einer Geschwindigkeit nach oben, dass es Lil ein bisschen mulmig wurde. Noch nie in ihrem Leben war sie so viele Stockwerke auf einmal hochgefahren. Ihr Herz klopfte, aber sie beruhigte sich damit, dass sie bestens vorbereitet war.

Der Tumult in den Redaktionsräumen des *New York Journals* war überwältigend. Unermesslich lauter und voller als beim *Honolulu Star-Bulletin*. Sie unterdrückte ein Husten – Zigarrenqualm biss ihr in den Augen. Männer brüllten, hieben in die Tasten ihrer Schreibmaschinen und rannten wie wahnsinnig umher.

Ein Bürojunge hielt in vollem Lauf vor ihr. «Möchten Sie zu Ihrem Ehemann, Madam?», fragte er.

«Nein.» Lils Finger umklammerten ihre Mappe mit den ausgewählten Texten. «Ich habe einen Termin mit dem Chefredakteur.»

«Dann warten Sie bitte, Madam.»

Die Zeiger auf der großen Wanduhr wanderten immer weiter. Eine Stunde saß sie nun schon da. Zwei. Sie dachte an Amy und daran, wie es ihr jetzt wohl gehen mochte. Dann ging sie noch einmal die Texte in ihrer Mappe durch. Sie hatte das Beste dabei, was sie für den *Honolulu Star* geschrieben hatte, und einen noch ungedruckten Text, von dem sie hoffte, dass er Interesse beim *Journal* wecken würde. Es ging darin um das Gebäude, das der General-Motors-Vorstandschef J.J. Raskob plante: einen Wolkenkratzer mit einem Ankermast für Zeppeline. Lil hatte mit Amy zusammen einen der Zeichner getroffen, der in dem Architekturbüro arbeitete, wo das Gebäude entworfen wurde. Der Zeichner war so betrunken gewesen, dass er ihnen ein paar Geheimnisse verraten hatte. Die 86. Etage des Gebäudes, das einmal Empire State Building heißen sollte, war als Abflug-Lounge mit Ticket-Schalter und

Zollstation vorgesehen. Einmal angedockt, sollten die Zeppelin-Passagiere über eine schmale Brücke in den Mast auf der Spitze des Wolkenkratzers balancieren, um sodann zu Fuß über eine Wendeltreppe zwanzig Stockwerke nach unten zu steigen. Das würde sicherlich für großes Vergnügen bei Passagieren wie beim stadtbekannten Akrobaten Joseph Späh und anderen Seiltänzern oder Laternenkletterern sorgen, hatte Lil in ihrem Artikel geschrieben. Alle anderen mussten dann eben rechtzeitig eine Ausbildung im Zirkus absolvieren.

Doch der Hauptgrund, warum ein Zeppelin-Ankermast auf dem höchsten Gebäude der Welt eine Schnapsidee sein musste, wie der Zeichner ihr zugelallt hatte, sei dem Umstand geschuldet, dass Zeppeline Ballast in Form von Gas und Wasser ablassen mussten. Vielleicht war es ja möglich, überlegte Lil, dass einer der Zeitungszeichner ein Bild von diesem Szenario anfertigte: Mehrere hundert Liter Ballastwasser ergießen sich vom Heck eines Zeppelins, der am Mast des Empire State Buildings andockt, in die Häuserschluchten von New York. Sie lächelte. Was für einen Spaß es machte, sich solche Dinge auszudenken! Ja, es war genau der richtige Beruf für sie.

Der Chefredakteur habe keine Zeit, richtete der Bürojunge Lil aus, als sich der Himmel draußen schon rot färbte. Ja, er wisse selbst, dass sie verabredet gewesen seien, aber das lasse sich nun mal nicht ändern. Das deutsche Luftschiff sei in Japan zerstört worden. Aktualität gehe vor.

«Dann möchte ich auf der Stelle mit Mathew Miller sprechen», sagte Lil. «Vorher tue ich keinen Schritt aus diesem Raum!»

«Was wollen Sie von Mathew?», fragte ein Redakteur von seinem Schreibtisch aus. Er hatte sich den Hut in den Nacken geschoben und die Füße auf den Tisch gelegt.

«Mr. Miller hat einen Termin zwischen mir und dem Chefredakteur in die Wege geleitet. Ich möchte mich als Reporterin vorstellen.»

Der Redakteur betrachtete sie ein paar Sekunden und sog dabei an seiner Zigarette. «Sie haben doch ein schönes Gesicht und eine gute Figur, Miss, warum wollen Sie denn da als Journalistin arbeiten? Suchen Sie sich lieber einen reichen Mann, wenn ich Ihnen mal diesen persönlichen Rat geben darf. Das ist sicher die bessere Absicherung im Alter für Sie!»

Als sie wieder auf der Straße stand, verspürte Lil zu ihrer Verblüffung das Bedürfnis zu weinen. Das war ihr schon seit Kindheitstagen nicht mehr passiert. Während sie an der City Hall vorbeiging, wurde ihr bewusst, wie absurd das alles war: New York war eine reiche Stadt. Dem ganzen Land ging es ziemlich gut, die Vereinigten Staaten von Amerika hatten den höchsten Lebensstandard ihrer Geschichte. Sicher, in der Mulberry Street, in Tante Abigails Apartment und auch in anderen Teilen Manhattans mochte nicht alles perfekt sein, aber fast jeder hier hatte ein Radiogerät. Wer wollte, konnte trotz der Prohibition an Alkohol kommen und seinen Durst mit Cocktails und französischem Wein löschen. Sie hatte von Menschen gehört, die mit Aktien an einem einzigen Tag Tausende von Dollar verdienten. Aber sie, die sie auf die gute, altmodische Art Geld verdienen wollte – mit Arbeit –, bekam nicht mal genug Geld für ein Thunfischsandwich zusammen. Und das Schlimmste von allem war: Jetzt hatte sie auch noch Mitleid mit sich selbst.

Es dämmerte bereits, als sie auf die Centre Street einbog. Aus den Geschäften und Häusern drangen hunderterlei Gerüche. Der Duft von frischgebackenem Brot vermischte sich mit dem von gegrilltem Fleisch, von Katzenpisse und Wäschelauge. Vor einer hell beleuchteten Auslage blieb sie stehen und sog den Duft ein, der aus dem Laden drang. Süße und buttrige

Kekse stapelten sich hinter dem Fenster. Sie konnte sich nicht daran erinnern, wann sie sich zuletzt so elend gefühlt hatte. Doch, sie konnte. Aber sie wollte nicht.

Ein Tag am Waikiki Beach. Eine Sandburg, die sie zusammen mit dem Vater baute. Die Mutter, die nicht mit ihr sprach. Sie klammerte sich ans Bein der Mutter und flehte sie an, ihr doch bitte zu antworten. Ein Riese, der sie plötzlich in die Höhe hob und sie sich auf die Schultern setzte. Der Vater. Dann der Wassersaum von ganz weit oben, Meer und Sand mit einer Schaumlinie aneinandergenäht. Der Vater hatte ihr nicht erklärt, warum die Mutter manchmal nicht sprach. Aber Lil wusste, dass es mit ihr zu tun hatte. Es *musste* mit ihr zu tun haben. Sie war einfach nicht gut genug.

Der jüdische Buchhändler fiel ihr ein, der in der 96. Straße ein Geschäft betrieb. Es war ein windschiefer kleiner Laden, den sie manchmal aufsuchte, weil es so still darin war. Der Buchhändler hatte ihr erzählt, dass man zwei Monate lang ohne Essen auskommen könne, wenn man nur genug Wasser trank. Er selbst nahm nur Tee und Dörrpflaumen zu sich. Sie und Amy lebten derzeit allein von dem Essen, das sie auf Partys serviert bekamen. Manchmal waren es nur Erdnüsse, die Lil in sich hineinstopfte, so lange, bis ihr der Bauch weh tat.

«Wie ist es gelaufen?», rief Amy, als sie nach Hause kam. «Bist du jetzt eine von den Hearst-Reportern? Darf ich angeben mit dir?»

«Ich muss morgen noch mal hin. Und ich werde mich wohl auch bei anderen Zeitungen …» Sie stockte.

«O nein!» Amy sprang auf und legte die Arme um sie.

«Ich bin nicht gut genug», weinte Lil.

«Natürlich bist du das!» Amy drückte sie noch fester. «Du bist die Beste von allen!»

Lil wischte sich die Tränen von den Wangen. «Du hast doch noch nie etwas gelesen von mir!»

«Ich habe ja auch nicht von deinen journalistischen Fähigkeiten gesprochen. Aua!» Sie kniff Lil mit ihrer unverletzten Hand zurück.

«Was hat der Arzt gesagt?» Lil strich über den Verband an Amys Handgelenk.

«Wenn du mit Arzt den grimmigen Zweiten Offizier an Bord der *Orion* meinst?» Amy kicherte. «Er hat ein lustiges Profil mit einer riesigen Nase, und ich habe mich gefragt, ob er ... egal. Rod war ja auch dabei. Das Handgelenk ist bloß verstaucht.»

«Hat Rod dich anständig behandelt?»

Amy biss sich auf die Lippen. «Ich wünschte, wir hätten ihm gesagt, dass ich überfallen wurde.» Sie machte eine Handbewegung zur Straße hin. Durch das geöffnete Fenster klangen Schreie und Hupen. «So was passiert in diesem Viertel ja dauernd.»

Lil sah Amy einen Augenblick lang an. «Rod darf dich nicht schlecht behandeln, ganz egal, ob du überfallen wurdest oder von einem Schemel gefallen bist.»

Amy wich ihrem Blick aus. «Das sagt sich so leicht.»

Lil warf ihre Mappe auf den Boden und ließ sich auf das Bett fallen – den einzigen Ort im Zimmer, der nicht mit Kleidern, Schminke, Schuhen und Geschirr belegt war. Amy setzte sich zu ihr. Keine von beiden sprach ein Wort.

«Hey, es wird alles wieder gut», sagte Amy schließlich. «Mein Handgelenk ist in ein paar Tagen wiederhergestellt. Du gehst morgen noch mal zu dieser Zeitung. Und wenn Rod mich anbrüllt, dann brülle ich zurück. Falls du also wegen der Dinge geweint hast, die heute passiert sind ... Das musst du nicht.»

Lil versuchte, das flaue Gefühl in ihrem Bauch zu ignorieren. «Das ist sehr lieb, dass du mich so aufmunterst. Aber … ich habe nicht nur deshalb geweint.»

Amy legte einen Arm um sie. «Warum denn noch?»

«Ich habe solchen Hunger.»

Amy lachte. «Ja, warum hast du das denn nicht gleich gesagt? Rod hat mir erzählt, dass ich diesen Monat schon siebentausend Dollar Gewinn gemacht habe. Ich habe gleich tausend Dollar abgehoben. Hey, guck nicht so! Wir sind Amerikanerinnen, es ist unser Geburtsrecht, reich zu sein. Komm!» Mit ihrer freien Hand zog sie Lil vom Bett hoch. «Heute Abend gehen wir aus!»

***

Die Fahrt über den Pazifik versprach navigatorisch interessant zu werden, fand Hugo Eckener. Nachdem der Zeppelin wieder repariert worden war, zog ein Taifun über Tokio in Richtung Pazifik. Sie mussten erneut einen Tag warten, bis sich das Wetter so weit beruhigt hatte, dass sie den Zeppelin aus der Halle in Kasumiga Ura ziehen konnten. Es wehte nur leicht, sodass sie starten konnten, aber sie würden den Taifun einholen, das wusste Eckener, denn ein Zeppelin fährt schneller, als sich das Auge eines Wirbelsturms bewegt. Die Frage war also nicht, *ob* sie dem Taifun wiederbegegnen würden, sondern, *wo*.

Nachdem sie drei Stunden in Richtung Osten gefahren waren, stellten die Männer im Navigationsraum fest, dass ein kühler Wind aus nördlicher Richtung auf sie zueilte. Eckener erklärte, dass sie sich der Rückseite des Taifuns näherten. Und tatsächlich türmten sich plötzlich schwarze Wolken vor ihnen auf. Blitze schossen durch die Wolken. Dann ging die Sonne unter und tauchte die Gewitterwolken in einen rotgoldenen Schein.

«Wir müssen uns einen Weg hindurch suchen», sagte Eckener ruhig. «Wenn wir an die Südseite des Taifuns gelangen, gewinnen wir wieder Fahrt.»

Im Navigationsraum wurde es ganz still.

«Mit Verlaub», sagte Wachoffizier Lehmann schließlich. «Aber das würde ich nicht riskieren.»

«Was schlagen Sie stattdessen vor?»

Lehmann blickte aus dem Fenster. Sie hatten die gewittrigen Wolkenberge fast erreicht. Ein Wind aus westlicher Richtung trieb sie den Wolken entgegen. «Umkehren», sagte er.

Eckener schüttelte den Kopf. «Dazu ist es jetzt zu spät.»

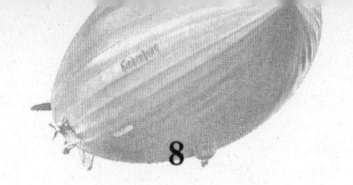

8

Im Speiseraum lehnte der russische Gesandte am Fenster. Er wirkte noch missgelaunter als sonst.

«Es sieht nicht gut aus, oder?», sprach Grace ihn an, da sie wusste, dass er Englisch verstand.

Der Gesandte schüttelte langsam den Kopf, dann schrak er zusammen. Ein Blitz zuckte über den Himmel. Sekundenlang war das Gesicht des Gesandten grellgelb erleuchtet. Grace konnte die tiefen Falten auf seiner Stirn sehen. Sie selbst empfand überhaupt keine Angst. In New York hatte sie Wochen damit verbracht, sich zu fürchten, denn sosehr sie es sich gewünscht hatte, als erste Frau der Welt auf einem Luftschiff den Globus zu umrunden, sosehr hatte sie auch Angst davor gehabt. Doch das Gefühl war unten geblieben, auf der Erde, in der man so verstrickt in alles war.

Auf einmal bemerkte sie, dass sich das Luftschiff viel schneller bewegte, geradewegs in die zuckende, blitzende Wolkenmasse hinein. Doch dann löste sich die Dunkelheit, und auch die Blitze wurden kleiner und schwächer, während sie in ihrer dünnen Hülle vorwärtssausten in unendlich rasender Fahrt.

Wie seltsam es ist, dachte sie, dass wir unten auf der Erde alle Rollen spielen, die so gänzlich anders von denen hier oben sind. Daheim in England hätte sie sich niemals mit einem Bolschewiken unterhalten, und schon gar nicht hätte sie Mitleid mit ihm. Vielleicht war das der eigentliche Zauber einer Fahrt mit dem Zeppelin.

Ein Stoß erschütterte das Luftschiff. Ihre Tasse kippte zur Seite, und der Kaffee ergoss sich über den Tisch. Dann knallte, schepperte und splitterte etwas – der Lärm schien aus der Küche zu kommen. Jemand fluchte. Karl von Wiegand nahm ihre Hand, aber Grace löste sie daraus, um ihre Schreibmaschine zu halten, die vom Tisch zu rutschen drohte. In diesem Moment schrie jemand. Das Luftschiff war in die Tiefe gestürzt.

Der Geflügelfarmer taumelte durch den Raum. Rot sickerte es von seiner Stirn, lief ihm ins Auge und die Wange hinab.

«Sie bluten ja!», rief Grace.

Karl und der russische Gesandte sprangen gleichzeitig auf, um den Amerikaner zu stützen. Und dann, so plötzlich, wie es angefangen hatte, war es auch wieder vorbei. Sie hatten den Wirbelsturm verlassen. Der Himmel draußen wurde blau.

An diesem Abend gab es «Kalbsragout nach Frühlingsart», und der Wein floss in Strömen. Der russische Gesandte bestellte Graacher Himmelreich. Er war nicht der Einzige, der geglaubt hatte, es wäre sein letzter Tag.

Die nächsten Tage über dem Pazifik brachten keine Abwechslung, zumindest nicht für die Passagiere und Journalisten: Das Luftschiff schwebte durch Nebelschwaden, die in so dichte Wolken übergingen, dass man das Meer nicht mehr erkennen konnte, nicht einmal die unmittelbare Umgebung. Für die Navigatoren war das Schwerstarbeit. Sie mussten sich ihren Weg durch das Wolkenfeld ertasten. Jede Bewegung, die das Luftschiff machte, war ein Hinweis auf eine Luftströmung, die sie dann am Ruder ausgleichen mussten. Die Männer wechselten nur wenige Worte während dieser Stunden.

Im Speiseraum herrschte derweil Verwirrung, was den heutigen 24. August betraf: Der Geflügelfarmer wollte partout nicht verstehen, wie es angehen konnte, dass zwei Tage hintereinander dasselbe Datum trugen. Der Junge, der über den Städten der Welt Briefe abwarf, erklärte ihm daraufhin, dass sie den 180. Grad östlicher Länge überquert hätten und somit die Datumsgrenze.

Der Geflügelfarmer kommentierte das recht philosophisch: «Das zeigt einmal mehr, dass Zeit nichts ist, was vom Himmel kommt, sondern dass sie von Menschenhand stammt.»

«Vom Himmel kommt sowieso nichts», versetzte der russische Gesandte, der Atheist war.

«Außer Regen und Luftschiffe», lachte Grace.

Am nächsten Tag – inzwischen war es der 25. August – steuerten sie in die Bucht von San Francisco, und Grace konnte kaum glauben, was sie sah: Hugo Eckener hatte Tränen in den Augen. Dieser nicht mehr junge Mann, der schon so gut wie alles gesehen hatte! Ehemaliger Journalist, promovierter Nationalökonom, Segler, Zeppelin-Erbauer, Weltreisender! Der Mann, der aus dem Nichts eine Zeppelin-Aktiengesellschaft aufgebaut hatte, der über die Köpfe deutscher Politiker hinweg mit Staatsoberhäuptern in aller Welt verhandelte – dieser Mann war bei dem Anblick der Küste Kaliforniens gerührt! Grace stand als einzige Journalistin vorn im Navigationsraum, während sie den Zeppelin immer tiefer sinken ließen.

Als sie in etwa fünfhundert Metern Höhe die Stadt überflogen, ging die Sonne gerade unter und malte einen goldenen Schein auf die weißen Häuser. Das Meer glitzerte und funkelte, und die Berge rings um die Stadt waren in warmes Licht getaucht. Jetzt erst bemerkte sie das Geschwader, das ihnen entgegenflog, um ihnen Geleit zu geben. Im Hafen flatterte es wild und bunt: Die Schiffe, die auf der Reede und am Kai lagen, hatten über die Toppen geflaggt. Die Sirenen der Dampfer brüllten, Automobile hupten. Tausende von Menschen hatten sich auf den steil bergan führenden Straßen versammelt und jubelten ihnen zu.

Über San Francisco drehten sie eine Schleife, und der Junge warf seinen Brief ab. Dann fuhren sie mit gedrosselten Motoren weiter in Richtung Süden nach Los Angeles. Kurz vor Mitternacht erreichten sie San Simeon, den Landsitz von Randolph Hearst. Grace hatte gehört, dass ihr Chef das Gelände *la Cuesta Encantada* nannte, den verzauberten Hügel, und tatsächlich sah das Gebäude auf dem bewaldeten Berg im Mondlicht wie ein Märchenschloss aus. Sie stand mit Karl allein am Fenster des Speisesaals und hielt seine Hand, während sie auf das Märchenschloss zuglitten.

Und wieder fühlte sie sich wie in einem Traum: Die Lampen leuchteten auf, als sie sich genau über dem Landsitz befanden, Hunderte von Strahlern, die das große Wohnhaus und die Logierhäuschen im Park mit Licht fluteten. Es war Hearsts Art, sie zurück in Amerika willkommen zu heißen.

Für das Bankett in Los Angeles trug Grace ihr bestes Kleid und ließ sich sogar eine Wasserwelle legen, aber es nützte nichts, sie fühlte sich ungehobelt zwischen all den zarten Schauspielerinnen. Hüften schienen diese Schönheiten nicht mehr zu haben, und wenn, dann gingen die in den gerade geschnittenen Kleidern und einer wippenden Lage Fransen unter. Glänzender Stoff umspielte ihre kleinen Brüste. Ob die Frauen derart viel rauchen mussten, um so dünn zu sein? Grace fand, dass einige von ihnen recht leidend wirkten, aber vielleicht lag das auch an den dunkel geschminkten Augen und den Brauen, die man sich neuerdings abrasierte und ein paar Zentimeter höher wieder anmalte. Randolph Hearst hatte zu einem Fest geladen, und das besuchten nicht nur Politiker, Journalisten und Verkehrsminister, sondern auch das hochmodische Hollywood.

«Das ist Charles Chaplin, er hat einen Oscar gewonnen», flüsterte Karl und deutete auf einen Mann, der ein paar Plätze weiter mit seinem Besteck jonglierte. «Der Oscar ist eine Auszeichnung, die sich die Filmschaffenden hier in diesem Jahr ausgedacht haben, um sich gegenseitig zu ehren.»

«Und dieser Mann hat die Auszeichnung erhalten?» Grace lächelte, während sie zusah, wie Chaplin sich den Suppenteller seiner Tischnachbarin auf den Kopf setzte. «Dann hat Hollywood ja tatsächlich Humor!»

«Nein, es gab viele Auszeichnungen. In unterschiedlichen Kategorien. Beste Kamera, beste Zwischentitel ...»

«Sie klingen, als ob sie noch nie von Charlie Chaplin gehört hätten», unterbrach sie eine Frau, die ihnen gegenübersaß, eine verhungert wirkende Erscheinung mit kinnlangem Bob. «The Kid? Kennen Sie nicht?»

«Oh, tut mir leid, ich sehe keine Filme», sagte Grace mit Bedauern in der Stimme. «Ich mag Bücher lieber. Und Zeitungen.»

Die Frau schaute sie herablassend an. «Wohl von der Ostküste, wie? Habe ich mir gleich gedacht, als ich Ihren Akzent gehört habe. Sie Ostküsten-Schätzchen wollen immer wie Briten klingen.»

Karl räusperte sich. «Meine Begleitung *ist* Britin.»

Die Angesprochene schob ihren immer noch vollen Teller von sich weg. «Jetzt ist auch der Rest meiner guten Meinung dahin.»

Es war nicht so, dass Hugo Eckener geglaubt hätte, die Fahrt über den nordamerikanischen Kontinent von Los Angeles nach New York würde einfach werden. Er wusste, dass über den Wüsten von Arizona und Texas tropische Hitze herrschte, dass es von Nordwesten her plötzliche Kaltlufteinbrüche und Gewitter geben konnte und dass jetzt, Ende August, die Hurrikansaison begann. Aber dass es so schwierig sein würde, über den Kontinent zu navigieren, hatte er doch nicht erwartet.

Der letzte Abschnitt ihrer Weltreise begann noch ohne Probleme. Sie steuerten mit Kurs auf Süden, weil sie die Ausläufer der Rocky Mountains umgehen wollten, und so erreichten sie im Morgengrauen Arizona. Der Himmel war strahlend blau, ohne eine einzige Wolke, und die Luft war so klar, dass sie bis nach Mexiko hinübersehen konnten, wo gerade ein Gewitter entstand. Solange die Sonne noch nicht hoch am Himmel stand, war es ein Vergnügen, das Luftschiff zu navigieren. Gegen zehn Uhr konnten sie den Colorado River sehen, der aus den Schluchten des Gebirges brach. Doch je höher die Sonne stieg, desto stärker erwärmte sie die Erde. Heiße Luft stieg vom Boden auf, und als sie den Zeppelin erreichte, begann dieser zu tanzen.

Zunächst spürte Eckener die Bewegungen nur in seinen Füßen, aber gegen Mittag machte das Luftschiff Sätze nach oben wie ein bockiges Pferd. Beim Mittagessen – Rinderfilet mit Meerrettichsoße – wurde das Geschirr lebendig. Die Stewards mussten Schlingerleisten an den Tischen anbringen wie auf einem Ozeandampfer in schwerer See.

Immer weiter wurde der *Graf Zeppelin* nun himmelwärts geschoben, um dann am Nachmittag, als die Luftmassen kühler wurden, wieder abwärtszusinken. Eckener erinnerte sich daran, dass im Krieg, als ein Marineluftschiff nach Afrika geschickt worden war, die halbe Besatzung aus wettererprobten

Seeleuten auf dem Flug über die Sahara seekrank geworden war, und er notierte, dass er von nun an «Tagesfahrten im Sommer über Wüsten vermeiden wolle oder wenigstens die Wüste vorher tüchtig sprengen lasse».

Gegen Abend erreichten sie El Paso. Sie fuhren so dicht über dem texanischen Ort, dass sie eine Gruppe von Menschen erkennen konnten, die auf einer Brücke über den Rio Grande hinüber nach Mexiko lief.

«Die haben es sicher eilig, der Prohibition zu entkommen», spottete der russische Gesandte.

«Ich würde jetzt auch nicht nein zu einem kleinen Glas Tequila sagen», nickte der amerikanische Geflügelfarmer in seltener Übereinstimmung mit dem Bolschewiken.

Sie durchflogen die Nacht in nordöstlicher Richtung. Endlich hatten sie die Hitze hinter sich gelassen. Am frühen Morgen überquerten sie den Arkansas River und steuerten weiter auf Kansas City zu.

Der Geflügelfarmer klebte buchstäblich am Fenster, in der Hoffnung, seine Farm von oben zu sehen. Gegen elf hatte er Glück. «Lady Grace!», rief er. «Sehen Sie sich das an, darüber müssen Sie mal schreiben! Wie wir Farmer die Weiten Amerikas fruchtbar machen! Was wir da alles aufgebaut haben! Da, sehen Sie nur – das sind meine Stallungen! Oh, wie klein sie von hier oben aussehen! Sie sind in Wirklichkeit viel größer, müssen Sie wissen! Kommen Sie uns doch mal besuchen, dann sehen Sie mit eigenen Augen, wie groß das alles ist!»

Grace lächelte und versprach es, obwohl sie wusste, dass sie das mit Sicherheit niemals tun würde. Sie wollte endlich eine ernsthafte Journalistin werden – ihr Ziel war es, das Weltgeschehen zu beobachten, nun, da sie die Welt von oben gesehen hatte.

In jeder einzelnen Stadt, die sie überflogen, strömten die

Menschen zusammen. Sie bejubelten das fliegende Schiff in Kansas City, in Davenport und in Rock Island. Aber nichts kam dem gleich, was sie in Chicago erwartete. Hunderttausende hatten sich rund um den Michigansee versammelt, der im Licht der untergehenden Sonne wie flüssiges Gold aussah, und die Fensterscheiben erzitterten unter Böllerschüssen, Hupen und Jubelschreien. Kurze Zeit später überflogen sie Henry Fords frisch fertiggestellte Autofabrik in Dearborn, Michigan.

Vierzig Stunden waren seit ihrer Abfahrt aus Los Angeles vergangen. Eine Nacht, die zwölfte und letzte Nacht auf ihrer Weltreise, blieb übrig. Sie würden über Akron in Ohio gleiten, wo die Goodyear-Zeppelin-Corporation ihren Sitz hatte, die Zeppelinwerft, auf der so viele deutsche und amerikanische Techniker Hand in Hand zusammenarbeiteten, und dann weiter zu den Industriestädten des Ostens.

Als sie auf der Höhe von Pittsburgh waren, erhielten sie einen Funkspruch vom New Yorker Polizeipräsidenten, der sie bat, sich auf einen feierlichen Einzug in New York vorzubereiten.

Und Grace erhielt ein Telegramm von Randolph Hearst persönlich, ganz allein an sie gerichtet. Er nannte sie «Mädchen», was ihr nicht ganz richtig erschien, schließlich war sie ja schon vierunddreißig Jahre alt. Aber was er schrieb, war herzlich: «Bereite dich schon mal darauf vor, Mädchen», schrieb er. «Du bist in New York jetzt ein Star!»

***

Christian hatte eben seine Deckswache begonnen, als der Lärm losbrach.

«Er kommt!», schrie jemand auf Englisch vorne auf der Back. «Der Zeppelin! Da ist er! Ich kann ihn sehen!»

Diesmal nahm Christian drei Stufen auf einmal. Das Typhon der *Orion* tönte so stark, dass der Klang in ihm nachhallte. Die anderen Schiffe, die am Hudson River vertäut waren, tuteten ebenfalls. Ein Konzert begann, das sich vom Hafen in die Straßen der Stadt ausbreitete. Autos hupten, Triller pfiffen, Menschen schrien.

Noch zwei Stufen. Sein Herz klopfte. Dann war er oben und riss Jan, der gerade in der Nock stand, das Fernglas aus der Hand. «Ich kann die Männer in der Gondel erkennen!», rief er. «Und da am Fenster, da stehen die Passagiere! Die Frau schwenkt ihren Schal! Oh, Jan, sie sind angekommen! Der Zeppelin hat seine Weltfahrt beendet! Sie sind einmal um den ganzen Globus gefahren, es geht, sie haben es bewiesen! Jan, du weißt gar nicht, wie froh ich bin!»

«Ich kann's hören», brummte Jan und holte sich das Fernglas zurück.

Christian schlug ihm lachend auf die Schulter. «Dann nutz es gut! Diesen Anblick wirst du so schnell nicht wiedererleben! Vielleicht bekommst du ihn dein ganzes Leben lang nicht mehr zu sehen!»

***

Grace stand am Fenster und sah Manhattan auf sie zufliegen, die hoch aufragenden Häuser an der Spitze der Insel, die Schiffe links und rechts davon auf den beiden Flüssen. Jetzt hörte sie, wie es hupte und tutete, wie Böller gezündet wurden. Sie sah Matrosen die Masten ihrer Schiffe emporturnen, sie sah Kameraleute mit ihren Stativen Baugerüste erklimmen. Überall in den Straßen sah sie Menschen aus ihren Autos aussteigen. Polizisten, die mit Hilfe von Trillerpfeifen versuchten, den Verkehr wieder zum Fließen zu bringen. Sie hörte die Jubelschreie der Menschen bis nach oben. Und sie war glücklich, so glücklich, dass sie hätte weinen können. Doch gleichzeitig war sie unendlich traurig, denn jetzt war die Fahrt zu Ende und Karl würde zu seiner Frau zurückkehren. Einen Augenblick lang war ihr ganz schwindelig vor Weh.

Eckener ordnete an, eine lange Schleife über Manhattan zu fliegen, bevor sie in Lakehurst landeten. Ihm war feierlich zumute, als er die Millionen von Menschen in den Straßen unter sich sah. Wer hätte sich das vor elf Jahren vorstellen können, Amerikaner und Deutsche, die sich gegenseitig zujubeln! Der Zeppelin hatte den Menschen gezeigt, wie nah sie sich doch eigentlich waren. Jetzt war der Grundstein gelegt für den nächsten Schritt. Ja, dachte er, während er den Hangar von Lakehurst unter sich sah und die Matrosen der Landemannschaft, wir werden eine feste Verbindung nach Nordamerika einrichten. Er sah, wie die Landeseile auf dem Boden aufschlugen und wie die Matrosen danach griffen, und die Eingebung fuhr ihm wie ein Blitz durch den Kopf: Dafür werden wir ein neues und sehr viel größeres Luftschiff bauen.

***

Der Lärm um sie herum war ohrenbetäubend, die Menschen hatten ihre Fenster geöffnet und jubelten auf die Straße herunter, dass es von den Wänden hallte, Autos hupten, ein Feuerwerk krachte. Der Broadway war weiß vor Konfetti. Amy nahm Lil an die Hand und rannte einfach los. Die Konfettischnipsel verfingen sich in ihren Haaren, blieben auf ihren Wimpern hängen und wirbelten bei jedem Schritt in die Höhe.

«Das ist mein erstes Schneetreiben!», rief Lil glücklich.

«Ist das wahr?», schrie Amy zurück. «Du hast noch nie in deinem Leben Schnee gesehen?»

«Ich glaube nicht!», brüllte Lil. «Vielleicht, bevor wir nach Pearl Harbor gezogen sind!»

Sie mussten sich kurz loslassen, denn eine Gruppe alter Menschen stand mitten auf dem Bürgersteig, um sich die Parade anzusehen. Die Wagen, in denen Luftschiff-Kommandant Eckener und seine Besatzung saßen, bewegten sich nur im Schritttempo voran. Berittene Polizisten schützten die Parade von beiden Seiten.

«Dann müssen wir eine Schneeballschlacht machen!», rief Amy, bückte sich, hob eine Handvoll Konfetti auf und warf sie Lil ins Gesicht.

«Oh, warte!», erwiderte Lil und bückte sich ebenfalls, musste aber so heftig lachen, dass sie nicht richtig zielen konnte und anstelle von Amy einem Polizisten das Konfetti ins Gesicht warf.

«Lauf, Lil, lauf!», kreischte Amy, und genau das war es, was Lil tat. Sie schlugen Haken um die Gruppen von Zuschauern, rannten zwischen zwei Polizeipferden über die Straße, liefen weiter und ließen sich schließlich erschöpft vor Lachen auf den Boden fallen. Lil sah, dass einer ihrer Strümpfe gerissen und ihr Kleid dreckig geworden und hochgerutscht war. Amy hielt sich die Seiten und keuchte, sodass Lil die Gunst des Moments nutzte, eine Handvoll Konfetti raffte und sie Amy aufs Haar warf. Und in diesem Moment sah sie den Matrosen. Und der Matrose sah sie.

★★★

Christian hatte nach seiner Deckswache Landgang bekommen, um sich die Parade zu Ehren der Zeppelin-Besatzung auf dem Broadway anzusehen. Ein Gefühl war in seiner Brust und seiner Kehle, das er nicht beschreiben konnte. Er sah die Wagen mit den Männern, die den Zeppelin gelenkt hatten, und er hörte, wie ihnen ganz Manhattan zujubelte. Er fühlte, wie Konfetti und Luftschlangen auf ihn herabsegelten, und auf einmal musste er an die Winter auf Sylt denken, wenn der Schnee über die Insel trieb. Er sah Erika vor sich, wie sie den Mund öffnete, um die Flocken mit der Zunge zu fangen. Er streckte die Hände aus und schloss die Augen. Es rieselte auf seine Hände, sein Gesicht, seine Haare, es rieselte von den höchsten Gebäuden herunter, von allen Seiten, seine Haut prickelte davon. Er öffnete die Augen wieder und nahm einen Schnipsel in die Hand. Jetzt erst erkannte er, dass es ein Ausriss aus einem Telefonbuch war.

Und dann passierte es. Durch das dichte Konfettitreiben tauchte ein Bild auf, das er im ersten Moment für eine Vision hielt: das Mädchen vom Drugstore. Aber im nächsten Moment wurde ihm bewusst, dass es sich um eine ganz lebendige Person handelte. Die lachend auf dem Bürgersteig saß, mit geröteten Wangen und leuchtenden Augen. Die eine Handvoll Konfetti vom Boden nahm und sie ihrer Freundin entgegenwarf. Er setzte an, die Straße zu überqueren, in diesem Augenblick kam jedoch ein neuer Wagen angerollt, rechts und links begleitet von Polizisten auf Pferden. Er reckte den Kopf, um die Frau nicht aus den Augen zu verlieren. Sie war vom Bürgersteig aufgestanden, schüttelte sich das Konfetti vom Kleid und sah zu ihm herüber. Aber jetzt schob sich der Wagen zwischen sie, und als er endlich weitergerollt war, war die Frau fort.

Verdammt, das konnte doch nicht wahr sein! Er drängte die

Menschen beiseite, die um ihn herum standen, und versuchte erneut, auf die andere Straßenseite zu gelangen, doch ein Polizist hielt ihn am Arm fest und brüllte ihn an. Christian duckte sich so unter seinem Arm weg, dass der Polizist ihn loslassen musste, dann sprang er zwischen zwei Pferden auf die Straße. In wenigen Schritten war er auf der gegenüberliegenden Seite. Er spähte in die Seitenstraße, an deren Ecke die Unbekannte eben noch gesessen hatte, aber da war noch ein Polizist, der sich nach allen Seiten umsah. Jetzt stürmte auch noch eine Gruppe von hysterisch kreischenden Mädchen in sein Blickfeld, und als es ihm endlich gelang, zwischen ihnen hindurchzuschlüpfen, fand er die Frau nicht mehr. Er ballte die Fäuste und stieß einen Fluch aus. Er war wütend, aber gleichzeitig hatte er auch Hoffnung: Die Frau war immer noch irgendwo hier in der Nähe. Und er würde alles daransetzen, um sie wiederzusehen!

***

«Er war es!», schrie Lil. «Der Matrose, von dem ich dir erzählt habe! Er war es! Ich habe ihn gesehen!»

Doch Amy zerrte sie am Handgelenk die Straße hinunter.

«Was machst du, Amy? Ich will mit dem Matrosen reden! Lass mich sofort los!»

«Der Polizist, dem du eben Konfetti ins Gesicht geworfen hast?», keuchte Amy. «Er ist hinter uns her!»

Lil drehte sich um. Der Polizist verfolgte sie tatsächlich.

«Glaub mir, die Erfahrung, in New York verhaftet zu werden, willst du dir ersparen!» Amy zog sie um die Ecke in einen Hauseingang. Ein paar Stufen führten vom Flur hinunter in einen dunklen Gang.

«Wie soll ich den Matrosen denn nun jemals wiederfinden?»

Lil flüsterte vorsichtshalber. «Ehrlich, Amy, ich möchte ihn unbedingt wiedersehen!»

Amy zupfte Lil im Halbdunkel ein Stück Konfetti aus den Haaren. «Matrosen bringen einem sowieso nur Unglück. Ständig in fremden Häfen, mit wer weiß was für Frauen!»

Lil schüttelte den Kopf, und ein paar weitere Konfettis rieselten herunter. «Ist mir egal. Ich möchte ihn einfach nur wiedersehen. Endlich wissen, wer er ist.»

***

Hugo Eckener hätte hundert Dinge lieber getan, als todmüde mit einem Auto durch eine Stadt chauffiert zu werden, in der alle schrien und hupten und durch die Gegend schossen. Er hätte sich auch das Bankett zu seinen Ehren gern erspart. Als sie die City Hall erreichten, wurde er auf ein Podium geschoben, neben Jimmy Walker, den Bürgermeister. Eine Frau sang die amerikanische Nationalhymne, dann ergriff Jimmy Walker das Wort:

«Meine Damen und Herren, ich fühle, dass ich etwas mit Dr. Eckener gemein habe», begann er seine Rede, und nun horchten natürlich alle auf. Soweit Eckener wusste, war Walker in New York vor allem dafür bekannt, ordentlich Spaß zu haben. Von der Hearst-Presse war er während seines Wahlkampfes zunächst nicht gerade unterstützt worden – der Zeitungs-Tycoon hatte lange gezögert, bis er etwas Positives über Walker schreiben ließ. «Ich weiß», fuhr Walker fort, wobei er eine kleine Kunstpause machte, «was es heißt, von Randolph Hearst in der Schwebe gelassen zu werden.»

Daraufhin lachte der Saal. Und Eckener spürte, wie zum ersten Mal seit zwölf Tagen ein kleines bisschen Anspannung von ihm abfiel.

Gleich am nächsten Tag bat Präsident Hoover den Luftschiff-Pionier nach Washington ins Weiße Haus.

«Ich hatte geglaubt», sagte er, nachdem er Eckeners Hand geschüttelt hatte, «dass die Zeit der großen Abenteurer vorüber sei.»

Hugo Eckener blickte Herbert Hoover in die Augen. Er wusste, dass dieser kugelköpfige Mann selbst einen langen Weg zurückgelegt hatte. Als Waisenjunge aufgewachsen, ohne Highschool-Abschluss, aber dann an der Stanford-Universität Ingenieurswissenschaften studiert; Goldgräber in Kalifornien, Aufseher von Minenarbeiten in China, Handelsminister, jetzt 31. Präsident der Vereinigten Staaten von Amerika.

«Kolumbus, Vasco da Gama, Magellan», zählte Hoover auf. «Und nun steht ein solcher Abenteurer persönlich vor mir. Ich freue mich, Dr. Eckener, dass das amerikanische Volk sie so warm begrüßt hat, und möchte Sie heute persönlich zu Ihrer Leistung beglückwünschen.»

Als Eckener nach New York zurückreiste, befand er, es sei eigentlich alles zu schön, um wahr zu sein. Und das war es tatsächlich. Denn bevor er in Lakehurst den *Graf Zeppelin* besteigen konnte, um damit nach Friedrichshafen zurückzufahren, verlangte ihn der Botschaftsrat der deutschen Botschaft in New York zu sprechen. Und was er zu sagen hatte, war schlimmer als alles, was Eckener befürchtet hatte: Die Moskauer Botschaft hatte sich beim Auswärtigen Amt in Berlin über die Umgehung Moskaus beschwert. Eckener solle sich schleunigst etwas ausdenken, um die Sowjets zu beschwichtigen. Andernfalls sei der Frieden in Gefahr.

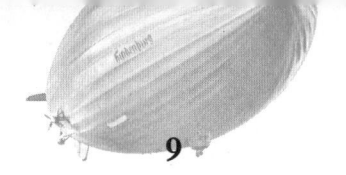

9

Der Sommer neigte sich allmählich dem Ende zu. An den Bäumen im New Yorker Central Park färbten sich die ersten Blätter. Die Schafe im Park wurden nicht mehr geschoren. In seinem Drugstore stellte Tony den Ventilator aus. Und Julius Forstmann bestimmte den Tag der Abfahrt: Am 1. November sollte die *Orion* endlich auf Weltreise gehen.

Amy verkaufte ein weiteres Schmuckstück aus den Hinterlassenschaften ihrer Liebhaber und legte das Geld, das sie dafür bei Tony bekam, ebenfalls in Aktien an. Da sie keine Ahnung vom Aktiengeschäft hatte, gab sie das Geld Rodrigo, der in Manhattan auch eine Agentur als Finanzmakler betrieb.

Amy war bei weitem nicht die Einzige, die sich mit ihrem Ersparten winzige Stückchen von Unternehmen kaufte. Selbst Giovanni aus der Mulberry Street spekulierte mit einem Teil seiner Einnahmen als Bestattungsunternehmer. Lil schrieb ihren ersten Artikel für das *New York Morning Journal* über das Aktienfieber, das die Stadt befallen hatte. Am 3. September schloss der Dow Jones bei 381,17 Punkten – ein noch nie dagewesener Rekord. Aus allen Bundesstaaten reisten Menschen an, um ihr Geld an der Wall Street anzulegen – oder Finanzmakler wie Rod damit zu beauftragen. Weil viele Hotels ausgebucht waren, schliefen einige Anleger sogar auf den Stufen, die zur Börse hinaufführten. Oder auf dem Friedhof an der Trinity Church.

An einem der letzten sonnigen Tage beschlossen Lil und Amy, nach Coney Island zu fahren. Auf der Strandpromenade flanierten die Paare dicht aneinandergeschmiegt, die Hüte gegen den Wind in die Stirn gedrückt. Der Atlantik rauschte in gewaltigen Wellen an den Sand. Amy kaufte Zuckerwatte und Eintrittsbilletts für ein Karussell, in dem man in kleinen Segelfliegern saß. So schnell rauschte der kleine Flieger dem Himmel entgegen, dass Lil sich auf einmal ganz leicht fühlte und auch ein bisschen übermütig. Eine Gruppe kleiner Jungen, die vom Rand her zusahen, starrten sie ungläubig an.

«Hierher bin ich als Kind manchmal mit meiner Familie gekommen», sagte Amy.

Lil blickte auf den Ozean hinaus. Zum ersten Mal fiel ihr auf, dass sie zwar Amys Gegenwart kannte, nicht aber ihre Vergangenheit. «Wo sind deine Eltern jetzt eigentlich?»

«Beide gestorben während der großen Grippe-Epidemie. Auch meine Geschwister. Ich bin die Einzige, die es überlebt hat.»

Der Segelflieger kam abrupt zum Stehen. Lil nahm Amys Hand beim Aussteigen.

«Das tut mir sehr leid. Ich weiß nicht, was ich sagen soll.»

«Gar nichts.» Amy warf den Stiel ihrer Zuckerwatte in den Wind. «Es ist ja schon lange her. Bin dann ein bisschen rumgereicht worden. Bis ich dann ein Zimmer bei meiner Tante in Brooklyn bekam. Hätte schlechter ausgehen können. Wie war es bei dir?»

«Ich war mit meinen Eltern schon in Hawaii, als die Epidemie losbrach. Auf Oahu gab es zwar auch einige Grippetote, aber längst nicht so viele wie in New York. Meine Großeltern sind daran gestorben, alle vier. Meine Mutter hat es meinem Vater bis heute nicht verziehen, dass sie nicht nach New York gefahren sind, um sie zu pflegen.» Lil hob die Schultern. «Ich kann ihn verstehen. Wir wären auch daran gestorben. Allesamt.»

«Ich weiß, dass allein in New York City in einer Woche fast dreizehntausend Menschen gestorben sind. Hat mir jedenfalls Giovanni erzählt.»

Der Wind nahm zu, und Lil schlang ihren Mantel enger um sich. «Denkst du manchmal, dass es so etwas wie eine Ersatzfamilie geben kann? Ich meine, wenn man mit den eigenen Eltern nicht so gut zurechtkommt? Oder wenn man gar keine Eltern mehr hat?»

Amy sah sie an, aber Lil konnte ihre Augen nicht besonders gut erkennen, weil der Wind einen ganzen Schwung schwarzer Haare vor ihr Gesicht blies. «Du bist meine Ersatzfamilie», sagte sie so leise, dass Lil es über das Rauschen der Wellen fast nicht hören konnte. Aber dann lachte Amy wieder und kickte mit dem Fuß einen abgenagten Maiskolben weg. «Jedenfalls für den Moment.»

Am Ende der Strandpromenade hatten sich Spaziergänger vor den Buden versammelt, in denen merkwürdige Geschöpfe zur Schau standen. Eines war halb Fisch, halb Frau. Amy durfte es für zwei Cent anfassen. Ein Stück weiter saß ein Zauberer mit einem großen schwarzen Hut. Amy schubste Lil auf einen Stuhl vor seinem Tisch, rückte sich selbst einen weiteren heran und sagte: «Ich hätte da mal eine Bitte!»

«Amy», flüsterte Lil. «Ich glaube, wir sollten versuchen, unser Geld besser zusammenzuhalten!»

«Quatsch, nix da, heute wollen wir uns mal amüsieren! Außerdem habe ich diesen Monat schon wieder einen Gewinn gemacht, der sich gewaschen hat! Also», wandte sie sich an den

Magier, «ich hätte gern das Kaninchen wieder, mit dem ich als Kind immer gespielt habe. Zaubern Sie es mir bitte herbei!»

«Dafür müsste ich wissen, wann Sie geboren sind», erklärte der Mann ganz ernsthaft.

«Also, ich bin neunzehn», lachte Amy und kniff in Lils Richtung ein Auge zu. «Das sage ich jedenfalls immer.»

«Und ich bin wirklich neunzehn», kicherte Lil.

«Nein, ich müsste Ihr genaues Geburtsdatum kennen.»

Amy sprang in die Höhe. «So werden Sie nie Geschäfte machen, Mann!»

Es war ein unbeschwerter Tag, den sie miteinander verbrachten. Sie waren neunzehn. Lil war es wirklich, und Amy … naja, was auch immer. Auf jeden Fall alt genug, um das Leben zu führen, das ihr gefiel.

★★★

Christian fand es schön, dass es in der Buchhandlung immer so still war, aber an diesem Donnerstag herrschte eine Grabesstille zwischen den Regalen. Nicht ein einziger Kunde war während der vergangenen zwei Stunden hier aufgetaucht. Auch Autos schienen draußen keine mehr zu fahren. Irgendetwas hatte sich verändert in der Stadt.

Er ging an den Kassentisch, hinter dem der alte Buchhändler mit einem Gedichtband saß, und holte sein Portemonnaie aus der Hosentasche.

«Willst du mir also endlich ein Buch abkaufen», knarrte der Buchhändler, während er zusah, wie Christian die Münzen auf dem Tisch abzählte.

Für all die Wochen, die er hier mit Lesen verbracht hatte, wollte er sich mit dem Kauf von gleich zwei Büchern revanchieren, einem Geigenlehrbuch für Schüler und einem Abenteurerroman, der im Vorjahr erschienen war: «The Mysterious Aviator» von einem gewissen Nevil Shute. Es war die Geschichte eines Fliegers, der auch für den Geheimdienst arbeitete, was Christian sehr spannend erschien.

«Ja», witzelte Christian, während er zusah, wie der Alte die Bücher einpackte. «Am Ende haben Sie mich einfach überzeugt!»

Zurück auf der *Orion* stellte er fest, dass der Briefträger Post für ihn gebracht hatte, gleich zwei Briefe: einen von der Mutter und einen von Erika. Mit den Briefen und Büchern in der Hand hüpfte er pfeifend in die Kammer, die er sich mit Jan teilte. Doch zum Glück hatte Jan Deckswache, und er war allein.

Erika hatte einen ganzen Briefbogen mit Ameisen, Möwen und Robben vollgezeichnet. Christian lächelte und stellte sich vor, wie sie in der Stube am Tisch gesessen hatte, wie der Kaminofen bollerte und wie es nach Apfelkuchen roch, den die Mutter buk. Aber was Erika auf der Rückseite schrieb, klang ganz und gar nicht fröhlich. Die Preise seien schon wieder gestiegen, und die Mutter tue immer so, als ob sie zurechtkämen, aber sie habe schon ganz viele Hühner schlachten müssen, die eigentlich zum Eierlegen gedacht waren. Die Mutter müsse dringend zum Arzt gehen wegen einer Wunde, die nicht heilen wollte, aber das Geld dafür reiche nicht aus. Christian ließ den Brief sinken und holte tief Luft. Dann riss er den Brief der Mutter auf.

Sie hoffte, dass ihr Brief ihn noch rechtzeitig vor seiner Abfahrt in New York erreiche. Es gehe ihnen sehr gut und er solle sich keine Sorgen machen. Bei einem Brand in Westerland, den Onkel Per mit seinen Feuerwehrkameraden gelöscht habe, seien vier Menschen gestorben, aber Onkel Per habe wie immer überlebt. Sie schloss mit den Worten: *Ich denke jeden*

Tag an meinen lieben Sohn. Pass bitte immer gut auf dich auf, Christian! Deine Mutter, die dich liebhat.

Es dauerte keine Minute, da war Christian wieder oben. Er hatte seine gesamte Heuer in der Tasche. Jetzt brauchte er nur noch eine Bank.

★★★

Lil war einfach nur glücklich. Da hatte sie sich wochenlang – nein monatelang! – vergeblich darum bemüht, irgendwelche Zeitungsredakteure von ihrem Können zu überzeugen, und nun kamen sie von sich aus auf sie zu! Sowohl der Chef des *New York Journal* als auch der Leiter der *Sun* hatten offenbar endlich ihre Visitenkarte ausgegraben. Am Vorabend hatte sie von beiden ein Telegramm erhalten, und beide hatten sie darum gebeten, im Bankendistrikt über eventuelle ungewöhnliche Vorkommnisse zu berichten. Aus unerfindlichen Gründen waren am Vortag die Aktienkurse stark gefallen. Lil dachte an den langen Nachmittag, den sie im Tribune Building mit Warten auf ihren Termin verbracht hatte. Die Redakteure im vierstöckigen *Sun*-Gebäude kamen ihr in den Sinn, denen die anderen auf den Kopf spuckten, und es fiel ihr nicht leicht, sich zu entscheiden. Schließlich nahm sie das Angebot der *Sun* an.

Es war kalt an diesem 24. Oktober. Im Osten verriet fahles Licht, dass der Tag begann. Lil trug die flachen Schuhe, die sie aus Hawaii mitgebracht hatte, und fror etwas an den Füßen. Aber das war weit besser, als die Schmerzen von den Winterschuhen mit hohen Absätzen zu ertragen, die ihr Amy kürzlich geschenkt hatte. Sie hielt einen dicken Notizblock und einen Stift in der Hand.

In der Wall Street hatten sich lange Schlangen vor den Banken gebildet. Einige der Wartenden trugen zerknitterte Mäntel, so als hätten sie darin geschlafen. Ein paar Männer sahen betrunken aus. Vor der Bank of America stand eine Gruppe von Italienern und verlangte lauthals nach Papa Giannini. Amadeo Giannini, das wusste Lil, war der Präsident der Bank. Ein Murmeln und Zischen erfüllte die Straße. Abgesehen von den Italienern tauschten die Menschen sich leise aus.

Plötzlich kam Bewegung in die Straße. Ein Mann, der ein sauberes weißes Hemd auf einem Bügel und mehrere Kragen über dem Arm trug, ging auf den Eingang eines Finanzmaklerbüros zu. Sofort verstellten ihm mehrere Männer und Frauen den Weg. Einer schüttelte die Faust, die Frauen beschimpften ihn. Ein Türsteher schob die Menschen beiseite. Der Mann trat ein.

Immer mehr Leute strömten in die Wall Street. Die Straße war schon dunkel vor lauter Menschen, ein unruhiges Meer, das bis zur Börse mit ihren mächtigen Säulen und dem Portikus darüber wogte. Noch eine Stunde bis zur Öffnung. Lils Armbanduhr zeigte Punkt neun. Mehrere hundert hatten sich mittlerweile vor der Bank of America versammelt. Es waren junge Frauen darunter, die die Schürzen von Hausmädchen trugen, Männer mit blutbefleckten Kitteln, Köche oder Metzger. Und dann entdeckte sie Tony. Seine Augen waren gerötet, und er war unrasiert.

«Ich werde ihn töten», sagte er.

«Wen, Tony?»

«Papa Giannini. Gott hört meine Worte, ich werde ihn töten, wenn er mein Geld verbrennt!»

Die Polizisten tauchten wie aus dem Nichts auf. Sie parkten ihre Streifenwagen zwischen Broadway und Wall Street. Kein ziviles Fahrzeug konnte nun mehr hereinfahren. Und keines heraus. Finanzmakler und Angestellte der Börse bahnten sich einen Weg durch die Menge. Lil, im Fahrwasser der Männer, schlüpfte hinterher.

Noch fünf Minuten bis zur Öffnung. Lil kam es vor, als wäre die Zeit in Eis gegossen. Fünf Minuten lang sprach niemand, weder draußen auf der Straße noch im riesigen Börsenraum. Niemand schien sich mehr zu rühren. Dann klang der Gong. Und die Hölle brach los.

★★★

Es gab Augenblicke, da kam Christian sich nicht vor wie auf einem anderen Kontinent, sondern wie in einer anderen Epoche. Dass es in Amerika beispielsweise möglich war, einfach so in ein Gebäude hineinzuspazieren, um von dort aus Telegramme zu verschicken, Geld über den Atlantik zu kabeln und dabei noch die neuesten Börsennachrichten nachzulesen, die über einen Fernschreiber eintrudelten, grenzte an Zauberei. Nicht, dass er vorhatte, all diese Dienste in Anspruch zu nehmen. Aber er hatte bei seinen früheren Fahrten nach New York anderen dabei zugesehen. Und er hatte sich jedes Mal darüber gewundert, wie reibungslos das System lief. Das System hatte einen Namen: Western Union. Aber an diesem Tag war es ganz offensichtlich krank.

Die Kunden standen bis zur Straße. Schon zwei Blocks vorher konnte er die aufgeregten Stimmen hören. Fahrradboten der Western Union sausten an ihm vorbei. Zeitungsjungen gingen die Schlange ab, um Extrablätter zu verkaufen. Die Menschen rissen sie ihnen regelrecht aus den Händen und stöhnten bei der Lektüre auf. Christian reihte sich in die Schlange der Wartenden ein, holte sein Portemonnaie aus der Tasche und kaufte ebenfalls ein Extrablatt.

Aus irgendeinem Grund versuchten viele Menschen, ihre

Aktien zu verkaufen. Warum das so war, konnte Christian nicht verstehen, aber so viel begriff er dann doch: Je weniger Menschen Anteile an einem Unternehmen haben wollten, desto weniger war es wert. Und je weniger es wert war, desto weniger Geld stand dem Unternehmen zur Verfügung. Vielleicht musste das Unternehmen dann auch Mitarbeiter entlassen. Und wenn viele große Firmen eines Landes das gleichzeitig taten, dann gab es ein Problem.

«Morgenbriefe!», rief ein Junge in dreiviertellangen Hosen und Schiebermütze. Sofort streckten die Wartenden auch danach die Hände aus. Christian nahm ebenfalls dankend ein Exemplar entgegen, sah aber nur lange Reihen von Zahlen und Buchstaben, die für ihn keinen Sinn ergaben. Weil er keine Uhr hatte, versuchte er, durch die Glassteine ins Innere der Filiale zu spähen. Die Wanduhr zeigte schon nach elf Uhr. Ihm blieben noch fünfundvierzig Minuten, dann müsste er zurück auf die *Orion*. Die Schlange schleppte sich nur mühsam voran.

«Ich werde alle meine Aktien verkaufen», sagte eine Dame im Pelzmantel vor ihm zu ihrer Begleiterin. «Das scheint mir das Sicherste in dieser Situation.» Sie zündete sich eine Zigarette an und blies den Rauch in Kringeln durch die Luft. «Wenn ich nur meinen Makler endlich erreichen könnte! Und meine Zigaretten sind auch bald aus!»

«Los, Kind!» Ihre Begleitung, ebenfalls in Pelzmantel gehüllt, gab einem bezopften Mädchen einen Klaps. «Kauf Mami und ihrer Freundin eine Schachtel Zigaretten!» Sie reichte dem Kind einen Dollarschein. «Oder nein, besser zwei.» Das Kind hüpfte los, und ein ankommender Fahrradbote konnte gerade noch ausweichen, als es über die Straße lief.

Noch fünfunddreißig Minuten. Christian wünschte, er

könnte ebenfalls loshüpfen. Wenn er etwas hasste, dann war es Untätigkeit. Hinter ihm reichte die Schlange bereits bis zur Kreuzung. Das verärgerte Murmeln steigerte sich zu Geschrei.

«Wollen Sie auch verkaufen?», fragte ein junger Chinese, der hinter ihm stand. Er trug einen breiten, runden Hut, der in der Mitte spitz zulief, und roch nach einer Mischung aus Süßigkeiten und Rauch.

«Aktien, meinen Sie?»

Der Chinese starrte ihn an, als sei Christian begriffsstutzig. «Was denn sonst?»

«Nein, ich … ich möchte nur Geld nach Deutschland kabeln.»

Unter seinem Hut weitete der Chinese die Augen. «An einem solchen Tag?»

«Richtig.» Christian spürte, wie er ebenfalls ärgerlich wurde. Musste er sich etwa rechtfertigen vor dem Fremden? Noch siebenundzwanzig Minuten, und er war noch nicht mal im Inneren der Filiale. Einen Moment lang überlegte er, ob er aus der Reihe ausbrechen sollte. Einfach gehen. Aber dann sah er die Mutter vor sich. Ihren alten Wintermantel. Die Wunde, die nicht heilen wollte. Geschlachtete Hennen. Er blieb.

Noch fünfzehn Minuten. Er hatte es geschafft. Nun stand er drinnen. Die Tochter der Pelzdame kam angerannt mit den Schachteln Zigaretten in der Hand, und die Damen griffen sogleich nach ihren Feuerzeugen. Der Raum war blau vom Qualm, fast jeder rauchte. Ein alter, gebeugter Mann im makellosen Anzug, zwei Jungen in Erikas Alter, der Chinese, eine Gruppe wild gestikulierender Italienerinnen, sogar ein Priester in seiner Soutane. Sie rauchten, reichten sich ihre Zeitungen, redeten in ihren Sprachen. Sahen ängstlich aus.

Noch fünf Minuten. Nur noch zwei Menschen vor ihm in der Schlange, die beiden Pelzmanteldamen mit dem Kind.

Doch jetzt veränderte sich die Stimmung in der Filiale. Ein Mann, dem der Schweiß von der Stirn lief, obwohl es alles andere als heiß hier drinnen war, hämmerte gegen die Wand und schrie: «Sie müssen mehr Schalter öffnen!»

Plötzlich brüllten alle durcheinander.

«Wir verlieren hier von Minute zu Minute mehr Geld, und das ist Ihre Schuld!»

«Ich werde die Western Union verklagen!»

«Die Weiber da sollen endlich beiseitegehen!»

Die Zeiger der Wanduhr rückten auf Viertel vor zwölf. Christian ahnte, dass er nicht mehr rechtzeitig bedient werden würde. Die beiden Frauen vor ihm redeten in rasendem Tempo auf den Angestellten hinter der Glasscheibe ein, der seinerseits in Hochgeschwindigkeits-Amerikanisch antwortete, sodass Christian nicht verstand, worum es ging. Es war Zeit, aufs Schiff zurückzukehren.

★★★

Die Börsenticker spuckten in einem fort Papierschlangen aus, so schnell, dass niemand mehr mit Lesen hinterherkam. Telefone schrillten, Schreie gellten durch den Raum. Der Junge an der Börsenanzeigetafel war hochrot im Gesicht. Die Kurse fielen in einem solchen Tempo, dass er mit dem Stecken der neuen Werte völlig durcheinanderkam. Männer rannten von einem Posten zum anderen, von United Aircraft zu Columbia Gas, und dann zur Western Union. Doch die größte Aufregung herrschte an Posten zwei, denn die Aktienkurse von U. S. Steel schienen ebenfalls zu fallen. Und alle im Raum wussten: Wenn U. S. Steel in den Sinkflug geriet, dann würde die gesamte amerikanische Wirtschaft mitgehen.

Es gab einige unumstößliche Regeln an der Börse: Man

durfte nicht rennen, nicht fluchen, niemanden schubsen und nicht ohne Jackett gehen. Um elf Uhr dreißig konnte Lil von ihrem Platz auf der Besuchergalerie aus sehen, dass jede einzelne dieser Regeln bereits gebrochen worden war. Der Redakteur von der *Sun* hatte gesagt, sie dürfe alles schreiben. Nur ein einziges Wort dürfe sie niemals benutzen: Panik. Lil dachte über Synonyme für Panik nach.

Auf der Straße drängten sich Reporter, Fotografen, sogar ein Mann mit einer Filmkamera. Die Menge war so dicht, dass Lil kaum hindurchkam, als sie sich einen Überblick über die Lage draußen verschaffen wollte. Vierhundert berittene Polizisten hatten sich in die Wall Street gestellt.

«In anderen Börsen ist es wohl noch schlimmer», stöhnte eine Frau neben ihr, die ein Kind auf dem Arm trug. «In Chicago und Buffalo haben sie die Börse schon schließen müssen, so schlimm geht es da zu!»

«Churchill – haben Sie Winston Churchill gesehen?», wollte einer der Fotografen von Lil wissen, als er sah, dass sie in ihren Block schrieb. «Er ist dort oben auf der Besuchergalerie. Verfluchte Scheiße – einen schönen Tag hat er sich ausgesucht dafür!»

«Nein», sagte Lil, «aber danke für den Tipp.» Sie quetschte sich zurück zwischen die Menschen.

«Verkaufen, verkaufen, verkaufen!», gellte es ihr entgegen, als sie erneut die Börse betrat. Sie war zurück im Irrenhaus. Winston Churchill, der Schatzmeister Großbritanniens, stand vielleicht noch auf der Besuchergalerie. Aber zwischen all den schreienden Maklern, den Angestellten und Aktionären, denen der Schweiß über das Gesicht strömte, deren Hemden zerrissen waren und von denen einige weinten, fand sie ihn nicht.

Um ein Uhr dreißig betrat ein Mann die Börse, der sich

von den anderen zu unterscheiden schien. Lil beobachtete, wie er auf Posten zwei zuging. Laut fragte er, was zuletzt für U. S. Steel geboten worden sei.

«Einhundert und fünfundneunzig», antwortete der Angestellte an Posten zwei.

«Ich nehme zehntausend Aktien», sagte der Mann mit seiner durchdringenden Stimme. «Für zweihundert und fünf.» Jubelschreie brandeten auf.

Der Mann wanderte zum nächsten Posten.

«Wer ist der Mann?», fragte Lil eine Frau zu ihrer Linken.

«Richard Whitney, Vizepräsident der Börse.» Die Frau wandte den Blick nicht von ihm. «Ich glaube, er rettet uns.»

Gegen drei Uhr nachmittags bat die Bank House of Morgan die anwesenden Journalisten zu einer Pressekonferenz. Die Börse war inzwischen geschlossen. Lil sah sich in der Gruppe von Reportern um: Es waren Männer, deren Gesichter von munteren Besuchen in Speakeasy-Clubs sprachen, mit Falten, die sich tief in ihre Züge gegraben hatten, die meisten von ihnen unrasiert. Ihre Anzüge hätten bei Amy vermutlich einen Schreikrampf hervorgerufen, so zerknittert und schmutzig sahen sie aus. Und alle ohne Ausnahme hatten sie eine Zigarette im Mund. Die stinkenden, lärmenden Männer mit ihren Schreibblöcken, die nun über die Straße ins House of Morgan und durch eine mit Antiquitäten ausstaffierte Rezeption in ein Büro stapften, passten eindeutig nicht zu dem Bankier, der sie empfing. Die Männer starrten Lil an. Sie war die einzige Frau in der Runde. Tapfer starrte sie zurück.

«Die Verluste von sechs Milliarden Dollar heute Morgen konnten halbiert werden», erklärte der Mann hinter dem Schreibtisch, der vermutlich so viel wert war wie das gesamte Haus in der Mulberry Street. «Jetzt gibt es keine weiteren

Schwankungen mehr zu befürchten.» Schließlich bat er die anwesenden Journalisten: «Schreiben Sie: Das Schlimmste ist vorbei.»

★★★

«Da bist du ja endlich!» Jan stand an der Gangway und winkte ihm zu. «Ich hab überall nach dir Ausschau gehalten! Du sollst sofort mit dem Zweiten Offizier zu Forstmann fahren!»

Christian runzelte die Stirn. Ausgerechnet mit Raubvogel! Auch an diesem Morgen hatte er seine wachfreie Zeit damit verbracht, vor einer Western-Union-Filiale anzustehen. Und wieder hatten die vier Stunden nicht ausgereicht. So ging das nun schon seit vergangenem Donnerstag. Mittlerweile hatten sie den 29. Oktober, noch zwei Tage bis zur Abfahrt der *Orion*. Die letzte Chance, seine Heuer in Dollar nach Sylt zu kabeln.

«Wieso – was ist passiert?»

«Irgendwas mit der Brennstoffleitung. Wir müssen vielleicht mit der *Orion* rüber zur Werft nach New Jersey fahren.» Jan spuckte in großem Bogen auf die Pier. Darin war er der ungekrönte König. Sein Spuckrekord lag bei drei Metern, er hatte es nachgemessen.

Die Tide war so niedrig, dass die Gangway fast horizontal lag. Christian war in zwei Sprüngen an Bord. «Kann man den alten Forstmann nicht einfach in seinem Büro anrufen?», fragte er, während sie die Treppe hinauf zu Raubvogels Kammer liefen.

«Hat der Käpt'n schon versucht. Da ist niemand. Seine Frau meinte, wir sollten zur Börse an die Wall Street fahren. Das heißt, der Zweite soll. Zusammen mit dir.»

«Zu viel der Ehre. Wieso?»

«Weil du der Einzige von den Matrosen bist, der Englisch

156

draufhat. Und in der Stadt ist irgendwas passiert. Der Zweite soll nicht alleine fahren.»

«Hängt vermutlich mit den Turbulenzen an der Börse zusammen.» Fünf Tage lang hatte Christian die Schlangen von Menschen erlebt, hatte die Verzweiflung in ihren Stimmen gehört. Die Aktienkurse waren so plötzlich gefallen, dass Hunderttausende von Menschen Geld verloren hatten. Alle an Bord hatten darüber gesprochen, sogar die Forstmann-Kinder. Die Zeitungen schrien es in ihren Schlagzeilen. Aber dann waren irgendwelche Banken eingeschritten und hatten das Unheil aufgehalten. Jedenfalls hatte es so ausgesehen. Aber die Geschichte schien noch immer nicht ausgestanden zu sein. «Was genau ist denn mit der Brennstoffleitung nicht in Ordnung?», fragte Christian, wie er an der Offizierskammer anklopfte.

«Keine Ahnung. Musst du die anderen Kerle fragen, die ihre Heuer in Bücher investieren! Ja, moin, Herr Offizier!» Jan deutete auf Christian an seiner Seite. «Hab ihn gefunden, den alten Büchervogel.»

«Wurm», verbesserte Christian mechanisch.

«Ja», zischte Jan leise. «Du mich auch!»

Es war unbehaglich, zusammen mit dem Zweiten Offizier auf der Rückbank eines Taxis zu sitzen. Christian musterte ihn von der Seite, sein Profil mit der riesigen Nase und dem markanten Kinn. Draußen färbte der Nieselregen die Straßen und Fußwege dunkelgrau. Sie fuhren Richtung Süden. Zu seiner Linken konnte Christian die Bäume des Central Parks sehen, ein Meer aus gelben Blättern. Eine Armada von gelben Taxen rollte an ihnen vorbei. Die Wagen schossen aus Seitenstraßen, überholten sie links und rechts und rasten fast in sie hinein.

«Warum sind denn heute so viele Taxen unterwegs?», fragte der Zweite den Fahrer.

Der sah im Rückspiegel zu ihnen nach hinten. «Das fragen Sie noch? Sie können von Glück sagen, dass Sie mich überhaupt bekommen haben! Heute ist die Welt verrückt geworden! Alle liefern Telegramme mit Taxen aus!»

«Telegramme? Mit Taxen?», wunderte sich der Zweite.

«Klar. An ihre Makler. Alle wollen verkaufen. Ich würd's auch tun, aber ich hab ja nix.»

Christian und der Zweite Offizier schwiegen. Dann räusperte sich Christian. «Was genau ist denn eigentlich nicht in Ordnung? Ich meine, im Maschinenraum der *Orion*?»

«Die Brennstoffleitung am Hauptmotor ist gerissen, und drei Brennstoffventile sind defekt.» Der Zweite fixierte ihn mit seinen starren Vogelaugen. «Der Chief hat den Schaden festgestellt, als er einen Probelauf gemacht hat. Forstmann will am 1. November abreisen, wie Sie wissen, in zwei Tagen also. Wenn wir dieses Datum halten wollen, müssen wir das Schiff noch heute in die Werft auf der anderen Flussseite nach New Jersey bringen – wobei wir nicht sicher sein können, dass zwei Tage für die Reparatur ausreichen.»

«Und jetzt müssen wir Forstmann um Erlaubnis bitten, das Schiff zu bewegen, richtig? Weil er mit dem Manöver einverstanden sein muss?»

«Richtig kombiniert, Nielsen. Für einen Matrosen sind Sie gar nicht so dumm.» Er wandte sich Christian zu. «Eher ein bisschen zu schlau, oder? Aber dann auch wieder nicht schlau genug. Wenn Sie glauben, dass ich nicht wüsste, dass Sie trotz der Mahnung des Käpt'ns weiter Bücher stehlen. Ich weiß genau, was Sie treiben und wie Sie sich bei Kapitän Kruell einschmeicheln.»

Christian ballte unwillkürlich die Fäuste. «Ich schmeichle mich nicht ein, und ich stehle auch keine Bücher! Durchsuchen Sie meine Kammer, wenn Sie das für nötig halten!»

«Das tue ich in der Tat.» Raubvogel starrte ihn weiter an. «Ich habe Sie im Blick, Nielsen. Darauf können Sie sich verlassen. Noch ein falscher Schritt, und ich werde dafür sorgen, dass Sie keine deutsche Reederei mehr einstellen wird.»

Christian blickte zurück, ohne mit der Wimper zu zucken. Dann bremste der Wagen so abrupt, dass Christian sich abstützen musste, um nicht umzufallen.

Sie hatten den Broadway erreicht. Und jetzt sahen sie die Menge. Die Menschen standen so dicht gedrängt auf der Straße, dass keine Autos mehr hindurchpassten. Aber das Unheimliche war, dass niemand etwas sagte. Sie standen einfach nur da, einige mit offenem Mund. Ein Meer aus Hüten und dunklen Mänteln.

Der Taxifahrer drehte sich zu ihnen um. «Hier müssen Sie aussteigen! Ab hier geht nichts mehr!»

Christian schob eine Schulter nach vorne und bahnte sich und dem Zweiten den Weg. Er hatte Schwierigkeiten zu atmen, sein Brustkorb war eingequetscht. Die Schreie hörte er erst, als er sich zur Wall Street durchgekämpft hatte. Sie schienen von der Börse zu kommen.

Die Menschen standen um die Statue vor der Federal Hall herum. Einige waren auf den bronzenen George Washington hinaufgeklettert, um besser hinüber in die Börse sehen zu können. Die Treppe davor war schwarz von Gestalten, aber diese Leute verhielten sich vollkommen anders als die unten auf der Straße. Sie riefen irgendetwas.

«Wie sollen wir Herrn Forstmann hier nur finden?» Christian musste seine Frage schreien, so laut war es um sie herum.

Der Zweite warf ihm einen kalten Blick zu. «Sie werden ihn finden, Nielsen. Ansonsten haben Sie ein Problem.»

Endlich hatten sie es in die Börse geschafft. Hunderte, vielleicht Tausende Menschen liefen in dem Saal durcheinander.

Ein Ruf übertönte alle anderen, ein Ruf, der aus Hunderten von Kehlen gleichzeitig zu kommen schien: «Verkaufe! Verkaufe!» Ein Bild schoss Christian durch den Kopf: ein Strand auf Sylt, ein Winternachmittag. Blut, das sich in den Schnee mischte. Seine Hand auf den Augen der kleinen Schwester. «Nicht hinsehen, Erika!» Das blutige Messer des Mannes. Der Seehund, der schrie.

Der Offizier deutete nach oben und formte einen Trichter vor seinem Mund: «Rauf da auf die Galerie, Nielsen! Von dort oben müssten Sie ihn sehen können!»

Ein Mann trat ihnen entgegen. «Dort können Sie nicht hinauf!»

Aus den Börsenfernschreibern tickerten Papierschlangen, doch niemand schien sich mehr die Mühe zu machen, sie abzureißen. Christian schaute sich suchend um. Zwei Männer packten sich gegenseitig am Kragen. Vor der Wand, an der ein Mann die Kurse anschlug, hatte sich ein anderer zum Beten hingekniet. Schreie gellten von den Wänden. An einem der Posten weinte ein Mann. Ein Händler schleifte einen Boten an den Haaren durch den Saal.

Und dann ein Schrei, lauter als alle anderen: «Sie stürzen sich aus den Fenstern! Die Banker bringen sich um!»

Sie fanden Forstmann nicht in der Börse. Bis um 17.32 Uhr warteten sie auf ihn, dann wurden sie mit Hunderten von Verzweifelten nach draußen gedrängt. Die letzte Meldung der Fernmeldeschreiber lautete: «Gehandelte Aktien heute 16 383 700. Gute Nacht.»

Auf der Straße sagten sich die Menschen die Zahlen auf, so als müsse man sie nur oft genug wiederholen, um sie verstehen zu können: Die Kurse waren an diesem 29. Oktober 1929 um bis zu einen Dollar pro Sekunde gefallen. Eine Million US-Amerikaner hatten ihr gesamtes Vermögen verloren. Die gesamte US-Wirtschaft war von einem Tag auf den anderen zehn Milliarden Dollar weniger wert. Das war mehr als alles, was die Amerikaner während des Großen Krieges ausgegeben hatten. Es war der Untergang.

Auch Julius Forstmann hatte Geld verloren, aber das, was er hatte, reichte, um weiterhin Geschäfte zu machen. Er ließ einen mobilen Reparaturbetrieb von Brooklyn kommen, um die Yacht zu reparieren. In den Tagen nach dem Börsencrash wurde es ruhiger in den Western-Union-Filialen, sodass Christian endlich seine Heuer nach Sylt kabeln konnte.

Und dann beschloss der alte Forstmann, dass es an der Zeit war, aus New York auszulaufen und auf Weltreise zu gehen.

10

Bunte Wimpel flatterten vom Masttop bis zum Deck hinunter. Die weißen Aufbauten leuchteten in der Sonne eines herbstlichen Nachmittags. Julius Forstmann stand auf der Kommandobrücke, als sie aus New York heraussteuerten. Um fünf Uhr dreißig tauchte die Freiheitsstatue vor ihnen auf. Die Sonne ging unter und hinterließ einen feurigen Streifen. Dunkelheit senkte sich über die *Orion*. Hinter ihnen glitzerte Manhattan. Forstmann zog es vor, sich nicht umzudrehen.

Ihre erste Station war Havanna auf Kuba, und mit jedem Tag, den sie weiter in Richtung Süden fuhren, hellte sich das Wetter auf. Forstmann konnte sich nicht sattsehen an der Sonne. Stunde um Stunde stand er an der Reling, und ihm war, als taue etwas in ihm auf. So sachte bewegte sich das Schiff, als wüsste es um seine kostbare Fracht: die gesamte Forstmann-Familie, Frau und drei Kinder, außerdem vier Gäste aus der New Yorker High Society. Sie alle waren froh, dem Chaos zu entkommen, dem Elend, das dem Börsencrash gefolgt war, der großen Veränderung, die nun alles erfassen würde: sein Unternehmen. Das ganze Land, die ganze Welt.

Die ersten Tage an Bord waren geschäftig. Von seiner Position an der Reling aus beobachtete Forstmann das Hin und Her. Seine Kinder besuchten noch vor dem Frühstück den

Gymnastikraum, anschließend sprangen sie in den Pool. Zwischen den Mahlzeiten saßen alle in Liegestühlen an Deck, doch auch dabei kehrte keine Ruhe ein: Die Kinder hörten Musik aus dem Grammophon oder vergnügten sich mit Kartenspielen. Sein ältester Sohn Julius George machte Notizen in seinem Bordtagebuch – er plante, ein Buch über die Reise zu schreiben. Forstmann hatte ihm in New York auch schon einen Verleger organisiert.

So weit vertrugen sich alle miteinander. Die Gespräche waren lebendig, aber nicht unfreundlich. Bei Tisch wurde viel gelacht. Kurz vor den Bahamas gab es einmal Streit: Louise warf ihren Brüdern vor, sie hätten Bücher, die sie aus der Bibliothek geliehen hatten, beschmutzt und verknittert, was diese empört zurückwiesen. Der alte Forstmann seufzte und fragte sich, was er in seiner Erziehung wohl falsch gemacht hatte. Wie immer wollte keiner der Schuldige gewesen sein.

Am dritten Tag auf dem Atlantik sahen sie drei Wale, die eine Wasserfontäne in die Luft spritzten. Wenig später sprangen an Steuerbord Delfine in die Luft. Und dann, am Abend des vierten Tages, glomm ein Streifen Licht am Horizont auf: Kuba – von ferne sah das Land wie eine glitzernde Kette aus. Forstmann stand auf der Brücke und hörte den Stimmen des wachhabenden Offiziers und des blonden Matrosen am Ruder zu. Er wusste nicht mehr, wie der Matrose hieß, mit Namen hatte er es nicht so, aber der Kapitän hatte ihm erzählt, dass er recht verständig sei. Deshalb habe er ihn zusammen mit dem Zweiten Offizier zur Börse geschickt, um ihn zu suchen, an jenem furchtbaren Tag.

Jetzt näherten sie sich dem Hafen. Es war dunkel, aber im Mondlicht erkannte Forstmann die Silhouette einer Burg. Kurz darauf zerschnitt Motorengeräusch die Stille: Das Lotsenboot kam ihnen entgegen, um die *Orion* zu ihrem Ankerplatz zu bringen. Sie waren in Havanna. Die erste Etappe ihrer Weltreise hatten sie erreicht.

Jorge, so der Name des Lotsen, war ebenso begeistert von der *Orion* wie sein amerikanischer Kollege in New York. Auch er stellte viele Fragen, um zu erfahren, wie die Yacht ausgestattet sei, wie lange die Deutschen für den Bau gebraucht hätten und wie leistungsstark sie sei. Am Ende bestand er darauf, die Familie Forstmann, ihre Gäste und die gesamte Besatzung zu einem Glas Rum in sein Haus einzuladen, was Forstmann dankend ablehnte. Ein paar der Matrosen allerdings nahmen das Angebot mit Freude an.

Jorges letzte Worte, als er von Bord ging, waren: «Sie werden das wirklich bedauern, Señor Forstmann. Wir haben den besten Rum der Welt!»

Doch das Einzige, was Forstmann bedauerte, war, dass er dem freundlichen Lotsen zum Abschied nicht noch einmal die Hand gedrückt hatte. Denn drei Stunden später, so erzählte ihm der Kapitän am nächsten Morgen, war Jorge tot.

***

«Dass wir beide uns trennen müssen, ist das Schlimmste an der Sache.» Amy stopfte ihre Kleider in einen Koffer, der schon überquoll. «Und dieses Mistding kriege ich auch nie im Leben zu.»

«Warte, ich helf dir.» Lil warf den Deckel zu und stieg mit beiden Füßen darauf. «Siehst du, wird schon flacher. Ich hoffe nur, es war nichts Zerbrechliches drin.»

«Also, jedenfalls nicht mein Herz», witzelte Amy. «Das konnte ich ja nicht einpacken. Hab es schon an dich verschenkt.»

«Ach, Amy.» Lil spazierte vom einen Ende des Koffers zum anderen. «Wir können uns doch besuchen. Brooklyn liegt ja nicht am anderen Ende der Welt.»

Amy schniefte. «Kommt drauf an, von welcher Warte man es betrachtet. Und wie optimistisch man dabei ist.» Sie hatte all ihre Ersparnisse verloren. Jetzt konnte sie die Miete bei Giovannis Mutter nicht mehr zahlen. Es gab keine andere Möglichkeit, als aus dem Zimmer in der Mulberry Street auszuziehen.

Lil besaß ebenfalls kein Geld mehr, hoffte aber, dass die *Sun* ihre Geschichte über die achtzehnjährige Elinor Smith drucken würde. Smith war im Vorjahr als jüngste Pilotin der Geschichte ein paar Kunststücke unter New Yorker Brücken hindurchgeflogen. Das United States Department of Commerce hatte daraufhin fünfzehn Tage lang ihre Pilotenlizenz suspendiert. Begleitet war das Schreiben von einem Brief des New Yorker Bürgermeisters Jimmy Walker mit der Bitte um ein Autogramm von ihr – eine Anekdote, die Lil besonders gut gefiel. Sie hatte die Fliegerin, die nur ein Jahr jünger war als sie selbst, bei einem Besuch auf Long Island getroffen. In dem Porträt, das sie über sie geschrieben hatte, war sie vor allem auf Elinors Kindheit eingegangen und ihre ersten Flugstunden im zarten Alter von sechs Jahren.

Die Herbstsonne beleuchtete das ganze Elend in den Straßen rund um die Mulberry Street. Lil versuchte, nicht hinzusehen, aber sie wusste, dass unter dem Haufen Zeitungen am Ende des Blocks ein Mensch lag. Ein paar Schritte weiter saß ein Mann, den Hut tief ins Gesicht geschoben. Neben ihm standen ein Zinnbecher und ein Pappschild mit der Aufschrift: «Bin dankbar für jeden Cent.» Lil und Amy sprachen kein Wort miteinander, während sie ihre Koffer zur Subway trugen. Sie gingen an Frauen, Kindern und Männern vorbei, die sich vor einer Suppenküche angestellt hatten. Eine Frau trug ein Baby auf dem Arm, das sich – wohl vor Hunger – heiser schrie.

«Weißt du was?» Lil stellte ihren Koffer ab und musterte die Freundin. «Ich bringe dich nach Brooklyn. Und dann fahre ich von dort aus zu meiner Tante Abigail.»

«Wirklich?» Amy strahlte. «Das würdest du tun?»

«Klar. Ich kann dich doch nicht alleine lassen, bei dem Unfug, den du immer so anstellst!»

Amy schlang die Arme um sie und wischte die nasse Wimperntusche unter ihren Augen weg. «Du wirst mir so sehr fehlen, Darling!»

«Ich bin doch nicht aus der Welt», sagte Lil. Aber sie wusste, was Amy meinte. Ihr Leben, so wie sie es einen berauschten Sommer lang gefeiert hatten, war vorbei.

Die Pfeiler der Hochbahn warfen ein Netz von Sonne und Schatten auf das Pflaster. Ein Zug donnerte mit ohrenbetäubendem Gerassel vorbei. Die beiden jungen Frauen schleppten ihre Koffer die Treppen hinauf zu den Gleisen, wo sich ihnen ein ungewohnter Anblick darbot: Lil meinte noch nie so viele Menschen mit Gepäck an einer normalen Haltestelle gesehen zu haben. Jeder schien mit seiner Habe auf dem Weg in ein neues Zuhause zu sein.

Am frühen Nachmittag erreichten sie die Wohnung, in der Amys Cousine mit ihrem Mann und den Kindern lebte. Lil verstand kein Wort, weil alle Italienisch sprachen, aber so viel war doch klar: Niemand war wirklich begeistert davon, Amy zu sehen. Die Freundin wurde in einen dämmerigen Raum geschoben, in dem ein Doppelbett stand, sonst nichts weiter – das Zimmer war zu klein für ein weiteres Möbelstück. Zudem saßen fünf Menschen auf der Matratze, zwei Frauen in Amys Alter, zwei ältere und ein Kind. Amy begann, sich fürchterlich aufzuregen. Sie gestikulierte, dass ihre ondulierten Haare flogen. Dann brach sie in Tränen aus.

«Was ist?», fragte Lil.

Amy drehte sich zu ihr um. Diesmal machte sie sich nicht die Mühe, ihre verlaufene Wimperntusche wegzuwischen. «Gerade, als ich dachte, es könnte nicht schlimmer werden …», schluchzte sie. «Wir schlafen zu sechst in diesem Raum!»

★★★

Die Luft in Havanna roch nach Schokolade. Christian schloss die Augen und sog den Duft tief ein. Es war nicht ganz einfach, sich diesem Genuss hinzugeben, denn während sie so durch die Stadt kutschiert wurden, donnerte ihnen das Geläut von schätzungsweise tausend Kirchenglocken ans Ohr. Christian konnte sich noch gut an die Kirchenglocken im chilenischen Punta Arenas nach seiner Rettung vor sieben Monaten erinnern, und natürlich waren ihm auch die Sonntagsglocken der Kirche in Westerland von Kindheit an vertraut. Aber die Glöckner von Havanna spielten offensichtlich in einer anderen Liga. Oder aber der Lotse war sehr beliebt gewesen.

Nach seiner Ruderwache war Christian der Einladung des Lotsen gefolgt. Gemeinsam mit Jan und dem Dritten Offizier hatte er den Weg in die schummrige Kneipe am Hafen gefunden und jede Menge Rum getrunken. Christian hatte sogar mit einer Kubanerin, die doppelt so alt war wie er, Salsa getanzt – was gar nicht so schwierig gewesen war, wie er zunächst vermutet hatte. Wenn die Musik nur laut genug war, ging das quasi wie von selbst. Aus einem Grund, den er sich selbst nicht erklären konnte, war er danach vollkommen erschöpft gewesen und zurück auf die *Orion* gegangen.

Aber schon kurz nach Mitternacht war Jan in die Kammer

gestürmt und hatte geschrien, dass es vermutlich noch die Offiziere auf den oberen Decks hören konnten: «Der Lotse ist tot!»

Und nun wurden Jan, der Dritte Offizier und er von einem wildfremden Kubaner durch Havanna gefahren, damit sie sich von dem toten Lotsen verabschieden konnten. Schließlich – so hatte ihm das die Lotsenfrau ausrichten lassen – seien sie die Letzten gewesen, mit denen ihr guter Jorge gefeiert hatte.

Der Fahrer, ein Cousin oder Neffe des Lotsen, genau hatte Christian das nicht verstanden, war äußerst gesprächig. Er berichtete in gebrochenem Englisch vom Leben des Lotsen, von seinem schwachen Herzen, und dass seine Frau ihm schon vor Jahren das Tanzen verboten hätte. Sie rumpelten durch enge Gassen, bogen in eine Avenue ein und rauschten an einem Park vorbei. Der Schokoladenduft schwand allmählich, jetzt roch es nach Blumen, ein süßes, würziges Aroma, das in der Hitze aufzuquellen schien. Eine Schar Geier flog von einem Telegraphenmast auf.

Ob man Jagd auf diese Vögel machen dürfe, wollte der Dritte wissen.

Der Fahrer bekreuzigte sich. «Um Gottes willen, nein!» Geier genössen auf Kuba ein hohes Ansehen, schließlich seien sie dafür verantwortlich, die Straßen sauber zu halten. Auf diese Weise roch es in Havanna niemals nach Verwesung – die Geier fraßen immer rechtzeitig alle Knochen sauber und fanden jeden Leichnam sofort.

Der Lotse lag in einem Zimmer aufgebahrt, in dem Weihrauch glomm. Unzählige kleine Kerzen flackerten. Etwa zwanzig Personen standen und saßen um das Bett herum, und eine Gruppe alter Frauen sang eine Litanei. Christian grüßte vorsichtig, aber niemand schien von ihrer Ankunft Notiz zu nehmen. Eine Frau weinte. Verängstigte Kinder drückten sich an den Wänden herum.

Christian wechselte einen Blick mit Jan, der unter den zuckenden Lichtern und in den süßlichen Schwaden kreidebleich geworden war. Ein paar Männer drängten in den Raum und schoben Christian von hinten an das Totenbett.

Er schluckte. Dies war der erste Leichnam, dem er so nahe war. Das Leben konnte jederzeit vorbei sein. Ein Wirbelsturm, der um einen Chilesegler herumtobt, Feuer im Reetdachhaus, ein Herzaussetzer zur Salsa-Musik – der Tod konnte jeden jederzeit treffen, selbst im Tanz. Und genau deshalb muss man die Gefahr nicht fürchten, dachte Christian und hörte den alten Frauen beim Singen zu. Weil man es nicht verhindern kann.

Was für ein Geschenk, überlegte Christian, als die Sonne später wieder in seine Augen leuchtete und ihm der Duft von Schokolade in die Nase stieg. Was für ein Geschenk, am Leben zu sein, unterwegs, die Welt zu erkunden, sich so frei zu fühlen. Seine Gedanken flogen zurück nach Manhattan, zu dem Mädchen, das ihm in die Arme gefallen war. In den zwanzig Jahren seines Lebens war er immer gern mit sich allein gewesen. Aber seit der Begegnung mit dem Mädchen konnte er es sich gut vorstellen, irgendwann auch mal zu zweit zu sein.

***

Wer keine Angehörigen hatte, schlief auf der Straße. Eine Gruppe von Männern und ein paar Familien bauten im Central Park kleine Häuser aus Karton, die nach jedem Regen zusammensackten. Dann kam der Frost. Ein Kind, das sich in der Nacht die Decke weggestrampelt hatte, erfror.

Weil der Mann von Amys Cousine die Stromrechnung nicht mehr bezahlen konnte, holte er die alten Kerosinlampen seines Großvaters vom Dachboden. Der Geruch der blakenden Flammen drang Amy so sehr in die Kleider und ins Haar, dass sie sich schämte, wenn sie auf die Straße trat. Rod gegenüber versuchte sie, sich nichts anmerken zu lassen. Wenn sie sich mit ihm verabredete, wusch, frisierte und schminkte sie sich noch genauso sorgfältig wie früher in der Mulberry Street. Aber es schien alles nichts zu nützen: Rod war von Tag zu Tag schlechter gelaunt. Amy schob es auf das viele Geld, das er verloren hatte, und auf den Druck, unter dem er jetzt stand. Es gab Tage, an denen war er ausgesprochen grob zu ihr, aber dann entschuldigte er sich wieder und schenkte ihr Blumen oder Parfüm – das sie besonders gerne annahm, so wie es bei ihrer Familie roch. Die Cousine schimpfte sie einen Faulpelz, weil sie im Gegensatz zu den anderen nichts tat, um etwas zu ihrem Lebensunterhalt beizusteuern.

Lil schrieb ihre Geschichte über die Fliegerin Elinor Smith bei Tante Abigail zu Ende. Die Seiten wellten sich auf dem klammen Schreibtisch, und sie musste mehrmals die Unterlage wechseln, weil das Papier sonst so weich wurde, dass es riss. Das Apartment in der 111. Straße war jetzt noch feuchter als im Sommer. Der Schneeregen rann durch die geschlossenen Fenster und an den Wänden herab. Am Morgen, wenn der Kohleofen in der Stube noch kalt war, bildete sich eine feine Eisschicht an der Tapete und über dem Bild von Tante Abigails verstorbenem Mann. Lil versuchte, ihre Tante davon zu überzeugen, einen Handwerker kommen zu lassen, aber die Tante sah sie nur aus ihren großen, wässrigen Augen an und schüttelte den Kopf. Es war nicht leicht, zusammen zu wohnen, wenn man sich nicht mochte, aber immerhin hatte die Tante sie in ihrer Notlage wieder bei sich aufgenommen, und Lil war ihr sehr dankbar dafür.

«Aufputschmittel und Beruhigungspillen», sagte sie zu dem Redakteur der *Sun*, der zwar ihre Reportage über den Schwarzen Donnerstag gedruckt hatte, sich aber nicht für das Porträt der Fliegerin interessierte.

«Wie bitte?»

«Ich meine, eine Zeitung muss doch immer beides bieten, oder? Etwas, das die Leser aufregt, und etwas, das sie beruhigt! Zurzeit drucken Sie nur Geschichten über die Wirtschaftskrise. Und da dachte ich …»

«… dass die Geschichte über eine Selbstmörderin, die haarscharf über unsere Köpfe hinwegsaust, unsere Leser endlich mal ruhig schlafen lässt?»

«Smith ist keine Selbstmörderin, wie kommen Sie …»

«Ach nein, wie wollen Sie es denn sonst nennen, was diese junge Dame tut? Soweit ich weiß, plant sie nach ihrem zweiundvierzigstündigen Nonstop-Flug eine Atlantiküberquerung! Nein, nein, wie Sie sagen, wir brauchen derzeit beruhigende Geschichten! Und eine über diesen fliegenden Flapper gehört nicht dazu!»

Auf ihrem Weg nach draußen stellte sie fest, dass sie nicht die einzige Journalistin ohne Zukunft war. Männer mit Pappkartons, in denen ihre Bürohabseligkeiten lagen, strömten aus den Zeitungshäusern auf die Straße. Sie erkannte einen der Fotografen, mit dem sie auf der Pressekonferenz bei der Bank, House of Morgan, gewesen war, und nickte ihm zu. Aber er tat, als sehe er sie nicht, und zog sich mit der freien Hand den Hut ins Gesicht. Und trotzdem kamen ihr auf dem Broadway die Zeitungsjungen entgegen, gerade so, als laufe die Maschine immer weiter.

Mechanisch kaufte sie einem der Jungen eine Ausgabe ab. Beruhigungspillen und Aufputschmittel fanden sich auch hier: Der diesjährige Literaturnobelpreis ging an einen gewissen Thomas Mann. Der deutsche Schriftsteller, der angab, seinen

Urlaub gern auf einer friesischen Insel namens Sylt zu verbringen, nutzte das Preisgeld, um die Schulden seiner Kinder Klaus und Erika zu tilgen, die die beiden während ihrer Weltreise angehäuft hatten. Der Börsencrash an der Wall Street wirkte sich auch auf die deutsche Wirtschaft aus: Fünf Jahre lang hatten amerikanische Banken ihr Geld in Deutschland investiert, denn im Land der galoppierenden Inflation waren die Zinssätze interessanter gewesen als in den Vereinigten Staaten. Nun mussten sie ihr Geld wieder abziehen, und Deutschland mit seinen sieben Milliarden Dollar Kriegsschulden hatte ein Problem. Die größte Luxusyacht der Welt, die *Orion*, lag in Havanna vor Anker und hatte somit ihre erste Etappe erreicht. Die Russen erklärten, dass das Luftschiff *Graf Zeppelin* seinen versprochenen Flug über Moskau nachholen müsse, andernfalls werde Deutschland spüren, was es heiße, mit der Sowjetunion verfeindet zu sein. In den USA hatte sich eine Vereinigung von Fliegerinnen gebildet, die Ninety-Nines.

Die ganze Welt schien sich zu verändern, kein Stein blieb auf dem anderen. Nur Lil steckte fest.

***

Der junge Julius George Forstmann hatte einiges zu notieren, als er Europa näher kam. Die Überfahrt selbst war langweilig gewesen, von den Ausläufern eines schweren Sturms im Nordatlantik einmal abgesehen. Nachdem sie Haiti hinter sich gelassen hatten, waren sie unterwegs keinem einzigen Schiff mehr begegnet. Schließlich erreichten sie die kanarischen Inseln. In Teneriffa gingen sie einen Tag vor Anker.

Hier fährt kein einziger Ford, schrieb er in sein Heft. Dafür gab es Kamele, Ochsen und Esel. Dazwischen liefen buntgekleidete Frauen, die geschickt riesige Körbe auf ihren Köpfen balancierten. Die Häuser leuchteten weiß in der Sonne. Auf den Hügeln wuchsen Olivenbäume, Palmen und Kakteen. Teneriffa war die einzige kanarische Insel ohne Wasserprobleme. Zweimal im Jahr wurde das Vieh von Lanzarote, La Gomera und den anderen Nachbarinseln herübergefahren, damit es sich mal so richtig nach Herzenslust satt trinken konnte.

Es waren noch zwei Tage bis Thanksgiving. Bei sommerlichen sechsundzwanzig Grad Celsius brachen sie nach Algier auf.

Das Unangenehmste an den Nebelbänken im Mittelmeer war, dass man dem Klavierspieler an Bord gar nicht mehr richtig zuhören konnte. Immer wenn er eine besonders leise Passage spielte, dröhnte das Nebelhorn in die Musik. Die Forstmanns saßen mit ihren Freunden, den Johnsons, an der langen Tafel im Speisesaal und prosteten sich über dem Thanksgiving-Truthahn zu. Die Frauen waren sorgfältig frisiert und trugen lange Perlenketten, die Herren hatten Smoking und Fliege angelegt.

«Ich freue mich sehr auf Frankreich», bemerkte Mr. Johnson. «Auch wenn ich nicht sicher bin, ob die Froschschenkel und ich jemals Freunde werden.»

«Meinst du die Froschschenkel oder einfach nur die Frösche?», zwinkerte der alte Forstmann ihm zu.

«Die Frösche, mit allem, was dran ist. Die französischen Schenkel gehören natürlich in eine andere Kategorie. Verzeihung, die Damen.»

«Mir machen Gespräche über Schenkel nichts aus.» Mrs. Forstmann tupfte sich die Lippen mit ihrer Damastserviette. «Ich besitze selbst zwei herrliche Exemplare.» Gelächter brandete am Tisch auf, ging aber sofort wieder im Nebelhorn unter.

«Jedenfalls bin ich froh, dass wir nicht nach Deutschland

fahren», nahm Mr. Johnson den Faden wieder auf. «Was für eine Situation dort! Es kann einem ja fast leidtun, dieses Land. Täglich müssen neue Geschäfte und Banken schließen. Jetzt, wo wir Amerikaner kein Geld mehr in das Land pumpen, ist es vollkommen am Boden. Zweieinhalb Millionen Arbeitslose, haben sie heute im Radio gesagt!»

«Die Reparationsforderungen aus dem Versailler Vertrag erdrücken sie. Wir dürfen die Deutschen nicht mehr so stark belasten, sonst greift die Wirtschaftskrise noch auf die anderen Länder über!» Forstmann nahm einen Schluck Wein.

«Wir sind ihnen doch mit dem Zahlungsplan von Owen Young schon reichlich entgegengekommen», bemerkte sein ältester Sohn. «Außerdem haben sie selbst Schuld! Hätten sie doch besser nicht mit dem Krieg angefangen!»

Mrs. Johnson lachte. «Wisst ihr noch? Vor elf, zwölf Jahren, da gab es immer so witzige Sketche im Theater! Ein Mann mit falschem Riesenschnurrbart, der über die Bühne marschiert ist und mit deutschem Akzent Befehle gebrüllt hat, bis ihm jemand eine Sahnetorte ins Gesicht geworfen hat!»

«Gott sei Dank wird so etwas nie wieder passieren!»

«Was, ein Mann mit komischem Schnurrbart, der deutsche Befehle brüllt, oder Sketche mit zweifelhaftem Humor?»

«Beides, will ich doch meinen», lachte der alte Forstmann. «Dieser Krieg gegen Deutschland gehört der Vergangenheit an. Wir sind wirtschaftlich miteinander verbunden, ob wir es wollen oder nicht.»

«Und in einem Punkt können sich die USA und Deutschland sogar hervorragend befruchten!»

«In dem Punkt ‹deutsche Werft – amerikanischer Freund von Yachten›?», lächelte Mrs. Johnson.

«Ich glaube, Julius spricht von den Zeppelinen!»

«Aber natürlich spreche ich von den Zeppelinen! Dem großen amerikanisch-deutschen Joint Venture Goodyear Zeppelin! Ist euch mal aufgefallen, dass die Luftschiffindustrie die einzige ist, der es immer noch gutgeht? In Akron haben sie gerade angefangen, ein phantastisches neues Luftschiff zu bauen! Es soll Flugzeuge transportieren können und bekommt sogar einen Raucherraum! Und das mit Hilfe deutscher Ingenieure, die nicht nur das Gerippe konstruieren, sondern auch beste deutsche Handarbeit einbauen: Maybach-Motoren!»

«Höre ich da den Stolz des gebürtigen Deutschen heraus?» Johnson zwinkerte ihm zu.

«Sicher. Obwohl die Forstmann-Familie ursprünglich aus Flandern stammt. Wir waren …»

«… Gründungsmitglieder der flämischen Webergilde von 1563», sprach Julius George den Satz seines Vaters leise mit.

«Das stimmt.» Johnson nickte. «Die ganze Welt geht den Bach runter, nur die Zeppeline bleiben oben!»

«Auf die Zeppeline also!» Forstmann erhob sein Glas. «Und auf die amerikanisch-deutsche Freundschaft!»

Alle anderen am Tisch erhoben ebenfalls ihre Gläser. «Auf die amerikanisch-deutsche Freundschaft! Prosit!»

***

Man konnte über Tante Abigail vieles sagen, dass sie loyal der Familie gegenüber war, ja, dass phasenweise sogar so etwas wie Freundlichkeit hervorblitzte, aber ihre Figur hatte mit Sicherheit schon bessere Zeiten gesehen. Lil hatte sich einen Mantel von ihr ausgeliehen, der so groß war, dass er die Kälte nicht abhielt. Außerdem wollte der Mantel einfach nicht trocknen, so, wie alles, was in Tante Abigails Apartment hing. Der Wind pfiff Lil durch die zu großen, feuchten Ärmel, in den zu großen, klammen Kragen und von unten die Beine herauf.

Als Amy sie erblickte, kam sie auf Lil zugerannt. Sie schloss die Freundin in die Arme und hielt sie lange, lange fest. «Will bloß sicherstellen, dass der Wind nicht durch das Zelt pfeift, das du dir umgehängt hast.» Schneeflocken blieben auf ihrem Hut und ihrem Kragen hängen, schmolzen und rannen ihr übers Gesicht. Hastig wischte sich Amy die Wimperntusche unter den Augen weg.

«Naja.» Lil hob die Schultern. «Man nimmt die Behausung, die man kriegt.»

«Wen willst du noch alles einquartieren in deinem Mantel? Platz für eine kleine Familie hättest du da wohl noch.»

Der Drugstore war gesteckt voll. Menschen saßen an den Tischen zusammengedrängt, die Luft war blau vor Qualm.

«Hallo Tony, wie läuft das Geschäft?» Amy beugte sich vor, um den Mann hinter dem Tresen zu begrüßen.

«Nicht gut», antwortete er leise. «Kaum einer bestellt was. Die Leute sitzen hier nur herum, weil ich die Heizung anhabe. Sehe ich aus wie ein Notstandsprogramm?»

Amy und Lil musterten ihn. Tony schien abgenommen zu haben seit ihrem letzten Besuch im Sommer, und er wirkte seltsam bleich.

«Nur wie ein Notstand», sagte Amy. «Ohne das Programm.» Sie senkte ihre Stimme zu einem Flüstern. «Was ist mit dem Speakeasy hinten? Geht da keiner mehr hin?»

Tony hob die Schultern. «Schon. Wann hat man das Bedürfnis, sich zu besaufen, wenn nicht in Zeiten wie diesen? Aber die Leute bestellen nicht mehr so viel. *Porca miseria.* Ist doch alles ein großer Mist. Was kann ich euch zwei Hübschen bringen? Und wehe, ihr sagt jetzt: Wasser aus dem Hahn!»

«Zweimal heiße Schokolade», beeilte sich Lil zu sagen und zückte ihr Portemonnaie. Sie hatte ihr Porträt über die Fliegerin doch noch verkaufen können.

«Wie in den guten alten Zeiten», seufzte Amy. «Als wir noch nach dem Motto gelebt haben: Hey, was kostet die Welt?»

«Die Welt ist ganz schön teuer geworden», stimmte Lil zu. Sie quetschten sich zu einer Gruppe Frauen an einen Tisch, von dem aus man das Treiben auf der Straße beobachten konnte. Nicht, dass da viel zu sehen gewesen wäre. Es fuhren deutlich weniger Autos als vor dem Börsencrash, und die Menschen hasteten mit verhüllten Gesichtern im Schneetreiben. Auf der gegenüberliegenden Straßenseite stand ein Mann mit einem Pappschild und bettelte um Geld.

«Wie ist das Leben in Manhattan? Erzähl mir alles! Ich fühle mich bei meiner Cousine wie im Ausland. Und wahrscheinlich bin ich das auch. Alle reden den ganzen Tag lang italienisch, huldigen der Madonna und kochen Pasta mit Innereien.»

Tony kam mit der heißen Schokolade.

«Immer wieder interessant zu sehen, wie vielfältig Amerika ist», versuchte Lil sie aufzumuntern.

«Ja, solange du die Vielfalt nicht essen musst.» Unter Amys Augen wurde es schon wieder schwärzlich-feucht. «Hast du Innereien schon mal probiert?»

«Weinst du?», fragte Lil erschrocken.

«Quatsch», sagte Amy. Und dann legte sie die Hände aufs Gesicht und brach in lautes Schluchzen aus.

Im nächsten Moment war Lil um den Tisch herumgerannt, quetschte sich neben die Freundin und nahm sie in den Arm.

«Es ist …» Amy wischte sich über die Augen. «Es ist eigentlich gar nichts Schlimmes. Andere Mädchen würden sich glücklich schätzen. Und ich bin eigentlich auch glücklich.»

«Das sieht aber nicht so aus», sagte Lil ruhig. Sie rückte ein Stück ab und sah Amy in die Augen. Ihre Schminke war jetzt vollkommen verlaufen. Ein dunkelblauer Fleck am oberen Wangenrand schimmerte durch die dicke Puderschicht.

Lil berührte ihn zart mit dem Finger. «Ich hoffe, es ist nicht das, was ich jetzt denke», flüsterte sie.

Amy schwieg und starrte auf den Tisch. Lil konnte die feinen Linien um ihre Mundwinkel sehen. «Es tut ihm leid», erklärte sie endlich. «Es war ein Versehen. Er hat für einen Moment die Beherrschung verloren, aber das wird nie wieder vorkommen.» Sie holte tief Luft. «Er hat mir einen Heiratsantrag gemacht.»

«Und du hast angenommen?» Lil konnte das Entsetzen in ihrer Stimme hören.

«Was bleibt mir denn anderes übrig?», weinte Amy. «Weiterhin in einem Zimmer zu sechst wohnen? Mit Tanten und Cousinen, die mich in den Wahnsinn treiben? Ich besitze absolut nichts mehr, Lil.» Sie legte die Hände auf den Tisch, die ungewohnt rauh und ungepflegt aussahen. «Rein gar nichts. Ich kann doch nichts außer ein bisschen Haare schneiden. Ich habe nie irgendwas in meinem Leben gelernt.»

Lil griff nach ihren Händen. «Du kannst ganz viel! Du trägst Freude in das Leben von Menschen! In meines zum Beispiel. Und du findest einen Weg durchs Leben und durch die Großstadt, du hast immer einen gefunden, denk doch nur, diesen Sommer, wie wir …»

«Das ist vorbei.» Wieder rannen die schwarzen Tränen aus Amys Augen. Ihr Gesicht wirkte zum ersten Mal, seit Lil sie kannte, verletzlich und nackt. «Das, was wir diesen Sommer erlebt haben, werden wir nicht wieder erleben, das weißt du so gut wie ich.»

«Aber das Land wird sich erholen», wandte Lil ein. «Amerika ist stark!»

«Du hörst dich an wie mein altes Ich», lächelte Amy. «Das aus der Mulberry Street.»

«Die guten Zeiten werden wiederkommen!», rief Lil.

«Möglich.» Amy nippte an ihrer Schokolade. «Aber dann sind wir womöglich alt.»

Auf einmal spürte Lil, wie ihr kalt wurde. Ein furchtbarer Gedanke stieg in ihr auf. «Aber Rod ...», brachte sie hervor. «Er hat doch gesagt, dass er zurückgeht. Dass er hier zu viel verloren hat, dass er in Brasilien noch Geschäfte hat. Er ... Rod hat gesagt, dass er nach Rio de Janeiro geht!»

«Ja.» Amy nickte, und jetzt weinte sie so sehr, dass sich alle im Laden nach ihr umdrehten. Einen Moment wurde es ganz still. Selbst der Qualm schien aufzuhören, sich zu kräuseln. «Und ich ... Ich gehe mit ihm mit.»

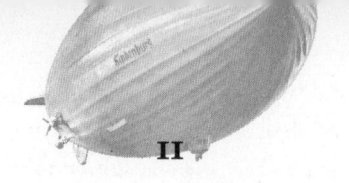

II

Sardinien wirkte wie aus dem Meer geworfen. In tausenderlei Formen ragten die Klippen aus dem Meer. Es war der 2. Dezember 1929, und die Luft prickelte kalt auf Christians Gesicht. Nach all der Zeit in der Karibik, im südlichen Atlantik und in Nordafrika genoss er die Kühle auf der Haut. Es erinnerte ihn an zu Hause, klärte seine Gedanken und machte ihn wach. Zwischen seinen Diensten an Deck und auf der Kommandobrücke hatte er sich vor allem mit seiner jüngsten Ausleihe beschäftigt, einem Buch mit dem Titel: «Die Kunst, Roulette zu spielen».

Seit er von den Forstmann-Kindern gehört hatte, dass sie das Casino in Monte Carlo besuchen wollten, hatte er keine ruhige Minute mehr gehabt. Schließlich hatte er Julius George gesagt, dass er gerne mitgehen würde, und der Forstmann-Junge hatte zugestimmt. Christian würde seine Heuer einsetzen, und er würde gewinnen. Er musste gewinnen, wenn er das Geld für die Fliegerei zusammenbekommen wollte. Das Casino von Monte Carlo war seine Chance, seine einzige.

Auf die Idee mit dem Casino war er durch die Lektüre eines Romans mit dem Titel «Der Spieler» gekommen. Den hatte er sich vor Gibraltar geborgt. Das Bücherausleihen war schwierig geworden, weil Raubvogel jeden seiner Schritte zu überwachen schien. Aber Christian konnte einfach nicht anders, er musste lesen, und wie sonst sollte er an Lektüre kommen? Zugegeben, gerade dieser Roman riet nun eigentlich vom Glücksspiel ab. Christian war sich der Gefahren bewusst, ebenso wie des Umstands, dass er überhaupt keine Erfahrung mit Casinos hatte. Aber dieser Dostojewski schilderte die Vorgänge ja recht gut.

Eigentlich hatte er vorgehabt, Black Jack zu lernen, denn Kartenspiele waren ihm vertraut, seitdem Onkel Per ihm als kleinem Jungen gezeigt hatte, wie er zu seinem Spitznamen «Skatgott» gekommen war. «Wenn du in der Erinnerung von den ganzen Blödmännern unsterblich werden willst», hatte Per ihm anvertraut, «dann spiel Skat, so wie ich!» Christian war dem Ratschlag seines Onkels entschlossen gefolgt, hatte es aber während seiner Zeit auf Sylt nicht geschafft, den Onkel vom Thron zu stoßen.

Leider befand sich in der Bordbücherei aber kein Buch über Black Jack oder sonstige Kartenspiele, mit denen man sein Glück in Monte Carlo versuchen konnte, sondern nur eines über Roulette, da musste er eben umdisponieren. Zum Glück blieb ihm noch ein bisschen Zeit, um sich so viele Informationen wie möglich zu verschaffen. In Genua sollte die *Orion* mindestens eine Woche lang für Reparaturen und einen neuen Bodenanstrich ins Trockendock gehen.

Christian mochte Genua. Er mochte die Idee, dass hier Christoph Kolumbus geboren war. Er mochte die Gassen, die steil bergan führten, die Trambahn, die auf die Spitze der Stadt zuckelte, die vielen Tunnel und Lifts. Er mochte die Buchhandlungen auf der Piazza Fontane Marose, in denen Bücher standen, von denen er kein Wort verstand. Aber es war friedlich hier drinnen, er konnte vom Regen trocknen, und der Duft von Papier und Druckerschwärze und Bildung stieg ihm in die

Nase, sobald er eines der Geschäfte betrat. Er mochte den Leuchtturm, der sich über der Stadt erhob, die Paläste und die Kathedrale San Lorenzo mit ihren schimmernden Figuren und dem ganzen bunten Licht. Und er verliebte sich in die Piazza Acquaverde mit ihren Cafés, denn hier aß er etwas, das er sein Leben lang nicht mehr vergessen würde: sein erstes Eis. Die süße, cremige Köstlichkeit gab es in allen erdenklichen Pastellfarben: dünengrün, sandgelb, himmelblau oder rosenrot wie die Blumen vor dem Haus der Mutter. Und das beste von allem: Schokoladeneis! Jeden einzelnen Tag, den sie in Genua verbrachten, kaufte er sich etwas davon. Die Eisverkäuferin, eine Brünette mit riesigen dunklen Augen, winkte ihm zu, wenn er auf ihr Café zuging. Wenn er dann auf die Masse mit dem Schokoladeneis zeigte, die sich aus einem Kübel wölbte, überschüttete sie ihn mit Worten, die sie so gestenreich unterstrich, dass ihr großzügig ausgeschnittenes Dekolleté erzitterte. Christian wusste nicht, was er faszinierender fand: das Eis – oder dessen Verkäuferin. So oder so war es ein Glück, dass die *Orion* nach zehn Tagen wieder aus dem Trockendock entlassen wurde und dass sie ihre Reise fortsetzen konnten. Christian hätte sonst alles Geld, das er besaß, in Eis umgesetzt.

An seinem letzten Tag in Genua geriet er in eine Parade von Schwarzhemden. Es waren Männer in seinem Alter, die Haare kurz geschoren, mit Bannern in den Händen. Sie skandierten, was in Christians Ohren wütend klang. Er sah ihnen zu, wie sie eine der Straßen hinabmarschierten, die zum Hafen führte. In gewisser Weise waren sie ebenso faszinierend wie die Eisverkäuferin und das Schokoladeneis und alles andere, das so fremd und neu war. Die Männer fügten sich in diese Stadt ein wie Raubritter zu Zeiten von Christoph Kolumbus. Und sie sahen ebenso furchterregend aus.

Das französische Villefranche steuerten sie nach einem

nächtlichen Törn bei Sonnenaufgang an. Es hatte aufgehört zu regnen, und in der Dezemberkälte leuchteten die Farben: grün die Hügel, weiß die Häuser, bunt die Fischerboote am Kai.

Christian spürte sein Herz schneller schlagen: Heute Abend würde er ins Spielcasino gehen. Dann würde sich zeigen, ob er wirklich so ein Glückspilz war, wie alle nach dem Untergang der *Pinnas* gesagt hatten. Noch heute Nacht würde er wissen, ob er seinen großen Traum verwirklichen können würde: Fliegen lernen.

Der Tag verging wie in einem Nebel. Christian führte Befehle aus, ohne darüber nachzudenken, was er tat. Er schrubbte die Decksplanken, die vom langen Regen schmutzig und salzverkrustet waren. Er spleißte Taue, bis ihm die Hände bluteten. Und er ging ein letztes Mal «Die Kunst, Roulette zu spielen» durch.

Als die Sonne hinter Nizza versank, das nur eine Bucht weiter lag, klopfte einer der Schiffsjungen an seine Tür.

«Ich soll dir das hier bringen, Kische», sagte er und händigte Christian eine Smokingjacke und eine Fliege aus. Ein Zettel war mit einer Stecknadel an die Jacke gepinnt: «Damit Sie anständig aussehen heute Abend. J. G.»

Christian musste lächeln und warf sich den Smoking probehalber über. Er spannte an den Schultern und an den Oberarmen, aber in der Taille saß er. Der Spiegel in der Kammer, die er sich mit Jan teilte, war allerdings so klein, dass er das Ergebnis nur bis zu den Schlüsselbeinen betrachten konnte. Egal – es würde sicherlich irgendwie gehen.

Als er eine halbe Stunde später im Smoking an Deck trat, hatte er seine gesamte Monatsheuer sowie die Monatsheuer von Jan im Portemonnaie. Doch plötzlich überkamen ihn Zweifel. Er blickte zu den Forstmann-Kindern hinüber, die leicht gelangweilt an der Reling standen und auf den Wagen warteten, der sie abholen sollte. Sicher, wenn die Geld verloren, war es auch nicht weiter schlimm.

Auf der Grande Corniche leuchtete die Nachmittagssonne. Spielzeugklein lagen die Villen links und rechts. Das Meer sah von hier oben wie ein schimmernder blauer Stoff aus, der sich an die Buchten schmiegte. Höher und höher rollten sie ins Gebirge. Pinienbäume säumten die Straße, dann wurde die Vegetation karg. In der Ferne ragte eine Bergkette auf, und irgendwann sausten sie über Haarnadelkurven wieder nach unten. Schließlich hatten sie die Grenze zu Monte Carlo erreicht. Der Fahrer hielt an, und alle mussten ihre Reisepässe zeigen.

«Monte Carlo also», bemerkte Mr. Carter, der britische Gast der Forstmanns, der neben ihm saß. «Der Legende nach ist die Stadt auf den Knochen von Selbstmördern erbaut.»

«Bringen sich hier so viele Menschen um?» Christian spürte, wie es ihm kalt den Rücken runterlief.

«Aber natürlich», lächelte Mr. Carter. «Hier steht schließlich das größte und berühmteste Spielcasino Europas! Hunderte, nein, Tausende von Menschen haben hier schon ihr gesamtes Hab und Gut verloren. Da, sehen Sie sie?» Carter deutete aus dem Fenster in die dunkle Stadt.

Christian spähte aus dem Seitenfenster. Eine Straßenlaterne, die unter einem Torbogen hing, erhellte eine Frau im Pelzmantel. Sie schien hemmungslos zu weinen.

«War nur Spaß», bemerkte Carter. «Das ist natürlich eine Frau. Und Frauen erschießen sich nur ganz selten. In der Regel vergiften sie sich.»

«Es gibt aber doch auch Menschen, die hier ein Vermögen gemacht haben», wandte Christian zögerlich ein.

Carter winkte ab. «Vermögen macht man nicht an Spieltischen.»

«Sondern?»

Carter ließ ein silbernes Etui aufschnappen, zog eine Zigarette daraus hervor und bot Christian auch eine an. «Noch vor drei Monaten hätte ich gesagt: an der Börse.» Er gab Christian Feuer. «Heute weiß ich keine Antwort mehr darauf.»

Das Casino sah aus wie die Märchenschlösser, die Christian sich als Kind vorgestellt hatte, wenn Erika und er im Winter am Ofen saßen mit einem Buch in der Hand. Säulen zierten den Eingang, den er jetzt durchschritt. Innen erhellten Kronleuchter die Räume. Frauen in langen Kleidern mit Funkelschmuck am Hals schritten am Arm eleganter Herren den Gang entlang. Christian folgte den anderen zum Empfang. Hier musste er erneut seinen Pass vorzeigen. Der Mann hinter dem Empfangstresen prüfte jedes Papier einzeln und sah jedem in der Gruppe aufmerksam ins Gesicht.

«Tut mir leid», sagte er und gab Christian seinen Pass zurück. «Kein Zutritt. Sie sind noch nicht volljährig.»

Einen winzigen Moment lang war Christian erleichtert, denn er hatte immer mehr Zweifel bekommen. Er nahm seinen Pass entgegen und wollte sich gerade verabschieden, da trat Mr. Carter an seine Seite. «Ich bin sein Erziehungsberechtigter», erklärte er mit Bestimmtheit.

Der Mann am Empfangstresen blickte Christian an. «Ist das richtig?»

Christian nickte. Er konnte Mr. Carter ja kaum mit einer Lüge bloßstellen. «Das ist richtig», bestätigte er.

Daraufhin wurden sie durchgelassen und wechselten ihr Geld an einem Bankschalter.

«Danke», sagte Christian zu Mr. Carter.

Der zwinkerte ihm zu. «Keine Ursache. Ich war doch auch mal jung.»

Inzwischen hatte Christian richtiggehend Angst. Was zum Teufel war in ihn gefahren, dass er nicht nur seine, sondern auch Jans Heuer aufs Spiel setzen wollte? Und was, wenn er heute Abend nicht nur verlor, sondern auch noch Schulden machte? Würde er dann ins Gefängnis kommen? Er würde seine Schulden niemals zurückzahlen können! Zur Hölle mit Dostojewski! Hätte er das Buch doch nie angerührt! Wie gelähmt sah er dem Schalterbeamten zu, der seine Scheine in Spielchips verwandelte. Jetzt konnte er nicht mehr zurück.

Das Blut rauschte ihm in den Ohren. Die Stimmen der anderen ebbten an sein Ohr. «Pferdestatue im Eingang … dran reiben … Glück bringen … man spielt mit ziemlich hohem Einsatz hier», hörte er. Er folgte Mr. Carter in einen Saal, der wie ein vornehmes Wohnzimmer aussah, mit Vorhängen an den Fenstern und Lüstern mit hunderten Glassteinen daran. Ein langer, grün bespannter Tisch stand mitten im Raum. So sah er also aus, der Roulette-Tisch. Männer und Frauen saßen um ihn herum, ihre Chips zu Türmen gehäuft.

«Rien ne va plus!», rief ein Schwarzbefrackter.

Plötzlich ratterte eine Kugel über die Zahlen im Rad, schwarz, rot, schwarz, rot, und das Feld, das alle Spieler fürchteten: grün.

«Der niedrigste Einsatz sind zehn Francs hier», raunte ihm Julius George zu, während er an ihm vorbeiging. «Hübscher Smoking übrigens.»

Christian biss sich auf die Lippen. Zum ersten Mal in seinem Leben bereute er etwas zutiefst. Warum nur hatte er nicht auch diese Heuer seiner Mutter nach Westerland geschickt? Er wusste doch, wie schlecht es ihnen in Deutschland ging! Rund 2,5 Millionen Arbeitslose. Geld, das jetzt nach dem Crash noch weniger wert war. Angst vor der nächsten großen Inflation.

Auf einmal wusste er mit Sicherheit, dass er einen Fehler gemacht hatte. Er schluckte hart, die Fliege an seinem Hals saß zu eng. Überhaupt: dieser ganze lächerliche Aufzug mit Smoking und Tuch in der Brusttasche. Hatte er ernsthaft geglaubt, er könne einer von *ihnen* sein? Der Smoking war für Männer gemacht, die nicht täglich körperliche Arbeit verrichteten. Männer mit weniger Muskeln, als er sie besaß. Männer mit Millionen, für die das hier wirklich nur ein Spiel war.

«Spielen Sie nun oder nicht?» Mr. Carter hatte sich zu ihm umgedreht.

«Er spielt nicht», sagte Julius George achselzuckend. «Schätze, die Einsätze hier sind ihm zu hoch.»

Und dann war es auf einmal egal, ob ihm das Blut in den Ohren rauschte und ob er vor Angst verging. Er trat nach vorn und ließ sich auf einem freien Platz am Tisch nieder. Das Licht, das aus den Kronleuchtern strahlte, tanzte ihm in den Augen, und er legte die Chips auf den Tisch.

«*Faites vos jeux!*», rief der Croupier.

Später konnte Christian nicht mehr sagen, wie es passiert war. Aber auf einmal lagen all seine Chips – Jans und seine Heuer – auf der Nummer vier.

★★★

Hugo Eckener hatte alles genau berechnet: Wenn er mit dem Zeppelin nach Brasilien wollte, musste er dort einen Mast einrichten, an dem er das Luftschiff festmachen konnte. Denn eine Halle wie in Lakehurst gab es dort nicht. Natürlich musste dieser Ankermast an einem Ort stehen, an dem sich das Wetter nicht ständig veränderte. Und jetzt hatte er diesen Ort gefunden: Recife de Pernambuco, ein Küstenort nördlich von Rio de Janeiro, mitten im Passatgebiet. Hier wehte der Wind so gleichmäßig, dass Luftschiffer ohne eigene Halle auskommen konnten. Das Land war nämlich derzeit etwas knapp bei Kasse, wie ihm Victor Condor, der brasilianische Verkehrsminister, erklärt hatte, und für ein so aufwendiges Bauprojekt wie eine Zeppelin-Halle hatte die ehemalige portugiesische Kolonie überhaupt kein Geld.

Aber eine Zeppelin-Verbindung nach Europa, womöglich eine regelmäßige, eine mit festem Fahrplan – das sei eine Sache, die ihn sehr lockte, hatte der Verkehrsminister hinzugefügt. Condor war süddeutscher Abstammung, und wie alle Deutschen schwärmte er für Zeppeline. «Nein», hatte er sich bei ihrem letzten Gespräch korrigiert. «Nicht nur wie alle Deutschen. Wie die ganze Welt!»

Tatsächlich konnte Hugo Eckener in den Wochen und Monaten nach seiner Weltumrundung die Begeisterung, die ihm überall entgegenschlug, fast körperlich spüren. Egal, ob er mit Amerikanern, Brasilianern oder Japanern sprach – alle wollten, dass er mit dem *Graf Zeppelin* in ihre Richtung aufbrach.

Vielleicht war es die Schönheit des Luftschiffs. Wie es, einem gigantischen Fisch gleich, durch das Luftmeer glitt. Vielleicht war es seine Leichtigkeit in diesen schweren Zeiten. Die silberne Farbe. Die schnittige Form. *Wie eine Märchenerscheinung leuchtete er am Himmel auf*, hatte ihm jemand aus San Francisco geschrieben. *Wie eine Botschaft von den Inseln der Seligen*, so ein anderer aus Tokio. *Ich habe mich gesegnet gefühlt, als ich das Luftschiff gesehen habe*, hatte eine New Yorkerin berichtet.

Für die Deutschen war der Zeppelin auch in wirtschaftlicher Hinsicht ein Hoffnungsschimmer. Nach dem Börsenkrach an der New Yorker Wall Street im Oktober zogen die Amerikaner ihre Kredite aus Deutschland ab. Geschäfte mussten schließen, die Bauern konnten ihr Vieh nicht mehr füttern. Ganze Industriezweige brachen ein, weil kein Geld für den Import der Rohstoffe da war. Löhne und Gehälter wurden nicht mehr ausbezahlt – und mittendrin die Zeppeline, die offenbar keine Krise der Welt aus der Bahn werfen konnte, denn es gab immer noch genügend Wohlhabende, die damit fuhren. Außerdem konnten Zeppeline Post befördern. Die Menschen, die mit Zeppelinen zu tun hatten, schienen die einzigen zu sein, die in dem großen Strudel, der das Land erfasst hatte, nicht untergingen.

Das deutsche Volk meint, dass nichts mehr gelinge als die Fahrten und Erfolge des Zeppelins in aller Welt, hatte ihm kürzlich ein Freund geschrieben. *Es sieht im Zeppelin ein verheißungsvolles Symbol!*

Er hatte manchmal das Gefühl, dass ihm die Zeit davonlief. Für einen gesunden Mann wie ihn war einundsechzig zwar eigentlich kein Alter. Aber in letzter Zeit fand er immer häufiger Todesanzeigen in seinem Briefkasten, und die Verstorbenen waren nur unwesentlich älter als er.

Eckener hatte alles genau berechnet: Brasilien, das neue große Luftschiff, die nächste Atlantiküberquerung mit dem *Graf Zeppelin*. Alles war exakt kalkuliert. Und Eckener vertraute den Zahlen. Nun freute er sich darauf, dass sie Form annahmen.

★★★

«Warum haben Sie das getan?» Mr. Carter sah ihn stirnrunzelnd an.

«Warum habe ich was getan?» Christian blickte kurz von der Kugel auf, die im Roulette kreiste. Schwarz, rot, schwarz, rot. Grün.

«Warum haben Sie alles auf eine Zahl gesetzt? Ich meine, normalerweise setzt man so, dass die Aussicht fünfzig zu fünfzig steht. Rot oder Schwarz, Gerade oder Ungerade. Oder man setzt auf bestimmte Gruppen von Zahlen, sodass die Chancen ein Drittel gegen zwei Drittel stehen. Kennen Sie denn die Regeln gar nicht?»

Die Angst schnürte Christian die Kehle zu. Er biss die Zähne aufeinander, bis ihn ein Schmerz an den Bruch in seinem Kiefer erinnerte. «Doch.»

Immer weiter drehte sich die Kugel im Rad, jetzt aber verlangsamte sie ihren Lauf.

Es war unerträglich. Nie wieder, schwor sich Christian, würde er es tun. Selbst wenn es bedeutete, dass er keine Flugstunden würde nehmen können. Nie wieder würde er spielen!

Das Rad war zum Stehen gekommen. Die Kugel hatte einen Punkt gefunden, auf dem sie einfach liegen geblieben war. Christian versuchte die Zahl darunter zu erkennen, aber ihm tanzte alles vor den Augen, die Lichter im Raum, der Funkelschmuck der Damen. Er fühlte, wie ihm der Schweiß ausbrach. Am Tisch wurde es vollkommen still.

Der Croupier blickte flüchtig in seine Richtung, dann räusperte er sich. «*Quatre, noir, pair, manque …*», sagte er.

Etwas krachte unter seinen Armen. Christian war aufgesprungen und hatte die Arme in die Höhe gerissen wie ein Boxer im Siegestaumel. Er bemerkte nicht einmal, dass Julius George die geplatzte Jacke entsetzt ansah. Er sah gar nichts, nicht das Lächeln der Frauen im Raum, nicht die enttäuschten Gesichter. Alle Gedanken waren aus seinem Kopf gerast, und mit ihnen die Anspannung, die Angst. Verschwunden war der Schmerz in seinem Kiefer. Er bestand nur noch aus Glück.

«Gleich noch einmal», sagte Mr. Carter. «Setzen Sie noch einmal! Und diesmal suchen Sie sich eine Zahlenkolonne aus!»

Christian war sicher, dass ihn dieses Strahlen nie wieder loslassen würde, er würde einfach bis in alle Ewigkeit mit diesem

Lachen im Gesicht herumlaufen, er wäre auf immer gezwungen, so glücklich zu sein! «Nein», brachte er heraus. «Das hier war ein einmaliges Unterfangen! So eine Anspannung überlebe ich kein zweites Mal.»

«Du schuldest mir eine Jacke.» Julius George rauschte an ihm vorbei.

Durch einen Nebel nahm er wahr, wie ihn der Mann hinter dem Bankschalter auszahlte. Christian bekam das Fünfunddreißigfache seines Einsatzes zurück. Er hatte zwei Heuern in Höhe von jeweils 42 Reichsmark gesetzt. Im Kopf überschlug er sein Vermögen: 42 mal 2 und das mal 35. Das waren … Er musste sich am Sims des Schalters festhalten. 2940 Mark!

Er lachte noch immer, als er über die Freitreppe nach draußen lief. Er lachte, als sie im Auto über die Kurven der Grande Corniche jagten. Er lachte, als er in der Dunkelheit über die Gangway sprang.

Jan lag in seiner Koje, aber er wachte auf, als Christian in die Kammer stürmte. «Und wie ist es so, das Casino von Monte Carlo?», fragte er verschlafen.

Christian steckte ihm ein Bündel Scheine zu. «Hier, deine Heuer plus Zinsen.» Dann streifte er sich die zerrissene Smokingjacke von den Schultern. «Das Casino von Monte Carlo? Also, das ist ein Besuch, der sich lohnt!»

12

Es war, als wäre sie nie fort gewesen. Kinder ritten auf langen Brettern durch die Brandung am Waikiki Beach. Dave aß rohen Fisch unter dem Ingwerbaum. Die Mutter spielte Klavier. Und doch hatte sich etwas verändert. Zum ersten Mal bemerkte Lil, wie rein die Luft auf Oahu war. Wie blau das Meer. Und vor allem, wie langsam sich die Menschen bewegten. Es machte sie wahnsinnig, wie sie alle, voll beladen mit Weihnachtsgeschenken, über die Bürgersteige schlichen. Und es störte sie immens, dass sie mit ihrem Auto immer wieder anhalten musste, weil die Fahrer vor ihr so in ihr Gespräch vertieft waren, dass sie mitten auf der Straße zum Stillstand kamen.

Sie war sofort losgefahren, als Amy ihr erklärt hatte, dass die Hochzeitsfeier in Rio de Janeiro stattfinden würde. Denn das war Rods Bedingung: dass sie in Brasilien, im Beisein seiner Familie, heirateten. Lil hatte sich von Tante Abigail verabschiedet, dann hatte sie sich von ihrem restlichen Geld eine Eisenbahnfahrkarte nach San Francisco gekauft. Sie war durch die Weiten Nordamerikas gefahren, an Akron vorbei, wo ein neuer Zeppelin gebaut wurde. Sie hatte den Michigansee in der Wintersonne leuchten sehen. In San Francisco hatte sie dann ein Schiff nach Honolulu bestiegen. Und nach vier Tagen auf See war sie wieder zu Hause.

Sie würde Weihnachten auf Oahu verbringen, mit Dave und Tessi, und mit den Eltern natürlich. Die Sonne wärmte, und die Luft roch nach Blumen. New York schien wie ein ferner Traum, vor allem in Momenten wie diesen, da sie sich in die Wellen stürzte und das Wasser mit den Armen zerteilte und das Bild von der weinenden Amy zerfloss. Sie holte tief Luft und tauchte ins Türkis.

«Du musst deine Erinnerungen zulassen», hatte Dave ihr am ersten Tag nach ihrer Rückkehr gesagt.

«Aber manche Erinnerungen tun weh.»

«Du musst sie trotzdem denken. Über Erinnerungen muss man herrschen können, sonst herrschen sie über dich.»

Und so tauchte Lil in ihre Erinnerung hinab. Sie sah den süßen Matrosen vor Tonys Drugstore. Amy, mit der sie bis zum Morgengrauen tanzte. Noch weiter hinunter tauchte sie. Unglaublich, wie viel Luft sie in ihrer Lunge speichern konnte. Die Park Row mit den Zeitungsleuten. Weiter. Der Tag, an dem das Geld verschwand. Sie tauchte auf. Holte Luft und drehte sich auf den Rücken. Atmete weiter. Das Wasser umspülte ihren Körper. Dann überlegte sie, was sie jetzt tun sollte.

Sie wusste nicht, wie lange sie so schwamm an ihrem ersten Tag im Pazifik. Als Kind war sie keine große Schwimmerin gewesen, und auch als junges Mädchen hatte sie eigentlich nur am Strand gesessen und den anderen beim Schwimmen und Surfen zugesehen. Amy hatte recht: Lil hatte immer nur notiert, was die anderen taten. Höchste Zeit, dass sie selbst endlich etwas Bemerkenswertes tat.

***

Kurz bevor die *Orion* Alexandria erreichte, zog ein Sturm auf. Es war der 22. Dezember, und Julius Forstmann sorgte sich um den Weihnachtsbaum, denn der würde bei der ganzen Schaukelei bestimmt nicht aufrecht stehen bleiben. Doch zum Glück beruhigte sich das Meer pünktlich zum Heiligen Abend – für Forstmann ein untrüglicher Beweis dafür, dass Gott noch immer das Sagen hatte und dass er eine freundschaftliche Beziehung zu den Forstmanns unterhielt. Es wurde ein Abend, ganz so, wie sie ihn auch daheim in New York gefeiert hätten, mit Geschenken, die sich unter dem Baum stapelten, einem Festmahl und Musik.

Am nächsten Tag unternahmen sie gemeinsam einen Ausflug nach Kairo. Leider versuchte jede einzelne Person, auf die sie trafen, ihnen irgendetwas anzudrehen, was sehr lästig war. Kurz vor Kairo, als sie eine Pause einlegten, stürzte ein Junge mit amerikanischen Zeitungen auf sie zu. Forstmann kaufte ihm eine ab und stieß, noch während der Junge wieder davonstob, einen Fluch aus: Die Nachrichten waren drei Jahre alt.

Julius George erschien das Nildelta wie ein Relikt aus der Vergangenheit. Vermutlich hatten seine Vorfahren, die flämischen Forstmanns, im Mittelalter so gelebt wie die Menschen, denen er hier begegnete: einfach gekleidet und trotz aller Gerissenheit doch sehr zurückgeblieben. Die Erwachsenen wirkten auch nicht besonders glücklich mit dem, was sie sahen. Vor allem Kairo gefiel ihnen überhaupt nicht. Es sei einfach viel zu modern geworden, bemerkte Mrs. Carter. Kairos frühere Eleganz und sein orientalischer Charme mit den Kutschen und Palästen seien verschwunden, überall nur Baustellen, und von den Automobilen seien auch zu viele unterwegs.

Trotzdem mieteten sie am nächsten Tag erneut einen Fahrer, um das Land zu erkunden. Sie überquerten den Nil mit einem Fährboot und unternahmen einen Ausflug zu den Pyramiden und zur Sphinx. Esel, Karren und Kamele zogen über die Landstraße – zur großen Freude der Erwachsenen. Hier war dann doch wieder das gute, alte Ägypten zu spüren. Bei der Sphinx erwartete sie allerdings schon die nächste Enttäuschung: Zwischen ihren Klauen fanden Ausgrabungen statt. Die Wüste mit ihren Rätseln – auch sie, fand Mr. Carter, war nicht mehr das, was sie einmal war.

Den Rest ihrer Zeit in Kairo verbrachten sie in einem Museum. Voller Staunen und Bewunderung betrachtete Julius George die Schätze aus den Gräbern der Könige, vor allem die von Tut Ench Amun. Später schrieb er in sein Notizbuch: *Unsere Generation, der es nur noch um Schnelligkeit geht, schämt sich, dass sie diese Kunstfertigkeit heute nicht mehr beherrscht.* Langsam formte die Reise neue Gedanken in ihm.

Christian liebte die Handschrift seiner Mutter. Wieder und wieder strich er über den Brief, den ihm der Agent in Port Said gebracht hatte. Das Papier war an einigen Stellen wellig, was vielleicht am Schnee lag, der über Sylt wehte, oder am Meerwasser oder daran, dass die Mutter beim Schreiben traurig geworden war. Es war das zweite Weihnachtsfest, das er nun schon ohne sie und Erika verbrachte. Aus ihren Worten sprach so viel Sehnsucht und Liebe, dass ihm ganz schwer ums Herz wurde.

Er holte tief Luft, presste sich die Hände auf die Augen und versuchte, sich zusammenzureißen. Sein Dienst auf der Brücke würde in wenigen Minuten beginnen. Vor ihm lagen vier Stunden Nacht auf dem Schiff, das in Richtung Suezkanal steuerte.

Es war vollkommen dunkel, als er an Deck trat: Die Sterne versteckten sich hinter einem Schleier aus Dunst. Wüstenwind blies ihm entgegen, er spürte die Wärme, aber auch etwas anderes, das sich unangenehm anfühlte. Myriaden von winzigen Nadeln stachen ihm in die Haut. Er blieb stehen und versuchte, etwas zu erkennen – zwecklos. Sogar die Augen brannten! Die Positionslichter fremder Schiffe schimmerten nur schwach durch das nächtliche Schwarz.

«Guten Abend! Was ist das da draußen?», fragte er, als er die Brücke erklomm.

Der Zweite Offizier warf ihm einen kurzen Blick zu. Das Licht der Apparatur beschien sein Raubvogelprofil. «Was ist was?»

«Wir haben überhaupt keine Sicht, und die Haut prickelt so seltsam!»

«Das ist der Khamsin», erklärte der Zweite. «Der Wind aus Süden. Führt immer viel Sand mit sich. Was ist los, Nielsen? Zu diesem Thema noch kein Buch gefunden?»

Raubvogel hatte also noch immer ein Auge auf ihn. Christian trat ans Ruder.

«Moin.» Der Erste Offizier betrat die Brücke. «Was schleichen wir denn heute so?»

«Befehl vom Käpt'n. Dann kommen wir bei Tageslicht im Suezkanal an.»

Christian überlegte. Das war vermutlich eine gute Entscheidung. Wenn die Sicht durch den ablandigen Wind von der ägyptischen Küste so stark eingeschränkt war, war Tageslicht in der Tat mehr als willkommen.

«Tja, dann müssen wir wohl hoffen, dass wir trotzdem noch rechtzeitig für den Konvoi am Kanaleingang sind!», sagte der Erste.

Christian hatte von dem Konvoi gehört. Er wusste, dass der 163 Kilometer lange Suezkanal so eng war, dass bei entgegenkommenden Schiffen Kollisionsgefahr bestand. Deshalb mussten die Schiffe, die von Norden nach Süden steuerten, zusammen im Konvoi fahren. Die Schiffe, die in umgekehrter Richtung unterwegs waren, natürlich ebenso. Und dann dachte er gar nicht mehr an Schiffe, sondern nur noch daran, wie schön es wäre, wenn er endlich fliegen könnte. Dann flöge er an Weihnachten einfach schnell heim.

Die Sonne ging auf und färbte den Himmel. Christian fühlte, wie es ihn warm durchströmte. Dies war einer jener Momente, die er liebte: in einem solchen Licht unterwegs zu sein. Wohin er auch blickte, überall sah er Wasserfahrzeuge: vollbeladene Frachtschiffe, einen Passagierdampfer von mittlerer Größe, einen Dreimaster. In der Ferne ragte eine Moschee mit Zwillingsminaretten auf. Gleich würden sie in Port Said eintreffen.

Hinter ihm erklangen Schritte, und er drehte sich um. Kapitän Kruell war auf die Brücke getreten.

«Moin», sagte er knapp in Richtung des Ersten. «Ich übernehme jetzt.»

«Alles klar», antwortete der Erste und ging zum Kartentisch hinüber, um den Stapel der Einklarierungspapiere zu sortieren.

Christian sah das ägyptische Lotsenboot, das sich bei Tonne 8 längsseits näherte. Kapitän Kruell schickte den Ersten hinunter, um den Lotsen in Empfang zu nehmen. Wenig später betrat der grüßend die Brücke und erteilte Christian sogleich seine Ruderkommandos. Augenblicklich herrschte absolute Konzentration im Raum.

«Starboard five», sagte der Lotse mit starkem ägyptischem Akzent. «Midships.» Und nach einer Pause: «Steady so.»

«Wann ist denn die Einklarierung genau?», hörte Christian den Ersten fragen.

«Gar nicht», antwortete der Kapitän. «Sie können gehen.»

«Aber ...» Der Erste schien sichtlich verwirrt. «Ich dachte, das sei alles sehr aufwendig mit den vielen Papieren hier in Ägypten, und dass wir viele Zigaretten brauchen würden ...»

«Wir haben Sonderstatus», erklärte der Kapitän knapp.

Forstmann blickte aus dem Bullauge auf das Wasser. Der Khamsin musste an Stärke zugenommen haben, denn auf den Wellenspitzen tanzten weiße Kronen aus Schaum. Er legte das *New York Journal*, das er in Suez bekommen hatte, auf den Beistelltisch neben seinem Bett und schloss die Augen. Eigentlich war dies der entspannteste Jahresausklang, den er in seinem ganzen Leben erlebt hatte. Keine Geschäfte, keine Empfänge – nichts als der Wind und das Rote Meer, Luft und Weite. Endlich – der enge Kanal hatte ihn bedrückt. Die *Orion* hatte im Großen Bittersee ankern müssen, um den nordgehenden Konvoi vorüberziehen zu lassen. Das alles bei nur 9 Knoten, vorne Schiffe, hinten Schiffe, alle im Abstand von zwei bis drei Kilometern, eine endlos schleppende Fahrt. Die Luft war zum Ersticken trocken gewesen. Aber heute war die Welt wieder schön – wenn nur die Menschen nicht wären! Man konnte ja nicht mehr Zeitung lesen, ohne sich Morphium spritzen zu wollen. Die Nachrichten taten Forstmann körperlich weh.

Einer seiner langjährigen Geschäftspartner hatte sich nach seinem Bankrott erschossen. Vor den Suppenküchen standen Männer in guten Anzügen an, Männer, die Monate zuvor noch Haus und Automobil besessen hatten, und anstelle von Fleisch tischten Amerikanerinnen jetzt Bohnen auf. Ein Schneesturm von historischen Ausmaßen war über Texas hinweggefegt; auch in New York lagen die Temperaturen um den Gefrierpunkt, der sichere Tod für alle jene, die jetzt auf der Straße lebten.

Und in Deutschland war dieser verrückte Österreicher, Adolf Hitler, mit seiner Partei in die Berliner Stadtverordnetenversammlung eingezogen. Er war sich mit dem Automobilhersteller Henry Ford darin einig, dass ein sogenanntes «Weltjudentum» die Katastrophe an der New Yorker Börse verschuldet habe. Wenn dieser Hitler öffentlich auftrat, jubelten ihm Hunderttausende Deutsche zu.

Hier am Roten Meer war die Lage auch nicht gerade fröhlich. Die Palästinenser wehrten sich gewaltsam gegen den Zuzug von weiteren jüdischen Siedlern. Und im Grenzland zwischen dem italienischen Eritrea und Abessinien flammten Unruhen auf. Offenbar phantasierte Italiens faschistischer Diktator Benito Mussolini von einer Wiederauferstehung des Römischen Reichs, mit sich selbst in der Rolle des Julius Cäsar. Jedenfalls gab es Hinweise darauf, dass er vorhatte, eine italienische Festung in Abessinien zu bauen. Und das wäre der erste Schritt, um das letzte freie Land Afrikas unter seine Herrschaft zu bringen.

Die einzige gute Nachricht betraf wieder einmal die Zeppeline. Hugo Eckener hatte sich bereit erklärt, mit seinem Luftschiff nach Moskau zu fahren, um die Situation zwischen den Sowjets und den Deutschen zu entspannen. Außerdem plante er eine regelmäßige Zeppelin-Verbindung zwischen Europa und Amerika. Also seinen, Forstmanns, Segen hatte er schon mal.

Forstmann versuchte, die schönen Bilder der vergangenen Wochen heraufzubeschwören, die wunderbare Riviera, die Schätze im Museum von Kairo, das herrliche Weihnachtsfest. Er versuchte, sich auf das Konzert zu freuen, das seine Tochter Louise am Nachmittag auf dem Klavier geben wollte. Aber je weiter er mit seiner Yacht die Welt umrundete, umso mehr hatte er das Gefühl, in einer Blase unterwegs zu sein.

Die Sonne goss Feuer vom Himmel. Sie hatten den 15. Breitengrad erreicht, und Christian waren die Glieder vor Hitze ganz schwer. Am liebsten wäre er vor seiner Wache noch einmal unter die kalte Dusche gesprungen, aber dazu war es jetzt zu spät. Zehn Minuten vor zwölf: Bis er sich wieder abgetrocknet und angekleidet hätte, käme er nicht mehr rechtzeitig, um Erich abzulösen. Träge kämpfte er sich die Außentreppe zur Brücke hinauf. An Steuerbord konnte er einen Streifen Küste erkennen, der in der flirrenden Hitze leuchtete. Das musste das italienische Eritrea sein. Während er über das Wasser blickte, versuchte er sich daran zu erinnern, woher das Rote Meer seinen Namen hatte. Wenn er sich recht entsann, stammte der Name noch aus der vorchristlichen Zeit, als das altpersische Volk der Achämeniden die Himmelsrichtungen mit Farben belegt hatte. Rot symbolisierte den Süden, und da sich dieses Meer im Süden des persischen Großreichs befand, nannten es die Achämeniden eben Rotes Meer.

Irgendetwas ging auf dem Hauptdeck vor. Er hörte Stimmen wie bei einer Rangelei und dann einen lauten Schrei. Als er sich über die Reling beugte, sah er, wie Jan und ein paar andere aufgeregt zu ihm heraufwinkten. In diesem Moment bemerkte er den Klumpen, der in ihrer Mitte lag. Christian spürte, wie sich ihm der Magen nach oben wölbte. Der Klumpen bewegte sich. Aus seinem Inneren quoll Blut.

«Heute Abend gibt es Hai!», schrie Jan. «Magst du doch, oder, Kische?»

Christian schüttelte den Kopf. Das weiße Etwas, das da blutend über die Planken zuckte, sah furchtbar aus. Der Anblick verstörte ihn, obwohl er nicht wusste, wieso. Auf Sylt war er mit Fisch aufgewachsen, sogar seine Muttermilch hatte nach Fisch geschmeckt. Aber diese arme, kämpfende Kreatur da unten kam ihm wie ein böses Omen vor.

Der Zweite begrüßte ihn gewohnt mürrisch, als er die Brücke betrat. «In achtzehn Meilen passieren wir an Backbord Jabal Zuqar», knarrte er.

«Dann sind wir bald im Verkehrstrennungsgebiet von Bab Al-Mandab, richtig?» Christian trat an den Steuerstand und nickte Erich zu, der daraufhin zur Seite trat. «Was ist das für ein Punkt da vorne, der sich auf uns zubewegt?»

Der Zweite nahm das Fernglas und hielt es sich vor die Augen. «Wird ein Scheich sein, der es eilig hat mit seiner Yacht.»

Nun betrat auch der Erste die Brücke. Er nahm dem Zweiten das Fernglas aus der Hand. «Was auch immer es ist, es bewegt sich direkt auf uns zu.» Er wandte sich Christian am Steuerstand zu. «Hard starboard and full ahead!»

Christian legte den Maschinentelegraphen auf «voll voraus».

«Das ist keine harmlose Yacht, die da auf uns zugerast kommt», brachte der Erste zwischen zusammengepressten Zähnen hervor. Er griff zum Telefon und rief den Chief Ingenieur im Maschinenraum an. «Alles aus der Hauptmaschine rausholen!», brüllte er. «Wir wenden um 180 Grad!»

In diesem Moment kam Kapitän Kruell auf die Brücke gestürzt. «Gut gemacht!», stieß er hervor, als er die Kursänderung registrierte.

Die *Orion* hatte Fahrt aufgenommen. Christian spürte die Vibrationen unter seinen Händen. Er hatte das Steuer bis zum Anschlag auf Steuerbord gewendet. Schon konnte er den Küstenstreifen erkennen, auf den sie zurasten. Doch das kleine Motorboot vor ihnen hatte ebenfalls gewendet. Jetzt hielt es wieder auf sie zu. Christian warf einen Blick auf den Kapitän: Er war weiß im Gesicht. Niemand auf der Brücke wagte, einen Ton zu sagen. Dann drückte der Kapitän auf den roten Knopf im Brückenpult, und die Glocken schrillten durch das Schiff.

Auf einmal wurde Christian ganz ruhig. Ihm würde nichts zustoßen, das wusste er. Aber würden sie jetzt tatsächlich überfallen, so wäre es schade um das ganze Geld, das er beim Kapitän im Safe deponiert hatte. Sein Geld aus Monte Carlo. Sein Versprechen auf Flugstunden und Freiheit und den endlosen Himmel. Er umfasste das Steuerrad und wartete auf weitere Befehle.

Und dann hörte er einen lauten Knall.

***

«Ich möchte über die Garnison auf Oahu schreiben!»

Lil riss die Tür zum Arbeitszimmer ihres Vaters auf. Der blickte von seinen Papieren auf. Lil fand, dass er nicht glücklich aussah. Seine Augen waren gerötet, und die Haut darunter hing schlaff herab. Eine Erinnerung blitzte in ihrem Kopf auf: sie auf seinen Schultern am Wasser. Die Welt von oben, der Strand weit unter ihr, der Vater so nah.

«Du weißt, dass deine Mutter heute eine große Gesellschaft ins Haus geladen hat.» Er legte seinen Stift beiseite.

«Ja, natürlich weiß ich das, Dad.» Lil ließ sich in einen der Ledersessel fallen. «Heute ist Silvester, ich lebe ja nicht komplett unterm Stein.»

Jetzt lächelte der Vater. Endlich. «Wenn eine junge Frau nicht – wie sagst du? – unter dem Stein lebt, dann ja wohl du. Schließlich hast du eine außerordentliche Beobachtungsgabe.»

Lil sog überrascht die Luft ein. Es war das erste Mal, dass der Vater ihr ein Kompliment machte, das nicht ihr Aussehen oder ihre Umgangsformen betraf.

«Und deshalb», sprach er weiter, «denke ich auch, dass es richtig ist, was du tust.»

«Zu schreiben, meinst du?»

«Ja.»

Die Wanduhr tickte. Vater und Tochter sahen sich schweigend in die Augen.

«Ich gebe zu, dass ich nicht immer begeistert davon war. Ich hätte mir gewünscht, dass du jemanden kennenlernst und eine Familie gründest. Vielleicht jemanden aus der Armee.» Die Uhr schien auf einmal sehr laut zu ticken. «Aber du bist ja noch jung. Du hast noch Zeit.»

«Aber wenn ich das nicht tue …» Lil versuchte, sein Lächeln zu erwidern. Durch das offene Fenster konnte sie Dave im Garten singen hören. Ein altes hawaiianisches Lied, dessen Worte sie nicht verstand.

«Dann wäre das auch nicht das Ende der Welt.»

Lil fing an zu lachen.

«Was ist daran so witzig?»

«Nichts», lachte Lil. «Ich finde es nur so schön, dass du das gerade gesagt hast!»

«Und das bringt dich zum Lachen?»

«Ja!» Sie strahlte.

«Komm», sagte der Vater, «uns bleiben noch fünf Stunden, bis wir uns für die Feier umkleiden müssen. Ich kann dir nicht versprechen, dass ein Armeelieferant wie ich dir das Leben in der Garnison erklären kann. Aber ich kann dir zeigen, wie geschützt wir sind!»

Zehn Minuten später nahm Lil den Autoschlüssel aus dem Seeohr im Flur und reichte ihn dem Vater. «Dann darfst du auch fahren, Daddy!»

«Oh, wirklich – meinen eigenen Wagen?» Der Vater lachte. «Das ist aber großzügig von dir!»

«Ich habe meinen großzügigen Tag heute. Wohin fahren wir als Erstes?»

«Diamond Head.»

Die Hitze draußen schlug ihnen entgegen. In der Ferne flimmerte das Meer, brachte an diesem Tag aber keine Brise an Land.

Lil fächerte sich mit ihrem Notizblock Luft zu. «Du willst mir den Vulkan zeigen, mit dessen Anblick ich aufgewachsen bin?»

«Ich will, dass du den Krater von innen siehst.»

Lil schwang sich auf den Beifahrersitz der Tin Lizzy und stülpte sich die Kappe über. «Vater, du kannst es mir aber auch einfach so sagen, wenn du mich loswerden willst. Ich könnte mich auch auf andere Weise in Brand setzen. Scheiterhaufen oder so.»

Der Vater warf ihr einen Blick zu, während er sich hinter das Steuer klemmte. «Mit so was macht man keine Scherze, Lil. Du weißt schon, dass ich möchte, dass es dir immer gutgeht, oder?»

Lil dachte an Amys italienische Verwandte, wie sie einander umarmten, abküssten und ohrfeigten, im Wechsel oder auch alles zusammen. Manchmal wünschte sie sich, dass ihre Eltern auch ein bisschen mehr Gefühle zeigten. Aber auf seine Weise hatte ihr der Vater wohl gerade seine Liebe gezeigt.

Sie nahmen die Küstenstraße in südlicher Richtung an Honolulu vorbei. Das Verdeck war geöffnet, und die Luft blies ihr warm und weich entgegen. Es roch nach Orchideen.

«Ich habe dich nie gefragt», sagte der Vater, als sie den Wagen geparkt hatten, «ob du Angst in engen Räumen hast.»

«Weil ich jetzt auch noch eingesperrt werden soll?», witzelte Lil, doch sie bemerkte sein entsetztes Gesicht. «Entschuldige, Dad. Nein, ich habe keine Angst.»

Sie parkten den Wagen am Fuß des Vulkans. Der Vater ging zum Eingang hinüber und zeigte seinen Ausweis. Dann wanderten sie einen steilen Weg bergan. Als sie den Tunnel erreichten, der durch den erloschenen Vulkan zu einer schmalen Wendeltreppe führte, musste der Vater erneut seinen Ausweis vorzeigen. Lil sah ihn an und stellte fest, dass sich etwas in seinem Gesicht verändert hatte: Die Augen waren weniger rot, und auch wenn ihn der Marsch wohl etwas ermüdet hatte, sah er zum ersten Mal seit langem ziemlich munter aus. Sie erreichten eine zementene Plattform, komplett mit Beobachtungsposten, Baracken und Offiziersräumen. Sogar eine kleine Krankenstation gab es hier. Von dem Artillerieposten auf der Plattform konnte sie das gesamte Meer überblicken. Die Nachbarinseln schimmerten dunkel in den Strahlen der Sonne, die tief am Himmel stand. Das Meer sah aus wie flüssiges Gold.

«Und jetzt verstehst du auch, warum Pearl Harbor gut geschützt ist. Ganz Oahu! Wir haben Befestigungen wie diese an allen Seiten der Insel.»

Lil holte ihr Notizbuch hervor, während er weitererzählte.

«Und verstehst du jetzt auch, warum ich gern hier bin?», fragte er. Im sanften Licht wirkte sein Gesicht ganz weich, auch die Falten.

«Das verstehe ich gut», erwiderte sie und lächelte.

Auf der Rückfahrt hatten sie eine Reifenpanne. Lil bestand darauf, dass der Vater ihr zeigte, wie man das Rad auswechselte.

«Armeegeheimnisse, Automechanik, was denn noch alles heute?» Und in diesem Moment verwandelte er sich wieder in den Alltagsvater, den mit den roten Augen und dem Scotchglas in der Hand.

Lil biss sich auf die Lippen. Da war es also wieder. Ein Moment, in dem etwas nicht so war, wie es sein sollte. Schweigend sah sie ihm zu, wie er den Wagen mit einem Heber aufbockte und das Rad abzuschrauben begann.

Der Vater musste ja auch gar nichts erklären. Sie konnte gut zusehen. Das hatte sie schon immer gekonnt.

Tessi hatte gemeinsam mit der Köchin und den anderen Bediensteten eine lange Tafel im Garten aufgebaut. Kleine Lichter hingen in den Bäumen, und der Wind, der inzwischen vom Meer her wehte und durch die Bäume fuhr, bewegte die Lichter so, dass sie auf dem Rasen funkelten. Aus dem Wohnzimmer klang Chopin. Dave hatte einen Barbecue-Grill aufgebaut, auf dem er Fische wendete.

Es war ein fröhliches Fest, obwohl Lil sich ein bisschen einsam fühlte. Die Gäste waren Handelspartner ihres Vaters, Plantagenbesitzer und Marineoffiziere mit ihren Familien. Um Mitternacht stießen sie mit Champagner an, den der Vater über seine geheimen Kanäle beschafft hatte, und dann wanderte die ganze Gesellschaft mit ihren Gläsern ins Wohnzimmer. Die Mutter spielte ein paar schwungvolle Walzer, und der Vater forderte Lil zum Tanzen auf.

Tessi brachte eine Bowle, und dann legte sie ihre Arme um Lil. «Hau'oli makahiki hou, kleine Lili!»

«Ein glückliches neues Jahr auch für dich!» Lil ließ sich in die Zärtlichkeit der älteren Frau sinken. Sie spürte, wie Tessi ihr über den Kopf strich, und seufzte. Tessi roch nach Kokosöl und Geborgenheit. Nach jemandem, der immer für einen da war, egal, was sonst geschah.

Als die Feier in vollem Gange war, schlich sich Lil in das Arbeitszimmer ihres Vaters. Dort schaltete sie das Licht ein und betrachtete den Globus, der auf seinem Schreibtisch stand. Vor sieben Stunden hatte Amy das neue Jahr begrüßt. Lil lächelte beim Gedanken an sie. Sie stellte sie sich vor, mit lackierten Nägeln und einem gewagten Kleid. Lil griff zum Telefonhörer an der Wand.

«Hallo?», sagte sie zu der Frauenstimme am anderen Ende.

«Ich würde gern ein Telegramm aufgeben. Rio de Janeiro in Brasilien, bitte.»

Auf einmal war sie ganz fröhlich und voller Zuversicht. Vielleicht lag es am Champagner, den sie seit New York nicht mehr getrunken hatte. Oder daran, dass jetzt ein neues Jahrzehnt anbrach. Was auch immer es war, in diesem Augenblick war sie glücklich. Sie hatte das Gefühl, dass etwas Großes vor ihr lag.

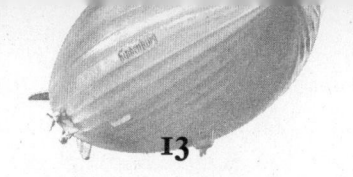

13

Forstmann zeigte den Angriff des italienischen Motorboots auf die *Orion* bei den französischen Behörden in Djibouti an, doch der Agent zeigte sich vollkommen hilflos.

«Die haben Sie für reiche Abessinier gehalten», erklärte er mit dem starken Akzent, den die Franzosen, so Forstmanns Verdacht, absichtlich an den Tag legten, um den Rest der Welt zu ärgern. «Die Italiener versuchen derzeit, ihren Einfluss von Eritrea aus zu vergrößern. Da können wir leider nichts tun.»

«Die Faschisten überrennen Frankreich und seine Kolonien von allen Seiten, und Sie können nichts dagegen tun?», hakte Forstmann wütend nach. Es waren zwar keine Schüsse gefallen bei der Jagd der Italiener auf die Yacht, aber das kleine Muskelspiel hatte ihm zutiefst missfallen, nicht zuletzt, weil die Alarmglocken an Bord das wundervolle Beethoven-Konzert gestört hatten, das seine Tochter am Nachmittag gegeben hatte. Ganz zu schweigen von den Beruhigungspillen, die alle anschließend schlucken mussten, um die Erkenntnis zu verkraften, knapp dem Tode entronnen zu sein. Das Dinner – es gab Hai, den einige der Matrosen gefangen hatten – fand an diesem Abend folglich weitaus später als gewöhnlich statt.

Forstmann befand, dass er als Amerikaner auch nichts für die Franzosen würde tun können, sollten diese sein Volk wieder einmal brauchen. Feiglinge unterstützte er nicht.

Doch dann wurde doch noch alles gut. Denn am nächsten Tag begrüßte die *Orion* mit einem langgezogenen Hupen das Jahr 1930 – acht Stunden vor New York. Ein Schwarm von Fischen funkelte im Heckwasser. Und am Silvestermorgen begleitete eine Gruppe von Delfinen die *Orion* ins Arabische Meer.

Frau Forstmann lehnte neben ihrem Mann an der Reling und lächelte ihn an. «Schöner kann ein neues Jahrzehnt nicht beginnen», sagte sie.

Sie waren mittlerweile in den Tropen. Der Indische Ozean erstreckte sich vor ihnen und mit ihm unendliche Schattierungen von Blau. In den folgenden Tagen begegneten sie keinem einzigen Schiff. Und mit jedem Tag, den sie zurücklegten, zerflossen die Probleme in Amerika, Europa und seinen Kolonien weiter, lösten sich in nichts auf.

Ceylon überraschte sie mit Früchten, wie sie sie noch nie gegessen hatten. Der Markt in Colombo quoll davon regelrecht über, und die Forstmanns und ihre Freunde probierten alles aus: Papayas, die man mit einem Spritzer Limone essen musste, Mangos, Ingwer und Brotfrucht gehörten zu ihrem neuen Speiseplan. In diesen Tagen kam es Forstmann so vor, als blühe das Leben in ihm wieder auf, als habe Ceylon seine Sinne wach geküsst. Alles sah so bunt aus auf der Insel, alles schmeckte hier so intensiv. Das Leben in Colombo berückte ihn mit seinen Farben, Gerüchen und Geräuschen. Karren quietschten vollbeladen durch die Straßen, Frauen mit langen, glänzenden Haaren balancierten Körbe auf dem Kopf, halbnackte Verkäufer sangen, Currys blubberten am Straßenrand. Die Forstmanns suchten Saphirhändler auf, ließen sich durch Zimtgärten und an Reisfeldern vorbei ins Innere des Landes fahren. Hier schlangen Bäume ihre mächtigen Äste umeinander, Tempel-Elefanten badeten in Wasserfällen, Büffel duschten darin.

Von einem Ausflug nach Kandy im Inneren Ceylons brachten sie Schokolade von den Kakaoplantagen mit, über die sich insbesondere Christian, einer der Matrosen, zu freuen schien.

Christian hatte meist Deckswachen geleistet, wenn die anderen an Land gingen. Er genoss es, allein an Bord zu sein. Dann las er, durchsuchte die *Orion* nach Schokolade (von der es seit Kandy glücklicherweise noch eine Menge gab) und studierte die Reisepläne. Er freute sich vor allem auf die Inseln von Hawaii. Sie würden Honolulu im Mai anlaufen. Die Forstmanns wollten dort ganze sechs Tage verbringen und von da aus auch die anderen Inseln erkunden. Christian hatte beschlossen, das ebenfalls zu tun. Er wollte die Vulkane sehen, die Krater, die Wasserfälle, das ganze lavageformte Wunder. Seine Vorfreude wurde von einem illustrierten Buch befeuert, in dem Mädchen mit Blumenketten und Hula-Röcken durch die Seiten tanzten, die Arme anmutig zu beiden Seiten gestreckt. Er versuchte sich die kleine Robbe im Hula-Rock vorzustellen, aber es gelang ihm nicht, und zwar nicht nur, weil es auf Sylt zu kalt für einen solcherart luftigen Bekleidungsstil war. Die kleine Robbe war eine Kindheitsfreundin gewesen – er sah sie einfach nicht als Frau.

Seit er «Der Spieler» gelesen hatte, fand er an den russischen Schriftstellern Gefallen. Zumal Kapitän Kruell mehrere Tolstoi-Romane und einen Dostojewski in deutscher Übersetzung in seiner Kammer aufbewahrte. (Es war etwas schwieriger, beim Kapitän eine «Ausleihe» vorzunehmen, zumal Christian ja auch Raubvogel ausweichen musste, aber es ging.) Und so hatte Christian im Arabischen Meer «Krieg und Frieden» gelesen, und von Ceylon bis Rangun «Anna Karenina». Fast war es ihm jetzt manchmal, als schöben sich die

Geschichten und Bilder übereinander. So meinte er, im Hafen von Singapur mit seinen Tausenden von Schiffen und Rikschas auf einmal Wronskij zu sehen. Bei einem Landgang in Siam lief ihm dann Anna, ganz bleich und liebeskrank, über den Weg.

Es war etwas verwirrend, dass die Orte und die Geschichten, in denen er lebte, ständig wechselten. Nachts konnte er manchmal nicht schlafen, so sehr wirbelte ihm alles durch den Kopf. Auf der Überfahrt nach Bali («Schuld und Sühne») beschloss er darum, wieder etwas mehr im Hier und Jetzt zu verweilen.

* * *

Ende Februar hatte Lil ihre Texte über die Garnison in Pearl Harbor fertig. Sie hatte ein Porträt über zwei Marinesoldaten geschrieben und sogar Fotografien von ihnen gemacht. Eines zeigte die beiden in Uniform, wie sie in Honolulu auf eine Mauer kletterten, um Kokosnüsse zu pflücken, die Feldmütze in die Stirn geschoben und keck zur Seite gerückt. Einer der beiden Soldaten lachte. «Unter Palmen verpflichtet» hatte sie ihr Porträt genannt.

Sie hatte die Geräusche beschrieben, die eine Armee produzierte: das Klicken einer Maschinenkompanie beim Ladedrill, das Schnappen geölter Laderiemen, die Flüche der Offiziere. Wie es klang, wenn der Schweiß der Soldaten auf den Boden tropfte. Sie beschrieb, wie die Insel von allen Seiten durch Festungen geschützt war. Sie schilderte das Gefühl von Sicherheit, das die Amerikaner hier genossen – schließlich war die hawaiianische Garnison die bestausgerüstete in Übersee, und das, obwohl man die amerikanische Armee nach dem Krieg verkleinert hatte. Und sie erzählte vom Leben eines Armeelieferanten, von seinen Verhandlungen mit den Plantagenbesitzern. Wie es war, frühmorgens am Markt in Honolulu auf den frischen Fang zu warten.

Ihrem Vater war sie während dieser Zeit wieder nähergekommen. So nah, wie seit ihrer Kindheit nicht mehr. In ihren Texten beschrieb sie auch die Probleme, die den Vater beschäftigten: die Rivalitäten zwischen Armee und Marine beispielsweise, die seiner Meinung nach die Flotte in Pearl Harbor im Ernstfall angreifbar machte.

Unter all das setzte sie aber nicht ihren eigenen Namen. Ihr war klar, dass kein Chefredakteur der Welt Berichte über militärische Themen kaufen würde, die von einer Frau verfasst worden waren. Sich ein männliches Pseudonym auszudenken, mit dem sie sich wohl fühlte, war fast das Schwierigste an dem ganzen Unterfangen. Sie ging in die Bibliothek, in der die Mutter am Klavier saß und sie nicht anblickte, und las die Autorennamen auf den Buchrücken. Sie blätterte im Telefonbuch. Sie lief über den Strand wie auf der Jagd. Erst als sie wieder nach Hause ging und Dave unter dem Ingwerbaum sitzen sah, wusste sie, welchen Namen sie wählen würde.

«Dave Ginger», tippte sie auf der Remington. «Oahu, Hawaii.»

***

«Hoffentlich bin ich noch nicht tot.» Jan Katzenmeyers Kopf war feuerrot.

«Also, auf mich wirkst du ganz lebendig», lachte Christian. «Gibt es einen Grund, weshalb du fragst?»

Jan deutete mit dem Kopf auf eine Gruppe Balinesinnen am Straßenrand, die vom Kopf bis zur Hüfte nackt waren. «Bist du blind, Kische? Siehst du nicht die ganzen Brüste? Guck mal, was für unterschiedliche Formen die haben! Fest, spitz, rund, groß, klein …»

Christian musste noch mehr lachen. «Aber klar sehe ich die.»

«Ja, und da denkst du nicht, dass wir im Himmel sind? Ich fass es nicht! Die sind ehrlich alle nackt!»

«Unsinn, die Mädchen tragen doch ein Tuch um die Hüften. Ich glaube, man nennt es Sarong.»

«Mann, Kische, das glaubt uns doch keiner zu Hause!» Jan schüttelte ungläubig den Kopf. «Mädchen, die ihre Brüste spazieren tragen! Einfach so!»

Christian holte sein Portemonnaie aus der Tasche.

«Was machst du?», fragte Jan aufgeregt. «Willst du eines der Mädchen kaufen? Kann man das auf Bali einfach so?»

«Nein, ich will mir kein Mädchen kaufen. Und nein, ich glaube auch nicht, dass man das hier einfach so machen kann. Ich wollte nur mal nachsehen, wie viel Geld ich eingesteckt habe. Falls ich Schokolade finde. Habe gehört, dass es auf Bali ganz besondere Kakaobohnen gibt.»

«Du denkst auch immer nur an das Eine.» Jan starrte weiterhin die Balinesinnen an.

«Und du immer nur an das Andere.» Christian kramte in seinen Münzen. «Sollte reichen. Also, ich wäre bereit.»

«Was bist du?» Jan drehte sich zu ihm um. «Eine Maschine? Willst du im Ernst behaupten, die Mädchen lassen dich kalt?»

Christian tupfte sich mit einem Taschentuch die Schweißperlen von der Stirn. «Kann man bei diesen Temperaturen wohl nicht sagen.» Er bemerkte Jans Ausdruck. «Ach, komm schon, Katze, ich will dich doch nur aufziehen! Natürlich freue ich mich auch darüber, so viel Haut zu sehen. Aber vielleicht könnten wir jetzt weitergehen? Ich glaube, du fällst mit deinen Blicken allmählich auf!»

Die Mädchen waren nicht die einzigen Wunder auf Bali. Sie hatten vor dem Dorf Boeleleng an der Nordküste Balis Anker geworfen, und alles, was Christian sah, kam ihm vor wie in einem Traum. Spitze, kunstvoll verzierte Tempel ragten in den Himmel, von irgendwoher erklang eine eigenartige Musik. Der Strand war hier ganz schwarz, und auch der Tempel, der etwas außerhalb des Dorfes stand, bestand aus dunklem Stein. Unzählige Figuren waren in die Tempelmauern geschnitzt.

Christian beugte sich vor, um sie genauer in Augenschein zu nehmen – und brach in Gelächter aus. Er hatte religiöse Figuren erwartet, wie er sie in Siam gesehen hatte. Stattdessen brüllte ihn aus der Tempelmauer eine Wildkatze an, flankiert von holländischen Kolonialherren in voller Montur samt Tropenhelm, die Gitarre und Geige spielten. Einen Meter weiter fand er ein europäisches Flugzeug in die Mauer geschnitzt, das vom Himmel stürzte. Sogar das Feuer, das aus einem seiner Flügel flammte, hatte der Bildhauer ganz erstaunlich gut getroffen.

«Die Balinesen lieben Karikaturen», erklärte der Erste Offizier, der plötzlich neben ihm stand. «Du bist allein unterwegs?»

«Nein, ich bin mit Jan Katzenmeyer auf Landgang.»

Der Erste deutete mit dem Daumen hinter sich. «Der scheint gerade mit einer balinesischen Schönheit im Palmenwäldchen anzubandeln. Wenn du möchtest, kannst du dich uns anschließen. Wir sind zu einer Kakaoplantage unterwegs.»

«Wirklich?» Christian strahlte. «Da bin ich auf jeden Fall dabei!»

Später wunderten sich alle, dass sie die Fahrt dorthin überlebt hatten. Der Erste Offizier wunderte sich, Julius George und seine Geschwister wunderten sich, und selbst der Fahrer wirkte ein wenig erstaunt. Zu ihrer Rechten flogen Äste und Steine in den Abgrund, und dann wurde Christian zur Seite geschleudert, als eines der Räder wegrutschte und sich der Wagen ein paar Sekunden lang in einer merkwürdigen Schwebe befand. Doch der Fahrer brachte den Wagen wieder zurück auf den Weg, und so fuhren sie noch eine knappe Stunde weiter am Abgrund entlang. Christian dachte kurz an Jan, der es sich in diesem Moment wohl mit seiner neuen Freundin gemütlich machte, und verfluchte seine Wahl.

Doch spätestens nach dem Besuch auf der Plantage war er mit seinem Schicksal wieder versöhnt. Der Holländer, der die Plantage betrieb, zeigte ihnen Kakaofrüchte – rotes, gurkenähnliches Gemüse, das an Zweigen niedriger Bäume hing. Und dann fragte er sie, ob sie ein Konzert hören wollten.

Es war inzwischen dunkel geworden, und durch den Palmenwald zuckte ein Fackellicht. Die Gäste wurden zu einem Holzpodest geführt, auf dem einige Musiker Platz genommen hatten. Noch mehr Lichter flammten auf. In ihrem Schein glänzte eine Reihe von Instrumenten, wie Christian sie nie zuvor gesehen hatte: Glocken, Gongs und etwas, das einem Xylophon ähnelte. Ganz vorne kniete ein blonder Mann, der so gar nicht balinesisch aussah. Er hielt zwei Stäbe in der Hand, mit denen er auf kleine Messingtöpfe klopfte, die alle miteinander verbunden waren. Die Musiker begannen zu spielen, und etwas Eigenartiges geschah: Christian hatte das Gefühl, in die Höhe gehoben zu werden, bis er alles, das Podest, die Zuhörer davor, den Palmenwald und die Fackeln, von oben sah. Melodien schwebten aus den Messingtöpfen und vermischten sich mit den Waldgeräuschen. Frauen, die mit Federn geschmückt waren, tanzten. Ihre Bewegungen waren seltsam zärtlich, so als wollten sie alles streicheln, die Musik und den Wald.

«Wer war der Mann?», fragte Christian später, als der Holländer sie zu ihrem Wagen zurückbegleitete.

«Walter Spies», entgegnete er. «Ein deutscher Maler und Komponist, der auf Bali seine Heimat gefunden hat.»

Jetzt fand Christian, dass er wohl doch den interessanteren Tag verbracht hatte. Er hatte eine Autofahrt im balinesischen Dschungel überlebt, von der er noch seinen Enkeln erzählen würde; er hatte in Kraterseen geschaut, die grün, blau und rot leuchteten; und er hatte eine ganz außergewöhnliche Musik gehört. Noch in der Nacht, als er in seiner Kammer lag, fühlte er sich ganz leicht.

Am Morgen ihrer Ankunft in Nagasaki brach die Sonne durch die Wolken. Sie waren einen Monat lang gefahren, durch rauhe See und schlechtes Wetter. Sie hatten auf den Philippinen haltgemacht und in Hongkong. Doch jetzt, im japanischen Nagasaki, war plötzlich alles licht und hell. Eine Bergkette umschloss den Hafen. Rosafarbene und weiße Tupfen dehnten sich über die Berge bis zum Horizont aus, ein Meer von Blumen: Die Kirschblüte hatte begonnen.

Nichts, was die Amerikaner in Nagasaki sahen, würden sie je vergessen. Julius George notierte, wie die Männer und Frauen auf erhöhten Sohlen durch die Straßen klapperten, um den Regenpfützen zu entgehen. Er beschrieb die bunten Kimonos der Mädchen, die Babys, die fast alle Frauen auf dem Rücken trugen. Die Holzhäuser mit ihren Schiebetüren aus Papier. Er beschrieb die Kirschbaumzweige, die sich über die Straßen wölbten. Die Teehäuser und die Götterstatuen, die Gärten, die so schön waren wie nirgends sonst auf der Welt.

Mit der *Orion* erkundeten sie noch andere japanische Städte, Kobe und Yokohama, wo sie zwei Wochen lang blieben. Doch bis zum Ende ihrer Zeit in Japan war es Nagasaki, das ihnen am meisten gefiel.

Die lange Reise über den Pazifik begann am 3. Mai 1930. Bald war Japan nur noch ein langgestreckter, schwarzer Schatten am Horizont. Aus den Abendwolken ragte der schneebedeckte Fuji auf. Dann verschwand auch der Berg, und die Sonne ging unter. Nacht hüllte die *Orion* ein. Am nächsten Tag verschlechterte sich das Wetter wieder. Es begann zu regnen, sodass sich die Forstmanns und ihre Freunde mitsamt ihrem Grammophon ins Innere der Yacht zurückzogen. Als Christian bemerkte, dass er die Musik vermisste, begann Jan beim Spleißen zu singen – eine Qual, die erst endete, als der Kamerad am zweiten Tag auf dem Pazifik seekrank wurde. Die Wellen stülpten sich jetzt zu Bergen auf und stürzten dann in tiefe Täler.

Am 180. Längengrad passierten sie die Datumsgrenze, und das Wetter wechselte schlagartig: Die See war ruhig wie ein Spiegel, von durchsichtigem Blau. Als ob man einen Tag doppelt leben könnte, dachte Christian, als er zum zweiten Mal am 8. Mai erwachte, diesmal im vollkommenen Sonnenschein. Mit dem guten Wetter kehrte auch das Grammophon an Deck zurück. Die Forstmann-Kinder spielten amerikanische Musik mit Trompeten und viel Schlagzeug, dass es Christian in die Füße fuhr wie damals am Strand von Westerland mit dieser Käthe.

Wenn Christian von Mitternacht bis vier Uhr morgens auf der Brücke am Ruder stand, hatte er das Gefühl, dem Mond entgegenzufahren. Die Nächte badeten in silbernem Licht, von der Datumsgrenze bis nach Honolulu. Elfeinhalb Tage nachdem sie Yokohama verlassen hatten, tauchten die hawaiianischen Inseln vor ihnen auf. Die *Orion* umrundete Oahu und dampfte durch die Brecher von Waikiki Beach, vorbei an einem elegant anmutenden Hotel, in dem die Forstmanns eine Woche lang absteigen wollten, und machte endlich in Pearl

Harbor fest. Christian verbrachte den Tag damit, mit Jan und den anderen Matrosen das Deck zu säubern und die Rettungsmittel zu warten. Am Nachmittag bekam er Ausgang. Er zog sein bestes weißes Hemd und eine weiße Leinenhose an, nahm seinen Geigenkasten und ging von Bord.

***

Lil fand, dass sie für den *Honolulu Star-Bulletin* schon über viele Themen geschrieben hatte, die sterbenslangweilig waren, selbst jetzt, nach ihrer Rückkehr aus New York. Nun hatte sie zum zweiten Mal über den Lei Day berichtet und dabei in allen Details über die Blumenketten schreiben müssen, die die Lieblingsfloristin des Chefs band. Als Nächstes hatte sie die neuesten Erzeugnisse des örtlichen Handarbeitsclubs vorgestellt. Und dann hatte es letzte Woche auch schon wieder eine Hochzeit gegeben, die dringend lobender Worte bedurfte. Aber das, was sie an diesem Tag tun sollte, erschien ihr nicht nur unwichtig, sondern schlichtweg absurd.

Eine Wahrsagerin hatte bei der Zeitung angerufen, um einem konsternierten Reporter mitzuteilen, *sie* habe Neuigkeiten für *ihn*. Und natürlich versuchte dieser Kollege, das Anliegen auf Lil abzuwälzen – mit Erfolg. Schließlich musste irgendwer über die unterirdischen Telefonkabel berichten, die derzeit zu den Inseln verlegt wurden, und das konnte ja nur jemand mit technischem Sachverstand, in den Augen des Chefs also ein Mann. Sie nahm die Autoschlüssel aus dem Seeohr in der Diele, winkte Dave zu, der unter dem Ingwerbaum seinen Fisch aß, schwang sich in den Wagen und brauste los ins Innere der Insel – um eine Irre zu interviewen.

Lil überlegte, ob der Chef auf diese diskrete Weise versuchte, sie loszuwerden. Vielleicht aber steckte auch der Kollege mit den unterirdischen Kabeln dahinter. Niemand schien sie in der Redaktion zu mögen, nicht einmal Carol, die Sekretärin, die sie beäugte, als sei Lil eine Frau aus einer anderen Welt. Ihre Reportage über die Garnison in Pearl Harbor lag jedenfalls im New Yorker Büro der *Sun*, oder zumindest hoffte Lil das. Eine Antwort stand noch aus.

Ich muss etwas ändern, dachte Lil, während sie durch den Wald fuhr, den Tessi immer verwunschen nannte. Wie so oft in letzter Zeit überfiel sie die Sehnsucht, irgendwo weit fort zu sein. Aber dann blickte sie wieder aus dem Fenster und konnte sich nicht vorstellen, woanders als auf Hawaii zu leben. Direkt vor ihren Augen toste ein Wasserfall den Berg herunter, und aus der Lagune, in die er stürzte, bogen sich schimmernde Farben empor.

Die Wahrsagerin sah aus wie eine Indianerin – oder zumindest so, wie sich Lil Indianer vorstellte – und empfing ihren Gast in einem Raum mit zahlreichen Blumen. Papageien schrien Lil aus kleinen Käfigen entgegen. Die Wahrsagerin schien den Gefiederten dieser Erde nahezustehen.

«Ich sehe riesige Menschenvögel über den Himmel fliegen», eröffnete sie das Gespräch, ohne auch nur guten Tag zu sagen.

Lil, die auf einem geflochtenen Kissen saß, zückte ihren Notizblock. Sie hatte nicht vor, auch nur ein Wort aus dem Mund der Verrückten mitzuschreiben, stattdessen notierte sie alles, was sie sah.

«Sie vereinen alle Elemente», fuhr die Wahrsagerin fort. Der Schmuck ihrer beringten Hände leuchtete im Schein einer Fackel, die in einer Ecke des Raumes stand. «Denn die Menschenvögel kommen aus der Erde, bewegen sich durch die Luft und über das Wasser, und sie werden sich in Feuer verwandeln.»

Lil starrte die Wahrsagerin an. Sie überlegte, einfach aufzustehen und zu gehen. «Und wann wird das sein?»

«In sieben Jahren.» Die Wahrsagerin sah sie aufmerksam an. «Ich hatte letzte Nacht eine Vision. Und Sie möchten jetzt am liebsten aufstehen und gehen. Aber warten Sie bitte noch einen Moment.»

«Warum?»

«Weil es noch nicht der richtige Moment ist.» Sie blickte zur Flamme hinüber, ihre Lippen bewegten sich. Und dann, schneller, als Lil es für möglich gehalten hätte, stand sie auf. «Jetzt. Aber nehmen Sie die hier.» Sie beugte sich vor, löste eine weiße Orchidee aus einer der Vasen und befestigte sie in Lils Haar. Dann lächelte sie. «Die ist von Vorteil für das, was Sie gleich tun.»

***

Der Wind fuhr durch das Blumenmeer, es sah aus, als ob es Wellen schlüge. Christian hatte das Verdeck des Wagens zurückgeklappt und sog die Luft in tiefen Zügen ein. Es war ein etwas ungewohntes Gefühl, einen Wagen zu steuern nach all den Monaten am Ruder einer Motoryacht. Links und rechts von ihm explodierten die Farben: Pazifikblaue Blüten, muschelweiße Kelche, Grün in allen Schattierungen, dazwischen blitzte es gelb, orange und rot wie die Biikefeuer am Strand von Sylt.

Er fühlte sich seltsam leicht im Kopf, als er den Wagen durch die schmalen Straßen lenkte, vorbei an Ananas- und Zuckerrohrplantagen. Es tat gut, einmal allein zu sein, fort von den ständigen Rufen an Deck, der Enge auf der Brücke mit den Männern, mit denen er die Wache teilte, dem unablässigen Gespräch der Kameraden. Vielleicht war es ein bisschen leichtsinnig gewesen, einen Teil der Heuer in die Miete für ein Automobil zu stecken, aber in etwa einem Monat wäre die Weltreise zu Ende, und er verspürte das Bedürfnis, noch einmal etwas zu erleben.

Immer höher wurden die Bäume jetzt und überwucherten die Straße, sodass er das Gefühl hatte, durch einen dunkelgrünen Tunnel zu fahren. Etwas oder jemand streifte sein Seitenfenster. Christian blickte auf und erschrak. Hunderte von kleinen Tieren baumelten an den Bäumen zu seiner Linken. Er trat auf die Bremse, und erst jetzt sah er, dass es keine Tiere, sondern Früchte waren, die an den Zweigen hingen. Für einen Moment lauschte er den Geräuschen des Waldes – und meinte in der Brise eine Art Gesang zu hören, ein Gesäusel wie von Sirenen. Er trat wieder aufs Gaspedal. Einen Augenblick später öffnete sich die Straße wieder, und das Sonnenlicht blendete ihn. Doch der Gesang war immer noch da, ja, er kam Christian nun sogar stärker vor. Und dann sah er ihn: einen gewaltigen Wasserfall an der Seite der Bergschlucht, die sich vor ihm auftat. Aber etwas war merkwürdig mit diesem Wasserfall, man konnte nicht sicher sagen, ob er nach oben oder nach unten floss. Er stellte den Wagen an der Seite der Straße ab und stieg aus.

Der Wind, der die Schlucht von unten zu durchkämmen schien, wehte Wassertropfen wie einen Schleier wieder nach oben, deshalb sah Christian zunächst nicht, wo bei diesem Wasserfall oben und unten war. Er hatte keine Ahnung, wie lange er so dagestanden hatte, aber auf einmal wurde ihm bewusst, dass es spät geworden war. Der Mond war nur mehr eine feine Sichel, der Himmel von unzähligen Sternen übersät, so vielen, wie er sie bislang nur auf dem Meer gesehen hatte, auf der *Pinnas* vor der chilenischen Küste, kurz bevor sie in den Wirbelsturm geraten waren, und auf dem Indischen

Ozean. Er legte den Kopf in den Nacken und wünschte sich, dem Glitzern nah zu sein.

Dass ein Reifen geplatzt war, stellte er erst beim Anfahren fest. Er hatte wenig Erfahrung im Reifenwechseln, dazu fuhr er zu selten Auto. Und zu allem Überfluss hatte er keine Taschenlampe dabei. Wenn er aber die Wagenlichter anschaltete, würde im Nu die Autobatterie leer sein. Christian presste sich die Fäuste an die Schläfen. Vor ihm im Sternenlicht sang der Wasserfall. Es half nichts, er musste den Reifen mit dem Licht, das die Nacht bot, reparieren. Er ging um den Wagen herum und tastete die Wagenfläche hinten nach einem Werkzeugkasten ab.

In diesem Moment hörte er das Geräusch eines anderen Autos. Zwei Lichtpunkte rasten auf ihn zu, wurden groß und größer. Dann quietschte es ganz fürchterlich, die Lichter blieben stehen, und eine Autotür schlug zu.

«Brauchen Sie Hilfe, Sir?»

Die Stimme war so tief, dass er sie im ersten Moment für die eines Mannes hielt. Doch in den Lichtkegeln des Wagens tauchte ein Mädchen auf, mit dunklen Haaren und einer Blume hinterm Ohr. Er wollte gern antworten, dass sein Reifen geplatzt sei und er dringend eine Taschenlampe benötige, aber er brachte kein einziges englisches Wort heraus, abgesehen von einem unnötig unfreundlich klingenden «Ja».

Das Mädchen lächelte und ließ eine Lampe aufblitzen. «Ein Ford Modell T Roadster. Easy. Das hätten wir gleich.»

Christian kam aus dem Staunen nicht heraus, als das Mädchen mit einem Handgriff eine rechteckige Kiste von der Tragefläche herunterwuchtete, sich die Taschenlampe zwischen die Zähne steckte und in der Kiste herumzuwühlen begann.

«Kann ich *Ihnen* jetzt vielleicht helfen?», fragte er und lächelte sie möglichst freundlich an.

«Ja.» Sie reichte ihm die Lampe. «Halten Sie die doch bitte mal.»

Im Schein der Lampe begann das Mädchen, Handschuhe, Flickzeug und einen Wagenheber auszupacken. Als sie erneut um den Wagen herumging, um das Gestell aufzubocken, protestierte er: «Das müssen Sie nicht tun!»

Das Mädchen drehte sich um, eine Augenbraue hatte sie hochgezogen. «Ich glaube aber doch!»

«Nein, ich meine …» Er versuchte, ihr den Heber aus der Hand zu nehmen, und zuckte zusammen. Die Berührung schickte tausend Schauer über seine Haut. «Ich meine, das kann ich doch selbst!»

«Bitte sehr!» Das Mädchen stand auf, um ihm den Platz am Rad zu überlassen.

Im Schein der Taschenlampe konnte er sehen, dass sie sich die Knie beschmutzt hatte. «Danke», sagte er. «Es ist sehr nett, dass Sie mir helfen. Ich heiße übrigens Christian. Ich komme aus Deutschland.»

«Lil», lächelte das Mädchen und streckte ihm eine schmutzige Hand hin. «Aus Hawaii.»

14

Lil beobachtete seine Hände. Seine Finger sahen lang und feingliedrig aus, wie die Finger eines Künstlers. Sie musste an die Hände der Musiker denken, die sie im Cotton Club beobachtet hatte. Hände, die über Instrumente strichen, an Saiten zupften, Tasten anschlugen. Hände, die etwas zum Klingen brachten. Aber was auch immer dieser Deutsche sonst so tat im Leben: Er bockte mit Leichtigkeit ein Auto auf. Lil schraubte derweil die Muttern los. Dann wuchteten sie gemeinsam den Ersatzreifen aus der Motorhaube. Sie arbeiteten schnell und konzentriert, reichten sich Werkzeuge und Taschenlampe und waren innerhalb weniger Minuten fertig. So, als hätten sie nie etwas anderes miteinander getan. Als wäre es ganz einfach, etwas heil zu machen, das kaputt war, und als bräuchte man keine Worte dafür.

«Danke», sagte Christian, richtete sich auf und lächelte sie an, dass seine Zähne im Mondlicht glänzten.

Und in diesem Moment wusste sie, wer er war.

Seine Augen weiteten sich.

Er wusste es auch.

Ganz still blieben sie so stehen.

«Der Matrose aus New York», flüsterte sie schließlich.

«Das Mädchen vom Drugstore», brachte er hervor.

Lil musste lächeln. Ein Lächeln, wie sie es seit ihrer Zeit mit

Amy nicht mehr gelächelt hatte, damals im Oktober, als sie getanzt und getrunken hatten, als das Leben voller Glitzer gewesen war.

«Ich habe dich noch einmal gesehen.» Seine Stimme war kaum hörbar. «Bei der Konfetti-Parade. Als der Zeppelin gelandet ist.»

«Da habe ich dich auch gesehen!» Ihr Herz klopfte so laut, dass er es hören musste.

Und dann streckte sie ihre Hand aus und strich über seine Wange. Das Motoröl hinterließ einen dunklen Streifen auf seinem Gesicht. Sie konnte es genau sehen, denn der Mond leuchtete, und Abermillionen von Sternen funkelten über ihnen, und überhaupt schien alles auf einmal so klar.

«Wie kann es sein, dass wir uns hier wiederfinden?» Er nahm ihre Hand in seine.

Da, wo seine Hände ihre Hand berührten, tanzten Funken auf ihrer Haut.

«Wie schön du bist», sagte er leise. Seine Hand strich vorsichtig über ihr Gesicht. Ganz rauh war die Hand und voller Schwielen, und trotzdem unendlich zart.

Der Strand lag verlassen im Mondlicht. Vom Meer wehte ein Wind, der die Wellen bauschte und durch die Palmwedel fuhr. Lil spürte die Brise auf ihrer Haut. Sie spürte sie viel stärker als sonst, so wie sie auch alles andere viel stärker spürte: ihr Herz, das immer noch so schnell schlug, ihre Haut, die sich zusammenzog.

Sie waren zusammen von den Bergen an die Küste heruntergefahren, sie vorneweg, Christian hinterher. Ohne ein Wort zu sagen, waren sie an den Strand gegangen.

«Was hast du in New York gemacht?», fragte er sie in die Nachtgeräusche hinein.

«Ich habe als Reporterin gearbeitet», antwortete sie. «Zumindest habe ich es versucht.»

Und dann erzählte sie. Sie war sich nicht sicher, ob er alles verstand, und sie hielt ein paar Mal inne, um ihn fragend anzusehen, aber er hörte ihr aufmerksam zu. Sie erzählte von ihrer Zeit mit Amy. Wie sie in Amys Zimmer in der Mulberry Street getanzt hatten und auch in Clubs, in denen Jazzbands spielten. Von ihren Besuchen in den großen Redaktionen der Stadt. Dass der Chef in Oahu immer nur wollte, dass sie über Blumen schrieb. Dass er sie nie pünktlich bezahlte. Und dass sie jetzt unter dem Namen eines Mannes schrieb.

«Ist das dein Traum?», fragte er. «Schreiben? Ist es das, was du unbedingt tun willst?»

Sie nickte.

«Dann bin ich sicher, dass du damit Erfolg haben wirst.»

Im Mondlicht schimmerten seine Augen, seine Zähne, sein Haar. «Ich habe gesehen, wie du einen … wie sagt man? Beim Reifenwechsel angepackt hast. Du bist jemand, der sich nicht von Hindernissen aufhalten lässt. Der sein Ziel erreicht.»

Lil spürte, wie sie rot wurde. In all den Jahren hatte ihr noch nie jemand etwas so Nettes gesagt. «Was ist denn dein Traum?», fragte sie leise.

«Ich möchte fliegen können», antwortete er und deutete zum Kreuz des Südens hinauf, das aus dem Meer der Milliarden anderer Sterne herausleuchtete. «Hoch über der Erde. Da will ich sein.»

Er wandte sich ihr zu und nahm ganz sachte ihr Gesicht in seine Hände. Sie schloss die Augen und versank in seinem Kuss.

Christian spürte, dass Lil fror. Er deckte sie mit seinem Hemd zu, und dann zog er sie dichter zu sich heran. Sie hatte sich eine Hand unter ihre Wange gelegt und atmete leise auf ihr

Handgelenk. Er betrachtete sie, während die Sonne den Himmel färbte, zuerst erdbeerrot, dann gelb. Lil hatte Motoröl im Gesicht und an den Händen. Er konnte nicht aufhören, sie anzuschauen. Ein warmes Gefühl stieg in ihm auf, und er traute sich nicht, sich zu bewegen. Schließlich beugte er sich doch vor, um ihren Duft einzuatmen. Als er die Augen wieder öffnete, sah er, dass sich ihre Lider bewegten. Um ihren Mund zuckte ein Lächeln. Sie seufzte im Schlaf.

Am Strand erwachte nun das Leben. Kinder mit langen Brettern liefen über den Sand und in die Wellen, die Palmwedel rauschten im Morgenwind. Christian rückte ein bisschen von Lil ab. Er wollte sie ansehen, von Kopf bis Fuß. Sie war ohne Zweifel die hübscheste Frau, die er je gesehen hatte. Und sie wirkte ganz anders als andere amerikanische Frauen in ihrem Alter. Weiblicher. Mit einem eigenwilligen Gesicht. Und sie hatte erstaunliche Dinge gesagt gestern Abend. Sie war genauso, wie eine Frau sein sollte.

Aber warum nur? Warum musste er sich ausgerechnet in eine Frau verlieben, die am anderen Ende der Welt lebte? In zwei Monaten würde er zu Hause sein, dann wollte er fliegen lernen. Nur das hatte er im Sinn gehabt. Sich mit nichts anderem beschweren.

Christian lag mit dem Gesicht zu ihr. Die Sonne schien in seine Augen, dass sie strahlten. Aber vielleicht war es auch das Licht, das in ihm leuchtete. Oder die Augen sahen so hell aus, weil seine Haut ganz braungebrannt war.

«Aloha», sagte sie und lächelte.

Er lachte sie an, und seine Augen leuchteten noch mehr. «Aloha zurück!»

«Wie schläft es sich so an einem hawaiianischen Strand?»

Er streichelte mit einem Finger über ihre Wange. «Ich könnte mich dran gewöhnen. Wer braucht denn hier bitte schön Betten?»

Lil lachte. «Da hast du recht, wer braucht schon Federn, wenn er auch Sandflöhe haben kann?»

«Ich sage ja zu Sandflöhen.» Christian zeichnete mit seinem Finger die Kurve ihres Halses nach. «Die Sandflöhe von Hawaii sind ganz schön hübsch!»

«Die Sandflöhe von Hawaii können einen aber auch beißen.» Lil stieß mit ihrem Zeigefinger in seinen Bauch.

Christian griff nach ihrer Hand, aber Lil war schneller. Sie rollte sich auf die Seite und sprang auf die Beine. Christian stand ebenfalls auf und lief ihr hinterher. Lil stieß einen Schrei aus und schlug einen Haken.

«Sandflöhe können auch unheimlich flink sein!», rief sie über ihre Schulter.

«Ja», rief Christian, erwischte sie und schloss sie in seine Arme. «Aber am Ende fängt man sie doch.»

Und so liefen sie ins Meer.

«Wir könnten wie Robinson Crusoe auf einer Insel leben», sagte Lil, während sie auf dem Rücken dem unendlichen Blau entgegenschwamm.

«Und wir jagen mit Pfeil und Bogen.» Christians Augen hatten dieselbe Farbe wie das Wasser. «Und abends entfachen wir ein Feuer und essen unseren Fang.»

«Wir werden zwanzig oder dreißig Kinder haben!» Lil blickte nach oben ins unendliche Blau.

Christian lachte. «So wenige nur?»

Sie drehte sich zu ihm und legte ihre Arme um seinen Hals. «Unser Stamm hat natürlich auch einen Namen. Himmelsstürmer nennt man uns!»

Er bedeckte ihr Gesicht und ihren Hals mit Küssen. «Und

du musst unseren dreißig Kindern beibringen, wie man sich Geschichten ausdenkt!»

Lil lachte. «Klar, wir wollen uns ja nicht langweilen abends am Feuer! Komm, wir tauchen unter! Wer länger die Luft anhalten kann!»

«Aber bevor wir auf unsere Insel auswandern», sagte Christian, als sie aus dem Wasser stiegen und er sich das Wasser aus den Klamotten wrang, «muss ich noch mal zurück aufs Schiff.»

«Ich werde dich nicht festhalten», sagte Lil und holte den Fotoapparat aus ihrer Tasche, den sie am Vorabend für ihren Besuch bei der Wahrsagerin eingesteckt hatte. «Aber dieses hübsche Gerät hier wird es tun!»

Die *Orion* mit der US-amerikanischen Flagge am Heck erkannte sie sofort wieder. Es war so ein schlankes weißes Schiff. An der Reling stand ein Offizier mit Raubvogelgesicht. Auch an den erinnerte sie sich. Ein paar Sekunden lang war sie sprachlos. Dann warf sie den Kopf in den Nacken und lachte los.

«Das ist jetzt aber nicht möglich», sagte sie, als sie ausgelacht hatte.

«Alles ist möglich», strahlte Christian. «Robinson-Crusoe-Insel, dreißig Kinder, Himmelsstürmer-Dynastie. Welches Wunder ist dir jetzt noch eingefallen?»

Lil deutete auf die *Orion* im Hafenbecken. «Das Schiff da! Sag bloß, du bist damit unterwegs?»

Christian nickte. «Und jetzt sag du bloß, dass du es in New York gesehen hast?»

«Besser noch», lachte Lil. «Es gab eine Party auf der *Orion*. Und ich war dabei!»

Die Sonne schien ihr ins Gesicht, und alles an ihr flirrte. Ihre Augen leuchteten in mehreren Farben, Christian konnte nicht sagen, ob grün oder blau. «Und dann musste ich noch mal so lange auf dich warten», sagte er leise.

«Ja», nickte Lil und sah auf einmal ganz ernst aus. «So lang.»

Die folgenden Tage verbrachten sie jede Stunde, die Christian frei hatte, am Strand. Christian dachte sich ein Lied über einen einsamen Fisch aus, der seine Freunde suchte und sie schließlich im Bauch eines Wals wiederfand. Lil bekam keine Luft mehr vor Lachen, wenn er es sang mit seinem deutschen Akzent. Sie spielten das Möwenspiel, breiteten die Arme aus und flogen, flogen, flogen. Aber dann schnappte sich Lil die alte Tin Lizzy, und gemeinsam düsten sie zum Markt nach Honolulu und ins Viertel der Chinesen. Sie aßen nur Dinge, die sie noch nie probiert hatten, Bananen mit Anemonenfischen und Kokosraspeln etwa, und weil sie das an einem Donnerstagmorgen aßen, nannten sie es das Donnerstagmorgen-Gericht. Am Freitagnachmittag gab es Reis mit Pakalana-Blüten und frittierten Insekten: das Freitagnachmittag-Gericht. Am Sonnabend erfanden sie gar nichts, denn da vergaßen sie zu essen, so viel Zeit verbrachten sie damit, zu reden und zu schwimmen und zu küssen. Und am Sonntag erinnerte sich Lil an das, was Tessi ihr beigebracht hatte, als sie klein war: Sie band sich eine Blumenkette um und tanzte Hula für ihn.

Später am Abend bat sie Christian, ihr etwas auf seiner Geige vorzuspielen. Sie hatte den Geigenkasten an ihrem ersten Abend in seinem Kofferraum gesehen.

«Das willst du nicht wirklich», lachte Christian.

«Will ich doch», kicherte sie.

Lil packte den Fisch aus, den Dave ihr mitgegeben hatte und belegte ihn mit Ananasscheiben – eine Montagmorgen-Erfindung, die Christian genüsslich aß.

«Ich bin mir noch nicht einmal sicher, wie man eine Geige

richtig hält.» Christian wusch sich die Hände im Meer, trocknete sie an seiner Hose und nahm das Instrument aus seinem Kasten.

«Ich auch nicht. Aber so wirkt es eventuell ein bisschen komisch. Ist das eine deutsche Haltung?»

«Es ist die Haltung von Leuten, die keine Ahnung haben vom Geigespielen», erklärte Christian und reichte ihr das Instrument hinüber. «Möchtest du vielleicht mal?»

Lil schüttelte den Kopf. «Ich hätte dich nicht fragen sollen», sagte sie, und es klang ein wenig verärgert. «Ich bin mit Musik aufgewachsen. Aber ich mache mir überhaupt nichts daraus.» Sie biss sich auf die Lippen. «Meine Mutter – sie ist Pianistin. Konzertpianistin. Hat früher vor großem Publikum in New York gespielt. Jetzt ist sie hier auf Oahu. Sie beherrscht ziemlich viele Instrumente, hat das absolute Gehör.» Sie stand auf und wusch sich ebenfalls die Hände. Die Wellen schäumten über ihre nackten Füße. Endlich drehte Lil sich zu ihm. «Entschuldige, ich möchte jetzt doch, dass du mir etwas vorspielst. Ich hoffe bloß, es klingt nicht allzu perfekt.»

Christian sah ihr in die Augen. Wie Libellen, dachte er, grün und blau und schillernd. Wie Wesen, die durch die Luft schwirren und die man nicht einfangen kann. Immerzu ansehen möchte man sie. Er lächelte. «Also, da besteht keine Gefahr.»

Die Schnorchelbrillen fanden sie auf dem Markt in Honolulu. «Und man kann damit wirklich unter Wasser sehen?», fragte Lil den polynesischen Fischer, der die Brillen neben allerlei anderem Gerät an seinem Stand feilbot. Geschnitzte Pfeifen und Masken baumelten an bunten Schnüren um sein Handgelenk.

Der Mann schnalzte mit der Zunge. «Du bist doch die

Kleine von Dave und Tessi, oder? Na, dir drehe ich schon nichts Schlechtes an!»

Im Auto setzten sie sich die Brillen auf und schlugen beinahe gegen das Armaturenbrett vor Lachen.

Lil hielt sich den Bauch. «Du siehst aus wie ein Zyklop!» Ein Lederband umschloss das Glas, das die Augen schützte, aber man musste es sich so eng aufsetzen, dass einem die Oberlippe hochrutschte, andernfalls, so der Verkäufer, laufe einem Wasser hinein.

Lil ließ den Motor an und sauste mit der Brille im Gesicht über die Uferstraße. Christian schnappte sich ihren Fotoapparat vom Rücksitz und machte einen Schnappschuss von ihr, wie sie mit der aufgestülpten Oberlippe die Zyklopenbrille trug.

«Für unsere dreißig Kinder», sagte Christian, der durch seine eigene Zyklopenbrille hindurch versuchte, die richtigen Einstellungen zu finden. «Die glauben uns das sonst nie!»

Es gab noch eine Million anderer Dinge, die sie ihren Kindern zeigen würde, dachte Lil, als sie das erste Mal auftauchte. Angefangen mit allem, was unter Wasser schwamm. Eine vollkommen neue Welt.

Christian wartete einen Moment, bevor auch er wieder untertauchte. Er sah zu, wie Lil unter der Wasseroberfläche wegschoss, wie ihre hellen Beine leuchteten im Türkis. Wie schön dieses Mädchen war! Er holte Luft, dann senkte er sich in die Fluten. Buntgestreifte Fische schwammen ihm entgegen. Aus einer Koralle schleuderte ihm ein Federbusch ins Gesicht. Er glitt durch das Wasser und musste noch nicht einmal Luft holen, so natürlich fühlte es sich an, in dieser Zauberwelt zu schweben, so lebendig und farbenreich war alles, was er sah. Lil drehte sich zu ihm, die Zyklopenbrille noch immer fest im Gesicht. Sie schloss Daumen und Zeigefinger zu einem Kreis, und dann zeigte sie auf eine Meeresschildkröte, die etwa zwei Meter unter ihnen tauchte, in ein tiefblaues Universum hinein.

Christian tauchte auf, holte tief Luft, und dann schwamm er mit dem Kopf voran nach unten. Das Wasser wurde spürbar kälter, höhlendunkel wurde es um ihn. So tief schwamm er in das Dunkelblaue, dass er die Schildkröte berühren konnte. Ihr Panzer war hart wie eine Kruste, aus einem anderen Zeitalter, in der Tiefe des Meeres geboren.

Es wurde Abend, ihr letzter. Die Sonne versank im Ozean. Christian zog Lil an sich und streichelte ihre Schultern. Ihr nasser Badeanzug malte ein Muster auf sein Hemd.

Und dann begannen sie sich all die Dinge zu erzählen, die sie sich noch nicht gesagt hatten, ein wenig hastig mitunter, weil sie spürten, dass ihnen die Zeit davonlief. Lil sprach davon, wie es war, auf Hawaii aufzuwachsen. Von ihren Eltern und ihrer Zeit in der Schule. Christian erzählte, dass er im Singen nur «befriedigend» hatte, aber Lil fand, dass es schön klang, wenn er Töne anstimmte, hier im Dunkel, ganz alleine für sie. Es gab Sätze, die sagten sie sich immer wieder in dieser Nacht, in der alles rauschte: die Palmwedel über ihnen, das Meer, und weil ihre Herzen so klopften, auch das Blut in ihren Ohren. «Das kenne ich auch», sagte mal der eine. «Das ist bei mir ganz genauso», der andere. «Das verstehe ich sehr gut.»

Irgendwann wurden sie müde. Christian zog Lil ganz eng zu sich heran, so eng, dass er dachte, so würde sie nicht schlafen können, aber er fühlte sie weich an seiner Seite werden, und dann hörte er an ihrem Atem, dass sie versank.

Lil wachte auf, als der Himmel noch gelb war. Sie lag in Christians Armen, sodass sie sein Gesicht nicht sehen konnte, also versuchte sie, ihn mit ihren Händen zu sehen. Sie berührte seine Schultern, seine Arme, seine Finger. Haut hat ein Gedächtnis, dachte sie.

Sie gingen schweigend, Arm in Arm. Christian war der Letzte, der die Gangway betrat. Auf der Pier hielt er sie, sodass sie seine Wärme spürte. Er hielt sie, bis Halten nicht mehr möglich war.

Die *Orion* wurde zu einem weißen Streifen auf dem Wasser. Ganz schmal und elegant glitt sie auf den Horizont zu. Erst als das Schiff weit genug fort war, dass niemand mehr sehen konnte, dass sie weinte, fuhr sich Lil mit den Händen übers Gesicht. Ihr fiel auf, dass sie Christian nicht nach seiner Adresse gefragt hatte. Aber er würde ihr schreiben. Das hatte er ja gesagt.

Christian sah, wie die Frau, die er liebte, immer kleiner wurde. Der Wind zerrte an ihren Haaren. Lil stand da, ganz still und gerade. Das Grammophon der Forstmanns spielte Barnabas von Geczy, ein Salonorchester mit Geigenmusik. Christian konnte die Töne aus dem Trichter fast nicht ertragen, so sehr verstärkten sie das, was er empfand. Dann war das Lied zu Ende. Julius George hob die Nadel von der Platte und stellte den Radioapparat mit den Nachrichten ein. Christian hörte zu, während Oahu immer kleiner wurde und der Vulkan, den sie Diamantkopf nannten, nur noch ein Kegel am Horizontstreifen war. Im Radio verkündete eine aufgeregte Stimme, dass sie einen neuen Planeten im Sonnensystem entdeckt hätten, Pluto. So voller Überraschungen konnte der Himmel sein.

Lil hatte alles aufgeschrieben: Wie der Mann aussah, den man liebte. Wie viele Schattierungen der Strand haben kann in durchliebten Nächten am Meer. Wie Fische unter Wasser aussehen. Wie es sich anfühlt, wenn man glücklich ist.

Drei Tage nach Christians Abreise erhielt sie zwei Briefe. Einen aus New York, gerichtet an «Dave Ginger», dem ein Scheck beigefügt war für die Berichte über die Garnison in Oahu. Der Brief endete mit der Frage, ob er, Dave Ginger, sich vorstellen könne, als Korrespondent regelmäßig aus Hawaii zu berichten.

Der andere Brief war von Amy. Sie beschrieb das Leben in Rio de Janeiro in tausend Farben. Ihr Haus mit Bediensteten, das auf einem Hügel stand, von dem aus sie das Meer sehen konnte. Die Musik und die Tänze dort. Und sie schloss mit den Worten: «Das Leben mit Rod ist schrecklich. Ich überlege, mich umzubringen.»

Lil musste nicht lange nachdenken. Sie setzte sich an die Remington und spannte ein Blatt ein. Adresszeile, Anrede, jeder Anschlag ein Schuss ins Schwarze. «Danke für Ihr Angebot, als Korrespondent aus Hawaii zu berichten», schrieb sie. «Allerdings stehe ich gerade im Begriff, nach Rio de Janeiro zu ziehen. Wenn Sie also auch einen Brasilien-Korrespondenten benötigen, so bin ich Ihr Mann.»

Das Telegramm an Amy war noch kürzer: «Buche eine Schiffspassage nach Rio STOP Warte noch mit dem Tod.»

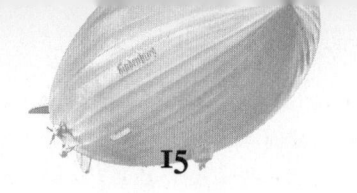

15

Der Regen schlug in solchen Massen auf das Reetdach, dass man in der Wohnstube kaum sein eigenes Wort verstand. Pfützen bildeten sich überall im Haus, sodass Christian Eimer aus dem Stall aufstellen musste, um den guten Teppich zu schützen. Wenn er auf die Straße hinaustrat, musste er Ölzeug anziehen, aber es nützte nichts, der Regen fiel so stark, dass es einem hineinlief bis ins Unterzeug. Es regnete so, dass die Dünen sich bogen. Man konnte kaum sehen, so viel Wasser fiel vom Himmel. Die Wolken hingen schwer und dunkel über den Dörfern. Am Westerländer Bahnhof drängten sich durchgefrorene Buntmenschen mit ihren Koffern, um den nächsten Zug nach Hause zu nehmen. Niemand auf Sylt konnte sich daran erinnern, einen derart schlechten Sommer erlebt zu haben, nicht einmal der alte Strandvogt, der nach eigenem Bekunden schon viel zu viel gesehen hatte – Schiffsunglücke, dänische Wirtschaftsflüchtlinge, die den ehrlichen Syltern die Arbeit wegnahmen, und unzählige Heimsuchungen der meteorologischen Art.

Christian trug seinen Brief an Lil unter der Öljacke und unter dem Hemd direkt auf seinem Herzen, damit er nicht nass würde. Er hatte ihr schon vom Panama-Kanal aus geschrieben, aus New York und jetzt aus Westerland, ohne bislang eine Antwort erhalten zu haben. Vielleicht waren seine Briefe in dem ganzen Regen einfach aufgeweicht.

«Wenn es weiter so schüttet, ist unsere gesamte Ernte dahin.» Die Mutter sah sorgenvoll aus, rührte im Topf und befühlte gleichzeitig die Wäsche, die einfach nicht trocknen wollte. Es gab Graupensuppe, wie jeden Tag seit Christians Rückkehr. Zum Glück hatten sie die Hühner, sodass die Mutter hin und wieder auch Eierspeisen zubereiten konnte. Er sah sie an, und eine große Zärtlichkeit flutete sein Herz. Sie war älter geworden in dem Jahr, in dem er die Welt gesehen hatte. Aber sie hielt sich immer noch aufrecht. Sie würde sich nicht unterkriegen lassen. Aber Christian wusste, dass es nur noch eine Frage der Zeit war, bis das Leben auf der Insel zusammenbrach.

Die Preise für landwirtschaftliche Produkte sanken immer weiter, die Sylter Bauern konnten kaum noch von ihrer Arbeit leben. Mit den niedrigen Preisen und den niedrigen Löhnen, die Reichskanzler Brüning für alle Wirtschaftszweige verordnet hatte, sollten deutsche Erzeugnisse auf dem Weltmarkt wieder attraktiv werden, aber leider trat der gewünschte Effekt nicht ein. Im Gegenteil. Niemand hatte mehr Geld, um etwas zu kaufen oder Handwerker zu bezahlen. Es war wie eine Spirale, die einen immer tiefer trieb.

Christians alter Schulfreund Brork, der gemeinsam mit seiner Geeske eine Pension in Westerland eröffnet hatte, weinte fast, als er ihn traf. Brork sah schlecht aus, er war sehr dünn geworden, und die Hose, die er trug, sah abgewetzt aus.

«Heute sind die letzten Kurgäste abgereist», erklärte er, während er sich zu ihm an den Küchentisch setzte. Der Regen trommelte gegen die Scheiben. Es war dunkel in der kleinen Küche, aber Brork machte kein Licht. «Neue kommen nicht mehr. Nicht bei diesem Wetter.»

«Hör zu», sagte Christian. «Wenn ich dir irgendwie helfen kann …»

Brork schüttelte den Kopf. «Das ist nett, Kische, aber …
nein.»

Sie schwiegen und sahen sich an. «Ist schön, dass du wieder
da bist», sagte Brork schließlich. «Nehme an, dass du jetzt mit
deinen Flugstunden anfangen wirst. Das war es doch, was du
immer wolltest, oder?»

Christian schüttelte den Kopf. «Das wird nicht möglich
sein. Ich will Mutter unterstützen. Für die Flugstunden ist
kein Geld.»

«Aber …»

«Kein Aber. Wir müssen das Dach flicken. Und Mutter hat
beschlossen, Erika zu Tante Anni nach Massachusetts zu schicken. Sie soll dort auf ein College gehen. Was mich betrifft,
ich werde jetzt mein Patent zum Seesteuermann auf großer
Fahrt machen.» Eine Bö trieb den Regen mit noch mehr
Wucht gegen die Fenster. Christian musste seine Stimme he-
ben. «Ist vernünftiger so.»

«Unser alter Freund Haulk kommt heute aus Husum zurück», sagte Brork. «Lass uns nachher ein Bier trinken gehen.
Wie in alten Zeiten. Wir drei.»

Die Gaststätte war zum Bersten gefüllt. So blau geraucht war
der Raum, dass Christian seinen alten Schulfreund erst nicht
erkannte. Aber da war noch etwas anderes, das ihn von früher
unterschied.

«Du gehörst jetzt zu den Braunhemden?», staunte Christian, als sie mit ihren Biergläsern anstießen.

Haulk lächelte mit seinem linken Mundwinkel, so wie er es
schon zu Schulzeiten getan hatte. «Aufs Vaterland!», röhrte er.

Brork schüttelte sich den Regen aus den Haaren. «Haulk
spielt Nordmarkfahrer. Verstehen kann ich's. Ohne unsere
Pensionsgäste langweile ich mich auch.»

«Das hat nichts mit Langeweile zu tun.» Haulk hieb seine Faust auf den Tisch. «Wir Nationalsozialisten haben eine Mission!»

«Und zwar?» Christian war ehrlich interessiert.

«Das Volk von zersetzenden Kräften befreien! Wir Deutschen müssen wieder stark und sauber werden! Wir müssen, wie dereinst Siegfried, mit dem Schwert den Feind in die Knie zwingen, und wir müssen …»

«Du weißt schon, dass Siegfried nur eine Figur aus einer Sage ist?», lachte Christian. Haulks Pathos kam ihm lustig vor.

«Ich nehme dich mal mit auf eine Parteiveranstaltung, Kische. Du wirst sehen, wie mitreißend das ist. Die Musik, die Reden!» Haulks Augen leuchteten richtig. «Da sind Männer, die sind von glühender Liebe zum Vaterland durchpulst! Die prangern die nationale Schmach an, die wir durch den Versailler Vertrag erlitten haben! Die zeigen uns den Wert unserer deutschen Scholle!»

«Scholle.» Christian leckte sich die Lippen. «Hätte ich jetzt auch Appetit drauf!»

«Verdammt, Kische, das ist nicht witzig!» Haulk knallte seinen Bierhumpen auf den Tisch. «Unser Land wird geknechtet! Von Juden, die unser Geld an der Börse verzockt haben, in Amerika wie anderswo! Die unser deutsches Blut zersetzen! Es ist an der Zeit, dass wir uns endlich aus dieser Knechtschaft befreien!»

«Du darfst Haulk nicht so ernst nehmen», erklärte Brork später, als sie durch den Regen nach Hause liefen. Es war vollkommen finster auf der Straße. Die Wolkenwand hatte sich vor den Mond geschoben, und in den Häusern brannte nur spärliches Licht. «Er ist jetzt schon so lange arbeitslos. Aber in der SA hat er endlich etwas gefunden, das ihm guttut. Kameradschaft, Hoffnung. Einen Sinn.»

«Ja, aber was soll diese Schwärmerei für deutsches Blut und deutschen Boden? Woanders auf der Welt vollbringen die Menschen doch auch Leistungen! Und was redet er ständig darüber, dass wir Deutsche sind? Wir sind Friesen! Es ist gerade mal zehn Jahre her, da haben wir Sylter darüber abgestimmt, ob wir überhaupt zu Deutschland gehören wollen oder zu Dänemark.»

«Ja, und unsere Eltern haben für Deutschland gestimmt, richtig? Weil wir Friesen Deutsche sind!»

«Ja, aber angenommen, sie hätten damals für Dänemark gestimmt, was dann? Wären wir jetzt stolz darauf, Dänen zu sein?»

«Nein», sagte Brork bestimmt. «Das wären wir nicht. Jedenfalls Haulk und ich nicht. Wir würden für unsere Freiheit kämpfen! Für unsere Freiheit, deutsch zu sein!»

Christian wusste nicht, was er darauf antworten sollte. Der Regen rann ihm ins Gesicht.

«Du verstehst diese Dinge nicht – wahrscheinlich weil du so lange fort warst und alles Mögliche gesehen und erlebt hast, Kische», sagte Brork, als sie seine Pension erreicht hatten. «Für uns hier, die wir zu Hause geblieben sind, ist das etwas anderes. Wir sind mit unserem Land verwurzelt. Es ist unsere Heimat. Wir lieben sie.»

«Ich liebe unsere Heimat auch!», erklärte Christian. «Das ist doch selbstverständlich! Und trotzdem …» Er wusste nicht, wie er es ausdrücken sollte. Etwas war zwischen ihn und die Freunde getreten, in dem Jahr seiner Abwesenheit, aber er konnte es nicht benennen.

In jener Nacht träumte er einen Traum, an den er noch in den kommenden Monaten denken würde. Er stand am Strand, gemeinsam mit Brork und Haulk. Ein Feuer brannte, jemand tanzte, diese Käthe aus Hamburg vielleicht. Ein Grammophon jubelte Töne in den Wind. Alles war wie am Abend vor seiner

Abreise. Aber dann flammte das Feuer so hoch, dass ihm heiß wurde. Er machte ein paar Schritte ins Wasser, um sich abzukühlen. Und da erfasste ihn eine Welle. Eine Strömung riss ihn hinaus. Weiter und weiter hinaus trieb er, und am Strand standen Brork und Haulk und winkten ihm, er möge zurückkommen, und er tat alles, um gegen die Strömung anzukämpfen, aber es ging nicht, und so wirbelte es ihn in die Nordsee hinaus. Brork und Haulk am Ufer verschwanden. Die Strömung war einfach zu stark.

***

Lil rannte barfuß an den Hühnerställen vorbei quer durch den Garten. Der Briefträger war gekommen. Sie hatte ihn aus dem Fenster ihres kleinen Gartenhauses gesehen, und jetzt klopfte ihr Herz. Es verging kein Tag, ohne dass sie hoffte, einen Brief von Christian zu bekommen. Natürlich musste dieser Brief einen langen Weg zurücklegen, das war ihr klar. Erst mussten die Gefühle, die einem durch den Körper tosten, ja in Gedanken verwandelt werden, dann mussten diese Gedanken zu schreibtauglichen Wörtern werden. Und dann mussten die Wörter unendlich weit über Länder, Kontinente und Meere fahren. Ob er ihr wohl schon vom Schiff aus geschrieben hatte? Und wo hatte er den Brief dann wohl eingeworfen?

Dass ihre Post zuverlässig von Pearl Harbor nach Rio de Janeiro reisen konnte, ohne unterwegs verlorenzugehen, hatte sie schon bewiesen. Lil bekam ständig Briefe von zu Hause. Ihre Mutter schickte ihr regelmäßig die Post nach, aber sie schrieb nie eine persönliche Zeile dazu. Sie hatte ihr nicht verziehen, dass sie sich «mit einem deutschen Matrosen herumgetrieben hatte», wie sie es ausdrückte. Dass sie eine Woche lang nicht zum Schlafen nach Hause gekommen war.

Christian. Vier Monate, in denen sie an ihn dachte. Jeden einzelnen Tag.

«Keine Post für die Senhorinha», frohlockte Inês schadenfroh.

«Danke trotzdem», sagte Lil. Sie gab sich Mühe, Rods ältere Schwester freundlich zu behandeln, aber die Dame machte es ihr weiß Gott nicht leicht.

Zu ihren Füßen, am Rand des Gartens, dehnte sich die Stadt. Paläste und Kirchen wechselten mit Siedlungen aus uralten kleinen Häusern. Dazwischen ragten Wolkenkratzer auf, die sie an New York erinnerten. Vieles hier in Rio war ähnlich wie zu Hause auf Oahu: Es war heiß, ein Meer von Blüten berauschte die Sinne, und ein Ozean brandete gewaltig an die Küste vor der Stadt.

In manchen Nächten träumte sie noch von der Überfahrt. Sie hatte eine Schiffspassage auf einem Chile-Segler gebucht, der bis Punta Arenas fuhr. *Punta Arenas*, hatte sie in einem ihrer Briefe an Christian geschrieben, die sie nicht abschicken konnte, *Punta Arenas, der Ort, an dem du im Krankenhaus lagst, Liebster. In dem du deine erste Schokolade bekommen hast.* In Chile hatte sie auf ein anderes Schiff umsteigen müssen, das sie um den amerikanischen Südzipfel herum bis nach Brasilien geführt hatte. Und dann waren ihr Zweifel gekommen. War es wirklich eine gute Idee gewesen, die Koffer zu packen und nach Brasilien zu ziehen? Was, wenn ihr Rio nicht gefiel, wenn es zu schwierig war, sich dort einzuleben? Die Schiffspassage hatte sie so viel Geld gekostet, dass sie gezwungen sein würde, in Rio wohnen zu bleiben. Zumindest so lange, bis sie genügend Geld zusammengespart hätte, um wieder von dannen ziehen zu können.

Aber immer, wenn ihre Bedenken zu groß wurden, so groß wie die Wellen, die vor dem Süden Chiles auf sie zustürmten und das Schiff umherschleuderten, dass Lil meinte, sicher unterzugehen, dachte sie daran, wie sie sich nach Christians Abreise gefühlt hatte. So leer.

Und dann, eines Morgens, hatte sie von der Reling aus Rio de Janeiro gesehen. Die Bergkette über der Bucht von Guanabara. Die Inseln, die wie kleine Schmuckstücke im Meer aufschimmerten. Den Zuckerhut. Und da hatte sie gewusst, dass sie bleiben wollte. Noch bevor sie einen Fuß an Land gesetzt hatte, war sie in Rio verliebt.

Zwei Arme umschlangen sie von hinten. «Er hat dir immer noch nicht geschrieben?»

«Nein, noch nicht.» Lil versuchte zuversichtlicher zu klingen, als sie sich fühlte. «Aber er hat es mir ja versprochen, also wird er es auch tun.»

Amy seufzte. «Wenn du wüsstest, was Männer einem alles versprechen, Darling! Wir sind das schöne und sie das lügnerische Geschlecht – alles Biologie. Komm mit rein und leiste mir Gesellschaft, während ich mir eine Wasserwelle lege. Dann kannst du mich auch festhalten, falls ich vom Stuhl kippen sollte.»

«Warum solltest du vom Stuhl kippen?» Lil, immer noch barfuß, hüpfte im Gras neben Amy her. Es war gut möglich, dass der Rasen hinter Rods Villa zu den saftigsten Grünflächen von ganz Rio de Janeiro gehörte. Rod legte großen Wert darauf, dass sowohl er als auch sein Garten gepflegt aussahen.

«Weil mir übel und schwindelig ist. Vielleicht versucht mich mein Ehemann zu vergiften … Oh!» Amys Augen leuchteten auf. «Das bringt mich auf eine gute Idee!»

«Ein Wettrennen, wer wen zuerst umbringt?» Lil öffnete die Terrassentür. «Endlich verstehe ich die Phrase ‹Sport ist Mord›!»

«Spar dir deine Witzchen und frag Inês, ob sie ein Mittel

gegen Bauchschmerzen hat!» Sie sah Lils Gesichtsausdruck und hob die Hände. «Ja, was? Ich kann immer noch kein Portugiesisch! Außerdem macht mir diese Frau Angst!»

«Aber Amy, du lebst jetzt seit fast einem Jahr hier!» Lil sah sich vorsichtig nach links und rechts um, während sie über die Fliesen im Flur in Amys Ankleidezimmer lief. Sie hatte heute keine Lust, Rod zu begegnen. Wenn sie ehrlich sein sollte, hatte sie nie Lust dazu.

Amy ließ sich auf den Stuhl vor ihrem Frisiertisch fallen. «Am Anfang dachte ich noch, ich könnte die alte Hexe mit meinem Charme bezwingen, aber sie ist gegen jede Art von Freundlichkeit immun!»

«Sie muss sich vielleicht noch daran gewöhnen, dass sie nicht mehr die einzige Frau in der Nähe von Rod ist. Schließlich ist sie unverheiratet und hat immer für ihn gesorgt.»

Amy warf ihr im Spiegel einen Blick zu. «Und jetzt bitte die unzensierte Version.»

«Die unzensierte Version lautet, dass sie eine alte Schreckschraube ist, die immer schlechte Laune hat, was so eine Art Erbkrankheit in der Familie zu sein scheint!»

Amy lachte. «Ich verstehe, warum ihr Journalisten gegen die Zensur seid. Außerdem hat die Wahrheit, wenn sie aus deinem Mund kommt, auch noch den Vorzug, amüsant zu sein!»

«Das Vergnügen ist ganz auf meiner Seite», bemerkte Lil etwas zerstreut, da ihr gerade eine gute Idee für eine Reportage gekommen war. Sie griff nach einer herumliegenden Zeitschrift und machte sich Notizen.

«Amys zehn Gebote», sagte Amy, während sie sich mit einer Bürste durch die Haare fuhr. «Erstens: Du sollst nicht in meinen Modeblättern herumkritzeln, während du dich mit mir unterhältst. Zweitens: Du sollst den alten Hausdrachen fragen, ob er Medikamente gegen Bauchschmerzen im Haus hat.

Drittens: Und wenn du schon mal unterwegs bist, kannst du mir dann vielleicht noch ein Glas Wasser mitbringen?»

Lil rollte mit den Augen. «Manchmal bin ich echt froh, dass du nicht bis zehn zählen kannst!»

«Das habe ich jetzt aber gehört!»

«Das solltest du auch!» Lil warf das Modeblatt beiseite und steckte sich den Bleistift hinters Ohr.

«Ach ja, und wenn du am Salon vorbeikommst, kannst du mir dann vielleicht auch noch etwas zu lesen mitbringen?», rief Amy ihr hinterher, als Lil schon auf dem Flur war. «Aber nichts, was mich zu sehr aufregt!»

«Also schon mal keine Zeitung», murmelte Lil.

«Also keine Zeitung bitte!», brüllte Amy so laut, dass Lil den Gedichtband, nach dem sie gerade gegriffen hatte, vor Schreck wieder fallen ließ.

Als sie das Zimmer wieder betrat, streckte Amy ihr eine Klemme entgegen. «Und wenn du mir jetzt noch bei meiner Wasserwelle helfen könntest», sagte sie, «das wäre ein Traum!»

«Woran ist eigentlich deine letzte Sklavin gestorben?» Lil knallte Wasser und Gedichtband auf den Beistelltisch.

Amy grinste. «An schlechter Laune vermutlich. Eine Krankheit, die hier wirklich auf erschreckende Weise um sich greift.»

Lil pikte ihr mit dem Finger in die Seite. «Diese hier probt heute den Aufstand!»

«Das soll die Sklavin einmal wagen!» Amy sprang auf und kitzelte Lil zurück, woraufhin die kreischend aus dem Zimmer rannte.

Im großen Flur mit seinen schwarz-weißen Fliesen und dem breiten Treppenaufgang gab es allerdings kein Entkommen, also rannte Lil die Treppe hinauf. Amy war ihr dicht auf den Fersen, wobei sie mit allen zehn Fingern wackelte. «Kili-kili-kili!» Lil schrie und nahm jetzt zwei Stufen auf einmal. Sie hatte, seit sie in Rio lebte, eine bessere Kondition bekommen, den vielen bergigen Straßen sei Dank. Oben angekommen schwang sich Lil auf das Treppengeländer. Amy brach in Gelächter aus und rutschte hinterher. Sie schrien im Chor, während sie rutschten. Lil musste so sehr lachen, dass sie sich kaum festhalten konnte. Vor allem die letzte Biegung sah gefährlich aus. Sie beugte sich leicht vor, so wie sie es als Kind immer getan hatte, wenn sie das Geländer heruntergerutscht war. «Und Sieg!», stieß sie hervor.

In diesem Moment ging die Haustür auf, und ein fassungsloser Rod stand vor ihnen. Er blickte zu Amy, die in diesem Moment ebenfalls die letzte Biegung auf ihrem Hinterteil nahm, sah ihre erhitzten Wangen und ihren glänzenden Blick.

«Manchmal überlege ich ernsthaft, dich einweisen zu lassen!», sagte er kühl.

Amy strich sich hastig ihr Kleid glatt. «Das muss Gedankenübertragung sein, Rod, ich hatte tatsächlich heute überlegt, zum Arzt zu gehen!» Eine Antwort, über die Lil schrecklich lachen musste, aber sie tat, als müsse sie husten, und wurde schnell wieder ernst. «Wir haben nur eine kleine Wette abgeschlossen, Rod, nichts, worüber du dich aufregen musst.»

Rod musterte sie mit einem boshaften Blick. «Worüber ich mich aufrege oder auch nicht», sagte er kalt, «das überlass immer noch mir.»

Lil wandte sich zu Amy um, die auf einmal sehr bleich geworden war. Soll ich bleiben?, fragte Lil mit den Augen. Besser, du gehst, antwortete Amys Blick.

Sie war froh, dass sie darauf bestanden hatte, Miete für das Gartenhaus zu zahlen, dachte Lil später, während sie mit der Tram die Straße hinunter in die Stadt fuhr. Sie wollte Rod nichts schuldig sein. Schließlich gelang es ihr, ihre Gedanken von

Rods Anwesen loszureißen, und war ganz im ratternden Straßenbahn-Jetzt. Eine alte Frau saß ihr gegenüber, die Arme um einen Hühnerkäfig gelegt. Sie musste eine India sein, denn sie trug die langen Haare zum Zopf geflochten, und ihr Kleid war bunt gemustert. Als sie Lils Blick bemerkte, lachte sie ein strahlendes Lächeln, das nur noch aus einem Zahn bestand. Ihr zur Seite saß ein Junge, dessen Haut so schwarz wie die Vulkanerde im Diamantkopf war. Die meisten Menschen im Waggon unterhielten sich auf Portugiesisch, doch bei einer Gruppe hellhäutiger Männer hörte sie auch Deutsch heraus. Sie versuchte, diese Alltagsbeobachtungen in ihre Reportagen über das Leben in Rio mit einfließen zu lassen, und der New Yorker Redaktion schien das zu gefallen – jedenfalls hatte Dave Ginger alias Lil Kimming so viel zu tun wie nie zuvor.

An diesem Nachmittag hatte sie einen Termin mit einem Kaffeegroßhändler. Die Kaffeepreise waren nach dem Zusammenbruch der Börse an der Wall Street stark gefallen – was für Tausende von Menschen in Brasilien existenzbedrohend war. Bis zu ihrem Termin blieben ihr noch zwei Stunden. Sie beschloss, die Zeit mit ihrem Notizbuch am Strand zu verbringen.

Zum zweiten Mal an diesem Tag war ihr, als tauche sie in ihre Kindheit ein. Und wieder dachte sie, dass hier in Rio alles noch farbenprächtiger, noch ausladender, noch großartiger war. Sie fand einen Schattenplatz unter einer Palme und bohrte ihre Füße in den Sand. Die Gischt sprühte ihr salzig entgegen. Was für ein Glück: Sie liebte den Duft von Meer auf ihrer Haut. In der Ferne zogen die Ozeandampfer über den Atlantik. Helle und dunkle Menschen warfen sich in die Brandung und liefen über den Strand. Sie nahm ihr Notizbuch und begann zu schreiben:

Lieber Christian,

ich weiß nicht, wohin ich dir meine Briefe senden kann, aber ich schreibe sie trotzdem. Ich denke jeden Tag an dich, aber mehr noch in der Nacht, wenn das Kreuz des Südens über der Stadt leuchtet, dasselbe Kreuz, das wir gesehen haben, als ich am Strand in deinen Armen lag. Die Lichter schimmern am Rand der Buchten von Rio, wie eine Kette aus Glitzersteinen schmiegen sich die Strandpromenaden an. Auch die Avenidas sind nachts beleuchtet, und so funkelt es bis an den Horizont und vielleicht noch weiter. Es ist alles so unendlich hier. Genau das Richtige für meine Freundin Amy, deren größte Angst es ist, sich zu langweilen. Diese Angst ist in Rio vollkommen unbegründet: Langweilig wird es hier nie! Ich schreibe fleißig für die Zeitung, aber du wirst dich wohl mit der Tatsache abfinden müssen, dass ich jetzt ein Mann bin, zumindest für meinen Verleger: Ich schreibe unter dem Namen Dave Ginger, aber dich küsse ich als

deine Lil.

Der Abend senkte sich dunkelblau und rötlich über die Straßen, und Lil zog mit einer reichen Ausbeute heim: Sie hatte viele Informationen für ihre Reportage bekommen, und sie hatte einen Brief an ihren Liebsten verfasst. Hier oben auf dem Hügel von Tijuca war die Stadt nur ein fernes Summen. Irgendwo in der Nähe schrie ein Affe, und als sie sich Rods Anwesen näherte, konnte sie die Hühner in ihrem Gehege rascheln hören. Sie betrat den Garten durch den Nebeneingang. Hier war es dunkel, und sie erschrak, als sie Schritte hörte. Eine Gestalt, die sie im ersten Moment nicht erkannte, trat auf sie zu.

«Amy!», rief sie erschrocken. «Hast du auf mich gewartet? Warum machst du denn gar kein Licht?» Sie schloss auf und zündete den Docht der Petroleumlampe an. Noch immer konnte sie das Gesicht der Freundin nicht richtig erkennen.

Amy hielt sich im Halbschatten des Raumes, und Lil schien es, als habe sie geweint.

«Hat Rod dich geschlagen?», fragte sie leise.

Amy ließ sich auf einen Stuhl fallen und schaute starr vor sich hin. «Ich habe überlegt, Rod zu verlassen», sagte sie endlich. «Ich weiß ja, dass er ein Fehler war.»

«Du wusstest nicht, was du anderes hättest tun sollen», versuchte Lil, sie zu trösten. «Du hattest kein Geld mehr, und du hattest keine Aussicht, Arbeit zu finden. Dann das Zimmer in Brooklyn. Mit all deinen Cousinen in einem Bett …»

«Es ist alles so viel erträglicher geworden für mich, seitdem du da bist», fuhr Amy tonlos fort. «Und ich habe *wirklich* überlegt, wie ich aus diesem ganzen Mist herauskomme. Ob ich mich von Rod scheiden lassen kann.» Sie lächelte, aber im schwachen Schein der Lampe sah Lil, dass sie weinte. Gleichzeitig lief ihr selbst eine Träne über die Wange. «Ich hatte sogar gedacht, wir beide könnten weiter hier wohnen bleiben, hier in Rio. Wo es doch in New York noch immer keine Arbeit gibt …»

Lil griff nach den Händen der Freundin. «Aber das können wir doch tun, Liebes! Verlass den Mistkerl! Wir bekommen das schon irgendwie hin!»

Amy schüttelte langsam den Kopf. «Ich kann mich nicht mehr von Rod trennen. Ich war heute beim Arzt.»

«O nein», sagte Lil.

Amy schluckte. «Doch. Und Rod hat es leider schon erfahren, weil er darauf bestanden hat, mich hinzufahren. Ich habe immer so darauf geachtet, dass es nicht passiert. Aber es hat nichts genützt. Ich erwarte ein Kind.»

★★★

Der Sommerregen ging in einen Herbstregen über, und als es Winter wurde, änderte sich die ewige Nässe insofern, als sie gefror. Norddeutschland wurde weiß, und Christian trug seine Briefe an Lil auf dem Weg zur Post noch immer unter der Jacke, um sie zu schützen.

Er besuchte inzwischen die Seefahrtsschule in Hamburg, aber an Weihnachten kehrte er nach Hause zurück. Am Tag vor Heiligabend lieferte er sich eine aufreibende Schneeballschlacht mit Erika, die damit endete, dass Erika einen Mann am Kopf traf, der durch die Kjeirstraße geritten kam.

«Verdammt, das war Hermann Göring.» Erika zog Christian am Ärmel hinter den Schuppen. «Der Mann hat immer so schlechte Laune – wenn der uns erwischt, haben wir ein Problem!»

«Woher weißt du, wer das ist?», flüsterte Christian, während er lautes Schimpfen in einem bayrisch gefärbten Deutsch hörte. «O ja, klingt wirklich mies gelaunt!»

«Na, ich weiß es, weil er der Einzige ist, der durch Westerland reitet! Wir nennen ihn hier den Lametta-Heini, weil er immer so behängte Phantasie-Uniformen trägt. Übrigens ist er für ein Pferd viel zu dick!»

Etwas Schweres stapfte durch den Schnee. «Na, warte, dich werd ich finden, du Kröte!»

Erika kicherte und legte sich rasch eine Hand auf den Mund. Christian sah sie an. Im Mondlicht glitzerten ihre Augen. «Oder ich finde DICH!», brummte Christian in Richtung des Lametta-Heinis und ballte theatralisch die Faust.

Erika lachte mittlerweile so sehr, dass sie sich kaum noch aufrecht halten konnte.

«Kommen Sie, Herr Beauftragter, das waren irgendwelche dummen Kinder, die sind bestimmt schon über alle Berge!»

«Was für ein Beauftragter ist der Kerl denn?», fragte Christian, als sich die Pferde wieder entfernten. Ihre Hufe klangen dumpf im Schnee.

«Politischer Beauftragter von diesem Hitler.» Erika kämpfte sich mühsam aus einer Schneewehe. «Keine Ahnung, was das bedeutet. Er hat sich in Wenningstedt ein Haus bauen lassen. Das einzige Haus auf Sylt mit einer bombensicheren Decke.» Sie kicherte wieder. «Also, für den kann der Krieg gerne kommen, hat Mutter gesagt, aber nur für den allein!»

Das Weihnachtsfest war stiller als die anderen Weihnachtsfeste, die Christian erlebt hatte – wenn man von Onkel Pers lautstarkem Besuch absah.

Der Onkel rühmte sich, die Minusgrade in seiner Behausung überlebt zu haben. «Nein», sagte er, während er die Feuerfestigkeit seiner Wange am Herd überprüfte. «Mich kriegt einfach nichts tot!»

Das Sammeln von Feuerholz am Strand stand unter Strafe. Das war ein Umstand, der Onkel Per normalerweise nicht schreckte. Aber weil so viele Sylter in diesem Winter trotzdem versuchten, Holz zu sammeln, war der Strandvogt Tag und Nacht auf der Wacht. Auf der Insel waren bereits 392 Menschen ohne Arbeit. Und da selbst diejenigen, die Arbeit hatten, Hunger litten, wurde eine Notstandsküche eingerichtet, die die Bevölkerung mit billigen Mahlzeiten versorgte. Unterernährte Kinder bekamen ihr Essen jetzt kostenlos.

Christian hatte seiner Mutter zu Weihnachten einen Radioapparat gekauft, wodurch sie nun zu den fünf Prozent Nordfriesen gehörte, die ein genehmigtes Gerät besaßen. Die Freude über diesen Umstand war aber nur von kurzer Dauer – zu abscheulich waren die Nachrichten, die das Radio von sich gab. Nicht einmal mehr vor Zeppelinen machte der Schrecken halt. Eckener, der im September mit seiner Fahrt über Moskau das Versäumnis vom Vorjahr wiedergutzumachen versucht hatte, berichtete, dass unbekannte Attentäter auf den Zeppelin geschossen hätten. Es gab allerlei Theorien über den Unglückshergang, die der Radiosprecher seinen Hörern ausgerechnet in den Tagen nach Weihnachten schmackhaft machen wollte, aber letztendlich sah er ein, dass man wohl nie herausfinden würde, ob es sich um einen Sabotageakt oder einen Unfall gehandelt hatte. Auch das Unglück des britischen Luftschiffs R101 über Nordfrankreich im Oktober fand noch einmal Erwähnung. 48 der 54 Passagiere und Besatzungsmitglieder waren durch die Wasserstoffexplosion ums Leben gekommen. Doch all das schien Hugo Eckener nicht aufzuhalten in seinen Plänen, was der Sprecher für einen Sieg der deutschen Ingenieurskunst über die Fertigkeiten sämtlicher anderer Länder hielt. Der *Graf Zeppelin* hatte mittlerweile schon mehrere erfolgreiche Fahrten nach Brasilien unternommen, und der Sprecher war optimistisch, dass es bald eine feste Verbindung mit verlässlichem Fahrplan zwischen Frankfurt und Rio de Janeiro geben würde. Obwohl man natürlich abwarten müsse, ob Brasilien nicht im Chaos versinke. Die Preise für Kaffee, Brasiliens wichtigsten Exportartikel, seien stark gesunken, weshalb die Menschen sehr unzufrieden mit der Regierung seien. Daher habe nun ein Mann, der glaube, es besser zu können, die Regierungsgeschäfte übernommen. Aber so sei das eben in Südamerika – immer Revolution!

Zu guter Letzt verkündete der Radiosprecher, dass in Deutschland eine Ledigensteuer geplant werde. Christian, Erika, Onkel Per und die Mutter sahen sich betroffen an. «Reicht es also nicht, dass man alleine dasteht», bemerkte die Mutter. «Nu bestraft einen die Regierung also auch noch dafür.»

Glücklicherweise gab das Gerät aber nicht nur Nachrichten

zum Besten, sondern bot auch ein Musikprogramm an. Über die Weihnachtstage spielte der Sender unter anderem Barnabas von Geczy mit seinem Salonorchester. Christian schloss die Augen und sah die Wellen vor Hawaii wieder vor sich, das türkisfarbene Wasser und ein Mädchen, das ihn mit libellenfarbenen Augen ansah und eine Blume im Haar trug. So viele Briefe hatte er Lil nun schon geschrieben. Und noch immer keine Antwort erhalten. Vermutlich hatte sie die sechs Tage, die sie gemeinsam verbracht hatten, schon längst vergessen. Er wünschte, er könnte das auch.

An einem klirrend kalten Frühlingsmorgen im Jahr 1931 verabschiedeten die Mutter und er Erika nach Amerika. Sie würde wie geplant bei Tante Anni wohnen, die ein paar Jahre zuvor nach Massachusetts ausgewandert war, und ein College besuchen, um «den letzten Schliff zu bekommen», wie die Mutter es ausdrückte.

***

Der australische Polarforscher Hubert Wilkins plante, sich mit einem U-Boot durch das Packeis bis zum Nordpol durchzubohren, und fragte Hugo Eckener, ob er zufällig Lust habe, ihn mit seinem Zeppelin an der Durchbruchstelle zu treffen. Eckener, der sein Luftschiff schon immer unter arktischen Bedingungen hatte testen wollen, sagte hocherfreut zu. Randolph Hearst, der eine gute Story zehn Meilen gegen den Eiswind roch, gewährte beiden Seiten finanzielle Unterstützung. Wilkins versprach er 61 000 Dollar für die Exklusivrechte an der U-Boot-Geschichte, die großenteils von Dunkelheit, Angst und Enge sprechen sollte. Dem deutschen Luftschiff-Pionier stellte Hearst sogar 150 000 Dollar in Aussicht, sollte es ihm gelingen, dem U-Boot mit seinem Zeppelin zu begegnen und obendrein Post und Passagiere auszutauschen. (Glücklicherweise ahnten die Zeppelin-Passagiere nichts von der Aussicht auf eine unerwartet dunkle Rückreise, sonst hätten sie ihren Urlaub vielleicht doch lieber anders verbracht.)

Der Deal kam jedoch nicht zustande, weil sich Wilkins' U-Boot in Norwegen als reparaturbedürftig erwies. Dafür gelang es Eckener in letzter Minute, spektakulär die Seiten zu wechseln. Anstelle der amerikanischen Unterstützung erhielt er Hilfe von russischer Seite. Die sowjetische Regierung, mit der er seit der Zeppelin-Fahrt über Moskau wieder ganz gut Freund war, wollte zu Studienzwecken einen Eisbrecher entsenden. Eckener sollte 300 Kilogramm Post mitnehmen, die er am Nordpol dem Eisbrecher übergeben würde. Philatelisten in aller Welt jubelten, und Eckener konnte herausfinden, ob sein Zeppelin auch extremer Kälte widerstand.

★★★

Als der *Graf Zeppelin* erfolgreich von den Gletschern mit seinen glitzernden Schollen und den blauen Sunden im Franz-Joseph-Land zurückgekehrt war und nun den Liniendienst nach Brasilien aufnahm, hatte Christian sein Steuermannspatent auf großer Fahrt absolviert. Somit war er endlich befähigt, als Dritter Offizier zu fahren. Er beschloss, eine Ausbildung zum Seefunker an das Steuermannspatent anzuhängen. Und wie er dieses Zeugnis glücklich in Händen hielt, ließ er sich zum Luftnavigator in der Deutschen Verkehrsfliegerschule in List auf Sylt ausbilden. Er sah zu, wie im Juli 1932 der Flieger Wolfgang von Gronau von hier aus zu seiner Weltreise im Wasserflugzeug startete.

Auch in Deutschland war jede Menge Bewegung. Ein Reichskanzler trat zurück, ein anderer löste den Reichstag auf, wieder ein anderer wurde abgesetzt. Sechs Millionen Deutsche waren und blieben arbeitslos – immerhin zwanzig Prozent. Kaum jemand, den Christian kannte, versprach sich von dem neuen Mann am Regierungsruder Fähigkeiten, die jene eines Holsteiner Rinds überragten. Wobei man den guten, norddeutschen Kühen Unrecht tat. Immerhin gaben sie Milch.

Nur Christians ehemalige Schulkameraden Haulk und Brork glaubten daran, dass sich bei der Reichstagswahl am 5. März 1933 wirklich etwas ändern würde. Sie waren mittlerweile beide der NSDAP beigetreten und setzten auf einen haushohen Sieg ihrer Partei. Die Vorbereitungen für die Reichstagswahl verliefen in Westerland sehr laut und sogar ziemlich musikalisch, mit reichlich Uniformen und Tänzen, und Hakenkreuzen aus Miesmuschelschalen im Sand. Das Hakenkreuz wehte auch vom Reetdachhaus des Lametta-Heinis Hermann Göring. Aus irgendeinem Grund waren auf Sylt auffallend viele Schlachter Nazi-Anhänger. Die Hakenkreuze hingen im Schaufenster neben totem Getier. Die meisten Veranstaltungen verliefen friedlich. Doch kurz vor der Reichstagswahl gab es in Westerland eine Schlägerei zwischen Kommunisten und Nationalsozialisten, die damit endete, dass der Westerländer SA-Sturmführer seine politischen Widersacher mit der Reitpeitsche zusammenschlug.

Christian konnte sich nicht vorstellen, dass diese Horde von verkleideten Fackelträgern und Peitschenliebhabern groß Stimmen machen würde. Aber er war auch mit anderen Dingen beschäftigt. Ende 1932 hatte er seine Ausbildung zum Luftnavigator in der Verkehrsschule in List abgeschlossen. Und so wie er es sah, hatte er nun zweierlei Möglichkeiten: Entweder er bewarb sich als nautischer Offizier bei einer Reederei, bereiste die Weltmeere und verdiente endlich gutes Geld – was eine sehr vernünftige Entscheidung wäre, wie jeder in seinem

Umfeld betonte. Oder aber er lernte weiter. Im Februar 1933 sollte eine Schule in Warnemünde entstehen, die Piloten in richtigen Motorflugzeugen ausbildete. Christian konnte jetzt funken, er konnte navigieren, und er hatte gute Kenntnisse in Wetterkunde. Für ihn war der Augenblick gekommen, da er das tun konnte, was er tun wollte, solange er denken konnte. Fliegen lernen.

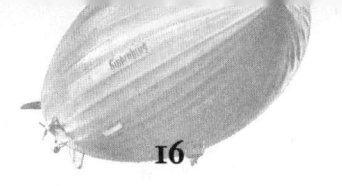

16

Es gab Augenblicke, da verstand Lil selbst nicht, warum sie weiter an Christian schrieb. Vier Jahre waren vergangen seit ihrer Zeit in Hawaii. Manchmal kamen ihr die Tage mit ihm vor wie ein Märchen, und er selbst wie eine mythische Gestalt. Sie konnte mit niemandem darüber sprechen, nicht einmal mit Amy. Aber sie wusste, dass es sie glücklich machte, wenn sie einen Brief an ihn verfasste. Wenn sie ihre Gedanken für ihn in Worte formte, wurde er etwas weniger mythisch. Dann war es ein bisschen so, als wäre er da.

An diesem Abend dachte sie allerdings noch aus einem anderen Grund an Christian: Sie hatte in Rio Bekanntschaft mit einer Gruppe von Deutschen gemacht. Nirgendwo lebten so viele ausgewanderte Deutsche wie in Brasilien. Es gab ganze Städte, so wie Blumenau im Süden des Landes, da gehörten Wörter wie *Jawohl* und *Auf Wiedersehen* zum ganz normalen Vokabular.

«Oder: *Ich liebe dich.*» Senhor Müller strich sich kokett über seine Glatze und zwinkerte Lil zu. «Also, wenn man das Vergnügen hat, mit einer so schönen Frau wie Ihnen zusammen zu sein. Sie sind also Journalistin?»

Ja, und Sie offenbar schon ziemlich vergesslich, hätte Lil um ein Haar entgegnet. Sie hatte Senhor Müller nicht nur zuvor schon kennengelernt, sie hatte ihm sogar eine Visitenkarte mit ihrem Namen gegeben, unter dem auch ihr Beruf vermerkt stand.

«Es ist nur so, dass ich mir Journalistinnen immer etwas kratzbürstiger vorgestellt habe», sagte Senhor Müller und lächelte sie breit an. Lil versuchte darüber hinwegzusehen, dass ihm ein Stück Petersilie zwischen den Schneidezähnen hing. «Sie wissen schon … ein bisschen verbittert.»

«Solange wir an Informationen gelangen, haben wir keinen Grund, uns zu ärgern. Im Gegenteil. Dann sind wir sehr froh.» Lil lächelte dem Kellner zu, der das Kunststück vollbrachte, zwei vollbeladene Teller auf seinem linken Unterarm zu balancieren und dabei noch einem gestikulierenden Gast auszuweichen. «Das ist also deutsches Essen», sagte sie, während der Kellner die Teller von seinem Unterarm auf den Tisch wuchtete. «Es sieht sehr reichlich aus.»

Senhor Müller schmunzelte. «Wir Deutschen essen gern ordentlich. Soll ja niemand verhungern bei uns.»

«Ich bin sicher, dass diese Gefahr heute nicht droht.» Lil betrachtete das gigantische Stück Fleisch auf ihrem Teller und den Berg Kartoffeln daneben, der in einem See von Soße schwamm.

Sie saßen im Club Germania von Rio de Janeiro, einem Haus, in dem sich deutsche Geschäftsleute zum Mittagessen trafen. Senhor Müller hatte einen Fensterplatz für sie ausgesucht, von dem aus sie auf das Meer blicken konnte. Es war ein windiger Tag, und die Wellen brausten donnernd gegen das Ufer. Nur wenige Meter weiter hatte eine Gruppe Indios einen Marktstand aufgebaut, Blumen und Früchte quollen über das Holz. Weiter unten am Strand konnte Lil eine Gruppe Frauen erkennen, die Gymnastik übten. Ihre Badeanzüge waren so knapp geschnitten, dass die Ansätze ihrer Brüste wippten, wenn sie die Arme in die Luft reckten. Durch das geöffnete

Fenster roch sie die Meeresluft, die vom Meer heraufwehte, ein Gemisch aus Salz und Jod.

«Wie heißt denn dieses Gericht?», wandte sie sich wieder dem Fleisch- und Soßenberg zu.

«Saumagen», antwortete Senhor Müller, der sich mit der Zunge über die Lippen fuhr.

Lil wollte gerade ihren Stift ansetzen. «Das ist ein deutsches Wort, richtig? Gibt es eine portugiesische Übersetzung dafür?»

Senhor Müller legte die Stirn in Falten. «Nicht, dass ich wüsste. Es ist eben … der Magen einer Sau.»

Lil zuckte zusammen, versuchte aber, sich nichts anmerken zu lassen. Die Schrift eines brasilianischen Gelehrten fiel ihr ein, der den massenhaften Zuzug von Deutschen nach Brasilien mit der Invasion der Barbaren verglich, die das Römische Imperium ins Wanken gebracht hatte. Nun war sicherlich nichts Falsches daran, Tiere komplett zu verwerten, allerdings einen Magen zu essen, und dann auch noch einen so großen, kam ihr etwas merkwürdig vor. Aber sie wollte nichts Schlechtes über Deutsche denken. Es gab schon genug Stimmen in Brasilien, die mahnten, das Boot sei jetzt voll.

«Ich lebe nun schon seit vier Jahren in Brasilien», erklärte sie, während sie ein Stück Kartoffel mit Soße aß. Sie würde sich erst langsam herantasten an diesen Magen einer Sau. «Aber mir ist jetzt erst bewusst geworden, dass Deutsch die zweite offizielle Landessprache nach Portugiesisch ist.»

«Hunsrückisch», warf Senhor Müller mit vollem Mund ein.

«Entschuldigen Sie bitte.» Lil versuchte zu lächeln. «Ich verstehe Sie manchmal so schlecht.»

Senhor Müller kaute und schluckte. «Ich sagte: Hunsrückisch. Das ist die zweite Amtssprache nach Portugiesisch. Haben Sie mal überlegt, als Mannequin zu arbeiten? Da ist es auch nicht so schlimm, dass es mit Ihrem Gehör offenbar nicht zum Besten steht. Ein Geschäftspartner von mir hat ein Modehaus, ich könnte da gern mal den Kontakt herstellen.»

«Sehr freundlich, aber nicht nötig», sagte Lil. «Was mich also interessieren würde: Wie halten Sie die Verbindung nach Deutschland aufrecht? Rein postalisch, oder reisen Sie auch?»

Senhor Müller nahm einen großen Schluck von seinem Bier. «Seitdem der *Graf Zeppelin* regelmäßig zwischen Frankfurt und Rio verkehrt, reise ich wieder. Es ist ein großes Glück für uns Deutsche in Brasilien, dass es den Zeppelin-Verkehr gibt. Natürlich können wir jetzt auch viel schneller Post befördern zwischen den beiden Ländern. Die deutsche und brasilianische Wirtschaft profitiert davon.»

«Nun hat sich in Deutschland ja einiges verändert», sagte Lil. «Wie schätzen Sie den neuen Mann an der Spitze der Regierung ein?»

«Adolf Hitler?» Senhor Müller leckte sich die Lippen. «Er wird Deutschland endlich wieder zu alter Stärke führen. Schon jetzt geht es da wirtschaftlich aufwärts. Und er befreit Deutschland vom jüdischen Element.» Er maß Lil mit einem Blick, aus dem jegliche Bereitschaft zu flirten verschwunden war. «Sie schreiben jetzt aber nicht für eines dieser Lügenblätter, oder?»

«Ich weiß nicht, was Sie meinen», entgegnete Lil irritiert.

«Na, eines dieser deutschen Blätter, *Der Gegner* oder wie die heißen, die es sich zur Aufgabe gemacht haben, die deutsche Regierung in den Schmutz zu ziehen!»

«Wie Sie vielleicht festgestellt haben», Lil schob ihren Teller beiseite, «kann ich überhaupt kein Deutsch.»

«Gut, gut.» Senhor Müller lächelte wieder, wobei er erneut das Petersilienblatt entblößte. «Wollte nur noch einmal sichergehen. Sie sind schon fertig? Hat es Ihnen nicht geschmeckt?»

Lil war zu Ehrlichkeit erzogen worden. «Nein.»

«Nun ja, guter Geschmack ist sicher auch eine Frage der Rasse. Wenn Sie wollen, kann ich Sie im Club noch herumführen. Wir haben einen hervorragenden Kegelkeller hier.»

Die Sonne versank als riesiger roter Glutball im Atlantik, als Lil über den Rasen in ihr Gartenhaus ging.

«Da bist du ja endlich!» Amy saß im Schmetterlingsgarten, den Rod eigens für seine Faltersammlung angelegt hatte, und winkte mit dem Arm der kleinen Joana. «Guck mal, Joana sagt dir auch hallo!»

«Hallo, du kleine Süße!» Lil beugte sich zu dem Mädchen hinunter. «So etwas Erwachsenes kannst du schon tun?»

Das Mädchen sah ihre Mutter mit einem wütenden Blick an, befreite ihren Arm aus Amys Hand und schlug nach ihr. Joana war ein merkwürdiges kleines Mädchen mit einem Hang zu Wutausbrüchen. Amy brachte eine Geduld mit ihr auf, die Lil ihr nie zugetraut hätte. Weil sie das Mädchen Joana hatte nennen müssen – nach Rods Mutter, die gestorben war, weil sie sich in einem Zornanfall verschluckt hatte –, mutmaßte Amy manchmal, dass der böse, alte Geist in sie gefahren war.

«Wo ist Rod?», fragte Lil leise.

«In seinem Arbeitszimmer. Spießt Falter auf.»

«Und Inês?»

«Bei einer ihrer Tanten.»

Dann haben wir also kurz Ruhe, bedeutete Lil Amy mit ihrem Blick und zog ihren Fuß zurück, den Joana zu zerquetschen versuchte, indem sie wieder und wieder darauf trat.

Ja, das haben wir, blinzelte Amy zurück. Laut sagte sie: «Aber nicht doch, Liebes, sei doch mal lieb zu Tante Lil. Wie war es bei den Deutschen?»

«Interessant. Ich habe eine neue Sportart kennengelernt: Kegeln. Man wirft einen Ball über eine Bahn. Der Ball darf die Bahn nicht verlassen, und am Ende kippt er Figuren um.»

Amy lachte. «Schon mal überlegt, für die Sportseiten zu schreiben? Aus deinem Mund klingt körperliche Ertüchtigung immer so interessant!»

«Dave Ginger hat eben viele Talente.» Lil nahm Joana in die Arme, um sie daran zu hindern, weiter auf sie einzutreten. «Dieses hier noch nicht einmal mitgezählt.»

«Dave Ginger klingt, als könne er einen Batida de Coco gebrauchen. Mit einem ordentlichen Schuss Rum.»

Lil ließ sich auf den Stuhl neben Amy fallen und lachte. «Niemand kennt Dave Ginger so gut wie du!»

***

Die Männer der ss-Standarte 6 hämmerten im April 1933 an die Tür der *Gegner*-Redaktion. Harro Schulze-Boysen, der mit seinen Kollegen Adrien Turel und Henry Erlanger ein letztes Mal die Artikel für die nächste Ausgabe durchsah, ging öffnen. Er wurde augenblicklich zu Boden geworfen. Einer der ss-Männer schlug Henry Erlanger ins Gesicht. Henry verlor das Bewusstsein und sank zu Boden. Adrien Turel wurde an den Haaren quer durch den Raum geschleift. Harro Schulze-Boysen versuchte sich aufzurichten, aber ein ss-Mann trat ihm an den Kopf.

«Wo ist die Judensau?», schrie einer.

Niemand antwortete. Harro versuchte zu sehen, wie viele Männer im Raum waren, aber die Menschen und Gegenstände schoben sich ineinander und verdoppelten sich.

Den nächsten Ruf hörte er mit einem Echo. «Wo ist die Judensau?»

Ein Schmerz durchzuckte ihn, diesmal im Unterleib. «Schreiben könnt ihr, Scheißkommunisten! Scheißfeiglinge! Aber nicht reden, was?»

Dann Henrys Stimme, ganz leise: «Der Jude bin ich.»

Ein Krachen dröhnte durch den Raum. Jemand trat Henry ins Gesicht und in den Bauch. Ein anderer trat ihm in den Unterleib. Harro konnte Henrys Schreie hören, während die Männer immer wieder auf ihn eintraten. «Scheißjudensau!»

«Aufhören!», rief Harro. «Was wollen Sie? Ich geb Ihnen alles, was Sie wollen!» Er fühlte, wie er emporgezogen und gegen die Wand geworfen wurde. Jemand schlug ihm ins Gesicht, bis es brannte.

«Wir wollen, dass ihr aufhört, diese Scheiße zu schreiben!»

Wie durch einen Nebel sah Harro, wie die Männer Schubladen herausrissen, Bücher aus den Regalen warfen und mit ihren Stiefeln die Schreibmaschinen zertrümmerten.

«Alle Exemplare sind beschlagnahmt!», rief einer der Männer und hielt Harro einen Stapel Zeitungen vors Gesicht.

Aus den Augenwinkeln sah er, dass Henry sich nicht mehr bewegte. Er wollte den Männern sagen, dass es gut sei, dass sie die Zeitungen behalten konnten, dass sie jetzt bitte gehen sollten, aber er brachte kein Wort heraus. In seinem Mund breitete sich ein metallischer Geschmack aus, und er hatte das Gefühl, nicht mehr richtig hören zu können. Im nächsten Augenblick spürte er, wie einer der Männer ihn packte, und dann wurde ihm schwarz vor Augen.

Als er wieder aufwachte, lag er in einem Wagen, zumindest nahm er an, dass es ein Wagen war. Draußen zog Berlin an ihm vorbei. Die Straßen wurden schmaler und die Häuser niedriger. Harro spürte, dass er seine rechte Hand nicht mehr bewegen konnte. Unten im Wagen wimmerte es.

Dann kam der Wagen zum Stehen. Eine Tür wurde aufgerissen. Zwei Hände zerrten Harro heraus. Harro, Henry und Adrien wurden über einen verlassenen Hof geschleppt. Irgendwo bellte ein Schäferhund. Die Männer nahmen ihnen die Papiere ab und brachten sie in einen Keller, in dem es nach Stroh und Urin roch. Der Raum musste einmal einen Kegelclub beherbergt haben. Bahnen liefen über den Boden bis zur Wand. Sie mussten sich ausziehen und auf das Stroh legen. Grelle Lampen leuchteten auf sie herab. Harro drehte sich zu seinen Freunden um. Henry bewegte sich immer noch nicht. Eine Blutspur zog sich von seinem Mund bis hinunter zur Schulter.

Adrien wandte sich ihm mit weit aufgerissenen Augen zu. «Was haben die mit uns vor?»

Harro versuchte den Kopf zu schütteln, doch die Schmerzen hinderten ihn daran. Plötzlich stand einer der Männer vor ihnen. Im grellen Licht sah Harro, dass er von der Jacke bis zu den Schuhen schwarz gekleidet war. Es war dieses Detail, an das er sich später erinnerte. Schwarz von der Jacke bis zum Schuh.

«Der Schweizer kann nach Hause gehen», sagte der Mann. «Die Judensau und der Kommunist bleiben hier.»

Adrien versuchte sich aufzurichten. «Werde ich … wieder nach Hause gebracht?»

Der Schwarze lachte höhnisch. «Und noch ein Stück Lindt-und-Sprüngli-Schokolade dazu, oder was? Hau ab, du Sau!»

Adrien sah sich zu Harro um. «Aber meine Kameraden …»

«Geh», sagte Harro leise. Wie lange er und Henry so auf dem Stroh lagen, wusste er nicht. Der Schmerz pulsierte durch seinen Körper, und er versuchte, ruhig zu atmen. «Henry», flüsterte er. «Henry, hörst du mich?»

Ein schwaches Wimmern war die Antwort.

Irgendwann wurde die Tür wieder aufgerissen. Jetzt standen mehrere Männer im Raum, sechs oder sieben, Harro hatte nicht die Zeit, sie zu zählen, denn unvermittelt zerrte ihn einer der Männer hoch und schlug ihm wieder ins Gesicht. Auch Henry wurde emporgerissen. Jetzt erst sah Harro, dass die Männer Peitschen in den Händen trugen und dass die Peitschen mit kleinen Stücken Blei beschwert waren.

Draußen war es dunkel geworden, nur eine Laterne beleuchtete den Hof. Die Männer stellten sich in zwei Reihen auf, und Harro und Henry mussten nackt zwischen den Reihen hindurchlaufen. Die Männer schlugen währenddessen mit ihren bleibestückten Peitschen auf sie ein. «Dreimal!», befahl einer der Männer. Nach dem ersten Lauf hatte Harro das Gefühl, ohnmächtig zu werden. Etwas knallte an seinem Kopf, und er spürte mit heißem Entsetzen, wie ihm das Blut aus dem Ohr lief. Die Bilder verschwammen vor seinen Augen, der Hof, die Lampe, die Männer, die Peitschen … und Henry, der so schmal aussah, wenn er nackt war, er hatte gar nicht gewusst, wie schmal der Freund war.

Vielleicht lag es daran, dass Henry nicht mehr richtig gehen konnte, aber während er so vorwärtstorkelte, schlugen die Männer mit ihren Peitschen viel stärker auf ihn ein als auf Harro. Und dann blieb Henry liegen, und keine Peitsche konnte ihn mehr dazu bringen, sich zu bewegen.

Henry war tot.

Harro Schulze-Boysen überlebte, aber er verlor ein halbes Ohr. Und er beschloss, Rache zu üben. Niemals, solange er lebte, würde er vergessen, dass die ss-Männer Henry Erlanger, seinen Freund und Kollegen, getötet hatten. Er würde in den Widerstand gehen. Aber nicht mit einer Schreibmaschine. Er musste seinen Feind von innen bekämpfen, dort, wo es am meisten schmerzte: in der Armee. Am besten sogar in der Luftwaffe. Dort, wo der Feind meinte, unverwundbar zu sein.

In Warnemünde entstand derzeit eine Schule für junge Piloten. Harro beschloss, fliegen zu lernen.

***

Das Aufregendste an einem neuen Ort waren immer die neuen Kameraden, dachte Christian, während er mit seinem Seesack über das Fluggelände in Warnemünde lief. Er war gespannt darauf, ob er auch diesmal wieder jemanden finden würde, mit dem er gern zusammen war. In Gedanken ging er all die Menschen durch, von denen er geglaubt hatte, es würde ihn etwas Tieferes mit ihnen verbinden: Haulk und Brork, mit denen er Murmeln und Ball gespielt hatte, als er klein war; Fiete, der Koch an Bord der *Pinnas*, der ihm das Leben gerettet hatte; Jan Katzenmeyer an Bord der *Orion*.

Und Lil. Er verfasste noch immer Briefe an sie, obwohl er wusste, dass es keinen Sinn hatte. Außer dem einen: Er war glücklich, wenn er ihr schrieb. Das begann mit der Anrede: *Liebe Lil*. Manchmal konnte er da schon aufhören, und es gab Monate, in denen tat er das auch.

«Moin, Kische!», rief Heinrich, den er beim theoretischen Lehrgang auf Sylt kennengelernt hatte. «Na, haben sie dich alte Mühle auch genommen?»

Christian schlug Heinrich auf die Schulter. «Moin! Na, die nehmen nur die Besten und Schönsten, hab ich gehört!»

Sie standen vor dem flachen Unterrichtsgebäude der Deutschen Verkehrsfliegerschule. Christian betrachtete die Heinkel, die ein paar Meter weiter auf dem Landeplatz stand. In der strahlenden Sonne sah sie einem Schmetterling ähnlich. Der Lack auf ihren Flügeln glänzte, und sie schien ihn anzusehen und ihm zu sagen: Komm, flieg mit mir! Christian spürte, wie ihn ein Kribbeln durchlief. Hier würde er also ein halbes Jahr lang leben, hier am Breitling, einem Abschnitt der Warnow, der sich wie ein zweites Meer in die Landschaft ausdehnte, bevor er in die Ostsee floss. Hier würde er sich zum ersten Mal in seinem Leben vom Boden erheben. Hier würde er zum ersten Mal die Welt von oben sehen. Obwohl es noch so früh am Morgen war, wimmelte es auf dem Werftgelände. Mechaniker der Heinkel-Werke liefen in ihren Overalls umher, ein Flieger machte sich für seinen Flug bereit. Es roch nach Diesel und Kaffee und Aufbruch. Der Platz füllte sich.

Etwas abseits der Gruppe vor dem Unterrichtsgebäude stand ein Junge, der übel zugerichtet aussah. Sein Gesicht war voller blauer Flecken, und ihm fehlte ein halbes Ohr.

«Das ist ein Neffe vom alten Großadmiral Alfred von Tirpitz», sagte Heinrich leise. «Komischer Vogel. Hat noch kein Wort gesprochen.»

«Hält sich vermutlich für was Besseres.» Ein anderer Mitschüler war zu ihnen getreten. «Na, dem zeigen wir's noch, wie man sich benimmt.»

«Hab gehört, er soll Kommunist sein.»

«Quatsch, der macht den Lehrgang für Militärflieger. Der will zur Luftwaffe, dann ist er ja wohl kein Kommunist!»

«Also, komisch ist er auf jeden Fall.»

Das Ende des Gesprächs ging im Propellerdröhnen unter. Einer der Mechaniker hatte die Heinkel gestartet, nun stieg der Pilot ein. Christian beobachtete, wie er nacheinander Schutzkappe und Brille aufsetzte. «Wann werden wir unsere erste Flugstunde bekommen, wisst ihr das, Jungs?», fragte er laut in die Runde.

Alle drehten sich zu ihm um. Auch der Junge mit dem halben Ohr. In seinen Augen lag ein Brennen, stellte Christian fest, und er fragte sich, woher er diesen Blick kannte, bis ihm Onkel Per einfiel. Christian öffnete den Mund, um sich vorzustellen, aber der Junge drehte sich um und ging davon.

«Ich sag's doch. Komischer Vogel.» Heinrich spuckte aus.

«Das ist die Heinkel 64, oder?» Christian schirmte seine Augen gegen die Sonne ab, als der Pilot mit der Maschine abhob.

«Ja, das ist das Weiberflugzeug», sagte Heinrich.

«Warum sagst du so was?», fragte Christian lachend.

«Na, hast du das letztes Jahr nicht mitbekommen? Diese britische Journalistin, die mit dem Zeppelin um die Welt gefahren ist, Lady Grace Hay oder so ähnlich, und Elly Beinhorn sind mit der HE 64 geflogen, als sie in Warnemünde waren. Mann, bin ich froh, dass Frauen nicht mehr zugelassen werden im Aero Club! Was soll man die Weiber im Fliegen ausbilden, wenn die nachher eh nicht in der Luftwaffe sind!»

Christian wusste nicht, was er darauf erwidern sollte. Er drehte sich noch einmal zu dem Jungen mit dem halben Ohr und dem brennenden Blick um, aber der war verschwunden. Er kehrte auch nicht zurück, als der Ausbilder zu ihnen trat.

«Meine Herren», sagte er und ließ den Blick über die Reihen der Flugschüler gleiten. Er war älter, als sich Christian so einen Fluglehrer vorgestellt hatte, und trug einen komischen Aufzug: Schiebermütze und Knickerbockerhose, dazu eine schwarze Anzugjacke mit Fliege am Hemd. «Ich habe Ihnen für den Einstieg einen Mechaniker mitgebracht, um Ihnen gleich das Wichtigste zu zeigen.» Er deutete auf den Mann im Overall an seiner Seite. «Nur wenige Menschen können sich vorstellen, welche Ängste ein pflichtbewusster Mechaniker durchstehen muss, wenn das Flugzeug, das er vor dem Start geprüft hat, nicht wieder zurückkehrt. Er denkt nicht an schlechtes Wetter oder an mögliche Pilotenfehler, sondern er wird sich mit Vorwürfen foltern, die seine eigenen Fähigkeiten in Frage stellen. Hat er alles richtig verkabelt? Die Maschine betankt? Alle Ventile überprüft?»

«Altherrengewäsch», murmelte Heinrich an seiner Seite.

«Also, Männer», schmunzelte der Ausbilder. «Was ich damit sagen will: Verhaltet euch anständig da oben! Nicht nur um euretwillen und zum Wohle der Maschine, sondern um den Mechanikern einen vorzeitigen Tod durch Herzinfarkt zu ersparen.» Der Mann im Overall an seiner Seite lachte. «Meine Herren», begann der Ausbilder wieder. «Diejenigen von Ihnen, die den theoretischen Teil der Ausbildung bereits absolviert haben, melden sich im Büro, bringen ihre Sachen in die Baracken und finden sich in einer Stunde auf dem Flugfeld wieder ein. Wir fangen noch heute mit dem Flugunterricht an.»

Wie unterschiedlich Motoren klingen können, dachte Christian mit klopfendem Herzen. Da ist das Tuckern eines Ford Modells T, das mit seinem Vierzylinder über eine Avenue in Manhattan fährt. Der stampfende Motor einer Luxusyacht wie der *Orion*. Und dann der Motor einer Propellermaschine, der so hämmert, dass man ihn durch die Baumwolle in den Ohren hört. Ein Dröhnen, das ich trotz der Lautstärke entziffern kann. Das mir sagt, ob ich das Flugzeug richtig bediene, ob es Durst hat, woran es ihm fehlt.

Er war in die Luft gestiegen. Und zum ersten Mal in seinem Leben hatte er das Gefühl, vollkommen bei sich selbst zu sein. Alles erschien ihm natürlich und logisch. Wie die Heinkel ihre Nase in den Himmel stieß, wenn er den Steuerknüppel zu sich heranzog, oder wie sie den Bewegungen seiner Hände folgte, je nachdem, in welche Richtung er lenkte. Unter sich sah er die Stadt Warnemünde und dahinter die riesige Wasserfläche, dort wo der Breitling mit einem Kanal verbunden in die Ostsee floss.

Der alte Fluglehrer deutete auf den Kompass. «Ihm hier musst du vertrauen», rief er. «Aber vor allem deinem eigenen Instinkt! Instrumente können kaputtgehen, musst du wissen. Also wenn du nur fliegen kannst, indem du auf den Geschwindigkeitsmesser und den Höhenmesser schaust, dann bist du kein echter Flieger. Dann bist du nur wie jemand, der sich das Fliegen anliest.» Er blickte Christian scharf an. «Der nicht selbst denken kann. Verstehst du, was ich meine?»

Christian nickte. Er verstand. Zumindest, was den fliegerischen Teil anging. Er war nicht ganz sicher, ob sich im Rest des Satzes eine politische Botschaft verbarg.

«Der Alte ist kein Parteimitglied, oder?», fragte Heinrich, als sie am Abend in ihre Baracken gingen. Er fragte es noch nicht mal leise, in der Angst, der Alte könnte ihn vielleicht hören. Er fragte es mit der Lautstärke und Überzeugung desjenigen, der wusste, dass seinesgleichen den Ton angab.

«Darüber habe ich nicht nachgedacht», entgegnete Christian ausweichend. Auf dem Flugfeld gingen die Lichter an. Heinrichs Gesicht sah gelb aus im Schein.

«Er hat ein paar Dinge gesagt, die mir nicht parteikonform erscheinen», sagte Heinrich. «Ich fürchte, dass ich ihn melden muss.»

«Richtig so.» Der Junge mit dem halben Ohr und dem kaputten Gesicht war neben ihnen aufgetaucht. «In der Fliegerei können wir keine Reichsfeinde gebrauchen!»

«Nein», sagte Heinrich, wobei er den Jungen fest ansah. «Hätte ich übrigens nicht gedacht, dass du einer der unseren bist!»

Christian wusste nicht, was er sagen sollte. Normalerweise genoss er es, Teil einer Mannschaft zu sein. So war das schon immer gewesen – seit er mit sechzehn Jahren zum ersten Mal auf ein Schiff gegangen war. Er mochte es, wie Männer füreinander einstanden, wie sie sich gegenseitig halfen. Er mochte die Scherze und Neckereien. Aber in letzter Zeit fand er es schwierig, den richtigen Ton zu treffen. So wie er es einschätzte, waren die meisten in seinem Lehrgang Parteimitglieder. Für sie war Fliegen nichts, was einem half, Entfernungen zu verringern. Sie wollten fliegen, um Macht auszuüben, um Kontrolle zu gewinnen. Mit dem größtmöglichen Überblick – aus der Luft.

Er überlegte, ob er irgendetwas tun konnte, um den Alten zu warnen. Morgen, dachte er, als er todmüde auf sein Bett in der Baracke fiel. Aber wie sich herausstellen sollte, war es dafür bereits zu spät.

17

Lil überlegte ernsthaft, Deutsch zu lernen. Nicht nur Hunsrückisch, wie Senhor Müller es nannte, sondern die deutsche Hochsprache mit all ihren erstaunlichen Wortendungen, die man auch im Mutterland verstand.

Seit ihrem Bericht über die Fünfte Kolonne in Rio de Janeiro war Lil zu einer Art Spezialistin für das teutonische Element geworden. Die Fünfte Kolonne, das waren jene Brasilianer deutschen Ursprungs, die sich Nationalsozialisten nannten und für Rassenreinheit eintraten – eine etwas skurrile Idee, wenn man in einer Gesellschaft lebte, die aus Indios, Europäern, Amerikanern, Afrikanern und all ihren buntgemischten Kindern bestand. Allerdings tat man den Deutsch-Brasilianern auch Unrecht, wenn man sie allesamt als Hakenkreuz-Verehrer abtat. Lil hatte festgestellt, dass gerade die Älteren im Germania Club die junge Bewegung nicht mochten, ja, sie sogar richtiggehend ablehnten. In den letzten Wochen war der Club wie leergefegt gewesen, denn keine der beiden Fraktionen mochte auf die andere stoßen, und wenn es doch vorkam, dann war es nicht mehr «gemütlich», wie Senhor Müller sich ausdrückte. Einmal hatten sie noch einen Kegelabend veranstaltet, Christbaumkegeln, Nazis gegen Nazi-Gegner, aber die Nazi-Gegner hatten wohl geschummelt, zumindest warfen ihnen die Nazis das vor, und nachher hatte es fast eine Prügelei gegeben, und das unter den sonst so besonnenen deutschen Kaufleuten und Reedern. Das war nachgerade rufschädigend.

Wieder einmal fragte sie sich, wie sich Christian wohl entschieden hatte. Ob er ein Anhänger der Partei geworden war. Und wieder einmal beantwortete sie sich die Frage selbst: Das war ohnehin egal. Christian hatte sie vermutlich in dem Augenblick vergessen, in dem die *Orion* von Pearl Harbor abgelegt hatte. Allerdings konnte sie das nicht davon abhalten, weiterhin an ihn zu denken, im Gegenteil. Viereinhalb Jahre war es nun her, dass sie sich getroffen hatten, und noch immer wusste sie, wie er sich anfühlte, wenn sie die Augen schloss, denn ihre Haut erinnerte sich an ihn. Sie war seit der Zeit mit Christian auch mit anderen Männern zusammen gewesen. Aber die neuen Berührungen hatten sich ihr einfach nicht eingebrannt.

Natürlich musste sie gerade heute an Christian denken. Denn in wenigen Minuten würde der *Graf Zeppelin* am Himmel auftauchen. Und sie war zum ersten Mal als Reporterin dabei.

Der Gedanke kam ihr in den Sinn, als sie das dumpfe Brummen in der Ferne hörte. Was, wenn Christian im Luftschiff wäre? Er hatte ihr gesagt, dass er davon träumte zu fliegen. Was, wenn er sein Ziel erreicht hätte, so wie sie ihres? Dann würde sie ihn in wenigen Minuten wiedersehen!

Immer näher kam das Brummen. Es hörte sich an wie ein sehr großer Bienenstock. Um sie herum wurde die Menge unruhig. Sie konnte einzelne Rufe auf Deutsch hören und dann die Kommandos der Bodenmannschaft auf Portugiesisch: «Larga!» Ganz dicht schob sich die Menge jetzt an den Landeplatz, um möglichst jede Einzelheit zu sehen.

Und da kam er. Die Morgensonne beleuchtete den Zeppelin von der Seite, sodass er im ersten Moment wie eine gigantische Mondsichel aussah, die am Himmel aufstieg. Lil spürte, wie ihr Herz schneller klopfte. Schon konnte sie die Motorgondeln und die Führergondel mit den Passagier- und Speiseräumen darin erkennen, und dann das Wasser, das der Zeppelin abwarf, und das glitzerte im Morgenlicht.

Die Haltetaue fielen zu Boden, und jetzt drangen die Rufe von allen Seiten herbei. Die Männer der Haltemannschaften stürmten auf den Luftriesen zu. Tiefer und tiefer sank der Zeppelin, so tief, dass Lil jetzt die Gesichter hinter den Scheiben der Führergondel erkennen konnte. Und dann spürte sie, wie ihr Herz kurz aussetzte. Hinter einem der Fenster sah sie einen Mann mit einem strahlenden Lächeln und blondem Haar.

***

Liebe Lil, schrieb Christian auf seinem Feldbett in der Flugschülerbaracke. Er war allein im Raum, worüber er sehr froh war. Auf diese Weise konnte er an Lil denken, versuchen, sie sich bildlich vorzustellen. Das fiel ihm in letzter Zeit immer schwerer – als ob die Zeit die Erinnerung an sie zersetzt hätte. Er konnte sich an ein einzelnes Paar grünblauer Augen erinnern und an eine Stimme, die ziemlich tief für die eines Mädchens klang. An ihr Lachen. Und er sah sie mit der Zyklopenbrille vor sich, wie sie ins Meer eintauchte, ein schillerndes langbeiniges Wassertier. Er spürte ihre zärtlichen Hände auf seinem Körper und manchmal, wenn er die Augen schloss und die ganzen einzelnen Erinnerungsteile zu einem Ganzen zusammenfügte, dann roch er auch ihren Duft. Einmal hatte er versucht, es Fiete zu erklären – aber der verstand nicht, warum Christian so lange einem Abenteuer nachhing, wie man es als Matrose auf Landgang eben manchmal so erlebte. Christian hatte versucht, ihm klarzumachen, dass er Lil sein Innerstes anvertraut hatte. Und wenn er in ihre Augen geblickt hatte, dann hatte er das Gefühl gehabt, in sich selbst hineinzusehen. Sie ähnelten einander, sie brannten für etwas, waren beide Inselkinder, am Meer aufgewachsen, mit dem weiten Horizont im Blick.

Und dann sah er ihr Gesicht auf einmal doch vor sich, und die Worte flossen nur so aus ihm heraus. Er schrieb ihr von seinem ersten langen Flug:

Fünfzig Kilometer in einem Flugzeug können sehr kurz sein, schrieb er, *oder auch lang. Es hängt davon ab, wie hell der Tag ist und wie niedrig die Wolken hängen. Es kommt darauf an, welche Dinge dem Piloten im Kopf herumgehen, während er sich zwischen Himmel und Erde bewegt. Wie gut er den Ausnahmezustand erträgt. Für mich spielt die Zeit keine Rolle, nicht wenn ich im Cockpit sitze. Ich fliege mit dem Kompass, aber ich versuche auch, meinem Instinkt zu vertrauen – so hat es mir mein Fluglehrer eingebläut. Auf die Geräte schaue ich nur, um zu überprüfen, ob mein Instinkt mich täuscht, aber das tut er nicht. Die Luft ist ein Reich ohne Grenzen. Ich würde vielleicht sechs Tage brauchen, um zu dir zu fliegen, genau die Zeit, die wir zusammen verbracht haben. Ich würde Tag und Nacht fliegen. Und dann wäre ich da.*

***

Natürlich war der blonde Mann nicht Christian, sondern nur irgendein deutscher Passagier. Lil behielt ihn im Auge, wie er mit einer Tasche in der Hand die Leiter hinunterstieg und sofort von einer Schar anderer Deutscher in Empfang genommen wurde. Die Sonne verströmte mittlerweile eine solche Gluthitze, dass man sich am liebsten nicht mehr bewegen wollte. Und doch zerrten die Matrosen mit all ihren Kräften das Luftschiff herunter. Der Schweiß strömte ihnen dabei übers Gesicht. Ihr Geruch vermischte sich mit dem Benzingeruch der Zeppelin-Motoren und dem tropischen Duft der Wälder. Der angekommene Deutsche – der Christian bei näherer Betrachtung überhaupt nicht ähnlich sah – war sofort krebsrot im Gesicht.

Lil hatte beschlossen, für ihren Bericht über den Zeppelin-Verkehr zwischen Deutschland und Brasilien nicht die Passagiere zu interviewen, sondern Teile der Crew. Das würde auch die New Yorker Leserschaft interessieren, hoffte sie – immerhin fuhren die Männer mit dem *Graf Zeppelin* auch Lakehurst an. Aber das Beste an der Sache war, dass sie die Crew an ihrem Arbeitsplatz interviewen und daher in den Zeppelin einsteigen durfte. Einen Moment lang bereute sie, dass sie Amys Flehen nicht nachgegeben hatte, sie doch bitte, bitte mitzunehmen. Was würde die Freundin für Freudenschreie ausstoßen in diesem Giganten der Lüfte, der von innen fast noch beeindruckender aussah, als wenn er am Himmel schwebte!

Eine Kathedrale der Lüfte, dachte Lil, als Kapitän Anton Wittemann sie über einen Steg zwischen den Gasballons hindurch nach hinten führte. Es war eine etwas wackelige Angelegenheit, fand sie, denn das Luftschiff schwebte ja am Ankermast, und sie konnte die Bewegungen des Schiffes in ihrem eigenen Körper fühlen, etwa so, als gehe sie auf einem Wasserballon. In der Führergondel konnte Lil kaum mitschreiben, so gewaltig prasselten die Eindrücke auf sie ein. Da war zunächst einmal die Reihe von Fenstern, durch die die Sonne auf die Instrumente gleißte. Da funkelten die Kettenzüge und Aluminiumverstrebungen und die goldenen Knöpfe auf Wittemanns weißer Uniform. Der ganze, heiße Glanz sammelte sich wie durch ein Brennglas. Doch wenn Kapitän Wittemann schwitzte, so zeigte er es nicht. Er war das, was ihre Mutter einen Gentleman alter Schule nennen würde. In aller Seelenruhe und ohne auch nur den Krawattenknoten an seinem blütenweißen Kragen zu lockern, zeigte er ihr die Instrumente: Höhensteuer, Seitensteuer, Neigungsmesser, Gasschalttafel. Er sprach hervorragend englisch, und als sie ihn nach dem Grund dafür fragte, wurde sein Gesicht freundlich und weich.

«Ich habe den LZ 126 zusammen mit Hugo Eckener 1924 in die USA überführt, um ihn der US-Navy zu übergeben», erklärte er. «Das war ein Empfang, kann ich Ihnen sagen! Wir hätten niemals geglaubt, dass wir als Deutsche auf amerikanischem Boden jemals wieder so begrüßt werden würden. Ja, und anschließend bin ich in den USA geblieben, um amerikanische Luftschiffer auszubilden.»

«Der LZ 126 war der Vorgänger des *Graf Zeppelin*, richtig?» Lils Stift flog über den Block.

«Das ist richtig. Wir haben den Zeppelin damals Amerikaluftschiff genannt, weil er ja dazu diente, die Reparationsforderungen, die die Amerikaner an uns gestellt hatten, zu begleichen.» Er lächelte entschuldigend. «Das war jetzt nicht persönlich gemeint.»

Lil lächelte zurück. «Kein Problem. Es sind sicherlich eine Menge Dinge zwischen Deutschland und den USA geschehen, die wir beide anders gemacht hätten.»

Wittemann nickte. «Sehen Sie, und das ist das Schöne an der Luftschifffahrt. Wir sehen im wahrsten Sinne des Wortes über Grenzen hinweg. Nationalistische Ideen sind eigentlich von vorgestern. Auch wenn das die führende Partei in Deutschland derzeit anders sieht.»

Lil hörte auf zu schreiben und sah ihm in die Augen. Deutlicher konnte ein Mensch wohl kaum zum Ausdruck bringen, dass er gegen das herrschende Regime war. «Darf ich Ihre Worte zitieren?», fragte sie.

«Aber natürlich, darum habe ich sie ja geäußert!» Er lächelte weiter. «Darf ich Sie auch etwas fragen, Miss Ginger?»

«Kimming», sagte Lil. «Das ist mein echter Name. Dave Ginger ist bloß mein Pseudonym. Fragen Sie frei heraus!»

«Alle Welt diskutiert darüber, ob Flugzeuge eines Tages die Luftschiffe am Himmel ablösen werden. Haben Sie als Journalistin auch eine Meinung dazu?»

Lil blickte aus dem Fenster. Noch immer war der Landeplatz unter ihnen mit Menschen gefüllt. Durch das geöffnete Fenster konnte sie den Blonden hören, der begeistert von seiner Reise berichtete. Jemand klopfte Lils Fotografen auf die Schulter, der sein Stativ geschultert hatte und glücklich durch die Menge ging. «Ich persönlich denke, dass Flugzeuge und Luftschiffe nebeneinander existieren können, ohne zu konkurrieren. Auf der Straße fahren ja auch Automobile und Motorräder und Fahrräder und Karren nebeneinanderher.»

Wittemann drückte ihr die Hand. «Ich habe mich außerordentlich gefreut, Sie kennenzulernen, Miss Kimming.»

Lil lächelte. «Das Vergnügen war ganz meinerseits, Kapitän Wittemann.»

***

Über der Ostsee herrschten bockige Winde, anders konnte man es nicht sagen. Mal fühlte Christian, wie er von hinten angeschoben wurde in seiner Heinkel, mal fühlte er sich urplötzlich abgebremst. Doch auf einmal passierte etwas, das ihm den Angstschweiß auf die Stirn trieb: Die Heinkel verlor an Höhe. Egal, was er tat.

Er warf einen Blick auf den alten Fluglehrer, der aber nur mit einem stillen Lächeln auf seinem Sitz saß, als würde er in seinem Wohnzimmer gemütlich Grammophon hören.

Christian gab erneut Vollgas und zog den Steuerknüppel zu sich heran, bis er den Widerstand spürte. Noch immer gewann die Heinkel nicht an Höhe. Im Gegenteil. Schon sah er das graue Meer auf sich zurasen. Schaumkronen tanzten vor seinen Augen. Einen Monat lang flog Christian jetzt schon. Er hatte geglaubt, alles wäre so einfach. Und jetzt das.

Der alte Fluglehrer richtete sich gemächlich in seinem Sitz auf. «Du musst nach links steuern», sagte er. «Und dann in einer Rechtsspirale nach oben!»

Christian spürte, wie sich die Ruhe des Lehrers auf ihn übertrug. Die Heinkel fiel weiter, aber jetzt versuchte er sie nicht mehr hochzuziehen, sondern lenkte nach links und flog gleich darauf eine Schleife. Er musste nicht auf den Höhenmesser sehen, um zu fühlen, dass er wieder an Höhe gewann. Das Gefühl war so erhebend, dass er zu lachen anfing.

«Als Seemann weißt du, was eine Fallbö ist?» Der Fluglehrer schmunzelte. «Jetzt hast du es auch als Flieger gelernt.»

Christian flog noch eine Schleife und noch eine. So schraubte er sich langsam in den Himmel hinauf.

«Fallböen gibt es immer mal wieder hier auf der Ostsee. Hat letztes Jahr ein dänisches Segelschiff vor Fehmarn in die Tiefe gerissen. Neunundsechzig Menschen sind dabei ums Leben gekommen.»

Die Polizisten auf dem Flugfeld sah Christian schon von weitem.

«Ich weiß nicht, wo ich landen soll», rief er. «Das Flugfeld ist völlig überfüllt.»

Der alte Fluglehrer deutete auf eine Ausweichfläche am Rande des Felds. «Das ist eine gute Übung!», erklärte er. «In der Fliegerei muss man Improvisationstalent haben!» Und ein paar Minuten später, als Christian die Heinkel aufsetzte: «Tapfer! Das war eine gute Landung!»

Christian biss sich auf die Lippen. Das Herz schlug ihm bis zum Hals.

«Alles in Ordnung, min Jung?», fragte der Fluglehrer.

«Alles in Ordnung!»

Der Alte schlug ihm auf die Schulter. «Hast du gut gemacht!»

Noch während sie aus der Maschine ausstiegen, liefen die Polizisten auf sie zu. Einer von ihnen hielt dem Fluglehrer seinen Ausweis hin. «Sie sind festgenommen.»

Wie sich herausstellte, war einer der Piloten, ein ehemaliger Schüler des Alten, verunglückt. Ein Segler hatte fünf Seemeilen vor Warnemünde nur noch die losgerissenen Tanks und einige Holztrümmer an sich vorbeitreiben gesehen. Das Seeflugzeug war bei voller Geschwindigkeit abgestürzt. Der Pilot war tot.

«Geschieht dem Alten ganz recht, dass er verhaftet wurde», sagte Heinrich, als sie später in der Baracke saßen. «Das war fahrlässig, wie der unterrichtet hat! Am Ende gehen wir bei ihm auch noch drauf.»

«Da bin ich anderer Meinung», sagte Christian. Es war das erste Mal, dass er gegen Heinrich die Stimme erhob. «Ich finde, dass er ein ganz hervorragender Lehrer ist.»

Heinrich sah ihn an, als ob er nicht mehr ganz dicht wäre. «Wir haben vom Landeplatz aus gesehen, wie du in eine Fallbö geraten bist. Der hätte dich fast draufgehen lassen, der Alte. Nee, nee, sei froh, dass der hier nicht mehr ist!»

Der Junge mit dem halben Ohr erhob sich von seinem Bett und ging aus dem Zimmer.

«Und der da», sagte Heinrich, «hat auch nicht mehr alle Tassen im Schrank.»

★★★

Lil saß auf der Bank vor ihrem kleinen Haus und schrieb. Die Luft war schwer von Orchideenduft und Wärme, aber es war endlich still, denn Joana hatte sich in den Schlaf gebrüllt. Sie dachte daran, wie Christian ins Dunkel des Ozeans hinabgetaucht war, nur um den Panzer einer Schildkröte zu fühlen. Sie sah seinen Körper durch das Wasser gleiten. Und dann, beim Auftauchen, sein strahlendes, glückliches Gesicht.

Lieber Christian,

weißt du noch, dass ich dir sagte, ich wollte so gern einmal über die Ankunft eines Zeppelins berichten? Heute habe ich es getan, und das werde ich noch unseren dreißig Kindern erzählen! Und unseren Enkeln! Was meinst du, wie groß wird unser Stamm? Ich überlege, ob ich Deutsch lernen sollte, das ist für unsere Riesenfamilie sicherlich nützlich, und in Brasilien sowieso. Spielst du noch immer so tadellos unperfekt Geige? Und hast du vielleicht eine Fotografie für mich? Sollte jemals der Tag kommen, an dem ich dir dieses Briefbündel zusende, dann wirst du ein Bild von mir finden, das mich heute, am 8. Juni 1933, am Zeppelin-Landeplatz in Rio de Janeiro zeigt. Ich habe keine Ahnung, ob ich mir selbst ähnlich sehe auf dem Foto und ob es mich in ein gutes Licht rückt. Der Fotograf, mit dem ich hier zusammenarbeite, hat es aufgenommen.

Noch wahrscheinlicher ist es aber wohl, dass wir uns nicht mehr wiedersehen in diesem Leben. Nicht, weil wir auf zwei Kontinenten leben, nein. Ich habe mittlerweile begriffen, dass die Welt ganz dicht zusammengerückt ist. Mit dem Zeppelin könnte ich in nur vier Tagen bei dir sein. Außerdem könnte ich ja bei dir in Deutschland leben oder du bei mir in Brasilien oder wir beide in New York oder auf Hawaii. Nein, wir werden uns nicht mehr sehen, weil du mich schon vergessen hast. Das ist übrigens kein Vorwurf, Liebster. Manchmal läuft das Leben eben so. Und darum wird das jetzt mein letzter Brief an dich sein.

Lil sah auf. Vor ihrem Fenster war die Nacht tiefschwarz. Es war ihr gar nicht klar gewesen, während sie die Zeilen an Christian schrieb, dass sie einen Abschiedsbrief verfasste. Wieder spürte sie dieses sanfte Ziehen, wie immer, wenn sie ihn vermisste. Aber es hatte ja keinen Sinn mehr, einem Gespenst hinterherzulaufen. Es war vorbei.

***

«Flieger, grüß mir die Sonne, grüß mir die Sterne und grüß mir den Mond. Dein Leben, das ist ein Schweben, durch die Ferne, die keiner bewohnt», schmetterte eine Männerstimme bei den Heinkel-Werken. Christian summte automatisch mit. Der Hans-Albers-Schlager war das Lied der Stunde. Paula, die Kantinenmutter, sang es, die Schweißer, Tischler und Schmiede der Heinkel-Werke sangen es, und Max, der Pförtner, ein ehemaliger Baritonsänger, der seit einer Kriegsverletzung nicht mehr auftreten konnte, trug es auf eine Weise vor, dass selbst das Knattern der Propeller darin unterging. Die UFA hatte im vergangenen Jahr einen Fliegerfilm auf dem Fluggelände in Warnemünde gedreht, dessen Betrachtung zur Grundausbildung gehörte, wie Max gern betonte. Wann immer Christian an seinem Pförtnerhäuschen vorbeiging, rief Max mit seiner Donnerstimme: «Und, Kische? Hast du jetzt mal den Film gesehen?» Als gäbe es nur «F. P. 1 antwortet nicht» mit Hans Albers in der Hauptrolle, und sonst keinen anderen Film auf der Welt.

«Nee, Max», sagte Christian dann immer. «Aber wir zwei können ja mal zusammen ins Lichtspielhaus gehen!»

«Nix da», sagte Max dann immer. «Da geh ich nur mit meiner Liebsten hin!»

Es gab Augenblicke, in denen es Christian immer noch unfassbar erschien, dass er fliegen konnte. Er gehörte zu dieser ersten Generation von Menschen, die durch die Lüfte steuern konnten, und bei dem Gedanken war ihm ganz heiß und stolz zumute. Das Fliegen erfüllte seine Gedanken und Träume. Wenn er schlief, sah er alles unter sich: Warnemünde, das große Wasser und die Flugzeugwerft. Bald bekam er so viel Übung darin, vom Fliegen zu träumen, dass er im Schlaf über die Kontinente flog. Einmal träumte er, dass er ein Flugzeug habe, das er direkt nach Hawaii steuern könne, in Lils Schlafzimmerfenster hinein.

Am 23. Juni 1933 war der amerikanische Pilot Wiley Post gemeinsam mit einem Navigator zur ersten Weltumrundung im Flugzeug gestartet, und so saß Christian gemeinsam mit den anderen Flugschülern Abend für Abend vor dem Radioapparat. Ziel der beiden Amerikaner war es, den Rekord des *Graf Zeppelin* zu schlagen. Tatsächlich gelang es ihnen: 21 Tage hatte das Luftschiff damals benötigt, und nur acht Tage die Lockheed Vega von Wiley Post. Heinrich fühlte sich in seiner Meinung bekräftigt, dass Zeppeline auf dem Müllhaufen der Geschichte zu landen hätten. «Die Zukunft gehört der Fliegerei, Männer», sagte er und schlug sich auf die Brust. «Also uns!»

Christian dachte an eine Million Dinge, die er darauf entgegnen konnte. Er könnte beispielsweise darauf hinweisen, dass Flugzeuge zu klein waren, um Passagiere und größere Frachten zu tragen. Er könnte auch sagen, dass Zeppeline sich bewährt hätten und dass es die sicherste Art zu reisen sei. Aber er sagte nur: «Die Zukunft wird dem großen Luftschiff gehören, das Hugo Eckener gerade bauen lässt, dem Zeppelin *Hindenburg*. Weil es keine bessere Art zu reisen geben wird.»

Am Tag, an dem Christian seinen Flugschein der Klasse A2 für Landflugzeuge erhielt, schrieb er ihr noch einmal. *Liebe Lil,* setzte er auf der Rückseite seines Geigenkastens an, dann starrte er eine ganze Weile auf das Papier, ohne dass er wusste, wie nun weiter. Er blickte von seinem Barackenbett auf und schaute im Raum umher. Die Kameraden, mit denen er in den vergangenen fünf Monaten Höhenflüge und Tiefpunkte geteilt hatte, packten ihre Sachen.

«Flieger, grüß mir die Sonne, grüß mir die Sterne und grüß mir den Mond», sang Heinrich aus voller Kehle, während er seinen Fliegeroverall im Koffer verstaute.

«Dein Leben, das ist ein Schweben», dröhnte es von unten aus dem Pförtnerhaus. Alle im Raum lachten.

«Durch die Ferne, die keiner bewohnt», sang Christian.

Die anderen Mitschüler hatten ebenfalls bestanden. Nur Harro, der Junge mit dem seltsam brennenden Blick und dem verletzten Ohr, hatte seinen Schein nicht bekommen. Christian versuchte, ein aufmunterndes Wort zu finden, als Harro mit seiner gepackten Tasche an ihm vorbeiging, doch der Junge verließ den Raum, so schnell er konnte, und sprach niemanden von ihnen an.

«Na, dem hätte sein Großadmiral von Onkel auch mal Manieren einbläuen können», sagte Heinrich verächtlich. «So, Kische, aber wenigstens ich sag dir tschüs. Glück auf mit deiner Zeppelin-Fahrerei, du Gestriger!»

«Und dir ordentlich Hals- und Beinbruch bei dem, was du für die Zukunft hältst!»

«Na, danke, ich werd's vermeiden. Aber wie sagt unser Mechaniker immer: Hauptsache, die Maschine bleibt heil!»

Christian trug das Papier, auf dem nicht mehr als *Liebe Lil* stand, zum Bahnhof in Warnemünde, und er trug es mit sich nach Westerland, wo er ein paar Tage bei seiner Mutter verbrachte, bevor er zu seinem Dienst bei der Reichswehr aufbrach. Ihm fehlten die Worte, um der Frau zu schreiben, die er einmal so geliebt hatte. An die er noch immer dachte.

Erst als er eine Woche später den Zug in Richtung Flensburg bestieg, um zu seiner Marineeinheit zu fahren, wusste er, was er ihr sagen wollte. Dass er manchmal das Gefühl habe, ihm fliege die Zeit davon, schrieb er, und dass er so gern anfinge, endlich Zeppelin zu fahren. Aber dass er noch einmal zwei Jahre warten müsse bis zu seiner Bewerbung, weil nun die Reichswehr auf ihn warte. Dass er sich ihr immer sehr nahe gefühlt habe, in den vier Jahren seit Hawaii. Jetzt aber würde er aufhören, ihr zu schreiben. Er wünschte ihr, dass sie glücklich sei.

18

Es war so heiß, dass Erika sich mit der Zeitung unaufhörlich Luft zufächerte. Trotz der Bewegung konnte Christian die Überschrift eines Artikels erkennen: «Wie schütze ich mich vor Hitzschlägen?»

«Das habe ich mich auch immer gefragt», sagte er. Er musste etwas lauter sprechen, um die Rufe des Gymnastiklehrers zu übertönen, der eine Gruppe von Herren in Turnanzügen zu Kniebeugen im Sand antrieb: «Zicke-zacke, hoi hoi hoi!»

«Was hast du dich auch immer gefragt?» Erika wandte sich ihm zu. Ihre blauen Augen strahlten in der Sonne.

«Wie ich mich vor Hitzschlägen schützen kann. Im Indischen Ozean, in der Karibik, im Pazifik und im Roten Meer, in der Nähe der Nubischen Wüste. Ja, in der Tat, da tauchte diese Frage auch hin und wieder auf.»

Erika schlug mit der Zeitung nach ihm. «Du bist so ein Angeber, Kische!»

Christian lachte. «Ich mag dich auch, du großes Pferd!»

«Wie kannst du deiner süßen, lütten Schwester nur so'n Schietnamen geben?» Fiete ließ sich zu ihnen in den Strandkorb plumpsen, der prompt zu seiner Seite hin einsackte.

«Danke schön!» Erika klatschte in die Hände. «Kannst du mir vielleicht sagen, was mit Kische los ist? Ich habe ihn noch nie so albern gesehen!»

Christian wühlte genüsslich mit seinen Zehen ein Loch in den Sand und lächelte. «Kann ich dir selbst sagen. Ich hab keine Deckswache, ich muss nichts lernen, ich muss nicht strammstehen – ich hab einfach nur Urlaub. Auf Sylt bei meiner kleinen Schwester! Und Fiete, mein Freund, ist auch dabei!» Er drehte sich zu ihm. «Wenn du nicht gewesen wärst damals, Fiete, auf der *Pinnas* ...»

«Wenn das Funkgerät nicht gewesen wäre», brummte Fiete. «Stell dir vor, wir hätten diesen letzten Funkspruch nich mehr machen können! Dann wär'n wir beide nich mehr hier!»

«War nicht schön damals.»

«Nee», nickte Fiete. «War nich schön.»

Christian schloss die Augen. Es war so warm auf seiner Haut.

Nach einer Weile fragte Fiete: «Ist das wirklich so kolossal doof, wie alle sagen, wenn man Wehrdienst leisten muss?»

Christian lachte. «Kolossal doof in der Tat! Man wird ziemlich viel angebrüllt.»

«Hätt ich keine Lust zu», sagte Fiete. «So viel angebrüllt zu werden. Da bün ick lieber inne Kombüse. Da bün ick denn nu mien eigener Chef.»

Einen Augenblick lang sagte niemand mehr etwas. Die Wellen rauschten an den Strand, der Gymnastiklehrer schrie, die Hakenkreuzfahnen wehten im Wind, und über den Sand liefen die Buntmenschen. Wobei die meisten Kurgäste inzwischen ziemlich grau aussahen. Eine Gruppe baute Sandburgen, die so akkurat nebeneinander entstanden, als hätte ein deutsches Bauamt das genauso genehmigt. Eine Düne weiter fand ein Strandsportfest mit Eierlaufen statt. Christian versuchte, die Gedanken an den Wehrdienst zu verdrängen. In den paar freien Tagen, die er bekommen hatte, war ihm das ganz gut gelungen. Nun, da er seine Pilotenlizenz erhalten hatte, wollte er sich bei der Zeppelin-Reederei bewerben. Er war perfekt geeignet, das wusste er, denn die Zeppelin-Leute suchten Männer, die ein Schiff navigieren konnten, vor allem jetzt, da die *Hindenburg*, das neue große Luftschiff, gebaut wurde. Und er konnte noch dazu fliegen! Aber dann war die Armee dazwischengekommen.

«Zicke-zacke, hoi hoi hoi!» Der Gymnastiklehrer musste nun den Gesang einer Gruppe Mädels in weißen Blusen und blauen Faltenröcken übertönen, die in Zweierreihen über den Strand marschiert kamen.

«Lass mal sehen, was heute noch so los ist in Westerland!» Christian nahm Erika die Zeitung aus der Hand, öffnete sie und brach augenblicklich in Gelächter aus. «Die Badeverwaltung bietet Badegastwettschießen im Schützenhaus an! Also, ich denke, ich werde als Erstes den Gymnastiklehrer erschießen! Der Mann ist wirklich unfassbar laut.»

«Es gibt 'ne Tanzveranstaltung heute Abend», bemerkte Fiete. «Hab ich vorhin so'n Plakat von gesehen. Mit Wettbewerb. Die Königin Rahn soll gewählt werden. Ist das 'ne Art friesische Sagengestalt? Kenn mich da ja nich so mit aus.»

«Rahn ist die Frau des Meermanns Ekke Nekkepenn», erklärte Erika. «Die beiden leben auf dem Grund der Nordsee und treiben mit uns Syltern Schabernack. Ach ja, Kische, das habe ich dir noch gar nicht erzählt! In zwei Tagen findet endlich mal wieder ein Strandläuferfest in Westerland statt. Das erste seit dreißig Jahren, und Ekke Nekkepenn und Rahn führen den Umzug an! Das wird bestimmt ein Spaß!»

Christian stellte sich unter Spaß eigentlich etwas anderes vor, aber Erika zuliebe versuchte er begeistert auszusehen. «Ein Kostümfest mit Sylter Sagengestalten, das klingt ja irre aufregend!», sagte er.

«Hör auf, mich zu veralbern», sagte Erika. «Ich bin nicht mehr das kleine liebe Kind!»

Christian rollte in Fietes Richtung mit den Augen.

«Das hätte sie jetzt aber nicht mehr extra sagen müssen ...», wisperte der. «Das merkt man auch so!»

Die Sonne versank, und noch immer war der Himmel wolkenlos. Etwas Flirrendes lag in der Luft. Links und rechts von ihnen strebten Frauen in Abendkleidern am Arm befrackter Männer der Kurhaus-Strandhalle zu. Eine Kapelle probte schwungvolle Töne.

Christian drehte sich zu Erika und Fiete um. Sein Freund sah schmuck aus in dem dunklen, etwas abgetragenen Anzug. Und Erika mit ihrem kurzen blonden Bob und dem Kleid, das die Mutter ihr genäht hatte, war sowieso sehr hübsch.

«Der Lametta-Heini hat jetzt auf Sylt aber ordentlich das Sagen, was?» Christian blieb vor einem Plakat stehen, das in ausladenden Lettern über der Strandpromenade prangte.

«Hermann Göring?» Erika trat von einem Fuß auf den anderen. «Man merkt, dass du schon lange nicht mehr richtig hier warst, wir nennen ihn überhaupt nicht mehr so.»

«Achtung!», las Christian laut vor. «Das Fotografieren des Herrn Reichsluftministers nebst Gattin beim Baden zieht die sofortige Einziehung des Apparates und des Filmes nach sich. Der Bürgermeister.»

«Ich wünschte, du würdest nicht alle paar Schritte stehen bleiben, Kische.» Erika hüpfte ungeduldig weiter. «Wir verpassen noch den Tanzwettbewerb!»

Sie wollten gerade weitergehen, als eine tiefe rauhe Frauenstimme hinter ihnen ertönte.

«Ja, wenn das nicht der Sylter Matrose ist, von dem ich immer noch heiß träume!»

Christian drehte sich um und spürte, wie ihm die Röte ins Gesicht stieg – als wäre er noch immer der junge, unerfahrene

Matrose am Vorabend seiner großen Fahrt! «Guten Abend, Käthe», sagte er.

«Oh, und du kennst sogar noch meinen Namen! Komm her, mein Liebling!» Sie nahm seinen Kopf und drückte ihm einen Kuss auf den Mund.

Alle lachten. Christian lächelte die Hamburgerin etwas unsicher an. Sie war um die dreißig gewesen, damals, bei seinem Abschiedsfest. Sechs Jahre, eine Weltreise und die Erfahrung einer großen Liebe war das nun her. Das heißt, sie musste jetzt sechsunddreißig und *alt* sein. Und offensichtlich auch Mutter, denn an der Hand hielt sie ein kleines Kind mit dunkler Haut und krausen Haaren. «Das ist mein kleiner Sixten», stellte Käthe den Jungen vor, der sich augenblicklich hinter dem Rücken seiner Mutter versteckte. «Ach ja, und meinen guten, alten Freund Wilhelm kennst du sicherlich auch noch!»

Christian schüttelte dem ehemaligen Bankdirektor die Hand. «Was macht ihr auf Sylt?», wollte er wissen.

«Wir begleiten eine Freundin und Nachbarin aus Oevelgönne», erklärte Käthe. «Maria. Sie bewirbt sich beim Tanzwettbewerb um die Rolle dieser friesischen Meerjungfrau.»

«Ich fürchte, sie ist keine Jungfrau», versetzte Christian, worauf Käthe mit einem schallenden Lachen antwortete.

«Ach, du kennst unsere Maria schon, was? Naja, so sind sie, die Marias.» Sie zwinkerte Christian zu. «Haben ja schon vor zweitausend Jahren einen gewissen Josef auf den Arm genommen.»

«Ich meinte Rahn. Die friesische Sagengestalt.» Christian errötete schon wieder. Verdammt, was war nur los mit ihm? «Sie ist mit dem Meermann Ekke Nekkepenn verheiratet und deshalb … ach, was soll's. Schön, dich wiederzusehen, Käthe. Wie ist es dir so ergangen?»

«Das Leben war eigentlich ganz gut zu mir.» Käthe wedelte

mit den Händen. «Aber dann auch wieder nicht. Hab mich von einem Amerikaner schwängern lassen, der schwarz ist. Und die hier», sie deutete auf das Konterfei von Lametta-Heini Göring, das neben der Aufforderung, ihn nicht zu fotografieren hing, «die hassen die Schwarzen. Der Amerikaner ist abgehauen. Und jetzt hab ich den Salat.»

Christian bemerkte, dass Erika und Fiete die Hamburgerin mit offenem Mund anstarrten. Er schaute in Käthes unschuldig aufgerissene Augen und musste lachen. «Doch, wirklich schön, dich wiederzusehen», sagte er. «Also dann – gehen wir mal hinein!»

Er sah Maria, ohne dass ihn Käthe extra auf sie hätte hinweisen müssen. Sie füllte mit ihrer Gegenwart den Raum. Als sie mit ihrem Tanzpartner gemeinsam das Parkett betrat und die Musik aufbrandete, als sie sich zu den Klängen bewegte, da wurde das Publikum ganz still. Da war etwas in ihren Bewegungen, das wie Seide aussah, die sich im Wind bewegte. Nichts, das hakte oder eckig war. Jede ihrer Bewegungen floss in den Raum. Sie ist noch sehr jung, dachte Christian. Auf jeden Fall jünger als er. Einen Moment lang wunderte er sich, was sie mit der so viel älteren Käthe zu schaffen hatte. Eine Nachbarin aus Oevelgönne sei sie, hatte Käthe gesagt.

Christian kannte Oevelgönne, den kleinen Weg an der Elbe mit seinen jahrhundertealten Lotsenhäusern. Er war hier ein paar Mal von der Seefahrtsschule aus spaziert. «Warum habe ich dich da nie gesehen, du kleines Zauberwesen?», dachte er.

Die Jury zog sich irgendwann zur Beratung zurück, und die Kapelle spielte für jedermann auf. Sofort füllte sich der Saal mit tanzenden Paaren.

«Ich möchte deine Nachbarin gern zum Tanzen auffordern.» Christian drehte sich zu Käthe um.

Käthe lächelte bedauernd. «Das war jetzt nicht ganz das, was ich von dir zu hören erhofft hatte, süßer Matrose. Außerdem bist du heute Abend bestimmt nicht der einzige Mann, der diesen Wunsch hat. Aber ich will mal sehen, was sich machen lässt.» Sie wollten gerade von ihrem Tisch am Rand der Tanzfläche aufstehen, als ihnen ein äußerst krebsgesichtiger Onkel Per entgegentrat.

«Was hast du mit deinem Gesicht gemacht?», rief Erika bei seinem Anblick.

Onkel Per hob die Schultern. «War in der Sonne. In der Zeitung stand, dass man heute einen Hitzeschlag kriegt. Hat nicht geklappt.»

«Es wird immer schlimmer mit ihm», flüsterte Erika Christian zu.

«Ich kann sie nirgendwo entdecken!», rief Käthe. «Ach, egal, dann tanz eben mit mir!» Sie schob der verdutzten Erika den kleinen Sixten zu und zerrte mit der anderen Hand Christian auf die Tanzfläche. «Du weißt, dass ich jüngere Männer mag, oder?», raunte sie ihm zu, während sie die Führung übernahm.

«Ich hatte so eine Ahnung», flüsterte Christian zurück.

«Und du bist mir ein ganz besonders Süßer! Eines Tages, da willst du doch sicher mal heiraten, oder?»

«Eines sehr, sehr fernen Tages ... vielleicht.»

Der Walzer endete mit einem kräftigen Tusch. «Und jetzt, meine Damen und Herren», verkündete der Conférencier, «bitte ich Sie, Ihre Plätze wieder einzunehmen. Wir werden nun die Gewinnerinnen verkünden!»

Christian bestellte eine Flasche Schaumwein für alle, dann saßen sie da und sahen zu, wie die Kandidatinnen, die in die Endrunde gelangt waren, über einen Laufsteg spazieren mussten.

«Sie ist unter den ersten zehn!», rief Käthe und donnerte

ihre Faust auf den Tisch, dass die Gläser zitterten. Ein paar ältere Damen am Nebentisch sahen sich missbilligend nach ihr um. Maria deutete einen tiefen Knicks an, als sie an den Juroren vorbeitänzelte, dann winkte sie fröhlich zu Käthe hinüber.

«Sie hat es aber auch verdient!», sagte Christian. «Sie ist bezaubernd. Und unglaublich hübsch!»

«Ja, aber darum geht es hier doch gar nicht, oder?» Erika versuchte, den kleinen Sixten davon abzuhalten, ihr Glas Schaumwein auszutrinken. «Gesucht wird jemand, der *Rahn* darstellen soll, und keine verdammte Venus! Und Rahn hat gefälligst alt und hässlich zu sein!»

«Ja, aber sie muss übermorgen eine gute Figur auf dem Umzug abgeben!», hielt Christian dagegen.

«Sag mal, Kische, wieso interessierst du dich denn auf einmal so für den Umzug? Vorhin hast du dich noch über mich lustig gemacht!»

«Ich glaube, das ist offensichtlich, oder?» Käthe sah Christian an, der wiederum nur Augen für Maria hatte.

«Wir beginnen nun mit der Vorstellung derjenigen, die es unter die letzten drei geschafft haben. Nummer drei: Waltraud Schäfer!», rief der Juror.

Christian sah zu Maria hinüber und bemerkte, wie enttäuscht das Mädchen wirkte. Der Juror verkündete den zweiten Platz, woraufhin Maria sich auf die Lippen biss. Christian litt stumm mit ihr mit. Wie ungerecht das war! Maria war eindeutig die beste Tänzerin von allen gewesen – so ein leichtfüßiges Mädchen hatte er selten gesehen. Außer Lil vielleicht, als sie für ihn Hula getanzt hatte. Christian ballte kurz die Fäuste. Er wollte nicht schon wieder an Lil denken. Lil war Vergangenheit.

«Und die Nummer eins: Maria Siemsen aus Altona bei Hamburg!»

«Juchhe!», schrie Käthe und sprang so stürmisch in die Höhe, dass der Tisch umfiel und alle mit Schaumwein begoss.

Maria bekam eine Schärpe umgehängt, und der ganze Saal applaudierte. Dann rannte sie auf den umgestürzten Tisch zu und nahm Käthe in die Arme.

«Du hast es geschafft, kleine Mietsch!», rief Käthe und hüpfte mit ihr zusammen auf und ab. «Mietsch, darf ich dir Christian vorstellen, den schönsten Matrosen von Sylt! Christian, das ist Maria, auch Mietsch genannt!»

«Sehr erfreut!» Christian schüttelte Maria ausführlich die Hand. Aus der Nähe sah sie noch besser aus. Sie hatte große, blaue Augen. Christian konnte Freude darin erkennen, und Triumph und sogar ein kleines bisschen Spott.

«Matrose, ja?», lachte sie.

«Naja, ich habe mich mittlerweile zu einem recht einflussreichen Meermann entwickelt», erklärte Christian ernsthaft. «Die größte Konkurrenz von Ekke Nekkepenn. Und jetzt habe ich beschlossen, ihm seine Frau abspenstig zu machen. Rahn – gestatte mir den ersten Tanz!»

Sie tanzten, bis die Kapelle das letzte Lied spielte, dann zogen sie weiter ins Trocadero, wo an diesem Abend Barnabas von Geczy mit seinem Salonorchester auftrat. Christian fühlte sich leicht vor Glück, fast, als steuerte er eine Maschine in den Himmel, und er tanzte mit Maria, ohne je aufhören zu wollen. Sie flog leicht und geschmeidig an seinem Arm durch den Raum. Wie eine Heinkel, die man frisch geölt hat, dachte Christian, verbot sich den Gedanken aber sogleich wieder. Maria war weiß Gott keine Maschine, sondern eine äußerst lebendige, schöne Frau.

Bei jeder Drehung konnte er seine Freunde und seine kleine Schwester sehen, die miteinander lachten und tranken. Barnabas' Geige jubelte jedem im Raum Freude ins Gesicht.

Christian strahlte zu Brork hinüber, der mit seiner Geeske tanzte. Selbst Haulk, das Haar kurz geschoren, mit sauberem Mittelscheitel, winkte ihm von seinem Platz als Aufseher im Raum zu. An diesem Abend hatte Christian das Gefühl, dass sie alle irgendwie zusammengehörten, egal, woran sie glaubten und was sie taten. Vielleicht war es auch das alte Fliegerempfinden: dass man alles von oben ansehen konnte, und dass alles auf der Erde letztendlich recht nah beieinanderlag.

Den nächsten Tag verbrachte er mit Maria am Strand, wo sie in einem gestreiften Badeanzug, der nur knapp ihre Hüften bedeckte, eine noch bessere Figur machte. Christian konnte nicht aufhören, sie anzusehen. Alles an ihr war ständig in Bewegung: Ihr Mund, ihre Hände, wenn sie redete, selbst ihre Füße hielten im Sitzen nicht still. Sie drängte Christian, beim Dreibeinlaufen in den Dünen mitzumachen, sprang in die Wellen und schwamm, dann kehrte sie wieder an den Strand zurück, wo sie beim Versuch, wieder warm zu werden, auf und ab hüpfte wie ein Gummiball. Christian drückte einem vorbeieilenden Strandpagen ein paar Groschen in die Hand, damit er Maria eine Decke brachte.

«Müde gespielt», lachte Maria ihn an, als sie endlich eingehüllt dasaß und sich mit dem Handtuch durch die nassen Haare fuhr.

Christian versuchte, etwas mehr über sie zu erfahren: Was sie denn in Altona so tue? Ob sie sich mit ihrer Familie gut verstehe? Maria hob die Schultern. Da gebe es nicht viel zu erzählen. Ja, sie habe eine Schwester. Sie sei auf eine Haushaltsschule gegangen. Nein, sie habe keine Ahnung, was sie im Leben tun wolle. Spaß haben. Und den habe sie ja jetzt.

«Und du?», fragte sie, war mit ihrem Blick aber schon bei einer Gruppe junger Leute, die im Dünengelände eine Schnitzeljagd veranstaltete.

Christian erklärte, dass er gerade seinen Militärdienst bei der Luftwaffe leisten müsse, aber im kommenden Jahr, wenn er fertig sei, bei der Deutschen Zeppelin-Reederei als Navigationsoffizier anheuern wolle.

«Und du denkst, dass sie dich nehmen – einfach so?» Marias Mund verzog sich zu einem Lächeln, in dem wieder ein bisschen Spott mitschwang.

«Natürlich», antwortete Christian, wobei er versuchte, so selbstsicher wie möglich zu klingen. Maria hatte einen wunden Punkt getroffen. Er war sich so sicher gewesen, nachdem er die Ausbildung zum Piloten absolviert hatte. Doch mittlerweile war er schon längst nicht mehr der einzige Kandidat. Hunderte von jungen, deutschen Seeoffizieren mit Flugerfahrung lechzten danach, einen Zeppelin zu fahren. Und warum sollte Christian besser sein als andere? Aber von diesen Zweifeln musste er Maria ja nichts erzählen.

Ganz Sylt war nach Westerland geströmt, um dem Umzug Ekke Nekkepenns mit seiner Frau Rahn beizuwohnen. Selbst aus dem weit entfernten Hörnum waren ein paar Bauern gekommen. Onkel Per war mit einem Kurgast, der in Keitum wohnte, auf dem Rücksitz eines Motorrads nach Westerland geeilt.

Auf Christians Frage, wie ihm das denn gefallen habe, kratzte er sich nur nachdenklich am Kopf. «Ich habe es überlebt ...»

Haulk gesellte sich zu Christian. «Offizier bei der Luftwaffe, ja?» Er grinste, und sein linker Mundwinkel zog sich nach oben.

«So ist es.» Christian hob die Hand, um Käthe zuzuwinken, die den kleinen Sixten auf den Arm genommen hatte und ganz offensichtlich nach jemandem Ausschau hielt.

«Aber noch immer nicht der Partei beigetreten, wie man hört.»

Christian nickte.

«Wenn ich du wäre, würde ich das schleunigst ändern», erklärte Haulk. Dann kniff er die Augen zusammen. «Hat die Frau da etwa ein Negerkind auf dem Arm?»

«Ganz genau!» Christian verzog den Mund zu einem schmalen Lächeln. Er entschuldigte sich, um Käthe entgegenzugehen, die auch noch eine Strandtasche schleppte. Sein trunkenes Gefühl von vor zwei Tagen war verschwunden. Sie waren nicht alle Freunde – zumindest Haulk und er nicht mehr.

«Ich wollte dich nicht in deinem Gespräch unterbrechen», sagte Käthe. Ihre tiefe Stimme klang müde, und sie flirtete nicht mal mehr mit ihm.

«Das Gespräch war sowieso beendet.» Christian nahm Käthe die Strandtasche ab. «Alles in Ordnung mit dir?»

«Ich bin es leid, dass mich hier alle anstarren, als wäre ich ein Zirkuspferd.» Und mit einem Blick auf Sixten, der lachend versuchte, nach Christians Haaren zu greifen: «War vielleicht doch keine gute Idee, in das deutscheste aller Seebäder zu fahren.»

In diesem Moment ging ein Raunen durch die Menge. Am oberen Ende der Friedrichstraße tauchten Ekke Nekkepenn und Rahn in einem Prunkwagen auf. Plötzlich stand auch Erika an seiner Seite, mit Fiete im Schlepptau, der rote Augen hatte, aber sonst ziemlich fröhlich aussah.

Christian schlug ihm auf die Schulter. «Fröhlichen Abend gehabt gestern?», fragte er.

«Mmmh», machte Fiete. «Das Trocadero ist mein neues Wohnzimmer. Ich glaub, ich zieh da ein! Gute Musik und immer kaltes Bier.»

Christian beobachtete, wie Maria in ihrem riesenhaften

Pappmaché-Kostüm vom Wagen herabstieg, den sie mit ihrem Meerungeheuer von Ehegespons teilte, und kurz zögerte. Ein geschuppter Fischschwanz von etwa einem Meter Länge hing an ihrem Kostüm, ein Konstruktionsfehler gigantischen Ausmaßes, denn mit diesem Anhängsel am Kleid konnte Maria sich kaum von der Stelle rühren. Jungen mit schwarz bemalten Gesichtern sprangen um sie herum – zweifelsohne die Mohrenknaben, die das Meer an die friesischen Gestade gespült hatte, wenn Christian sich recht an die Sage erinnerte. Er sah, wie Sixten aufgeregt mit dem Finger auf die Jungen zeigte, und hörte, wie Haulk zu dem Jungen sagte: «Ja, das sind kleine Negerlein, genau wie du!» Er lächelte sein schiefes Mundwinkel-Lächeln in Christians Richtung. Maria packte ihren Schuppenschwanz und legte ihn kurzerhand auf den Wagen, der hinter ihr und ihrem bunten Gatten auf der Westerländer Kurpromenade rollte.

«Meine sehr verehrten Damen und Herren», donnerte die Stimme eines Sprechers, den Christian nicht sehen konnte. «Soeben hat Rahn, unseres Meermannes prächtiges Weib, bewiesen, dass sie mit allen Wassern gewaschen ist! Den schweren Fischleib lässt man natürlich kutschieren! Nun wird das Paar in Richtung Nordbad schreiten, begleitet von Triton, dem Kanzler des Meeresreiches und Zeremonienmeister, sowie Ekke Nekkepenns Leib-Medicus und Hof-Astronom.»

Erika kam auf ihn zugelaufen und fiel ihm um den Hals. «Da bist du ja, Kische! Ich habe dich schon überall gesucht! Hoffe, du bist nicht allzu eifersüchtig auf deinen neuen Rivalen, den Mann aus dem Meer!»

«Ich werde ihm nachher die Schuppen abreißen», brummte Christian gutmütig. «Wird schon sehen, was er davon hat.»

Erika lachte und schob eine fremde Frau auf ihn zu. «Du erkennst sie überhaupt nicht wieder, oder?»

Die Frau an ihrer Seite strahlte ihn an. Sie trug keine Zöpfe mehr, aber ihre Augen waren noch immer so dunkel und groß.

«Kleine Robbe!»

Sie kicherte. «So hat mich aber schon lange keiner mehr genannt.»

Aus den Augenwinkeln bemerkte er, dass sich nun auch Fiete zu ihnen durchgedrängt hatte. Beim Anblick der kleinen Robbe blieb er reglos stehen. Christian blickte zwischen seinen beiden Freunden hin und her. «Fiete, darf ich vorstellen: Das ist die kleine Robbe, meine Kindheitsfreundin. Kleine Robbe, das ist Fiete, der Mann, der mir vor Kap Hoorn das Leben gerettet hat!»

Die beiden schüttelten sich die Hand. Fiete sah sie dabei mit einem seligen Lächeln an, und die kleine Robbe bekam auf einmal knallrote Wangen.

«Und nun kommen wir zur Leibesvisitation!», verkündete die Donnerstimme weiter. «Ekke Nekkepenn wird seine Untertanen taufen lassen! Kommet her, Badevolk, nur keine Scheu, lasset euch segnen durch die läuternde Kraft des Nordseewassers!»

Christian beobachtete, wie die Menschen, die dem Karnevalszug am nächsten standen, kübelweise mit eiskaltem Meerwasser übergossen wurden. Schreie und Gelächter brandeten auf.

«Ah, Ekke Nekkepenn zeigt sich von wahrhaft fürstlicher Huld! Er wird seiner Zufriedenheit mit den nunmehr sauberen Landratten in Form von Ordensverleihungen Ausdruck verleihen. Hier, meine Dame: das Teepunsch-Zertifikat! Mein Herr, das Tugend-Deckblatt, das haben Sie sich redlich verdient. Ja, das nächste Mal einfach den Badeanzug mitbringen. Für das Fräulein den Seestern dritter Klasse. Aber doch nicht so ein enttäuschtes Gesichtchen machen! Den Seestern erster Klasse halten Sie für angemessen? Gewährt! So, Geheimsekretär Qualle wird Ihnen allen nun den Taufschein ausstellen!»

Das Gedränge auf der Kurpromenade war mittlerweile so groß, dass es Christian erdrückte. Er schätzte die Menschenmenge auf ungefähr tausend. Männer und Frauen jeglichen Alters waren darunter, Mädchen, die sich das Blondhaar sorgfältig geflochten hatten, Jungen mit kurzrasiertem Haar. Sie alle blickten in dieselbe Richtung, reagierten in gleicher Weise auf die Witze der Donnerstimme, wogten im selben Rhythmus mit. Auf einmal fühlte er sich fremd inmitten der Menge, fremd auf seinem Sylt, in seinem Westerland. Als er Käthes Blick auffing, wusste er, dass er nicht als Einziger so empfand.

«Ich geh heim zu Moder», sagte er in Erikas Ohr. Er wandte sich zu Fiete und der kleinen Robbe um, doch die waren auf einmal verschwunden.

«Ja, aber du kommst heute Abend noch zum Fest im Nordbad, oder?»

Christian dachte an Maria, die beim Tanzen wie Seide aussah, die sich im Wind bewegte. «Darauf kannst du dich verlassen», sagte er.

Das Nordbad leuchtete im Scheinwerferlicht eines handgezimmerten Leuchtturms. Der Bürgermeister hatte die Polizeistunde aufgehoben, und die Menge wogte durch den Saal, einer Flut von alkoholischen Getränken sei Dank. An den Ständen ringsum wurden Wein, Bier und Eierlikör gereicht. Lampion-Girlanden hingen quer durch den Raum, und in all dem Gefunkel spielte eine Kapelle auf. Christian musste Maria nicht lange suchen: Sie war umringt von einer Horde Männer, aber als sie ihn sah, lief sie sofort auf ihn zu.

«Hast du gesehen, Kische, dass es hier auch eine Wahrsagebude gibt?», fragte sie außer Atem. «Mit einer echten, buckeligen Alten drin!»

«Ich habe nur Augen für die Schönheiten hier.» Christian sah sich suchend im Raum um.

Maria stieß ihn in die Seite. «Ha! Für diese Gemeinheit musst du jetzt mit mir tanzen!»

Christian lachte und zog sie in die Mitte des Raums, wo sie so lang miteinander tanzten, bis einige der umstehenden Männer Christian auf die Schulter tippten und darum baten, ihn abzulösen.

«Sag nein, Kische», flüsterte Maria ihm ins Ohr. «Ich tanze heute Abend nur mit dir.»

Irgendwann kam die rotwangige kleine Robbe auf ihn zugelaufen. «Kische!», rief sie. «Ich hab mich gerade mit deinem Freund Fiete verheiratet, stell dir vor!»

«Bist du betrunken?» Christian ließ Maria mitten in einer Drehung los, sodass sie in die Arme eines schwerbäuchigen Kurgastes rotierte, der sein Glück kaum fassen konnte und schwerfällig mit ihr zu tanzen begann.

Die kleine Robbe kicherte. «Ein bisschen.»

Fiete tauchte neben ihm auf und schlug ihm schwer auf die Schulter. «Hallo, mein Freund!», nuschelte er.

«Okay, genug gespaßt! Ihr habt nicht soeben den Bund des Lebens geschlossen!»

«Wir haben den Bund des *Abends* geschlossen», gluckste die kleine Robbe und hängte sich bei Fiete ein.

«Heiratsbüro.» Fiete deutete mit dem Daumen auf eine Holzbude, vor der sich eine lange Schlange gebildet hatte. «Da.»

«Du musst deine Größe in Ellen und Zoll und Lebendgewicht angeben», lachte die kleine Robbe. «Kannst aber auch schummeln dabei!»

«Eine Heiratsbude!» Maria hatte sich endlich von dem Dickbäuchigen losgerissen und zog Christian zum Ende der Schlange. «Da gehen wir jetzt auch hin!»

«Ich weiß was Besseres!», flüsterte Christian ihr ins Ohr.

Die Nordsee glitzerte im Mondlicht. Es war immer noch ungewöhnlich warm, aber vielleicht lag es auch daran, dass Christian sich warm getanzt hatte. Er legte seine Jacke um Marias nackte Schultern, und dann legte er auch den Arm um sie und zog sie ganz fest zu sich heran.

Als sie sich am nächsten Tag trennten, weil Christian zu seiner Einheit zurückkehren musste, versprach er ihr, dass sie sich wiedersehen würden. Und er hielt sein Versprechen. Er bekam im September erneut ein Wochenende frei, und das verbrachte er bei Maria in Oevelgönne. Er wusste nicht genau, ob er in sie verliebt war, aber er genoss es, Zeit mit ihr zu verbringen. Sie war temperamentvoll und lustig, und ihr Körper sah nicht nur aus wie fließende Seide, wenn sie sich bewegte, er fühlte sich auch so an.

Ende Oktober besuchte er sie erneut für zwei Tage. Es war kalt geworden, die Schiffe tuteten auf ihrem Weg über die Elbe, und von den Bäumen in den Strandgärten wehte es gelb. Christian und Maria stapften in Wollmänteln durch den Sand und schwiegen. Etwas hatte sich verändert. Sie umarmten sich lange, als Maria ihn zum Zug brachte. Ein Abschiedsdankeschön.

Eigentlich hatten sie verabredet, sich nicht mehr zu schreiben. Aber kurz nach Weihnachten 1935 erhielt Christian doch einen Brief von Maria. Wie es ihm wohl gehe, fragte sie. Und dass sie von ihm schwanger sei.

19

Die Hochzeit fand im Februar statt. Maria trug ein gerade geschnittenes Kleid, das ihren Bauch gut verdeckte.

«Das sieht kolossal altmodisch aus», sagte sie, während sie sich vor dem Spiegel drehte. Sie musste ihre Worte ein bisschen schreien, denn von draußen tobte ein Regensturm gegen die Fenster, dass jedes andere Geräusch im Raum unterging.

«Ich finde, es sieht sehr hübsch aus», sagte Christian und küsste Maria auf den Punkt unterhalb ihres Ohrläppchens, den er so gern mochte. Ganz weich und empfindlich war sie hier.

Sie hatten seit Oktober nicht viele Gelegenheiten gehabt, miteinander zu sprechen. Christian hatte erst am Vortag seinen Dienst bei der Luftwaffe quittiert, und als er in Oevelgönne angekommen war, hatte er Maria kaum gesehen vor lauter Leuten, die jetzt ihr kleines Haus bevölkerten. Seine Mutter, Erika, Onkel Per und eine Schwester seiner Mutter, die seine Trauzeugin werden sollte, waren von Sylt gekommen, außerdem waren Marias Schwester, Mutter und eine Tante da, die Marias Trauzeugin war. Christian, der dem Himmel gedankt hatte, endlich der Luftwaffe entronnen zu sein, fand sich in einem Haus wieder, in dem die Befehle nur so umherflogen.

«Zum hundertsten Mal, Per, stell die Dose zurück in die Abseite, das ist Rattengift!»

«Aber ich bin sicher, dass mir das nicht …»

«Tu, was ich dir sage! Und du, Erika, hilf Frau Siemsen bei den Häppchen!»

«Nennen Sie mich Louise!»

«Komm mal her, Moder! Das musst du dir ansehen!»

«Halt dich gerade, Maria! Nein, so gerade nun auch wieder nicht, da zeichnet sich dein Bauch ab, der Pastor muss ja denken, dass du kurz vor der Niederkunft bist!»

Christian nahm Maria bei der Hand und zog sie in ihr Zimmer. Er hatte das dringende Bedürfnis, allein mit ihr zu sein. Es gab noch so viele Dinge, über die er mit ihr sprechen wollte. Eigentlich kannte er sie ja kaum. Doch nur Sekunden später stieß jemand die Tür auf, und die Brautleute stoben auseinander.

«Kische, wir können nicht zu Fuß in die Kirche gehen!», rief Erika. «Es regnet so stark, man könnte meinen, dass die Welt untergeht!»

«Ja, mein Gott, dann nehmen wir eben Schirme!»

«Hast du mal aus dem Fenster gesehen?» Erika lief durch Marias Zimmer und hämmerte mit ihrer Faust gegen die Scheiben. Der Regen prasselte wütend zurück.

«Ja. Und ich dachte noch: sieht aus wie vor Kap Hoorn.»

«Hallo, schönster Matrose!» Käthe stand lachend in der Tür. «Komm her, dass ich dich noch einmal ganz doll drücke!» Und in Marias Richtung. «Einmal darf ich noch, oder?»

Maria hob die Schultern. «Mach mit ihm, was du willst.»

Er fühlte, wie sie ihn umschlang und an sich presste auf eine Weise, wie es Nachbarinnen von Bräuten wohl üblicherweise nicht taten. Und dann spürte er, dass er errötete. Schon wieder, verdammt!

«Ich glaube, du hast ihn jetzt genug gedrückt, Käthe», bemerkte Maria. «In zwei Stunden ist er mein.»

«Ja, du Glückspilz, und ich hoffe, du weißt das auch zu

schätzen!», fuhr Käthe sie an. «Also, ich bin eigentlich nur gekommen, um zu sagen, dass meine Freundin euch fahren wird!» Und an Christian gewandt fügte sie hinzu: «Meine Freundin Aline ist Ärztin und unternimmt manchmal Krankenhaustransporte. Würde also gut passen, wenn man Mietschs Zustand bedenkt!»

Maria rollte mit den Augen. «Passen wir denn auch alle in den Wagen?»

«Ich verzichte freiwillig», erklärte Käthe. «Dann seid ihr nur noch zu neunt!»

Der Krankenwagen entpuppte sich als ein etwas klappriger Tourer, in den normalerweise fünf Leute passten. Jetzt waren sie doppelt so viele, denn Käthe hatte in letzter Sekunde ebenfalls Platz genommen, mit dem Hinweis, dass es im Leben nicht *immer* auf die Größe ankomme. Nun saß sie auf dem Schoß von Onkel Per.

«Ich hoffe doch sehr, dass ich Sie nicht zerquetsche?», lachte sie ihn an.

«Junge Frau, wenn Sie wüssten! Mich bringt überhaupt nichts um!»

Maria saß auf Christians Schoß und hielt die Hände im Schoß gefaltet. Ihr Mantel war trotz des Regenschirms vollkommen durchnässt, schließlich hatten sie von Oevelgönne, der kleinen Straße, die direkt an der Elbe lag, erst die Himmelsleiter zur Flottbeker Chaussee hinaufsteigen müssen. Christians Mutter hielt den Blick geradeaus gerichtet und sagte kein Wort. Christian versuchte, in ihren Zügen zu lesen, während sie durch den dichten Regen rollten. War sie einverstanden mit dieser Hochzeit? Oder hätte sie sich lieber eine andere Frau für ihren Sohn gewünscht? Christian saß so dicht neben ihr, dass er ihre Lachfältchen sehen konnte und die weiße Strähne, die sich durch ihre blonden Haare zog. Sie war eine schöne Frau – wenn man das als Sohn so sagen konnte. Christian wurde es warm ums Herz. In diesem Moment drehte sie sich um und sah ihm in die Augen, und weil es im Wagen so eng war und alles um sie herum so lärmte, fühlte er sich wie in einer Blase mit ihr. Das wird schon alles, sagten ihre Augen. Und wie zum Zeichen riss der Himmel genau in dem Moment auf, da die Ärztin vor der Kirche hielt.

«Das ist ein gutes Omen, Kische», sagte Maria und blickte nach oben in das winzige Stück Blau. «Ich will, dass jetzt alles gut wird. Das wird es doch, oder?»

«Ja», sagte Christian. Der Rest der Hochzeitsgesellschaft quoll aus dem Tourer. Alle klopften sich die Nässe aus den Mänteln und bewunderten lautstark die neugotischen Bögen der Kirche. «Das wird es bestimmt.»

$$\star\star\star$$

Man sagte Hugo Eckener nach, er sammele die Bekanntschaft amerikanischer Präsidenten wie andere Leute Briefmarken. Tatsächlich war Franklin D. Roosevelt bereits der dritte Staatschef der Vereinigten Staaten, der Eckener im Weißen Haus empfing. Zweimal hatte Eckener mit Calvin Coolidge die Ehre gehabt und einmal, nach seiner Weltfahrt, mit Herbert Hoover.

«Sie wollen jetzt also fahrplanmäßige Fahrten über den Nordatlantik machen?» Präsident Roosevelt bedachte ihn mit einem langen Blick.

«Jawohl, Herr Präsident, das möchte ich.» Eckener war erschöpft. Tagelang hatte er versucht, eine Audienz bei Roosevelt zu bekommen, und immer wieder hatte der Präsident das Treffen verschoben. Die Zeiten, in denen Eckener wie ein Held im Weißen Haus willkommen geheißen wurde, waren vorbei. Und das lag nicht an Roosevelt. Seit die Nazis regierten, konnte er froh sein, wenn man ihn in den USA überhaupt empfing.

Es gab Tage, da konnte Eckener es kaum ertragen. In Deutschland wurde er angefeindet, weil er kein Nationalsozialist war. In Amerika ließ man ihn spüren, dass er als Bürger des nationalsozialistischen Deutschlands nicht willkommen war. Und schon gar nicht, wenn er obendrein Wünsche äußerte. Sicher, auf dem Landeplatz der US-amerikanischen Marine in Lakehurst mit einem Luftschiff zu landen, auf dem ein riesiges Hakenkreuz aufgemalt war, war für den amerikanischen Präsidenten zunächst nicht akzeptabel. Aber es gab nun mal keinen anderen Landeplatz, wenn man mit dem Zeppelin nach New York wollte. Und das wollten viele Passagiere, deutsche wie amerikanische. Das wollten tatsächlich immer mehr.

«Ich glaube, das wird nicht gehen.» Roosevelt hielt sich mit so viel Würde in seinem Rollstuhl, dass es aussah, als säße er auf einem Thron.

«Wenn Sie die Wetterbedingungen meinen – die können uns in keinster Weise schrecken.» Aus den Augenwinkeln bemerkte Eckener, dass draußen Schnee trieb. Dieser Februar 1936 war der kälteste Wintermonat, den die Amerikaner je erlebt hatten. Aber Kältewellen und Schneestürme konnten Luftschiffen nichts anhaben, das wusste Eckener spätestens seit seiner Expedition in die Arktis. Um das neue Luftschiff musste sich ohnehin niemand sorgen. Fünf Jahre lang hatten die besten Zeppelin-Ingenieure Deutschlands daran gearbeitet. Der LZ 129 *Hindenburg* bewies, dass der Mensch über alles erhaben war. Der Zeppelin war ein gigantisches Meisterwerk.

Roosevelt lächelte. «Ich weiß, was der Nordatlantik bei schlechtem Wetter bedeutet.»

Eckener versuchte, nicht arrogant zu klingen, während er

seine Erfahrungen im Überqueren von Weltmeeren darlegte. Er suchte seine Worte so, wie er einen Weg durch eine dichte Wolkenwand suchte oder einen Gewittersturm. Roosevelts Gesicht war undurchdringlich. Aber er hörte ihm zu.

«Nun, und was kann ich tun, um Ihnen zu helfen?», fragte er endlich.

«Ich möchte Sie darum bitten, uns die Halle in Lakehurst für zehn Fahrten zur Verfügung zu stellen.»

Unerträglich lange Sekunden verstrichen. Draußen wirbelte der Schnee.

«Gut, die sollen Sie haben!» Dann räusperte sich der Präsident. «Gehen Sie morgen zum Staatssekretär der Navy und besprechen Sie alles Weitere mit ihm!»

Einen Moment lang wusste Eckener nicht, was er sagen sollte. Er war dankbar. Und gleichzeitig sehr überrascht. «Sie behandeln mich nicht wie einen Nazi-Deutschen», bemerkte Eckener. «Und auch dafür bin ich Ihnen sehr dankbar.»

Roosevelt lächelte. «Sie sind ein Weltenwanderer.»

Die Schneeflocken wirbelten ihm ins Gesicht, als er an die Luft trat. Er fühlte sich hellwach und voller Hochgefühl. Doch noch während er in seinen Wagen stieg, verdunkelte sich der Himmel. Und dann passierte etwas, das er sich nicht erklären konnte: Der jahrzehntealte Segler und Luftschiffnavigator in ihm versuchte zu berechnen, aus welcher Richtung das Unwetter aufzog, aber er kam zu keinem Ergebnis. Es war, als komme es von allen Seiten gleichzeitig. Als schließe es ihn ein.

★★★

Der Erste, dem Christian in Frankfurt Auge in Auge gegenüberstand, war der Lametta-Heini. Nicht in persona natürlich. Seit Hermann Göring den Oberbefehl über die frisch gegründete Luftwaffe innehatte, ging er überhaupt nicht mehr zu Fuß. Im Büro der Deutschen Zeppelin-Reederei hing der Lametta-Heini als riesiges Porträt.

«Ihr Name ist?», erkundigte sich die Sekretärin.

«Christian Nielsen. Ich habe einen Termin mit dem Personalleiter.»

«Einen Moment bitte.» Sie stand auf und verließ den Raum durch eine Hintertür.

Es war schade, dachte Christian, wie sehr sich die Frauen in Deutschland in nur wenigen Jahren verändert hatten. Verschwunden waren die leuchtenden Münder – die deutsche Regierung hatte befunden, dass ein anständiges deutsches Mädel keinen Lippenstift mehr trug. Verschwunden waren auch die Knie unter sittsam langen Röcken. Und selbst das Haupthaar der deutschen Frau war jetzt straff organisiert.

Christian spürte den Herzschlag in seinen Schläfen. Nun fiel ihm nichts mehr ein, womit er sich ablenken konnte. Der große Moment war gekommen. Und er war schrecklich aufgeregt. Alles, was er bislang in seinem Leben unternommen hatte, war quasi von allein geschehen. Er hatte mit sechzehn als Matrose auf einem Schiff angeheuert, weil sein Vater das schon so getan hatte, und dessen Vater auch und so fort bis ins vergangene Jahrhundert, als der Norweger Peter Lassen nach Sylt gekommen war, und vermutlich noch weiter, denn auch die Lassens in Norwegen waren ja alle Seeleute, seit Wikingerzeiten schon. Danach hatte Christian in einer ordentlichen Reihe von Jahren Prüfungen abgelegt. Aber dieses Vorstellungsgespräch war etwas vollkommen anderes. Heute würde sich herausstellen, ob er das tun würde, wovon er seit seiner Kindheit träumte.

Auf einmal spürte er, wie ihm das Blut in den Ohren rauschte. Was sollte er nur auf die Frage antworten, die ihm der Personalleiter auf jeden Fall stellen würde? Was?

Die Sekretärin kehrte in den Raum zurück, ohne dass sich ihr straff organisiertes Haar bewegte. «Der Herr Personalleiter erwartet Sie.»

«Flieger sind Sie also.» Zwei Gesichter starrten ihn an, das von Adolf Hitler etwas strenger. Der Reichskanzler hing an der Wand hinter dem Schreibtisch des Personalleiters, was dem Mann in Christians Augen doppelt so viel Autorität verlieh.

«Das ist richtig.» Das Herz donnerte Christian noch immer in der Brust. «Außerdem verfüge ich über ein Offizierspatent, um als nautischer Seeoffizier zu fahren, und über ein Bordfunkerpatent. Während meines Militärdiensts habe ich den Rang eines Oberfähnrichs zur See erworben. Bei der Kriegsmarine habe ich eine vollständige praktische und theoretische Seeoffiziersausbildung erhalten. Im Anschluss daran wurde ich zur Reichsluftwaffe in Warnemünde kommandiert.» Er redete zu hastig, das spürte er. Jetzt kommt die Frage, dachte Christian. Jetzt. Er biss die Zähne zusammen, und der alte Schmerz zuckte durch den Kiefer.

«Sie sind ein Mann mit vielen Qualifikationen», sagte der Personalleiter. «Aber warum sind Sie kein Mitglied der Partei?»

«Ich bin noch nicht dazu gekommen, die Mitgliedschaft zu beantragen.» Christian versuchte ruhig zu atmen.

«Aber Sie glauben selbstverständlich an die nationalsozialistische Idee?»

Christian spürte, wie sich der Raum drehte. Der Schmerz zuckte, das Herz pochte, das Blut rauschte in den Ohren. Personalleiter und Reichskanzler blickten drohend drein. Alles in ihm sträubte sich dagegen, die Frage mit Ja zu beantworten. Alles, bis auf zwei Dinge: sein Wunsch, einen Zeppelin zu steuern. Und die Notwendigkeit, Geld zu verdienen. Für Mietsch und das Kleine in ihrem Bauch.

Irgendwann konnte er die Antwort nicht länger hinauszögern. «Ja», sagte er.

★★★

«Das darf doch wohl nicht wahr sein!» Hugo Eckener schlug mit der flachen Hand auf den Tisch. «Nein, unmöglich. Dafür gebe ich die Luftschiffe nicht her!»

«Aber wir können uns dem Befehl des Propagandaministeriums nicht widersetzen», erwiderte Kapitän Lehmann. «Das Deutsche Reich hat den Bau der *Hindenburg* immerhin mitfinanziert.»

«Das ist mir vollkommen klar.» Eckener durchmaß sein Büro mit großen Schritten. «Aber das ändert nichts an meiner Auffassung. Ich gebe weder den *Graf Zeppelin* noch die *Hindenburg* für Propaganda der Partei her. Schlimm genug, dass die *Hindenburg* jetzt Hakenkreuze spazieren fährt. Aber nein – Propagandafahrten, um für die Besetzung des linken Rheinufers zu werben und für die Wiederwahl der NSDAP, das mache ich nicht!» Er drehte sich um und sah Lehmann in die Augen. «Im Übrigen haben wir die *Hindenburg* noch nicht ausreichend getestet für ihre erste Südamerika-Fahrt. Und die beginnt schon am 31. März. Wir müssten noch eine Probefahrt machen, bei der wir die Motoren auf Höchstleistung fahren, und wir haben keine Ahnung, ob sie ausreichend belastbar sind. Und jetzt müssen wir diese Probefahrt ausfallen lassen, nur um für Herrn Hitler Reklame durch die Luft zu fliegen!»

Lehmann zog die Brauen zusammen. «Sie werden also nicht das Kommando übernehmen wollen, wenn die *Hindenburg* erstmals über alle deutschen Städte fährt?», fragte er.

«Die *Hindenburg ist* bereits über deutsche Städte gefahren. Sogar mit Presse, wenn ich Sie daran erinnern darf.»

«Eine Propagandafahrt für die Politik des deutschen Reiches ist aber zugleich auch eine Propagandafahrt· für den neuen Zeppelin.»

Eckener starrte ihn an. Er dachte an den jungen, mutigen Lehmann, mit dem er 1924 ein Luftschiff über den Atlantik geführt hatte. Er dachte an die gemeinsame Fahrt rund um die Welt. Lehmann war der Mann, den er persönlich ausgebildet, den er über so viele Jahre begleitet hatte. Und doch war ihm dieser Mann ganz fremd geworden. «Wenn Sie das glauben, Herr Lehmann, erübrigt sich jede weitere Diskussion. Ich werde unsere Zeppeline nicht entweihen.»

«Ich auch nicht. Aber ich übernehme das Kommando für die Propagandafahrt.»

Am 26. März 1936 wehte es so stark in Frankfurt, dass die Zuschauer Mühe hatten, das Horst-Wessel-Lied zu hören. Die Journalisten auf dem Flugfeld versuchten, beim Schreiben gleichzeitig ihre Hüte festzuhalten, während ein Radioreporter seine Stimme über das Brausen und Flattern erhob. Plötzlich durchbrach ein Ruf das Getöse: «Luftschiff marsch!»

Es war ein Anblick, bei dem Hugo Eckener noch immer Gänsehaut bekam. Als ob ein Riese geboren würde, so schob sich die *Hindenburg* aus den Toren der Luftschiff-Halle. Schon konnte er die Fenster der Führergondel erkennen, dann das Promenadendeck der Passagiere. Aber meine Güte, es war doch viel zu windig! Hätte er doch das Kommando! Niemals hätte er unter diesen Bedingungen die Erlaubnis gegeben, das Schiff aus der Halle zu ziehen! Jetzt erschienen die Olympischen Ringe auf dem Bauch des Riesen. Die erste Motorgondel. Die Heckflossen mit dem Hakenkreuz darauf.

Und dann war der Riese herausgeglitten.

Ein Glockenzeichen ertönte, und Jubelrufe der Zuschauer

auf dem Rasen brachen los, so laut, dass sogar der Wind mit all seinem Brausen darin unterging. Der Riese, der eben noch so schwer aus der Halle gezogen worden war, stieg langsam in den Himmel, als gäbe es nichts Leichteres. Einen Moment schwebte die *Hindenburg* mit ihren sechzehn Gaszellen über dem Radioreporter, der jetzt noch begeisterter in sein Mikrophon brüllte, über den Journalisten, die sich die Hüte festhielten, über der Bodenmannschaft, der Blaskapelle und den Zuschauern. Die Wolken rissen auf, und ein Sonnenstrahl schimmerte auf der silbrigen Riesenhaut.

Und dann hörte Eckener sich selbst aufschreien. Eine Windbö fuhr in das Heck der *Hindenburg* und drückte sie zu Boden, und das grausige Geräusch der brechenden Heckflosse übertönte den Blaskapellenlärm.

«Wie konnten Sie das Ausbringen des Schiffes nur bei solchen Windverhältnissen anordnen?» Eckener brüllte Kapitän Lehmann über den Wind hinweg an. Die Menge hatte sich großenteils verstreut, und die *Hindenburg* war in die Halle zurückgebracht worden. «Sie hatten die beste Entschuldigung der Welt, diese blödsinnige Fahrt abzusagen! Stattdessen setzen Sie unser neues Luftschiff aufs Spiel, nur um ja Herrn Goebbels nicht zu verschnupfen! Nennen Sie das Verantwortungsgefühl? Was gedenken Sie jetzt zu tun?»

«Ich werde den Schaden in zwei bis drei Stunden reparieren können und dann dem *Graf Zeppelin* nachfahren.»

«So», erwiderte Eckener sehr leise. «Das ist also Ihre einzige Sorge. Schnell diese unsinnige Fahrt nachholen!» Er suchte in Lehmanns Gesicht den alten Gefährten. Den Mann, der mit ihm durch Wolken und Regenbögen gefahren war, einmal um den ganzen Erdball, den freundlichen, verlässlichen Kameraden. Den Lehmann, den er selbst zum Kapitän gemacht hatte!

Der mit seinem Akkordeon bei den Passagieren im Speisesaal gesessen hatte. Aber dieser Mann war verschwunden. So wie alles, was ihm vertraut war, zunehmend zu schwinden schien.

Die *Hindenburg* startete, wie von Lehmann versprochen, am Nachmittag des 26. März. Am Morgen des nächsten Tages traf sie über Insterburg in Ostpreußen mit dem *Graf Zeppelin* zusammen. Überall, wo die beiden Luftschiffe zusammen auftauchten, jubelten ihnen die Menschen zu, denn zwei Zeppeline auf einmal zu sehen, das sei wie ein Hauptgewinn im Lotto, erklärte ein Radiosprecher. Ein Lebenshöhepunkt. Tatsächlich verzeichneten deutsche Krankenhäuser neun Monate später so viele Geburten wie nie zuvor.

Für die Reichstagswahlen am 29. März 1936 ließ Propagandaminister Joseph Goebbels an Bord der Luftschiffe Wahllokale einrichten. Es stand zwar nur die NSDAP zur Wahl. Aber die Wahlbeteiligung betrug hundert Prozent.

Zwei Tage später brach die *Hindenburg* nach Rio de Janeiro auf. Die Motoren waren für diese lange Strecke noch immer nicht erprobt.

★★★

Der Umzug nach Friedrichshafen ging so schnell, dass Christian nicht einmal Zeit hatte, darüber nachzudenken. Er selbst besaß ohnehin nur den Inhalt seines Seesacks, und Mietsch hatte auch nicht besonders viel. Und so geschah es, dass er nur eine Woche nach seinem Vorstellungsgespräch am Bodensee aufwachte. Die Deutsche Zeppelin-Reederei hatte Mietsch und ihm eine Wohnung in der Paulinenstraße vermittelt. Die eine Hälfte von Zeppelinern, die hier wohnten, stammte aus Schleswig-Holstein, die andere aus Württemberg. Mittags und abends aber liefen Norden und Süden zusammen, da vermischten sich die Küchengerüche in der Straße zu einem großen, gemeinsamen Dunst. Die Hausfrauen aus dem Norden bereiteten Fisch zu, die schwäbischen hingegen brachten Spätzle mit reichlich Butter, Käse oder Speck auf den Tisch.

Mietsch kochte weder das eine noch das andere, von Küchengerüchen wurde ihr in der Schwangerschaft übel. Aber zum Glück war das Delikatessengeschäft am Ende der Straße mit einem Sortiment an Vollmilch- und dunkler Herrenschokolade ausgestattet, und er pilgerte täglich dorthin. Mit seinen 300 Reichsmark Monatsgehalt, das er als Zellenpfleger eines Zeppelins verdiente, ließ sich das süße Leben leider nicht gut führen. Aber wenn alles glattging, würde er noch in diesem Jahr als Navigator auf dem *Graf Zeppelin* fahren und mehr Geld verdienen.

20

So klar war der Abendhimmel an diesem 13. April 1936, dass Christian die Sterne vor sich funkeln sah. Das Luftschiff stieg in die Höhe, und einen Moment lang hatte er das Gefühl, den Boden unter den Füßen zu verlieren, dann umfassten seine Hände die Speichengriffe des Seitensteuers stärker, und ein Glücksgefühl durchlief ihn. Wo war dieses Luftschiff nicht schon überall gewesen! New York, San Francisco, Tokio, Rio de Janeiro, Moskau, die Arktis, Ägypten. Es war der fahrende Beweis dafür, dass Menschen durch den Himmel schweben konnten. Es war das Gefühl der absoluten Erhabenheit.

Jetzt war das Tageslicht geschwunden. Unter ihm, im Mondlicht, glänzte der Bodensee. Er versuchte die Paulinenstraße zu erkennen. So dicht schwebten sie darüber, dass er meinte, durch das geöffnete Fenster den Duft von Fisch und Spätzle zu riechen. Nun steuerten sie auf Schaffhausen zu, und er sah den Rheinfall unter sich glitzern. Durch das geöffnete Fenster in der Führergondel konnte er das Wasser tosen hören.

Auf einmal wurde Christian klar, wie klein er war, hier am Bauch des Luftschiffs. Ihm wurde die Großartigkeit bewusst: dass er «ein Ungeheuer von erhabener Schönheit» durch den Himmel lenkte, wie es ein Schriftsteller einmal ausgedrückt hatte. Dass er aus diesem wunderschönen Ungeheuer heraus die Welt von oben sah: Basel mit seinen langen, geraden Straßen, den Münsterturm, bald die Bourgogne mit ihren Hügeln und Wäldern und dann das Rhônetal, das sich tief unter ihm in die Erde geschnitten hatte. Auf der einen Seite ragten die Steilhänge der Cevennen auf, auf der anderen Seite die Firnfelder des Mont-Pelvoux-Massivs.

Plötzlich, ohne Vorwarnung, fing das Luftschiff an zu bocken. Hoch und runter rumpelte es.

«Schlechte Straßen haben die hier, was?» Kapitän Wittemann schmunzelte. Er war das, was seine Mutter als einen freundlichen, alten Herrn bezeichnen würde, und er hatte Christian auf seiner ersten Fahrt als Navigator ausgesprochen freundlich begrüßt. «Kleiner Scherz, das sagen wir immer, wenn wir durch das Rhônetal fahren. Der Mistral wird hier wie durch eine Düse hindurchgepresst, das macht die Fahrt für uns ein wenig holprig. Hoppla!» Noch ein Ruck ging durch das Luftschiff, und der Kapitän und Christian kippten beide nach vorn.

Christian lachte. «Wir werden denen mal einen Mann vom schwäbischen Straßenbauamt schicken. Dann ist das Problem schnell gelöst!»

«O weh, vom schwäbischen?» Wittemann, der aus Hessen kam, kabbelte sich gern ein bisschen mit den Schwaben. «Also das wünsche ich den Franzosen nun auch wieder nicht!»

Der Papstpalast von Avignon wirkte im Nachtlicht ganz verwunschen, wie eine Burg im Märchenland. Gerade als Christian in den Innenhof schauen wollte, kam seine Wachablösung am Seitensteuerstand. Er hätte sich jetzt schlafen legen müssen, denn in vier Stunden begann schon seine nächste Wache, aber er fühlte sich überhaupt nicht müde. Stattdessen ging er in den Aufenthaltsraum und öffnete dort ein Fenster. In der Ferne schimmerte ein erster Streifen Licht. Unter ihnen lag die Camargue. Ein Schwarm Flamingos flog auf. Nach einer Weile kletterte Christian dann doch über den schmalen Laufgang zwischen den Gasballons hindurch nach hinten zu den Mannschaftsräumen. Er konnte den Motorlärm der Propellermaschinen hören, aber das störte ihn nicht, im Gegenteil. Er fühlte sich an die Zeit auf der *Orion* erinnert, an die Vibrationen der Hauptmaschine, die sich nur wenige Meter von den Kojen der Matrosen entfernt befunden hatte. Er dachte an das Abenteuer, das ihn um die Welt geführt hatte. Und er dachte an sechs Tage Hawaii.

Aber jetzt hatte er seine Mietsch – und das neue Leben, das sie in sich trug.

Er schob die Geige beiseite, die er als Glücksbringer mitgebracht hatte. Als er sich auf den Bauch legte, konnte er durch die Leinenplane, die seine Koje von den Gaszellen abschirmte, in die Tiefe sehen. Das Mittelmeer schäumte unter ihm – er hatte den schönsten Schlafplatz der Welt.

***

Das Paket war fast zur Hälfte von Briefmarken und Stempeln bedeckt und wirkte so unförmig, dass Lil sich fragte, was sich wohl darin verbarg. Mit ihren Fingerspitzen tastete sie das bräunliche Papier ab. Unter ihrer Adresse, in der Mitte des Pakets, fühlte sie Knoten, so als sei im Inneren etwas festgeschnürt. Sie bedankte sich bei Inês, die ihr das Paket nur mit erhobenen Brauen überreicht hatte, und ging in den Garten hinaus. Ein Paket aus Oahu! Aber von wem nur? Die Schrift sagte ihr überhaupt nichts, und der Absender war so klein geschrieben, dass sie ihn kaum entziffern konnte. Sie riss die Tür zu ihrem kleinen Haus auf, warf sich auf den Stuhl vor ihrem Schreibtisch und nahm den Brieföffner zur Hand.

Ein verschnürtes Briefbündel kam zum Vorschein – zwanzig, dreißig, vielleicht vierzig Briefe, alle in derselben Handschrift an sie, Lil Kimming, in Pearl Harbor adressiert.

Das Herz pochte ihr bis zum Hals. Sie versuchte das Blatt zu überfliegen, das den Briefen beilag, aber sie brauchte mehrere Anläufe, um den Bogen zu öffnen, so sehr zitterte ihre Hand. Als sie zu lesen begann, meinte sie, Tessis Kokosduft zu spüren.

Kleine Lil,
*   diese Briefe habe ich heute in einer Kommode gefunden, die in den vergangenen Jahren verschlossen war. Es tut mir leid, dass du sie jetzt erst lesen kannst, aber vielleicht ist es ja nicht zu spät.*

Die letzte Zeile auf dem Bogen konnte Lil nicht mehr sehen, weil ihr die Schrift vor den Augen verschwamm. Sie versuchte, tief zu atmen, nahm einen der Briefe zur Hand, legte ihn wieder zurück, nahm den nächsten. Sie wischte sich über das Gesicht und las den Absender.

Dann brach sie in Tränen aus.

Er hatte alles aufgeschrieben. Wie die Frau aussah, die er liebte. Wie er sich nach ihr sehnte. Wie er seine Tage verbrachte. Am Anfang las Lil die Briefe wahllos. Wie eine Verhungerte stürzte sie sich auf den nächstbesten Umschlag, riss ihn auf und las. Dann versuchte sie, die Briefe nach Datum zu sortieren, aber weil sie so zitterte, riss das hauchdünne Luftpostpapier unter ihren Fingern ein. Die Buchstaben tanzten vor ihren Augen, immer wieder musste sie aufstehen und tief durchatmen, ehe sie sich wieder setzte, denn die Wände drehten sich um sie.

Endlich fand sie ihn: seinen allerersten Brief vom 3. Juni 1929 aus dem Panama-Kanal. Er hatte ihr sofort nach ihrem Abschied geschrieben. Ihre gemeinsamen sechs Tage und Nächte waren noch ganz frisch. Das war der Brief, den sie immer wieder las, auch später, als sie ihm in Gedanken schon nach New York gefolgt war, und dann nach Sylt, zur Seefahrtsschule nach Hamburg und zu einer Stadt mit dem merkwürdigen Namen *Warnemünde*. Du kannst jetzt also fliegen, Christian, dachte sie und lächelte.

Als sie alle Briefe gelesen hatte, ging sie zu ihrem Schreibtisch, öffnete die unterste Schublade und holte ihren eigenen Packen Briefe hervor. Sie schob die Stapel so dicht nebeneinander, dass sie sich berührten, und wieder musste sie weinen. Aber diesmal weinte sie, weil sie so glücklich war.

***

Es war, als hätte jemand kübelweise grüne Farben ausgeschüttet. Die Reisfelder wellten sich in allen Schattierungen über die Ebene, von Dunkeljade bis Dünengrün. Selbst der Atlantik, der an Marokkos salzweiße Strände brandete, sah grün aus. Oder vielleicht auch türkis oder indigo oder saphirblau, jede Welle flutete in einem anderen Ton. Christian hatte geglaubt, den Atlantik gut zu kennen – nun sah er ihn zum ersten Mal von oben. Sie fuhren die Küste nach Mauretanien hinunter. Die Brandung, die an Afrika heranschlug, war Tausende von Metern breit. So tief fuhren sie, dass sie eine Gruppe von Hammerhaien erkennen konnten, die auf das Ufer zuglitten. Er fühlte sich berauscht – was sicher auch daran lag, dass er nur zwei Stunden geschlafen hatte.

Wittemann sah ihn von der Seite an. «Nicht genug geruht, was? Passiert uns allen am Anfang, ist halt sehr aufregend, so eine Fahrt. Mehr Steuerbord!»

Sie hatten mittlerweile Teneriffa erreicht und warteten auf den Nordostpassat, der sie bis zum Äquator blasen sollte. Doch nichts geschah – wenn man einmal von langweiligen fünf

Metersekunden absah, mit denen der Zeppelin dem nächsten Breitengrad entgegenbummelte.

Wittemann blickte auf die Wetterkarte. «Wenn der Passat weiterhin ausbleibt, sind Sie bei Ihrer Ankunft in Brasilien Großvater, Herr Nielsen!»

«Das wäre dann wohl in ungefähr zwanzig Jahren», lächelte Christian. «Also, das heißt, wenn sich das Kleine im Bauch meiner Frau mit Kinderkriegen beeilt!»

«Was Tempo anbelangt, sollte es sich auf keinen Fall ein Beispiel am heutigen Passatwind nehmen. Das ist der langsamste Passat, den ich je erlebt habe, Mensch!»

«Können wir die Motoren beschleunigen?»

«Ja, ein wenig, aber für viel mehr reichen die Betriebsmittel nicht aus. Wir müssen einfach abwarten und hoffen, dass der Schwung noch kommt.»

Aber der Schwung kam nicht, der *Graf Zeppelin* dümpelte so dahin. Unter ihnen tauchte ein Frachtschiff auf, und Schande über Schande – jetzt fuhr es fast sogar schneller als sie!

«Manchmal beneide ich die Kollegen von der *Hindenburg*», sagte Wittemann später beim Abendessen, das die Offiziere gemeinsam mit den Passagieren im Speisesaal einnahmen. Die Abendsonne funkelte durch die Fenster und tauchte alles in einen warmen weinroten Schein. «Haben Sie sich den neuen Zeppelin schon einmal ansehen können, Herr Nielsen?»

Christian schob seinen Teller zurück. «Nein, leider.» Es war das reichhaltigste Essen, das er seit seiner Hochzeit gegessen hatte: erst Suppe, dann ein Fischgericht und jetzt auch noch ein Käseteller mit Obst. Und das nach einem Dreigänge-Mittagessen und einem Stück Kuchen am Nachmittag! «Ich hatte noch keine Gelegenheit.»

«Naja, er ist ja auch erst einen Monat regulär in Betrieb. Das ist ein Luftschiff, sage ich Ihnen! Phantastische Apparatur! Kann zweihunderttausend Kubikmeter Gas fassen! Daimler-Benz-Dieselmotoren, ein technisches Meisterwerk, das Ganze. Sogar ein Raucherzimmer gibt es an Bord!»

«Gott sei Dank!», bemerkte Kubis, der Chefsteward, leise und räumte ihre Teller ab. Es war seine letzte Fahrt auf dem *Graf Zeppelin*, wie er nicht müde wurde, zu erwähnen. Ab der nächsten Fahrt würde er dauerhaft auf der *Hindenburg* eingesetzt werden. «Sie haben keine Ahnung, was es für eine Mühe macht, die Kaubonbons zu entfernen, die die Amerikaner immer unter die Tischplatte kleben, nur weil wir ihnen das Rauchen verbieten!»

«Wann werden Sie auf die *Hindenburg* wechseln?», fragte Christian an den Kapitän gewandt.

«Oh, bald, hoffe ich! Er ist ja schön und gut, unser alter Graf hier.» Wittemann klopfte auf die Lehne seines Polsterstuhls. «Aber die Zukunft, das ist die *Hindenburg*!»

Ein Höhenruderer namens Johann, der mit am Tisch saß, hob sein Glas Limonade. «Auf die Zukunft!», sagte er. «Ich wechsele nämlich auch schon mit der nächsten Fahrt!»

Es passierte, als sie sich auf fünf Grad nördlicher Breite befanden, unter ihnen nichts als der Ozean. Christian stand am Seitensteuer, als der Tag jäh verschwand. Das Luftschiff lief in eine Wolkenfront, so dicht und schwarz, wie er noch nie eine gesehen hatte. Im nächsten Moment hatte sie die Finsternis verschluckt. Und dann begann es gegen die Scheiben zu prasseln, ein Höllenlärm. Sie liefen geradewegs in den Schlund einer Regenbö.

«Das Schiff wird immer schwerer», schrie Johann, und jetzt konnte Christian es am eigenen Leib spüren. Durch all das Prasseln und Trommeln und in dieser vollkommenen Schwärze fühlte er, wie das Luftschiff sank.

«Das ist die Zone, vor der Meteorologen uns immer gewarnt haben», sagte Johann. Er versuchte, das Schiff wieder höher zu steuern.

«Ganz ruhig.» Wittemann trat hinter Johann. «Wir haben die Kalmenzone schon viele Male gemeistert. Und sieh mal, da vorne wird es schon wieder hell!»

Tatsächlich konnten sie jetzt wieder ein Stück blauen Himmel sehen. Aber nicht lange, und der nächste Guss ging auf sie nieder. Das Wasser schlug mit aller Macht von außen auf die Hülle des Zeppelins, im Schein der Bordlampen flitzten graue Wolkenfetzen an den Fenstern vorbei. Und dann wurde es tiefschwarz um sie herum. Alle Wasser der Welt stürzten auf sie herab. Der Regen drang durch die Ritzen der Fensterrahmen, bald war der Fußboden vollkommen nass. Jetzt goss es auch durch die baumwollbespannte Decke. Erneut spürte Christian, dass der Zeppelin schwerer wurde. Johann tat sein Bestes, um das Schiff auf Höhe zu halten, aber die Wolken brachen mit einer solchen Macht über ihnen, dass sie immer tiefer sanken. Christian spürte es in seinen Schuhen quietschen. Das Wasser strömte an den Fenstern entlang, und nun sammelte es sich auch noch auf dem Boden.

«Wir müssen Ballastwasser abwerfen!», entschied Wittemann. Aber auch das schien nichts mehr zu nützen.

«Das Heck verliert an Höhe», sagte Johann.

«Äußerste Kraft», befahl Wittemann durch den Telegraphen den Maschinisten in ihrer Gondel.

Ein paar Minuten vergingen. Immer weiter flutete es den Boden, noch immer waren sie von vollkommener Schwärze umhüllt. Wittemann ließ einen Scheinwerfer einschalten, um die Abdrift besser einzuschätzen, doch der Lichtkegel erhellte bloß einen Kreis in unendlicher wattiger Finsternis.

«Wir sind immer noch hecklastig», sagte Johann, und jetzt hörte Christian, wie verzweifelt seine Stimme klang.

«Verdammt, dann hoffe ich nur, dass es nicht das ist, was ich glaube.» Wittemann presste die Lippen aufeinander. «Nielsen, Sie waren Matrose und sind hundertprozentig schwindelfrei?»

«Das bin ich.»

«Dann wird Sie Schubert jetzt am Seitensteuer ablösen. Es ist möglich, dass ein Teil der Bespannung in der Nähe der Höhenflosse gerissen ist. Sie müssen in die Stabilisierungsfläche steigen und nach dem Schaden sehen!»

Christian musste an die Kathedrale San Lorenzo in Genua denken, nur dass der Innenraum des Zeppelins noch viel größer und natürlich sehr viel dunkler war. Erich, einer der Zellenpfleger, hatte ihn mit einem Seil gesichert, während er in die Höhe stieg. Christian hatte nur die linke Hand frei, um zu klettern, mit der Rechten hielt er eine Grubenlampe, um die Bespannung abzuleuchten. Er fuhr mit dem Lichtkegel über die Fläche, aber bei einer Länge von zweihundert Metern musste man schon sehr genau hinsehen, um etwas zu finden, das ungewöhnlich war. Christian brauchte Zeit, aber die hatte er nicht. Er fühlte es mit seinem ganzen Körper, dass sich der Zeppelin in einer Schräglage befand. Noch wurde der Neigungswinkel nicht kritisch für das Essen, das Kubis in diesem Moment servierte – Christian hoffte, dass nicht allzu viele Passagiere Suppe bestellt hatten –, aber wenn tatsächlich ein Stück Bespannung gerissen war, konnte sich das jeden Moment ändern. Wittemann hatte gesagt, dass er im hinteren Teil suchen müsste, im Bereich der Höhenflosse.

Er zog den Kopf ein, als er einen Lufthauch über sich hinwegziehen spürte. Ein Geräusch wie von Fledermausflügeln übertönte das Prasseln des Regens, aber das konnte natürlich nicht sein, sie hatten doch keine Tiere an Bord. Vorsichtig einen Fuß vor den anderen setzend, tastete er sich auf dem schmalen Laufsteg nach vorn. Hier, in zwanzig Metern Höhe war der Arbeitsplatz, den er vor ein paar Monaten noch selbst innegehabt hatte. Von hier aus warteten die Zellenpfleger die Gaszellen, die links und rechts des Laufstegs hingen, jede Zelle ein gigantischer Ballon mit einem Durchmesser von fünfzehn Metern.

«Mach mal die Lampe aus, Kische!», brüllte Erich durch das Flattern und Prasseln und Motorengebrumm. «Wenn irgendwo ein Loch ist, dann siehst du es vielleicht durch das Licht von draußen!»

«Da draußen gibt es kein Licht!», brüllte Christian zurück. Komplette Finsternis hüllte ihn ein, nun da er die Grubenlampe ausgeschaltet hatte. «Trapezartist müsste man sein», murmelte er, während er sich weiter in Richtung Heck hangelte. «Und weniger gegessen haben. Und Augen wie 'ne Katze haben. Und …»

Plötzlich erschrak er: Das Prasseln hatte aufgehört.

«Es hat aufgehört zu regnen!», rief Erich begeistert von unten. «Die Wolkenwand reißt auf! Ich kann sogar wieder ein Stück Sonne sehen!»

«Schön für dich», brummte Christian. In diesem Moment spürte er, wie sich der Neigungswinkel des Luftschiffs erneut verschob. «Bilde ich mir das ein, oder sind wir nicht mehr hecklastig?», rief er zu Erich hinunter.

«Wir sind nicht mehr hecklastig!», brüllte Erich herauf. Und kurze Zeit später: «Kannst wieder runterkommen, hat der Kapitän gesagt!»

Die gewaltigen Wassermassen hatten die Höhenflossen am Heck lediglich heruntergedrückt; mit nachlassendem Niederschlag war die Gefahr vorüber. So plötzlich, wie sie in den Tropenregen geraten waren, fuhren sie nun wieder unter strahlend blauem Himmel dahin.

Christian wischte sich Gesicht und Hände trocken und nahm mit einer Verbeugung seine Urkunde entgegen. Da er den Äquator zum ersten Mal in der Luft überquert hatte, wurde er vom Beherrscher der Luft, Aeolus, getauft. Aeolus trug ein breites Lächeln im Gesicht und Kapitänsstreifen an seiner Uniform. Es war ein hübscher Brauch an Bord des *Graf Zeppelin*, Passagieren und Besatzungsmitgliedern, die die Grenze zur Südhalbkugel überflogen, einen Kübel Wasser über den Kopf zu kippen.

Jetzt sei er einer der ihren, versicherte Wittemann und bot ihm das Du an: «Ich heiße Anton!»

«Christian», lächelte Christian. «Aber meine Freunde sagen Kische zu mir.»

Wie der Finger einer riesigen Hand ragte die Insel aus dem Meer empor. Christian sah den Schatten des Zeppelins über das Felsgestein hinweggleiten, während er sich aus dem Fenster im Aufenthaltsraum der Mannschaft lehnte. Dabei biss er in ein Stück Schokolade, das ihm der Koch zugesteckt hatte. Der erinnerte ihn ein bisschen an Fiete. Der Freund würde in wenigen Wochen die kleine Robbe auf Sylt heiraten, diesmal vor einem echten Standesbeamten. Christian hätte alles darum gegeben, an der Hochzeitsfeier teilnehmen zu dürfen, aber daran war natürlich nicht zu denken. Nicht jetzt, wo Mietsch hochschwanger war.

«Jetzt sind es nur noch fünf Stunden bis Recife», freute sich Ernst Schlapp, ein Elektriker, der ebenso wie Wittemann und Steward Kubis demnächst auf die *Hindenburg* wechseln würde. Der kleine Elektriker hatte einen ausgeprägten Strahlenkranz um die Augen herum und Lachfalten um den Mund. «Das sagen wir immer, wenn wir über diesen Felsen fahren.»

«Der ist ja bewohnt», bemerkte Christian erstaunt, als er

eine Gruppe Männer auf dem Felsen aufgeregt auf und ab hüpfen und winken sah.

«Diese Bewohner sind nicht ganz freiwillig da», erklärte Ernst. «Das ist die Sträflingsinsel Fernando de Noronha. Aber du musst dir keine allzu großen Sorgen um sie machen. Das sind politische Häftlinge, und die bleiben nie lange am selben Ort.»

«Warum nicht?»

«Weil in Brasilien ständig Revolution ist. Die Männer da unten», Ernst schwenkte lächelnd ein Tuch aus dem Fenster, «könnten morgen schon das Land regieren.»

Weil es in Recife keine Halle gab, mussten sie am Ankermast festmachen. Es war das erste Mal, dass Christian einem solchen Manöver beiwohnte, und er beobachtete jedes Detail: wie die Ruder und die Maschinen auf Leerlauf gestellt wurden; wie Brennstoff und Wasser umgepumpt wurden, bis das Schiff in einer Linie über dem Boden schwebte, vorne genauso leicht wie hinten, ein 237 Meter langes Wunder aus Luft.

Unten stand eine Gruppe von Männern bereit, um die Seile zu packen, die sie gleich hinunterwerfen würden. Jemand hatte die Temperatur mit Steinen in römischen Zahlen auf dem Boden ausgelegt, neunundzwanzig Grad. Nun schwebten sie so niedrig über den Köpfen der Bodenmannschaft, dass Christian die Gesichter der Männer erkennen konnte. Es waren Schwarze dabei, die mit leuchtenden Zähnen zu ihnen herauflachten, Weiße mit sandfarbenen Haaren und Männer mit Haut wie helle Schokolade, und allen lief der Schweiß übers Gesicht, sie rannten und fingen die Seile, sie sprangen hinauf, um den Balken an der Führergondel zu packen und zogen den Zeppelin zu sich herunter, als wäre er wirklich nur ein silbriger kleiner Luftfisch und nicht der Himmelsgigant.

Die Männer von der Einwanderungskommission saßen im Speisesaal und wurden von Kubis mit Kaffee bewirtet, den sie nach einmaligem Probieren nicht mehr anrührten, vermutlich waren sie im Land des Kaffees Besseres gewohnt. Einer der Männer nahm Christians Reisepass und donnerte seinen Stempel in die freie Stelle zwischen Niederländisch-Indonesien und Italienisch-Somaliland. Brasilien war einfach nur Brasilien – ein Land, größer als ganz Europa, ein Land, in dem Menschen aller Rassen gemeinsam ein Luftschiff vom Himmel zogen. Ein Wunderland.

Draußen waren mittlerweile berittene Soldaten eingetroffen, die das Luftschiff bewachen sollten. Christian hatte gemeinsam mit Ernst Schlapp Freiwache, und so beschlossen sie, eine Runde in der Ortschaft zu drehen. Es war aber nicht viel los in Recife – außer einer Horde Kinder, die um sie herumtollten. Ein kleiner Junge mit blonden Haaren und blauen Augen klammerte sich an Christian fest und sagte etwas auf Portugiesisch, das Christian nicht verstand.

«Ich glaube, er möchte, dass du mit ihm spielst», bemerkte Ernst.

Christian hob den Kleinen über seinen Kopf in den Himmel und rannte los. «Kann vielleicht nicht schaden, wenn ich schon mal übe!», rief er, während er an den mit Palmwedeln abgedeckten Häusern vorbeitrabte, die merkwürdigerweise keine Glasfenster hatten, und die Türen waren lediglich offene Löcher in den Wänden. «Demnächst habe ich ja selbst so ein kleines Wesen im Haus!»

Zwei Tage später steuerten sie auf das Ziel ihrer Reise zu, an den langen, geschwungenen Buchten entlang, über Urwald und über eine gewaltige Brandung und Strände hinweg. Immer wieder sahen sie Gruppen von Menschen unter sich, die zu ihnen heraufwinkten. Sie glitten über Flussmündungen und Dörfer in Lichtungen eines Kokoshains, sie überflogen Bahia, das in Terrassen unter ihnen aufgefächert dalag, und dann bogen sie nach Westen ab, und da war sie: die Stadt Rio de Janeiro. Die schönste Stadt der Welt, behauptete Ernst. Berge, so weit das Auge reichte, und darüber verstreut die Häuser. Bis weit ins Hinterland zog sich Rio. Dann sahen sie schon den Zuckerhut und ein Stück weiter entfernt eine Erhebung, auf deren Spitze ein Jesus mit breit geöffneten Armen stand. Vögel hatten auf den Jesuskopf gekotet, auch das konnte Christian von seiner Position am Seitensteuer sehen.

Die Offiziere hatten mittlerweile in die weiße Uniform gewechselt, ihren Tropenanzug. Weißes Jackett, in Christians Fall mit einem goldenen Streifen am Ärmel, und weiße Hose, darunter ein weißes Hemd, als Dienstabzeichen einen Globus in Gold und Blau mit silbernem Luftschiff. So traf er in der Hauptstadt Brasiliens ein.

Es gab so viel zu tun auf dem Luftschiff, dass Christian nur einen halben Tag Zeit fand, um die Stadt zu erkunden. Ernst Schlapp nahm ihn mit an die Avenida Atlântica, über die Mädchen in kurzen Kleidern schlenderten und Damen in Abendgarderobe am Arm ihres Galans. Vor dem Casino musste Christian an seinen Abend in Monte Carlo denken, ein halbes Menschenleben war das schon her, war er überhaupt noch derselbe, überlegte er, erfindet man sich als Mensch nicht ständig neu? Weil aber Cafés und Zigeunermusik und Casinos nicht das waren, wofür sie Rio besuchten, liefen Ernst und er hinunter an den Strand.

An manchen Tagen, erzählte Ernst, waren hunderttausend Menschen hier an der Copacabana, aber Mitte April war ja noch Nebensaison. Tatsächlich hatten sie das Gefühl, den Strand fast nur für sich zu haben, so weit leuchtete der weiße Strand, so wenige Köpfe ragten aus dem tosenden Meer.

Christian warf sich in die Brandung wie zuletzt auf Oahu. Oahu, dachte er nur. An Lil zu denken, verbot er sich.

Am nächsten Tag wurde der *Graf Zeppelin* wieder in den Himmel geworfen, um Kurs zurück auf Deutschland zu nehmen. Er hatte bei seiner Rückkehr einen Affen für Hagenbecks Tierpark und 120 Kilogramm schwere Postsäcke an Bord. Jeder einzelne Brief in dem Postsack war ordentlich mit dem Zeppelin-Poststempel versehen, einem roten Kreis, in dem ein Flugzeug neben einem Luftschiff flog. In einem der Säcke lag ein Paket mit fünfundvierzig säuberlich zusammengeschnürten und in Ölpapier gewickelten Briefen. Das Ölpapier war wichtig, fand die Absenderin, denn auf Sylt – so hatte sie gehört – regnete es viel.

21

Christian riss die Tür auf und lief auf Maria zu, die ihm schwach vom Sofa aus entgegenlächelte. Mittlerweile konnte man deutlich sehen, wie sich der Babybauch unter ihrem Kleid wölbte.

«Das war vielleicht ein Abenteuer, Mietsch!», rief er, während er sie in die Arme schloss. «Wir haben einen Tropenregen erlebt, darin wären wir beinahe untergegangen, und dann waren wir an der Copacabana, und auf dem Rückweg haben wir einen Affen mitgenommen!»

«Wie kann man denn untergehen, wenn man durch die Luft fliegt?» Maria machte sich von ihm los. «Schiffe gehen unter, aber doch Zeppeline nicht!»

Christian lachte. «Du hast vollkommen recht, Mietsch! Zeppeline können nicht untergehen! Wie geht es dir und unserem Kleinen? Oh, ich habe dich so vermisst!»

Ihre Züge wurden ein wenig weicher, als sie ihn ansah. «Ich dich auch.»

«Wie geht es unserem Baby?» Er sah ihr ins Gesicht und legte seine Hand auf ihren Bauch. «Du hast doch wohl nicht etwa Schmerzen?»

«Nein, ich habe keine Schmerzen», sagte sie und klang jetzt wieder ein bisschen unwirsch. «Ich komme mir bloß so unförmig vor. Sieh mal, meine Füße sind geschwollen, ich passe langsam nicht mehr in meine Schuhe! Bestimmt findest du mich furchtbar hässlich. Du hast jetzt all diese schönen Brasilianerinnen gesehen, und jetzt denkst du …»

«Aber nein!», lachte Christian und küsste sie auf die Stelle unter dem Ohrläppchen. «Ich finde dich wunderschön! Du bist die süßeste, mukscheste Mietsch, die es gibt auf der Welt!»

«Ich bin überhaupt nicht muksch!», protestierte Maria. «Ich bin es nur leid, wie ein Elefant auszusehen! Und jetzt sag mir, wie die Brasilianerinnen sind, die du getroffen hast!»

«O nein, das willst du nicht wirklich wissen, oder?» Christian riss in gespieltem Entsetzen die Augen auf. «Ich hatte gehofft, dir dieses Horror-Spektakel ersparen zu können! Brasilianerinnen sind …» Er richtete sich langsam auf dem Sofa auf, wobei er die Arme mit gekrümmten Händen ausstreckte, in einer gelungenen Bela-Lugosi-Imitation. «Monster! Den meisten fehlt die obere Zahnreihe! Und sie haben dicke, behaarte Beine! Und Warzen am Kinn!»

«Idiot!» Jetzt endlich lachte Maria.

«Komm!» Christian reichte ihr die Hand und versuchte gleichzeitig mit der anderen, ihr beim Aufstehen zu helfen. «Ich lade dich in die schönste Gaststube von Friedrichshafen ein! Zur Feier des Tages, weil ich wieder lebendig nach Hause gekommen bin!»

«Hattest du daran Zweifel?», wollte Maria wissen.

Christian lächelte. «Nicht eine Sekunde lang.»

★★★

Der Briefträger kämpfte sich durch eine Regenwand, die irgendein perverser Wettergott schon vor Wochen fest über Sylt installiert hatte. Eines Tages, so schwor sich der Briefträger, während er aufrecht in den Pedalen stand und trotzdem keinen

Meter vorankam, würde er auch anheuern auf so einem Schiff, das in Richtung Süden fuhr. So wie Christian Nielsen, der hatte es ganz richtig gemacht, der war nicht nach Sylt zurückgekehrt. Was sollte man auch hier, wo im Sommer Regen und im Winter Eisregen fiel. Und jetzt bekam er Post aus Brasilien. Mit Zeppelin-Stempel und allem Drum und Dran. Was wohl drin war? Zigarren womöglich? Ja, ganz genau, Seemann oder Luftschiffer müsste man sein. So, nur noch die Kjeirstraße heute. Dann ab nach Hause und einen ordentlich steifen Grog.

«Moin, Per, ich hab hier ein Paket für Christian.»

Per, der alte Säufer, sah heute ganz besonders mitgenommen aus, wie er da verstrubbelt in der Haustür stand.

«Ist Margarethe nicht da? Oder die kleine Erika?»

Per zeigte mit seiner Pfeife über die Schulter, was entweder hieß, dass sie im Haus waren und nicht gestört werden wollten. Oder eben weg.

«Soll ich das Paket gleich weiterschicken nach Friedrichshafen? An Christians neue Adresse? Dann schuldest du mir aber eine Mark zwanzig, Per.»

Per schüttelte langsam den Kopf. «Nee, nee, wir schicken doch'n Paket nich einfach so weiter. Erst schreibt die Familie auch noch'n Brief dazu.»

«Wie du meinst, Per. Aber du gibst Margarethe das Paket auch bestimmt, ja?»

Per reckte die Hand zum Pfadfindergruß und blickte gen Himmel, wobei er leicht schwankte. «Ich ... hoppla, ich schwör.»

«Mach's gut, Per.»

«Ja, mach du das auch gut.»

Kaum war der Briefträger fort, klemmte Per das Paket auf den Gepäckträger seines alten Fahrrads und schwang sich auf den Sattel. Das heißt, schwingen war das, was er sich vorgenommen hatte. Sein Bein fühlte sich heute mal wieder wie Blei an. Er beschloss, zum Bierverlag zu radeln und Margarethe das Paket für ihren Sohn gleich mitzugeben, bevor er es am Ende doch vergaß. Er war noch nicht mal losgefahren, da war er schon bis auf die Unterbüx nass vom verdammten Regen. Fluchend stemmte er sich in die Pedale, während ihm das Wasser mit aller Macht ins Gesicht prasselte. Scheißapril. Er versuchte dem Regen auszuweichen, indem er Schlangenlinien fuhr, oder vielleicht war es auch das Fahrrad, das ein Eigenleben führte, jedenfalls war es unmöglich, geradeaus zu fahren. Außerdem konnte er gar nicht richtig gucken – komisch eigentlich, dabei hatte er doch heute Morgen nur einen lütten Schnaps gehabt. Wo die Baumwurzel plötzlich herkam, war ihm auch ein Rätsel, aber in dem Moment, da er sie bemerkte, war es auch schon zu spät. Er kippte vornüber, und weil die Brise so steif von vorne kam, verharrte er ein paar Sekunden so in der Luft.

Geeske, die aus dem Zimmer ihrer Pension alles beobachtet hatte, rief nach hinten: «Brork, Brork, komm schnell, das musst du dir ansehen, Onkel Per macht Handstand auf seinem Rad!» Aber Brork hatte keine Zeit mehr zu kommen, denn in diesem Moment flog Per in einem gewaltigen Bogen zu Boden, und mit ihm flog das Paket.

***

In den ersten Stunden, als das Baby noch keinen Namen hatte, nannten sie es einfach die *Sturzgeburt*. So plötzlich war es in die Welt geschossen, dass Christian nicht einmal Zeit hatte, einen Wagen zu rufen, um Maria ins Krankenhaus zu fahren. Die Nachbarn, eine Kieler Zeppelinerfamilie, hatten die Schreie gehört und eine Hebamme gerufen.

Die Hebamme und das Baby trafen gleichzeitig ein.

«Für so ’ne Sturzgeburt sieht das man ja ganz ordentlich aus», meinte die Nachbarin, als sie Maria mit dem Baby im Arm sah.

«Ganz ordentlich?», fuhr Christian auf. «Das ist die schönste Sturzgeburt der Welt!»

Maria kicherte leise. Und dann waren sie endlich allein.

«Willst du ihn mal halten?», fragte sie. Es war ganz still im Schlafzimmer. Nur der Kleine gluckste vor sich hin.

«Er ist so winzig», flüsterte Christian.

«Das gehört so, hat die Hebamme gesagt.»

Ein Sohn. Er hatte also einen Sohn bekommen. Einen richtigen kleinen Jungen, mit dem er später Spielzeugeisenbahn fahren würde. Und natürlich würde er ihn, wenn er größer wäre, auch mal mit in den Zeppelin nehmen. Er betrachtete das winzige Bündel in seinen Armen, und plötzlich schossen ihm Tränen in die Augen. Er wollte nicht, dass Maria sah, dass er weinte, aber zum Glück hatte sie die Augen geschlossen und atmete tief. Wie konnte es sein, dass man in einer Minute noch frei und kinderlos war und in der nächsten auf ewig in diese ängstliche Liebe verstrickt? Du zauberhaftes kleines Wesen, dachte Christian. Willkommen auf der Welt. Das Baby sah ihn aus riesigen blauen Augen an und strampelte. Ja, da freust du dich auch, oder? Jetzt schien das Baby zu lächeln. Aber, oh, wie zerbrechlich es dabei aussah!

«Ich werde dich behüten und für dich sorgen», flüsterte Christian, «immer, verstehst du? Ich bin immer für dich da.»

Einen Namen fanden sie erst am nächsten Tag. Merkwürdig, dass sie darüber vorab nicht nachgedacht hatten.

«Aber man muss seinem Kind auch erst mal in die Augen sehen, bevor man weiß, was das für einer ist», meinte Maria. Und gemeinsam fanden sie, dass dieser Junge mit seinen riesigen Blauaugen ein Rink war. Schöner sylterfriesischer Name, stellten sie einvernehmlich fest.

Das Standesamt in Friedrichshafen sah das anders. Rink war kein Name, weder schön noch sonst etwas. Es war einfach kein Name. Jedenfalls keiner, den man in Schwaben schon mal gehört hätte. Daher konnte man ihn auch keinem Kind geben, das in Schwaben geboren war.

In seiner Verzweiflung bat Christian den Standesbeamten, bei seinem norddeutschen Vorgesetzten Hugo Eckener anrufen zu dürfen. Er störe Dr. Eckener nur sehr ungern, erklärte er am Telefon, aber habe er, der ja ebenfalls aus Schleswig-Holstein stamme, schon einmal den Vornamen *Rink* gehört?

«Aber natürlich», entgegnete Eckener. «Schöner sylterfriesischer Vorname. Warum?»

«Weil ich meinen Sohn gern so nennen möchte. Aber der Standesbeamte weigert sich.»

«Na, dann geben Sie mir mal den guten Mann.»

Christian biss sich auf die Lippen, um nicht laut zu lachen, so devot sah der Beamte auf einmal aus.

«Guten Tag, Herr Dr. Eckener, wenn ich zunächst einmal betonen dürfte, welch große Ehre … ja, selbstverständlich, Herr Dr. Eckener. Ich bin froh, dass Sie mich darauf hinweisen, Herr Dr. Eckener. Ja, also, da hätte ich denn mal wieder etwas gelernt!» Der Standesbeamte legte den Hörer auf und begann zu schreiben. «Also nur … Rink … soll Ihr Sohn heißen? Keinen weiteren Vornamen?»

«Genauso ist es.» Christian lächelte. «Einfach nur Rink.»

***

«Inzwischen müsste er die Briefe eigentlich erhalten haben», rief Lil über den Fahrtwind hinweg. «Vor Monaten schon!»

Amy beschleunigte. «Ich will dich ja nicht beunruhigen, Darling. Aber vielleicht lebt er überhaupt nicht mehr.»

Lil rückte sich die Autofahrerbrille zurecht und schwieg. Darüber hatte sie auch schon nachgedacht. Drei Jahre war es her, dass er seinen letzten Brief geschrieben hatte. Er war mittlerweile Flieger geworden, da konnte alles Mögliche passieren. Man konnte abstürzen, so wie Bessie Coleman oder Elsie MacKay, oder man konnte sich nach einer Bruchlandung erschießen wie die deutsche Fliegerin Marga von Etzdorf, von den männlichen Fliegern gar nicht zu reden, deren Todeszahl weit über der der Frauen lag.

«Und du bist sicher, dass es deine Mutter war, die seine Briefe all die Jahre zurückgehalten hat?»

Lil antwortete nicht darauf. Natürlich war es ihre Mutter gewesen. Christians Briefe hatten in *ihrer* Kommode im Ankleidezimmer gelegen, all die Jahre, und erst jetzt, da sie auf unbestimmte Zeit nach New York zurückgekehrt war, hatte Tessi beschlossen, die Kommode zu öffnen. Aber sie wollte nicht schlecht über ihre Mutter denken, nicht schon wieder. Ihre Mutter hatte sich vermutlich einfach nur Sorgen gemacht. Die Tochter und ein einfacher deutscher Matrose – undenkbar musste das für sie gewesen sein. «Du hast mir immer noch nicht gesagt, wohin wir fahren!», rief sie über den Lärm hinweg, nur um sich sogleich in den Sitz zu krallen. Sie wusste, dass es ein Fehler gewesen war, Amy das Steuer ihres Wagens zu überlassen.

Amy lachte mit ihrem großen, geschminkten Mund herüber. «Wirst schon sehen!» Sie beschleunigte abermals, sodass die Palmen an der Uferpromenade nur so vorbeizischten. Bei diesem Tempo hatte Lil das Gefühl, durch einen dichten Urwald zu fahren.

«Amy, könntest du zur Abwechslung mal etwas langsamer fahren? Ich weiß, dass du Rod gern verlassen möchtest, aber lass mich doch bitte hier!»

Aber Amy lachte nur und überholte einen Wagen, indem sie von der Straße ausscherte und über den Bürgersteig an der Uferpromenade raste. Lil sah das entsetzte Gesicht eines entgegenkommenden Reiters, und wie sich das Pferd aufbäumte. Was dann geschah, konnte sie nicht mehr erkennen, da Amy mit Schwung zurück auf die Uferstraße fuhr und dann abbog.

«Es gibt natürlich noch eine andere Möglichkeit, um Rod loszuwerden!», schrie Lil.

«Ach, wirklich?» Amy drehte sich begeistert zu ihr um.

«Guck auf die Straße, verdammt, Amy! Mein Gott, da kommt schon wieder was auf uns zu!»

«Der Verkehr in Rio ist aber auch einfach eine Plage!» Amy schüttelte wütend die Faust.

«Ja, weil hier Leute wie du rumfahren! Denkst du eigentlich, Bremsen sind nur zur Dekoration erfunden worden?»

«Nein.» Amy blickte in den Rückspiegel, um ihren Lippenstift zu überprüfen. «Das heißt, ich weiß nicht, wozu Bremsen erfunden wurden.» Jetzt fuhr sie zwar noch genauso schnell, allerdings nicht mehr auf der richtigen Seite. Ein entgegenkommendes Lastauto wich ihnen im letzten Moment aus.

«Vielleicht wäre jetzt eine Gelegenheit, es herauszufinden!»

«Jetzt kann ich nicht», antwortete Amy. «Muss mich auf den Gegenverkehr konzentrieren. Du siehst doch selbst, was hier los ist, Lil! Also, Rod loswerden … Du hattest da eine Idee?»

Lil krallte sich wieder am Polster fest. «Ja, du nimmst ihn auf eine Spritztour mit. Mit dir Auto fahren, Amy, das ist nämlich wie russisches Roulette. Entweder man bleibt am Leben …» Ihr Herz raste, als Amy sich durch eine Gruppe von Arbeitern hindurchschlängelte, die leichtsinnigerweise beschlossen hatte, just in diesem Augenblick die Fahrbahn zu überqueren. «… oder man kommt dabei um!»

Amy lachte. «Du sagst immer so witzige Sachen, Lil! Auto-fahren birgt nun mal ein gewisses Risiko!»

«Ja, wenn *du* am Steuer sitzt!»

Die Avenida Atlântica tauchte vor ihnen auf. Amy polterte den Bordstein hoch und verlangsamte, bis der Wagen stehen blieb. Einen Moment lang sah sie nachdenklich aus, dann hob sie einen Finger. «Jetzt weiß ich es wieder!» Sie grinste. «Wo-zu der Herrgott Bremsen gemacht hat: um vor einem echten amerikanischen Jazzclub anhalten zu können!»

Alles in dem Club erinnerte Lil an den Sommer 1929 in New York. Ein Swing-Orchester spielte, es gab Cocktails, und Lil hatte sogar wieder ihren Flachmann dabei. Sie und Amy saßen in einer plüschigen Ecke und blickten zu den Tanzenden hin-über.

Nach einem Trompetensolo sah Amy sie lange an. «Was würdest du davon halten, wieder mit mir in New York zu le-ben?»

Lil schluckte. «Ich habe mir schon gedacht, dass du das frü-her oder später fragen würdest. Und du hast recht, Amy. Dir geht es hier nicht gut.»

«Aber was ist mit dir?» Amy reichte ihr eine Zigarette, doch Lil schüttelte den Kopf.

«Ich bin mir nicht sicher. Mir geht es gut hier in Rio. Ich hätte es nicht für möglich gehalten, aber … ich bin hier an meinem Platz.»

Amy blies Kringel an die bemalte Decke. «Würdest du mir helfen bei der Flucht?»

«Du würdest mit Rod nicht darüber sprechen?»

«Nein. Wenn Rod mitbekommt, dass ich abhauen will, dann bringt er mich um.»

«Du wirst Joana mitnehmen, nehme ich an.»

«Natürlich. Sie ist meine Tochter.»

«Rod würde dich und die Kleine finden.»

Amy biss sich auf die Lippen. «Das soll er mal wagen. Da kennt er meine italienische Verwandtschaft schlecht.»

«Und wovon willst du leben?»

«Ich will wieder als Friseurin arbeiten.»

«Natürlich werde ich dir helfen, Amy. Und was mich betrifft …» Lil nahm einen Schluck Martini. «Ich werde drüber nachdenken», versprach sie.

★★★

Christian hatte das irritierende Gefühl, seine Frau nicht mehr zu kennen. Maria war wie ausgetauscht. Sie lachte nicht mehr, sprach fast nicht, und ihre Bewegungen hatten so gar nichts mehr von fließender Seide. Am Anfang hatte er ihre Veränderung auf das Baby zurückgeführt. Er hatte geglaubt, dass sie all ihre Aufmerksamkeit und Liebe dem kleinen Rink schenken müsse, aber als er eines Abends nach Hause kam, stellte er fest, dass Mietsch auf dem Sofa im Wohnzimmer saß, während Rink in seinem Bettchen schrie.

«Mietsch», sagte er und versuchte, nicht allzu vorwurfsvoll zu klingen. «Hörst du das denn nicht? Das Baby schreit!»

«Dann kümmere du dich doch drum!», sagte sie, ohne ihn anzusehen.

Christian ging zum Bettchen hinüber und hob das weinende Kind daraus hervor. Es war, als hätte jemand erfolgreich ein Wendemanöver eingeleitet. Von einer Sekunde auf die andere strahlte das Baby. Christian senkte seine Nase in den blonden Flaum und sog den Duft ein. Es war einfach unfassbar, wie gut sein Sohn roch! Sollte unter den Zeppelinern jemals ein Wettstreit ausgerufen werden, wer das wohlduftendste

Baby hatte, so würde Christian gewinnen, das war einmal sicher! Er blickte seinem Sohn in die Augen. Der Kleine hatte noch Tränen in den Augenwinkeln, aber gleichzeitig lachte er ihn mit einem zahnlosen Glückslachen an. Was für ein Wunder Babys doch waren, dachte Christian. Wusste dieses lachende kleine Wesen denn gar nicht, dass es vor zehn Sekunden noch todunglücklich gewesen war?

«Ich fahre mit dem Kinderwagen einmal um den Block!», rief er zu Maria ins Wohnzimmer, bekam aber keine Antwort.

Als er eine halbe Stunde später zurückkehrte, lag die Wohnung in völliger Dunkelheit. Er konnte die Kieler nebenan mit Geschirr klappern hören, aber ansonsten war es still. Er legte den schlafenden Rink zurück in sein Bettchen und vermutete, dass Maria jetzt auch schlief. Aber sie saß noch immer im Wohnzimmer und starrte ins Leere.

Das Päckchen fand er auf dem Tisch vor der Wohnzimmercouch, als er gerade zum dritten Mal mit dem *Graf Zeppelin* aus Brasilien zurückgekommen war. Es lag zwischen einem Spielzeugauto und dem Roman, den Maria gerade las. Frisch und wohlverpackt sah es aus mit der ordentlichen Handschrift der Mutter und dem Sylter Stempel. Eine Ahnung beschlich ihn. In seiner Hast fiel das Päckchen zu Boden, und als er es aufheben wollte, glitten ein Brief und ein dicker, weichgetragener Umschlag heraus. Das Erste, was er bemerkte, war der Zeppelin-Poststempel, und dass der Umschlag aus Rio de Janeiro stammte. Das Nächste war der Name der Absenderin. Lil.

Minutenlang stand Christian einfach nur da, konnte sich nicht bewegen. Er spürte nur, dass seine Hände zitterten. So langsam, dass er sich selbst dabei zusehen konnte, stopfte er den Brief und den weichgetragenen Umschlag in seine Tasche und schlug die Wohnungstür hinter sich zu. Draußen schnappte er sich sein Fahrrad aus dem Schuppen und radelte los, die ganze Paulinenstraße hinunter und dann zum See. Alle paar Meter sah er ein bekanntes Gesicht, es war ja die Stadt der Zeppeliner, und er hob mechanisch, ohne nachzudenken, die Hand zum Gruß. Sein Herz raste, und er trat in die Pedale, bis er dachte, so, jetzt geht es wirklich nicht mehr. Die Sonne stand tief, als er die Mauer am See erreichte, auf die er sich manchmal setzte, um zu lesen. So klar war der Tag, dass er bis hinüber in die Schweiz blicken konnte, das würde er nicht vergessen, wenn er später an diesen Augenblick zurückdächte, und daran, wie blau der Bodensee an diesem Oktobernachmittag war.

Der Brief seiner Mutter war liebevoll und kurz: Sie hoffte, dass es ihm und dem kleinen Rink gutgehe. Sie selbst könne nicht klagen, aber Onkel Per erhole sich von seinem Fahrradsturz im April nur schleppend. Jeder andere wäre bei einem solchen Schädelbruch gestorben, sagten die Ärzte, aber Onkel Per habe wie immer überlebt. Ein Sommergast habe in einem Gebüsch in der Nähe des Unfalls auf der Strandpromenade dieses Päckchen gefunden, das an ihn, Christian, adressiert gewesen sei; das wolle sie ihm nun nachschicken. Der Brief schloss mit den Worten, er möge gut auf sich achtgeben, sie habe ihn sehr lieb.

Christian holte tief Luft, dann riss er den Umschlag aus Brasilien auf. Ein Bündel Briefe, eingewickelt in Ölpapier, kam zum Vorschein. Zuoberst lag ein zusammengefaltetes Stück Papier.

Liebster Christian,

verzeih bitte die späte Antwort. Ich habe deine Briefe erst heute erhalten. Auch ich habe dir in all den Jahren geschrieben. Siehst du das Bündel? Das sind meine Gedanken für dich! Möglicherweise hast du mich mittlerweile vergessen. Das wäre schlimm, aber verständlich. Ich stelle es dir frei, mir noch einmal zu antworten. Du sollst nur wissen, dass du noch immer in meinem Herzen bist.

Lil

Und dann begann Christian zu lesen. Ihren ersten Brief, geschrieben am Tag, an dem er Pearl Harbor verlassen hatte. Er erkannte in ihren Worten das Mädchen, das er zurückgelassen hatte, die aufgewühlte Verliebtheit, das ganze junge, hoffende, verzweifelte Sein. Der nächste Brief, von einem Schiff geschrieben. Dann Rio de Janeiro. Er blickte auf das Datum. Lil lebte in Rio. Seit sieben Jahren nun schon.

Den letzten Brief konnte er nur noch mit Mühe erkennen. Dunkelheit hatte sich über den See gesenkt. Dann saß er eine Ewigkeit so da, während ein Angler seine Rute einrollte und in einiger Entfernung die Lichter einer Ortschaft aufblitzten, Lindau musste das sein. Sie war also Journalistin geworden. Sie hatte es geschafft.

Wieder und wieder betrachtete er die Fotografie, die sie ihren Briefen beigelegt hatte. Jetzt war es so dunkel, dass er ihr Gesicht nur noch erahnen konnte, die libellenfarbenen Augen, das Lächeln um den Mund. Sie sah noch genauso aus, wie er sie in Erinnerung hatte. Genauso wunderschön.

Später, als er im Bett neben Mietsch lag, beschloss er, Lil nicht zu antworten. Wenn er ihr antwortete, würden sie sich wiedersehen wollen, denn in nur zwei Tagen würde er ja wieder nach Rio fahren; und wenn er sie wiedersähe, würde er ihr nah sein wollen. Nein, das war eine ganz und gar unglückliche Kette, die er in Gang setzen würde, wenn er ihr schriebe. Das durfte nicht sein.

Aber dann, als der Morgen heraufgraute, geschah etwas Seltsames. Er hatte einen Traum wie jenen, den er drei Jahre zuvor auf Sylt geträumt hatte: Da war wieder das Meer und ein Sturm, nur dass es nicht mehr Haulk und Brork waren, die am Ufer standen. Und er fühlte sich auch nicht hinausgetrieben, sondern im Gegenteil, die Strömung spülte ihn mit aller Macht ans Ufer. Er konnte überhaupt nichts dagegen tun, so angespült zu werden, er wollte es sogar, wollte stranden, wollte es so sehr, denn am Ufer stand sie, nach der er sich sehnte. Am Ufer stand Lil.

22

Alles war so vertraut: die Speichergriffe am Seitensteuer.
Wie der Bodensee unter ihm gleißte. Die Rheinfälle, die von
hier oben aussahen, als würden sie Edelsteine in die Luft schleu-
dern. Ein Regenbogen spannte sich über das tosende Wasser,
und dann fuhr der Zeppelin mitten durch ihn hindurch. Sie
erreichten Basel, und Christian fühlte, wie er ruhig wurde. Ja,
er hatte das Richtige getan.

Bis auf Kapitän Wittemann und Ernst Schlapp, den Elektriker, kannte er niemanden an Bord des Luftschiffs. Alle anderen
waren auf die *Hindenburg* gewechselt. Neue Kollegen nahmen
ihren Platz ein, Kollegen, die sich über die bockigen Bewegungen des Luftschiffs über dem Rhônetal wunderten, bis
Kapitän Wittemann wieder einmal den alten Witz riss: «Ja, wie
sagen wir immer, wenn wir über das Rhônetal müssen?
Schlechte Straßen haben die hier!»

Als sie über den Papstpalast in Avignon glitten, kamen
Christian jedoch wieder Zweifel an seiner Entscheidung. Und
so ging es immer hin und her. Über der Camargue mit ihren
Flamingos: Ja, es war richtig gewesen, Lil ein Telegramm zu
senden, dass er in vier Tagen in Rio sei. Über dem Atlantik,
der an Marokkos Strände brandete: Nein, es war ein riesiger
Fehler. Im Nordostpassat, der sie über den Kanarischen Inseln
zum Äquator blasen würde: Doch, nach all dem, was zwischen

ihnen geschehen war, würde er sie zumindest noch einmal sehen dürfen! Über den geschwungenen Buchten zwischen Recife und Rio de Janeiro: Ja, aber er hinterging Maria mit diesem Treffen! Allein schon, dass er Lils Briefe in einem geheimen Postfach deponiert hatte, war Betrug.

Lil trug ein geblümtes Kleid und einen Strohhut. Er entdeckte sie, noch während sie in Santa Cruz die Haltetaue herabwarfen. Sie hatte sich an den Rand des Rasens in den Schatten gestellt, und an der Art, wie sie sich die Hand vor die Augen hielt, als sie zum Luftschiff hinaufblickte, erkannte er, das ist die Frau, an die ich all die Jahre immer wieder gedacht habe. Das ist meine Lil.

Sie sah ihm entgegen, ohne sich zu bewegen. Eine Ewigkeit dauerte dieser Weg, die Leiter hinunter auf den sonnenverbrannten Boden, durch das Durcheinander von Kofferträgern, Menschen, die jubelnd aufeinander zuliefen, und Männern der Bodenmannschaft, bis hin zu ihr. Sie reichte ihm die Hand, was ihm seltsam förmlich erschien, aber als er ihr ins Gesicht blickte, sah er, dass ihre Augen strahlten. Und dann, er wusste auch nicht, wie es geschehen konnte, nahm er sie in die Arme.

Er spürte ihre Hände auf seinem Rücken, kleine, aber sehr starke Hände, einen ihrer Arme um seinen Hals. Er hatte ganz vergessen, wie groß sie war. Fast so groß wie er selbst. Aber nein, sie trug Absätze. Überhaupt sah sie aus wie eine Großstädterin. Verschwunden war das kleine, wilde Mädchen, das mit ölverschmierten Fingern Zündkerzen wechselte, das sich trunken vor Gelächter eine Zyklopenbrille aufsetzte und sich barfuß und mit Rock und Bluse bekleidet in die Wellen warf. Sie war erwachsen geworden, stellte er fest, während er von ihr abrückte und sie ansah. Und doch war sie ihm so vertraut. Sie war dieselbe, das Mädchen, in das er sich vor sieben Jahren verliebt hatte und die sich jetzt bei ihm einhakte und mit ihm über die Wiese schlenderte, als hätten sie sich erst gestern zuletzt gesehen.

«Phantastisch siehst du aus, Christian!»

Er musste lachen. «Und du erst, Lil!»

«Hast du Hunger?»

«Klar, und wie!»

«Ich weiß ein tolles Restaurant an der Copacabana, die machen da alles, nur Dienstagvormittagserfindungen haben sie nicht auf dem Speiseplan.»

«Egal, dann nehme ich den Mittwoch!»

«Einverstanden!», lachte Lil. «Mittwoch soll es sein!»

Er beobachtete sie, wie sie sich in ihrem Ford do Brasil durch den Verkehr von Santa Cruz nach Rio schlängelte. Der Fahrtwind dröhnte, aber ihr Gespräch riss nicht ab. Er erzählte ihr von seinen Fahrten mit dem Luftschiff, und aus ihren Nachfragen schloss er, dass sie sich eingehend mit dem *Graf Zeppelin* beschäftigt hatte. Er spürte, dass ihm das Englische etwas weniger gut von den Lippen kam als noch vor einigen Jahren, aber immer, wenn er eine Pause machte, sprang sie für ihn ein.

«Wir könnten auch im Club Germania essen, wenn du unter Landsleuten sein möchtest», sagte sie.

«Das ist ein Witz, oder?»

Sie sah ihn an. Die Sonne schien durch ihre Autobrille, sodass er ihre strahlenden Augen darunter erkennen konnte. «Ja», lachte sie.

Sie saßen mit Blick auf den Ozean, und der Wind schaufelte ihnen riesige Brecher entgegen, dass es schäumte und toste auf dem Sand. Das Essen kam, aber sie rührten es nicht an. Christian bemerkte, dass Lil Lachfältchen bekommen hatte. Und sie trug die Haare etwas kürzer. Am Zeigefinger und Mittelfinger, dort, wo sie vermutlich ihren Stift hielt, hatte sie leichte Schwielen. Winzige Abnutzungserscheinungen. Schönheitsmale, Lebenszeichen. Er spürte, wie sein Herz schneller schlug.

«Ich habe geheiratet», brachte er schnell hervor, bevor er es sich anders überlegen konnte.

«Ich weiß», lächelte sie und deutete mit einer leichten Kopfbewegung auf den Ringfinger seiner linken Hand.

Er sah ihr in die Augen. «Ich habe auch einen kleinen Sohn.»

Ihr Lächeln wurde ein wenig verschlossener. «Ah.» Der Kellner kam, um ihnen Wein nachzuschenken, den sie ebenfalls nicht tranken. «Ich weiß, dass du auf mich gewartet hättest», sagte Lil endlich. «Ich habe deine Briefe gelesen. Jetzt weiß ich es.»

«Und du?», fragte er. «Hättest du auch auf mich gewartet?»

«Ja», sagte sie. «Das hätte ich.»

«Ich habe keinen Hunger», sagte Christian.

«Wollen wir schwimmen gehen?»

«Wie? Jetzt?» Christian lachte. «Einfach so?»

«Ja, jetzt. Einfach so.»

Sie warfen sich in die Brandung. Christian hatte seine weiße Zeppelin-Uniform auf einem Stein zusammengelegt. Schwamm er eben in Unterwäsche. Lil trug einen Badeanzug unter ihrem Kleid. Ihm war, als würde eine Last von ihm abfallen. Zentnerschwere Sorgen, die Stille mit Mietsch, die ihm das Atmen nahm. Alles fiel von ihm ab, während er neben Lil hinausschwamm. Hinaus in den Ozean. So weit es ging.

Er war älter geworden. In der Uniform mit den goldenen Knöpfen, dem Streifen am Ärmel und dem Dienstabzeichen in Gold und Blau mit dem silbernen Luftschiff sah er ungewohnt respektabel aus. Aber wenn er lachte, dann war er genau wie der Christian vor sieben Jahren. Mit demselben Lachen, bei dem sein ganzer Körper mitschwang. Jetzt, wo er neben ihr in der Brandung schwamm, fühlte sie, wie er sich entspannte, wie befreit wirkte er. Ihr Herz klopfte. Sie wollte ihn so gerne küssen – aber das durfte sie nicht.

Später, als die Sonne unterging, setzten sie sich nebeneinander und blickten auf den Zuckerhut. Die Oktobersonne glühte auf ihrer Haut.

«Ich muss zurück aufs Luftschiff», sagte Christian. Der feuerfarbene Schein spiegelte sich in seinen Augen.

«Möchtest du, dass wir uns morgen wiedersehen?»

Christian blickte ihr in die Augen und auf den Mund. «Ja, das möchte ich sehr gern.»

Am nächsten Tag sprachen sie über die Briefe. Lil erzählte ihm, dass ihre Mutter die Briefe für sich behalten hatte. «Sie hätte sie auch wegwerfen können», sagte sie. «Aber das hat sie dann doch nicht fertiggebracht.»

«Wer hat die Briefe gefunden?»

«Tessi», sagte sie, und Christian nickte. Er wusste, wer Tessi war. Lil hatte ihm das Haus am Palmgrove Beach und die Menschen, die darin lebten, so eindringlich in ihren Briefen geschildert, dass er es in allen Details vor sich sah. «Und wo ist deine Mutter jetzt?», fragte er.

«In New York. Offiziell ist sie wegen eines Konzerts dorthin gefahren.»

«Und inoffiziell?»

Lil sah ihn an. Sie saßen wieder nebeneinander am Strand. So, als hätten sie nie etwas anderes getan. «In einer Nervenheilanstalt.»

Er nahm ihre Hand. «Das tut mir sehr leid.»

Sie ließ ihre Hand in seiner. «Spielst du eigentlich noch Geige?»

«Ich fürchte, jetzt ist der Augenblick gekommen, dir etwas Verrücktes zu gestehen.»

«Na, endlich! Ich möchte, dass du mir jeden Tag mindestens eine Verrücktheit gestehst!»

«Also, ich spiele nicht mehr, aber ich nehme die Geige mit auf jede Reise.»

«Und warum?»

«Weil meine kleine Schwester mir gesagt hat, dass mir die Geige Glück bringt. Und weil ich … abergläubisch bin.»

Eine Welle schlug donnernd auf den Sand.

«Hast du eigentlich manchmal Angst da oben?»

«Ich habe nur Angst, dass du eines Tages aufhörst, mir all diese Fragen zu stellen.»

«Jetzt mal ernsthaft. Nur für eine Minute.»

«Nein. Ich habe keine Angst, warum auch? Deutsche Zeppeline sind die sichersten der Welt! Minute vorbei.»

Sie legte ihre Wange an seine.

«Und du?», fragte er und küsste die Haut neben ihrem Mund. «Hast du manchmal Angst, über das zu schreiben, was du siehst und hörst?»

«Ich habe nur Angst davor, dass ich eines Tages aufwache und merke, dass ich mein Leben verschwendet habe», sagte sie leise. «Ich möchte es auskosten, weißt du, in vollen Zügen. Ich möchte noch so viele Länder sehen, so vielen Menschen begegnen. Und ich möchte über all das schreiben! Und ich möchte …» Sie machte eine Armbewegung über das Meer. «Ich möchte keine Sekunde vergeuden! Mich nicht mit Menschen abgeben, die mich langweilen. Die auf der Stelle stehen.»

Er legte seine Stirn an ihre. «Wir sind uns ähnlich.»

«Ja», sagte sie. «Das sind wir wohl.»

Am Nachmittag nahmen sie voneinander Abschied, hielten

sich noch einmal bei den Händen, aber sie küssten sich nicht. Es war kein dramatischer Abschied, eher wie einer unter Freunden, die sich in der kommenden Woche wiedersehen würden. Laut Zeppelin-Fahrplan würden sie das auch.

Auf der Rückfahrt fuhren sie in eine schwarze Wand, ähnlich der, die Christian auf seiner ersten Südamerikafahrt erlebt hatte, aber diesmal konnten sie sich darüber erheben. Sie glitten in einen Himmel, der so blau und ruhig war, dass ihm der Sturm, der darunter tobte, gar nicht wirklich vorkam – wie eine Schneedecke, unter der sich Ungeheuer balgten. Christian fühlte die Höhe, die sie mit dem Luftschiff gewonnen hatten, in seinem ganzen Körper. Er hatte das Gefühl, noch nie so weit oben im Himmel gewesen zu sein. Über den Kanarischen Inseln wurde das Wetter wieder ruhiger, und Christian war, als steuerte er geradewegs in den Vollmond hinein, so riesig leuchtete er vor ihm. Kapitän Wittemann machte ihn auf den Zeppelin-Schatten aufmerksam, der unter ihnen über das Meer glitt. Der Schatten hatte einen regenbogenfarbigen Ring mit einem Durchmesser von rund einhundert Metern. «Unser Zeppelin-Schatten hat einen Heiligenschein», sagte der Kapitän.

Zu Hause in Friedrichshafen konnte er den Tag seiner nächsten Abfahrt kaum erwarten. Er fühlte sich wie neugeboren. Er entdeckte, dass der kleine Rink Hunde mochte, als er ihn mit dem Kinderwagen über die Uferpromenade am Bodensee schob. Immer wenn ein Hund bellte, lachte das Baby und gab eines seiner merkwürdigen Quietschgeräusche von sich. Auch mit Mietsch konnte er jetzt wieder häufiger ein paar Worte wechseln. Sie bat ihn, über Brasilianerinnen zu sprechen, und er gab eine zweite, diesmal noch übertriebenere Bela-Lugosi-Imitation.

Lil stand am Landeplatz von Santa Cruz, als gehörte sie zur Landemannschaft. Diesmal wartete sie nicht im Schatten, sondern eilte auf ihn zu. Wieder fielen sie sich in die Arme, und wieder spürte Christian, dass sein Herz klopfte, aber er versuchte, nicht daran zu denken. Er wollte sich nicht eingestehen, dass er vor Glück ganz verrückt war, wenn er sie ansah und sie ihre Arme um ihn schlang. Nicht zugeben, dass er sich nach dem Augenblick sehnte, an dem sie beide wieder allein sein würden.

Diesmal fuhren sie mit der Zahnradbahn auf den Corcovado. Kilometer um Kilometer zuckelten sie so in Richtung Christusstatue, über den Regenwald hinweg. Es war, als wären sie nie voneinander getrennt gewesen. Sie sprachen über die Dinge, die sie beschäftigten, und sie alberten miteinander herum. Unter ihnen blühten Blumen zwischen Gestrüpp und Büschen, Lianen schlangen sich um Stämme, ein Dickicht voller Tiere fesselte die Fahrgäste in der Zahnradbahn. Doch Christian hatte nur Augen für Lil. Schon gab die verschlungene, grüne Masse unter ihnen den Blick frei auf die Guanabara-Bucht, auf das mit winzigen Schiffen gesprenkelte, unendliche Blau, aber er sah nur, wie Lil sich bewegte beim Sprechen, wie sie die Brauen gelegentlich zusammenzog, und wie ihr Gesicht nur Minuten später vor Freude zu leuchten begann. Er fühlte sich wie in einer Blase mit ihr. Die Geräusche um sie herum, als die Bahn plötzlich zum Stehen kam, der übermächtige, steinerne Christus, der seine Arme über die Stadt ausgebreitet hielt – all das nahm er nur am Rand wahr. Er konnte sich an ihrem Gesicht nicht sattsehen, konnte nicht genug von ihrer Stimme bekommen, er wollte immerzu nur ihre Hand in seiner spüren.

Als er sich am nächsten Tag von ihr verabschiedete, umarmte er sie länger als beim letzten Mal.

Es war, als ob ihr alle Welt entgegenlachte. Und sie merkte nicht einmal, dass es an ihrem eigenen Lachen lag. Etwas brach auf in Lil in diesen Wochen. Alles war gut und hell. Schlaf schien sie keinen mehr zu brauchen. Und auch Hunger hatte sie keinen mehr.

Dass sie vorhatte, wieder nach New York zurückzukehren, erzählte sie Christian bei ihrem dritten Treffen. Sie saßen bei einem Glas Cachaça in einer Strandbar, über ihnen spannte sich der Abendhimmel. Christus glitzerte hoch oben auf dem Berg.

«Wann?», fragte er, vielleicht, um nicht *warum* zu fragen.

«Irgendwann in diesem Winter. Ich möchte meiner Freundin Amy helfen. Sie ist hier mit einem Mann verheiratet, der nicht gut zu ihr ist.»

Christian sah sie an, und seine Augen leuchteten in seinem gebräunten Gesicht. «Ist es auch das, was du dir für dich wünschst?»

Lil suchte nach Worten. Sie, die Wortesammlerin. Sie dachte, dass sie offenbar immer noch das Leben anderer Menschen führte. Sie schrieb auf, was andere dachten und taten. Und sie tat, was für andere das Beste war. «Ich weiß es nicht», sagte sie. Sie spürte, dass er sie noch immer ansah. «Eigentlich ist es mir egal, an welchem Ort ich lebe», sagte sie endlich. «Obwohl ich mich hier schon sehr wohl fühle. Ja, ich könnte mir sogar vorstellen, dass Rio eine Heimat für mich wird. Aber ich habe Amy versprochen, dass ich ihr helfe. Sie ist meine beste Freundin, weißt du, der Mensch, der mir am nächsten steht. Neben Tessi und Dave natürlich. Und meinem Vater. Und ...» Sie zögerte, schaute ihm jetzt auch in die Augen. «Und dir.» Ihre Hände lagen dicht nebeneinander, ohne sich zu berühren. Seine Hand war sehr warm, das spürte sie, auch aus dieser kleinen Entfernung. Wie ein kribbeliger Strom floss die Wärme zu ihr hinüber.

«Ich stelle mir oft vor, wie es wäre, mit dir zusammenzuleben», sagte Christian nach einer Weile. «Wie alles gekommen wäre, hätten wir damals unsere Briefe bekommen.»

«Und wie ist das, wenn du dir das vorstellst?», fragte sie leise.

«Es fühlt sich an wie fliegen. Leicht.»

In dieser Nacht nahmen sie sich ein Hotelzimmer. Nur für ein paar Stunden, denn Christian musste um vier Uhr auf den *Graf Zeppelin* zurück. Er hielt sie umschlungen, und sie lauschte seinem Schlafatem. Draußen auf der Straße klapperte ein Lastkarren über das Pflaster, ein Schiff tutete, ein Mann sang eine Sambamelodie. Zum ersten Mal seit langem fühlte sie sich wieder müde. Sie spürte ihre Muskeln schwer werden, alles an ihr wollte hinabsinken in die weiche Matratze und in seine Arme, aber sie verbot sich zu schlafen. Sie wollte jede Sekunde auskosten, das Gefühl in seinen Armen zu liegen, seinen leisen Atem, den Sambagesang.

Bei ihrem vierten Treffen war es ihm schon gleich, was die Kollegen dachten: Er lief auf Lil zu, und sie auf ihn. Wie zwei Magnete flogen sie aufeinander zu. Sie hielten sich fest, blickten einander in die Augen, hielten sich wieder. Lil hatte sich seit ihrem letzten Treffen verändert. Ihre Augen strahlten, ihre Wangen waren gerötet, überhaupt schien alles zu leuchten an ihr. Christian erzählte, dass er ganze drei Tage in Rio bleiben würde, weil sie auf Post aus Chile und Argentinien warten mussten. Und so ließen sie sich diesmal einfach treiben.

Am Abend, als sie in das Gefunkel um die Avenida Rio Branco eintauchten, passierte etwas Merkwürdiges: Sie begegneten Senhor Müller. Er blickte Christian anerkennend ins Gesicht, und dann wandte er sich an Lil. «Ich wusste ja gar nicht, dass Sie einen arischen Ehemann haben, Senhorinha», sagte er, und sein Blick blieb an dem Globus in Gold und Blau mit dem silbernem Luftschiff und dem goldenen Streifen an Christians Ärmel hängen. «Und dann auch noch einen Zeppelin-Offizier!»

Lil wurde rot im Gesicht.

Später im Hotel, als sie in der Dunkelheit nebeneinanderlagen, wollte sie wissen, ob Christian Parteimitglied sei.

Christian verneinte.

«Aber dann ... wie hältst du es aus in Deutschland? In einer Diktatur?» Christian schwieg lange. «Verzeihung», hauchte Lil in die Stille. «Ich will dich nicht bedrängen, es ist nur ...»

«Nein, du hast ja recht», sagte er. Und dann, nach weiterem Schweigen: «Die Antwort ist kompliziert.»

Lil drückte seine Finger. Sachte, so, als schlösse sich eine Muschel darum.

«Ich möchte in der Nähe meiner Mutter und meiner Schwester bleiben», sagte Christian endlich. «Und ich bin Luftschiffer. Bin es mit Haut und Haaren. Es ist das, was ich mir immer gewünscht habe. Nichts anderes kann ich mir vorstellen, als mein Leben in der Luft zu verbringen.»

Lil war froh, dass er ihr Gesicht in der Dunkelheit nicht sehen konnte. «Das heißt, du könntest dir nicht vorstellen, in Rio de Janeiro zu leben? Oder in New York?»

«Unter bestimmten Umständen», sagte er.

Lil war so klug, nicht nach diesen Umständen zu fragen.

«Komm zu mir nach Deutschland», flüsterte Christian. «Du hast gesagt, dass du überall leben könntest! Komm und leb mit mir!»

Lil wagte nicht zu atmen. «Und du würdest dafür ...»

«Ja, das würde ich.»

«Überall, nur nicht in Deutschland», sagte Lil nach langem Schweigen. «Nicht in einer Nazi-Diktatur.»

Die Worte hingen zwischen ihnen wie eine Mauer. Christian streichelte Lil über ihre Wange, ihren Hals und ihre Schulter. Die Mauer riss ein.

Bei ihrem fünften Treffen entdeckten sie an der Copacabana einen Tunnel. Es war wie ein Ausweg aus dem lärmenden Strand. Sie schlüpften durch einen Felsen und fanden sich in einer winzigen Bucht wieder. Ein Mann in einem hellen Anzug mit Strohhut auf dem Kopf hatte seine Schuhe ausgezogen und ging barfuß durch den Sand.

«Das ist ein österreichischer Schriftsteller», flüsterte Lil.

«Früher waren auf Sylt auch immer viele Schriftsteller», sagte Christian leise. «Buntmenschen haben meine Schwester und ich die Künstler genannt.»

Der Ozean bespritzte sie mit Salz und Gischt und Frische. An diesem Tag vergaßen sie, dass sie erwachsen waren. Sie legten sich nebeneinander auf den Rücken und malten mit ihren Armen Engel in den Sand.

Und dann kam ihr sechstes Treffen. Es war November, die Saison war zu Ende. Der Zeppelin würde keine weiteren Südamerikafahrten mehr in diesem Jahr unternehmen. Tagsüber suchten sie all die Plätze noch einmal auf, die sie gemeinsam entdeckt hatten, und zum ersten Mal nahm Lil ihn mit nach Tijuca in ihr kleines Haus. Nachts liebten sie sich mit einer Sehnsucht, als hätten sie sich schon voneinander entfernt.

«Falls irgendetwas geschehen sollte …», flüsterte Lil.

«Falls unsere Briefe mal wieder ein paar Jahre lang nicht ankommen», scherzte Christian.

«Falls wir uns verlieren sollten.»

«Du meinst, falls einem von uns etwas zustoßen sollte?»

Lil blickte an die Decke. «Die Leute sagen, es gibt bald Krieg.»

«Dann lass uns einen Ort vereinbaren», sagte er leise. «Einen Ort, an dem wir uns wiedersehen.»

«Wir treffen uns an unserem Strand auf Oahu wieder.»

«In Ordnung.»

«Versprich mir, dass wir uns wiederfinden!»

«Ja, Liebste, das verspreche ich dir.»

«Ich werde Rio im März verlassen.» Lil rollte sich zu ihm auf die Seite und nahm seine Hand. Es dämmerte allmählich, und sein Gesicht löste sich im Halbdunkel auf. «Kannst du dich versetzen lassen? Ich meine, kannst du vielleicht die Route nach Nordamerika fahren?»

«Das kann ich nicht versprechen.» Er streichelte ihre Finger. «Aber ich werde alles dafür tun.»

***

Den Winter 1936 verbrachte er in einer Art fiebrigem Zustand, obwohl er nicht krank war. Von außen betrachtet war alles wie immer: Er versah seinen Dienst im Zeppelin-Hangar in Friedrichshafen und spielte nach Feierabend mit dem kleinen Rink. Mietsch hatte sich wieder in eine Welt zurückgezogen, zu der Christian keinen Zugang hatte. Während der Zugfahrt nach Sylt, zu Weihnachten, sprach sie kaum ein Wort. Er wusste nicht, wie er ihr Schweigen vor den anderen begründen sollte, wo er es doch selbst nicht verstand.

Einen fröhlichen Moment an diesen Weihnachtstagen hatten sie, als Onkel Per sich auf einen Stuhl stellte, um Gott in seiner Dankesrede näher zu sein. Der Stuhl schwankte bedenklich, während er sich dem Allerhöchsten dafür erkenntlich zeigte, auch einen Sturz vom Fahrrad überlebt zu haben, und Christian wollte schon hinzueilen, um den Stuhl festzuhalten, aber Onkel Per winkte bloß ab: «Lass ma, Jung, das überdaure ich auch!»

Zurück in Friedrichshafen führte er Maria zum Tanzen aus, die Kieler passten unterdessen auf das Baby auf. Aber der alte Schwung wollte sich nicht einstellen, und sie blieben nicht sehr lange. Es war nicht so, dass Christian sich von Maria entfernen *wollte*. Aber er konnte nicht umhin, sie mit Lil zu vergleichen. Lil, mit der er Nächte hindurch reden und lachen konnte. Die ihm im Geist so ähnlich war.

Mehrmals fragte er bei der Zeppelin-Reederei an, ob es möglich wäre, ihn im neuen Jahr auf eine Nordatlantikfahrt zu schicken. Und Ende März schrieb Lil aus Rio, dass sie sich am nächsten Tag nach New York einschiffen würde. Am 2. April wäre sie da. Etwa zu dieser Zeit beschloss er, dass es so nicht mehr weitergehen konnte. Mietsch und er hatten sich nichts mehr zu sagen. Die Stimmung war so drückend zu Hause, dass er inmitten der Mahlzeiten das Fenster aufreißen und die Luft einsaugen musste. Dann stand er da, schaute auf die Paulinenstraße hinunter und wartete darauf, dass er wieder atmen konnte. Zum ersten Mal erwog er die Möglichkeit, sich scheiden zu lassen. Fiete hatte ihm von einem Freund geschrieben, der das getan hatte. Und über einen Zeppelin-Kollegen hatte er das auch gehört.

Nachts lag er neben Maria, die ihm den Rücken zugewandt hatte – ein lebensgroßer, stummer Vorwurf. Er stellte sich vor, wie es wäre, wenn er sie nicht mehr sehen müsste, und bei dem Gedanken daran fühlte er sich schuldig und erleichtert zugleich.

Am 26. April 1937, dem Tag, an dem Flieger der deutschen Luftwaffe die baskische Stadt Guernica in Schutt und Asche legten, erhielt Christian einen Anruf aus Frankfurt. Ein Dritter Offizier namens Otto Bedau, der am 3. Mai nach New York fahren sollte, musste eine Schulung in Berlin antreten. Sein Platz wäre somit frei. Das würde allerdings bedeuten, dass Christian nicht mit dem *Graf Zeppelin* die Nordatlantikfahrt machen würde. Sondern mit der *Hindenburg*.

23

Zunächst einmal war es die schiere Größe. Christian hatte noch nie etwas derart Gigantisches gesehen. «Die *Hindenburg* ist so hoch wie ein dreizehnstöckiges Hochhaus», hörte er einen Zuschauer auf dem Rasen vor der Halle sagen. «Und sie ist so lang wie drei Fußballfelder hintereinander!»

Drinnen war es die Einrichtung, die ihn beeindruckte. Warme Duschen! Telefon und Rohrpost verbanden die einzelnen Räume des Luftschiffs miteinander! Lüftungsschlitze in den Kabinen, durch die Frisch- und Warmluft strömen konnte! Und das Promenadendeck erst! Durch riesige, schräg eingelassene Fenster konnte man das Geschehen unten auf der Erde beobachten, gerade so, als wäre man die Krone der Schöpfung und sähe seinen Kreaturen bei ihren wunderlichen Verrichtungen zu. Christian kam sich vor wie in einer Zeitmaschine, mit der er eine ferne Zukunft ansteuerte. Nichts, aber rein gar nichts erinnerte an die Innenausstattung im *Graf Zeppelin*. Verschwunden waren Plüsch und Schnörkel, stattdessen waren Möbel, Geländer und Lampen gerade und klar. Etwas gewöhnungsbedürftig fand Christian die Idee der Inneneinrichter, einfach mal die Gardinen wegzulassen, aber es wirkte ganz ohne Zweifel sehr modern.

Die Fahrgäste hatten in der *Hindenburg* sogar eine eigene Gondel mit Schreib- und Lesezimmer, einem Speisesaal mit

Fensterfront und natürlich dem vielgerühmten Raucherzimmer, das man durch eine Schleuse betrat.

Fiete, der jetzt mit der kleinen Robbe einen Gasthof in Westerland führte, hatte ihm aufgetragen, die Küche zu besuchen. Christian solle ihm genau schildern, wie die drei Köche es dort verdammt noch mal anstellten, täglich Vier-Gänge-Menüs für über hundert Menschen zu kochen. Er hatte Fiete nicht versprechen können, dieses Mysterium zu durchdringen, aber er machte sich trotzdem auf den Weg. Er wollte sich gerade ins obere Stockwerk der Fahrgastgondel begeben, als ihm ein alter Bekannter begegnete: Ernst Schlapp.

«Heute mal nicht an die Copacabana!», lachte der Elektriker und drückte ihm fest die Hand.

Sie wechselten ein paar Worte über die Fahrten, die Ernst im vergangenen Jahr mit der *Hindenburg* gemacht hatte, dann sprachen sie über die Sicherheitsvorkehrungen in der Abfertigungshalle an diesem Tag. So wie es aussah, waren sämtliche Gepäckstücke der Passagiere durchsucht worden, selbst die Toilettenartikel der Frauen.

Ernst beugte sich verschwörerisch vor: «Es hat Bombendrohungen gegeben, Kische.»

«Und deswegen sind wir doppelt und dreifach besetzt?»

«Deswegen haben wir einundsechzig Mann Besatzung», wisperte Ernst. «Bei nur sechsunddreißig Passagieren. Wir haben auf dieser Fahrt allein vier Kapitäne an Bord!» Sie warteten, bis ein Fahrgast an ihnen vorbeigegangen war, ein älterer Mann mit Nickelbrille, der sie freundlich auf Englisch grüßte. «Wusstest du, dass auch Kapitän Lehmann mitfährt?», fragte Ernst, nachdem sie den Mann zurückgegrüßt hatten.

Christian nickte. Er war unsicher, wie er Lehmann begegnen sollte. Der Kapitän hatte fünf Wochen zuvor, am Osterwochenende, seinen Sohn verloren. Der kleine Junge war an den Folgen einer Mittelohrentzündung gestorben. «Hab es auf der Liste der Besatzung gesehen.»

Sekundenlang blickten Ernst und er sich an. Beide dachten dasselbe: dass es nichts Schlimmeres auf der Welt gab, als das eigene Kind sterben zu sehen. Aber keiner der beiden sprach es aus.

«Lehmann hatte mit dem Fahrbetrieb eigentlich schon abgeschlossen», sagte Ernst schließlich. «Seltsam, dass er jetzt wieder dabei ist. In dieser ... seiner – Situation, meine ich. Und mit Dr. Eckener überworfen hat er sich auch.»

Christian hätte um ein Haar geantwortet, dass sich die gesamte NSDAP mit Dr. Eckener überworfen hatte, aber er hatte mit Ernst noch nie über Politik geredet. Bei ihrem Ausflug an die Copacabana hatten sie sich vor allem über Luftschiffe und das Reisen an sich unterhalten, und überhaupt war es besser, das Thema an Bord auszuklammern. Er wusste, dass viele seiner Kollegen hier an Bord der *Hindenburg* Parteimitglieder waren, einige sogar hochrangige Nazis, so wie Rudergänger Helmut Lau, der Sturmführer der SS war, oder Chief Ingenieur Rudolf Sauter, General der SA.

«Ich weiß auch nichts Genaues darüber», sagte er ausweichend.

«Und du fährst als Beobachter mit?», fragte Ernst.

«Ja, ich bin quasi in letzter Minute eingewechselt worden. Eigentlich sollte ja Otto mitfahren, aber der musste zu einer Schulung.»

«Dann wünsche ich dir viel Spaß! Wir sehen uns sicher später!» Ernst legte ihm eine Hand auf die Schulter.

«Ganz bestimmt! Bis dann!»

In seiner Kabine erwartete ihn eine Überraschung: Einer der Männer, mit denen er den Schlafplatz teilte, war ebenfalls Nordfriese und siebenundzwanzig Jahre alt, ebenfalls ehemaliger Seemann und jetzt Dritter Offizier. Christian mochte ihn auf Anhieb. «Eduard Boëtius», stellte sich ihm der Mann vor.

Um kurz vor acht war die *Hindenburg* klar zur Ausfahrt. Alles war perfekt vermessen: Gas, Wasser, Diesel, ja selbst das Gewicht der Passagiere. Christian stand im Navigationsraum der Führergondel neben Boëtius, der seinen Dienst am Kartentisch versah. Alle vier Kapitäne waren in der Führergondel anwesend, außerdem die Männer am Höhen- und am Seitensteuerstand, der Navigator am Maschinentelegraphen und der Mann im Funkraum. Christian blickte zu Kapitän Lehmann hinüber, der nervös etwas in der Innentasche seiner Jacke befingerte. Christian hatte ihm bei der Begrüßung auch gleichzeitig sein Beileid ausgesprochen, was Lehmann nicht gehört zu haben schien. Er wirkte, als wäre er gar nicht anwesend.

Zuerst bemerkte keiner von ihnen den Tumult unten auf dem Flugplatz. Doch dann sah Christian das Taxi. Es raste geradewegs auf den Zeppelin zu. Ein Mann riss die Tür auf, und augenblicklich stürmten Sicherheitsbeamte auf ihn zu. Der Mann gestikulierte, zeigte zum Luftschiff, dann auf sich und das Heck des Wagens, aus dem der Fahrer in diesem Augenblick einen Schäferhund befreite. Es wurde sehr laut, der Hund bellte, die Sicherheitsbeamten brüllten, der Mann fuchtelte mit den Armen. Christian hörte, wie Kapitän Lehmann neben ihm entnervt Luft durch die Nase blies.

«Joseph Späh – ein Artist, dessen Spezialität es ist, auf Straßenlaternen herumzuturnen», sagte er. «Mal sehen, ob er auch das Kunststück vollbringt, jetzt noch an Bord zu kommen.»

Der Mann schien ein wahrer Meister seines Fachs zu sein. Vielleicht hatte er aber auch seine Überredungskünste in Dollar vorgetragen. Jedenfalls gelangten Artist und Hund an Bord.

Dann ertönte eine Glocke – das Signal, um das Luftschiff nach oben zu werfen. Es war zwanzig Uhr sechzehn. Der Auftrieb setzte ein, Christian spürte es unter seinen Füßen. Schon sah er die Menschen unten schwinden, die Hüte der Frauen wie bunte Tupfen, dazwischen bewegliche weiße Punkte: die Taschentücher der Zurückgebliebenen. Er sah das Taxi am Rande des Rollfelds, das nur noch ein schwarzes Viereck war.

Im Westen versank die Sonne. Christian spürte, wie sein Herz schneller klopfte. Er war in der *Hindenburg*, dem größten und leistungsstärksten Luftschiff der Welt. Und er nahm Kurs auf New York.

Eines der vielen Talente von Joseph Späh war es, vollkommen schwindelfrei zu sein. In großer Höhe irgendwo herumzuturnen, dafür liebten ihn die Menschen, für diese Nummern wurde er in ganz Europa und den USA gebucht. Was ihm vielleicht weniger zur Ehre gereichte, war der Umstand, dass er ständig zu spät kam. Dafür konnte er aber nichts, das war genetisch bedingt, wie man auch an seinen drei Kindern sehen konnte. Keiner seiner Nachkommen hielt sich an eine neunmonatige Schwangerschaft – sowohl Gilbert als auch Marilyn und Richard kamen erst nach zehn Monaten heraus. Diesmal war ihn seine Unpünktlichkeit allerdings teuer zu stehen gekommen. Dadurch, dass er in Cuxhaven den Dampfer nach New York verpasst hatte, musste er unglaubliche vierhundert Dollar hinblättern, um mit dem Zeppelin zu fahren, andernfalls hätte er die Proben in der Radio City Hall verpasst. Vierhundert Dollar – er mochte sich gar nicht vorstellen, wie oft er dafür den Beinahe-Tod auf einer Laterne simulieren musste! Besser, er dachte jetzt auch gar nicht mehr darüber nach. Zumal die Atlantiküberquerung auf der *Hindenburg* eine Reise war, aus der er reichlich schöpfen konnte. Allein all die verschiedenen Charaktere an Bord! Ganz abgesehen von dem Luxus, in nur zweieinhalb Tagen von Frankfurt nach New York zu reisen und dabei die Erde von oben zu sehen! Zum Glück hatte er eine Filmkamera mitgebracht. Er wollte die Kamera gerade ansetzen, um die Lichter festzuhalten, die durch die Nacht zu ihnen herauffunkelten, als er eine Hand auf seiner Schulter spürte. Es war der Chefsteward.

«Ich muss Sie bitten, mir die Kamera auszuhändigen», sagte er und streckte schon die Hand aus. «Das Filmen und Fotografieren des deutschen Reichsgebietes ist verboten.»

«Ich werde Ihre militärischen Geheimnisse für mich behalten, das kann ich Ihnen versprechen», scherzte Späh. «Die Menschen schätzen mich für meine Verschwiegenheit.»

Der Chefsteward sah ihn unbewegt an. «Ich fordere Sie jetzt zum letzten Mal dazu auf.»

Einen Moment lang überlegte Späh, die Kamera mit einem Zaubertrick verschwinden zu lassen und dann zu behaupten, er habe nie eine besessen, ließ es dann aber bleiben. Mit den Deutschen war nicht zu spaßen in letzter Zeit. Also tat er, was ihm der Chefsteward befohlen hatte, und beobachtete stattdessen die Passagiere. Da war zunächst einmal eine Familie, ein großes, fast schon erwachsenes Mädchen und zwei kleine Jungen. Das Mädchen hatte sich hier auf dem Promenadendeck in einen der senfgelben Sessel gesetzt, um zu lesen. Der Junge ratterte mit einem Auto über den Teppich, dass das Auto Funken schlug. Nicht lange allerdings, da trat ein Steward auf ihn zu. Funken, erklärte er dem Kleinen, seien auf Zeppelinen streng verboten. Der Junge sah aus, als schwanke er zwischen Wut und Tränen. Seine Schwester erhob sich und tröstete ihn.

Ein anderer Fahrgast, den Späh interessant fand, war ein Mann mit Nickelbrille, der an einem der kleinen Tische saß und an einem Stapel Postkarten schrieb. Auf den Karten waren Zeichnungen eines Zeppelins abgebildet, auf dem ein Mann saß, der kurioserweise genauso wie der Mann mit der Nickel-brille aussah. Joseph Späh wollte die Zeichnungen des Man-nes gerade näher in Augenschein nehmen, als draußen etwas Interessantes geschah: Die *Hindenburg* hatte ihren Scheinwerfer eingeschaltet. Plötzlich leuchtete die Landschaft unter ihnen taghell. Sie fuhren etwa einhundert Meter über dem Bo-den, sodass Späh von seinem Fensterplatz auf dem Prome-nadendeck alles erkennen konnte: Felder, Büsche, ein paar versprengte Häuser – und da, mitten in der Landschaft ein händchenhaltendes Paar auf einer Bank, das vom Zeppelin-Scheinwerfer geblendet überrascht aufsah. Aber schon waren sie weiter, und jetzt flimmerten rot die Lichter eines Flugha-fens auf.

Der Scheinwerfer gleißte auf einem Wasserlauf, der nur der Rhein sein konnte. Immer dichter wurde die Besiedlung unter ihnen. Eine Stadt rückte näher. Das musste Köln sein, denn er erkannte den Dom. Auf einmal verlangsamte das Luftschiff die Fahrt, und dann sah er die Postsäcke, die jemand aus dem Zep-pelin geworfen hatte.

«Die glücklichen Philatelisten, die aus diesen Säcken eine Marke ergattern! Mit dem Zeppelin-Poststempel der ersten Nordatlantikfahrt in diesem Jahr!» Der Mann mit der Nickel-brille war neben ihn getreten. Er sprach ein kalifornisch ge-färbtes Amerikanisch, in dem eine jiddische Intonation mit-schwang. «Verzeihen Sie, ich habe mich gar nicht vorgestellt, mein Name ist Moritz Feibusch.»

«Angenehm. Joseph Späh.»

«Joseph Späh? Ben Dova?» Die Augen hinter der Nickel-brille strahlten. «Sie sind der Laternenpfahl-Künstler?»

«Bei den deutschen Behörden habe ich eine andere Berufs-bezeichnung angegeben», lachte Späh. «Aber so wie Sie kann man es wohl auch ruhig sehen.»

«Na, da freue ich mich aber aufrichtig, Sie einmal kennenzulernen! Was Sie tun, ist phantastisch, finde ich!»

«Oh, wirklich?» Späh erwiderte Mr. Feibuschs offenes Lachen. Der Mann musste um die zwanzig Jahre älter als er selber
sein, aber er wirkte jung und agil. «Inwiefern?»

«Na, Sie bringen die Menschen zum Lachen und zum
Träumen! Und das ist genau das, was die Welt derzeit braucht.»

Späh blickte zu dem Porträt von Adolf Hitler, das hinter
Feibusch an der Wand hing. «Das ist sehr freundlich von Ihnen, dass Sie das sagen. Lachen und Träumen – ja, das braucht
man wohl derzeit.»

Christian lauschte in die Dunkelheit. Wenn ihn das Innere des
Graf Zeppelin an eine Kathedrale erinnert hatte, so erschien
ihm der gewaltige Raum in der *Hindenburg* wie die Himmels-
kuppel. Das Gefühl, das er während der Abfahrt empfunden
hatte, wühlte ihn noch immer auf: Eine Last war von ihm ab-
gefallen. Die Winterzeit war beendet, von nun an würde er bis
Ende November wieder Zeppelin fahren. Es hieß, dass die
Hindenburg im Juli erstmals Buenos Aires anfahren sollte – mit
etwas Glück wäre er bei dieser Fahrt ebenfalls dabei. Vor allem
aber würde er Lil in zwei Tagen wiedersehen. Beim Gedanken
daran, was er ihr sagen würde, fühlte er sein Herz schneller
schlagen. Er hatte keine Ahnung, wie sie auf seinen Vorschlag
reagieren würde. Er wusste nur, dass es anders nicht mehr
ging.

Dass etwas nicht in Ordnung war, spürte er, als er die Tür
zu seiner Kabine öffnete. Irgendetwas lag nicht am rechten
Platz. Er durchsuchte seine Sachen, aber alles war noch da:
Toilettenartikel, ein Bild seines Sohnes, «Via Mala» von John
Knittel – der Roman, den er gerade las. Er begriff es erst, als er
nach seiner Geige tastete. Und dann stieß er einen Fluch aus.

Zum ersten Mal, seit er Sylt verlassen hatte, um auf der *Orion* die Welt zu umsegeln, zum ersten Mal seit acht Jahren also, hatte er sein Instrument nicht dabei.

★★★

Tony war alt geworden. In den acht Jahren Wirtschaftskrise hatte der Drugstore-Besitzer erst seine Kunden verloren und dann seine Haare. Vergeblich hatte er all die Produkte ausprobiert, die er früher in Mengen verkauft hatte: Haarwasser, Pomaden und Öle. Lauter Dinge, die jetzt niemand mehr kaufte, schon gar nicht in der Gegend um die Mulberry Street. Was von seinen Haaren übrig geblieben war, hatte sich Tony quer über den Schädel gekämmt. Aber im Schaufenster hing noch immer die italienische Fahne, und als Amy und Lil zur Tür hereinbimmelten, stand er aufrecht wie ein Mann.

«*Ma sei diventata ancora più bella!*», rief er und schloss Amy in die Arme. «Ich sag es ja immer, die Trauer macht die Frauen noch schöner. Oh, Amy, es tut mir so leid!»

Sie setzten sich an ihren angestammten Tisch in der Ecke, und als ob dieser Platz nach alten Ritualen riefe, holte Amy ihren Taschenspiegel hervor und überprüfte ihr blass geschminktes Gesicht. Während sie auf den Kaffee warteten, den Tonys Frau in der Küche hinter dem Tresen aufsetzte, blickte sich Lil im Drugstore um. Wasserflecken bildeten ein seltsames Muster an den Wänden, und an den Fensterrahmen blätterte die Farbe ab. An einer Wand hing ein Kruzifix, das dort vorher nicht gehangen hatte, und in einem Regal erkannte sie eine Ausgabe von Father Lasance's «My Prayer Book». Es war merkwürdig, dachte sie. Statt Gott dafür zu verfluchen, dass so viele Menschen seit den Ereignissen an der Wall Street alles verloren hatten, dass so viele an Hunger und Kälte gestorben waren, schienen die Leute ihn jetzt erst recht zu verehren. In jedem anderen Lebensbereich jubelte man denjenigen zu, die etwas gut machten. Nur in der Religion schien es umgekehrt zu sein.

Tony trat mit einem Tablett an den Tisch, auf dem drei Tassen mit dampfender Flüssigkeit standen.

«Danke, Tony», sagten Lil und Amy wie aus einem Mund, nahmen einen Schluck und lächelten sich über den Tassenrand hinweg an. Sie hatten vergessen, wie dünn der Kaffee in New York war.

«Jetzt, wo dein Mann gestorben ist, suchst du also Arbeit», bemerkte Tony, nachdem sie sich über die Aktivitäten ihrer jeweiligen Cousinen, Vettern, Tanten und Onkel ausgetauscht hatten, und natürlich darüber, wie es Amys Tochter und vermeintlicher Halbwaise Joana ging. Amy hatte niemandem verraten, dass sie im Begriff stand, etwas so Unkatholisches zu tun, wie die Scheidung von ihrem Ehegespons einzuleiten. Schon gar nicht ihrer Verwandtschaft in Brooklyn. Stattdessen hatte sie sich als Witwe getarnt.

«Ja, ich kann Haare schneiden, ondulieren und färben, ich kann sogar Bärte rasieren, meine Spezialität ist der Spitzbart, ich habe eine phänomenal ruhige Hand beim Auftragen von Nagellack, und ich …»

Tony gebot Amys Worten mit großer Geste Einhalt, so als wäre Amy ein außer Kontrolle geratener Schienenzug. «Stop, stop!», rief er. «Ich biete dir keine Stelle als Friseurin an!»

«Nein?»

«Nein. Und du kannst auch nicht wählerisch sein, Amy. Wie du weißt, ist die Situation in New York, nein, überall noch immer eine Katastrophe. Alles seit diesem *cazzo* von Börsencrash. Im vergangenen Jahr hatten wir noch gedacht, dass Roosevelt uns mit seinem Programm wieder rausboxen würde aus der Misere, aber jetzt …» Er seufzte und strich sich über seine Brücke aus Haaren. «Jetzt ist es fast noch schlimmer als vor ein paar Jahren, als das ganze Land vor die Hunde ging.»

«Aber du hättest da trotzdem was für mich?», fragte Amy und zupfte an den Manschetten ihres schwarzen Kleides.

«Ja, also Giovanni, ein Cousin von mir, du kennst ihn ja noch von früher, der ist Bestattungsunternehmer …»

«Nein», machte Amy.

«Doch, ist er, ganz sicher. Also, Giovanni sucht jemanden, der …»

«Ich mache es nicht mit Toten.» Amy kniff fest die Lippen zusammen.

Etwas Merkwürdiges geschah. Tony, dem seine tausend Sorgen ins Gesicht geschrieben standen, warf seinen Kopf zurück und lachte. «*Benissimo bella*, da hast du etwas gemein mit meinem Cousin Giovanni. Hör zu, du wirst es lieben, ich habe dabei sofort an dich gedacht. Und jetzt keine Widerrede, sonst versenke ich dich mit einem Betonfuß im Meer! Ich musste Giovanni nämlich erst mühsam überzeugen, weil er meinte, dass das keine angemessene Arbeit für eine Frau wäre.»

Amy drückte seine Hand. «Langsam bin ich gespannt!»

«Also, Giovanni sucht jemanden, der seinen Leichenwagen fährt.»

Lil verschluckte sich fast an ihrem Kaffee. «Das ist eine ganz …», begann sie.

«… hervorragende Idee!» Amy strahlte.

«Du kannst froh sein, dass deine Fracht schon tot ist, wenn du sie fährst!», zischte Lil.

«Mir ist natürlich bewusst, dass es dir in deinem gegenwärtigen Zustand etwas merkwürdig vorkommen könnte, für ein Bestattungsunternehmen tätig zu sein.» Tony schlug einen salbungsvollen Ton an. «Vor noch nicht einmal einem Monat hast du deinen eigenen Ehemann zu Grabe getragen und jetzt …»

Amy winkte ab. «War alles halb so wild!» Sie bemerkte, dass Tony etwas überrascht aussah, und drückte sich schnell ein Taschentuch vors Gesicht. Ihre Schultern bebten.

Nicht vor Schluchzern, vermutete Lil. «Amy ist sehr tapfer», sagte sie an Tony gewandt.

«Aber natürlich ist sie das!» Tony warf seine Arme in die Höhe. «Das arme Kind! Ganz allein mit einer Tochter und ohne Einkommen! Er hat dir wohl nichts hinterlassen, nehme ich an.»

Blaue Flecken und eine Schürfwunde, hätte Lil am liebsten gesagt. Als Abschiedsgruß.

Amy ließ ihr Taschentuch sinken und schüttelte den Kopf. «Danke, dass du das für mich tust, Tony. Ich nehme gern die Arbeit als Fahrerin an.»

Lil biss sich auf die Lippen. Amy brauchte einen Job, so viel stand fest, auch wenn Fahrdienste so ziemlich das Letzte waren, was sie sich für Amy (und die New Yorker Bevölkerung) gewünscht hätte. Sie würde schließlich nicht ewig da sein, um Amy und Joana zu unterstützen. Christian hatte ihr geschrieben, dass er eine Entscheidung getroffen hatte. Genaueres wollte er ihr persönlich sagen. Von Angesicht zu Angesicht. Und wenn es das war, was sie hoffte, nein, was sie mit ganzem Herzen ersehnte, dann würde sie schon bald ihr Leben mit ihm teilen.

Amy tupfte noch ein wenig an ihren Augenwinkeln herum. «Wann fange ich an?»

«Sobald wir drei zusammen angestoßen haben!» Tony schnippte mit den Fingern. «Tiziana! Bring uns drei Gläser von dem guten Rotwein, den uns Marcello gestern geliefert hat! Amy wird Giovannis Fahrerin!» Er zwinkerte ihr zu. «Du sollst auf keinen Fall durstig fahren. Die Prohibition ist ja vorbei!»

Als sie Tonys Drugstore eine Stunde später leicht angetrunken verließen, warnte Lil: «Dieser Giovanni könnte einen Führerschein sehen wollen!»

Amy machte ein paar Charleston-Schritte auf dem Pflaster. «Unsinn, wir Italiener haben es nicht so mit der Bürokratie. O Lil, schau mal da vorne!»

«Tatächlich, eine Litfaßsäule.»

«Jetzt hör endlich auf, so eine Langweilerin zu sein! Was kannst du auf der Litfaßsäule sehen?»

«Ben Dova in Radio City», las Lil. «Oh, Ben Dova, das ist doch …!»

«Der Mann auf der Laterne, den wir gesehen haben, als wir zusammen mit Rod», sie tat, als würde sie über ihre Schulter spucken, «zu der Party auf der *Orion* gefahren sind! Weißt du, Lil, ich glaube, das ist ein gutes Zeichen: Wir haben Ben Dova gesehen, als das Ganze mit Rod anfing, und wir sehen ihn jetzt wieder, wo der Spuk vorüber ist!»

«Und wir sehen ihn nicht nur auf der Litfaßsäule.» Lil legte Amy einen Arm um die Taille. «Wir gehen in die Radio City, ich lade dich ein!»

«Nein, ich lade *dich* ein!», lachte Amy. «Jetzt, wo ich einen Job habe! O Lil, ich glaube, dass jetzt alles gut wird! Ich bin endlich wieder zu Hause! Und du wirst in zwei Tagen deinen Christian sehen.»

«Ja, das werde ich», strahlte Lil.

***

Nach all den Jahren, in denen Christian jetzt schon mit Karten zu tun hatte, staunte er immer noch über die Leistung, die hinter deren Erstellung stand. Und über das Vertrauen derer, die sie lasen. An Karten durfte man nicht zweifeln, sie waren nicht wie Bücher, die in eine Welt voller Geschichten, Ideen und Meinungen entführten. Eine Karte war eine Karte, und das, was sie zeigte, war ein Stück von der Welt.

Er studierte die Wetterkarte, die sein Kollege Boëtius gezeichnet hatte. Ein starker Südwestwind hatte die Geschwindigkeit des Zeppelins gebremst, sodass sie in der Nacht auf 350 Meter Höhe aufgestiegen waren, um dem Luftstrom auszuweichen. Christian verglich die Isobaren auf der Wetterkarte mit den Anzeigen auf Barometer und Windmesser. Wenn sie diesen Kurs beibehielten, liefen sie direkt auf ein Sturmtief zu.

Im vorderen Teil der Führergondel wurden Stimmen laut. Christian blickte auf und bemerkte, dass sie durch ein dichtes Wolkenmeer glitten. Wohin er auch schaute, er sah nur wattiges Grau. Auf Sicht konnten sie nicht fahren, nun mussten sie auf ihre Geräte vertrauen. Und auf ihre Intuition. Christian notierte den Kursverlauf und die Geschwindigkeit des Luftschiffs, ließ sich vom Funker den Wetterbericht vorlegen, und dann verglich er die Anzeigen auf den Geräten noch einmal mit der Wetterkarte. Kein Zweifel: Der Tiefausläufer, den sie durchfuhren, lag vor einer ganzen Kette von Tiefdruckgebieten, eines dicht an das nächste gedrängt. Um dem schlimmsten Unwetter zu entgehen, würden sie ihren Kurs korrigieren müssen und einen Umweg über die Südspitze Grönlands fahren. Aber dabei würden sie Zeit verlieren.

Noch zwei Tage bis zu ihrem Wiedersehen.

24

Am 5. Mai gab es Junter Lammbraten. Joseph Späh spießte das Fleisch zusammen mit einem Stück Bäckerinkartoffel und einer Prinzessbohne auf. Seine Sinne tanzten. Seit ihrer Abfahrt am Vorabend hatte er das Gefühl, in einem Traum zu sein. Vielleicht lag es daran, dass er durch die Luft glitt, aber es kam ihm so vor, als nehme er alles aus einer neuen Perspektive wahr. Das Mittagessen schmeckte intensiver als alles, was er je zuvor gekostet hatte, und er spürte jede Vibration des Luftschiffs. Aber vor allem war sein Beobachtungssinn geschärft.

Er saß an der langen Tafel im Speiseraum, und noch während er wie automatisch die anderen am Tisch zum Lachen brachte, flog sein Blick hinüber zum Zweiertisch, an dem Mr. Feibusch, der Mann mit dem fröhlichen Gesicht und der Nickelbrille, aß. Feibusch versuchte auf möglichst höfliche Weise, dem Gespräch mit seinem offensichtlich angetrunkenen Tischgenossen zu entgehen. Als sie beim dritten Gang (Diplomaten-Creme) angelangt waren, hatte der den Zustand des Angetrunkenseins durch den der totalen Besoffenheit ersetzt. Der Mokka wurde gereicht, Feibusch stand jedoch auf, ohne ihn zu trinken, und verließ den Raum.

Späh hörte, wie die Mutter der drei Kinder ihre große Tochter darauf aufmerksam machte, wie fein die Mokkatassen gearbeitet waren. Tatsächlich war jedes Stück Porzellan ein

Kunstwerk für sich, mit dem filigran gezeichneten Zeppelin und dem goldfarbenen und blauen Rand. Späh fuhr mit dem Finger über den Lack der Tasse, gab einen Löffel Zucker in den Mokka und ließ sich den Geschmack auf der Zunge zergehen.

Die Kameras und Fotoapparate erhielten sie zurück, als sie am Nachmittag im Gesellschaftsraum auf dem Promenadendeck standen. Der Chefsteward ging an der Fensterreihe entlang und händigte sie aus.

«Gerade noch rechtzeitig», kommentierte Späh ironisch und deutete auf das undurchdringliche Weiß vor den Fenstern, durch das man nichts, aber auch rein gar nichts erkennen konnte. «Was kann man hier nicht für spektakuläre Aufnahmen machen!»

Neben ihm stand Mr. Feibusch und lachte.

Joseph Späh drehte sich zu ihm um. «Schön zu sehen, dass Sie sich von Ihrem Tischgenossen nicht haben unterkriegen lassen, Mr. Feibusch! Kommen Sie doch zum Abendessen zu uns an die Tafel!»

«Danke für die Einladung! Wie erfrischend direkt Sie immer sind, Mr. Späh.»

«Meine Zuschauer würden Subtilität nicht schätzen. Schon verrückt, wie einen der Beruf prägt. Was machen Sie beruflich – wenn es nicht indiskret ist?»

«Import und Export. Ich vertreibe Lebensmittel.»

«Nach Europa?»

«Auch.»

«Ihr Tischpartner ist aber weder Freund noch Geschäftspartner, nehme ich an.»

Mr. Feibusch schüttelte den Kopf. «Ich kenne den Herrn überhaupt nicht. Aber der deutsche Chefsteward hat uns zusammengesetzt, weil …» Er drehte vorsichtig den Kopf zur

Seite und senkte die Stimme zu einem Flüstern. «Weil wir beide Juden sind.»

«Sagen Sie dem Chefsteward doch, er soll sich um seine eigene Religion kümmern.» Aus den Augenwinkeln bemerkte Späh, dass der Vater der Kinder angefangen hatte, seine Familie zu filmen.

Feibuschs Lächeln war erloschen. «Sie haben recht», sagte er nachdenklich. «Man sollte sich nicht immer so viel gefallen lassen.»

Ein lautes Juchzen drang vom Ende der Fensterpromenade. Die Kinder alberten vor der Kamera ihres Vaters herum.

«Dann bleibt uns eben nichts anderes übrig!» Kapitän Lehmann durchquerte die Führergondel. «Wir müssen noch höher hinauf!»

Christian sah die Muskeln in Kapitän Wittemanns Gesicht zucken. Er hatte sich gefreut, den Mann, mit dem er seine ersten Zeppelinfahrten unternommen hatte, nach all den Monaten wiederzusehen, aber irgendetwas hatte sich verändert. Wittemann war auf dieser Fahrt nicht als Kapitän mit Entscheidungsbefugnis, sondern lediglich als Beobachter unterwegs. Und er wirkte eindeutig nervös.

«Mit Verlaub», sagte Wittemann. «Aber ich halte es für keine gute Idee, noch weiter aufzusteigen. Wir werden große Mengen an Bordmitteln verlieren.»

«Ja, aber so können wir ja nicht weiterfahren!» Kapitän Lehmann funkelte ihn an. «Der Gegenwind ist zu stark, wir laufen nur noch mit fünfzig Knoten. Bei diesem Tempo können wir den Abfahrtstermin nicht einhalten. Denken Sie doch mal an all die Fahrgäste, die die Rückfahrt mit der *Hindenburg* gebucht haben, um bei der Krönung des englischen Königs dabei zu sein!»

«Wollen Sie sich nicht lieber mit Kapitän Pruss beraten?», schlug Wittemann vor.

«Hören Sie!» Christian hörte das Zittern in Lehmanns Stimme. «Ich weiß ganz gut, was ich tue! Ich habe einen Zeppelin um den ganzen Erdball geführt!»

Die milchige Suppe, die sie nun schon seit dem Morgen durchfuhren, wurde dunkel: Vor ihnen türmte sich eine Regenwand auf. Sekunden später lärmte das Wasser an die Fenster. Schwarze Wolken trieben vorbei.

Lehmann gab per Maschinentelegraph das Kommando, die Motoren auf volle Kraft zu fahren und Ballastwasser abzulassen. Wittemann befahl dem Rudergänger am Höhensteuer, auf vierzehnhundert Meter hochzugehen. Wenige Minuten später hatten sie die Wolkendecke durchstoßen. Nun flutete Sonnenlicht den Raum.

Dass sie trotz der großen Höhe nicht schneller vorankamen, stellten die Kapitäne erst fest, nachdem Christian auf Freiwache gegangen war. Die *Hindenburg* ging wieder auf zweihundertfünfzig Meter runter. Die Wolken hatten sich mittlerweile zwar verzogen – aber noch immer kamen sie nicht schneller voran.

«Moin, Kische!»

«Moin, Eddi!» Christian lächelte seinen friesischen Kollegen an. Sie saßen allein in der Offiziersmesse. So weit Richtung Norden waren sie dem Unwetter ausgewichen, dass sie in einiger Entfernung die Südspitze Grönlands sichteten.

«Schön, der Norden.» Eduard Boëtius nahm einen Schluck Kaffee und blickte aus dem Fenster.

«Kann man wohl sagen.»

«Fehlt einem manchmal richtig, wenn man im Süden wohnt, nä?»

«Och, ist eigentlich ganz in Ordnung in Friedrichshafen», lächelte Christian. «Nur die Menschen kann ich manchmal so schlecht verstehen!»

«Ja, ich auch. Aber ich wohn auch in Frankfurt.»

«Na, da is das wohl 'n büschen besser.»

«Büschen schon.»

Christian schob Boëtius ein Stück Schokolade hin. «Willst auch?»

«Jo, danke.»

Ein paar Minuten lang aßen sie schweigend ihre Schokolade. Das Licht strahlte mit Macht zu den Fenstern herein, der Himmel war immer noch wolkenlos und scharfblau das Wasser. Die Eisschollen hingegen, die darin trieben, glitzerten in tausend Farben, weil sich das Nordlicht in ihnen brach.

«Und, hast du Kinder?», fragte Christian.

«Ich? Nö, noch nich.»

Wieder schwiegen sie ein paar Minuten.

«Du denn?»

«Ja.» Christian strahlte. «Einen kleinen Sohn, Rink.»

«Schöner sylterfriesischer Name.»

«Danke. Fanden wir auch.» Christian stand auf und stellte sich ans Fenster. Noch nie in seinem Leben, weder auf Hawaii noch in Japan oder über Brasilien, hatte er etwas betrachtet, das derart unwirklich aussah.

«Ich will mich von meiner Frau scheiden lassen», sagte er, ohne sich umzudrehen.

Eine Weile spürte er nur die Vibrationen des Luftschiffs. «Nu», hörte er dann die ruhige Stimme seines Kollegen. «Wenn es anders nicht geht.» Immer schneller trieben die Eisschollen jetzt über das Wasser. Der Labradorstrom riss sie mit sich fort.

«Wir hätten nie heiraten dürfen», sagte Christian leise.

Am Horizont tauchten Eisberge auf.

Er ging zum Tisch zurück. «Noch Kaffee, Eddi?»

«Danke.»

Die Männer lächelten sich über ihre Tassen hinweg an. Seit der Fahrt mit Fiete auf der *Pinnas* hatte sich Christian nicht mehr so vertraut mit einem Kollegen gefühlt.

***

Das Pilgrim State Hospital auf Long Island wirkte wie eine Festung. Der rote Backsteinbau ragte so weit auf, dass Lil den Kopf in den Nacken legen musste, um das Dach der Anstalt zu sehen. Sie zählte zehn Stockwerke und zwei riesige Flügel. Die Fenster waren vergittert, vielleicht, um die Insassen am Springen zu hindern. Lil holte tief Luft.

Einen Moment lang überlegte sie, ob sie wieder umkehren sollte. Seit ihrer Ankunft in New York war kein Tag ohne Probleme vergangen. Das Zusammentreffen mit Amys Verwandten in Brooklyn, die Lügengeschichte von Rods angeblichem Tod. Joanas tägliche Wutanfälle – das Mädchen war ein merkwürdiges Kind, fand Lil, eines, das man nicht richtig deuten konnte, das immerzu verheult aussah und mit dunklem, wütendem Blick durchs Leben ging. Ganz zu schweigen von der Zimmersuche und den Geldsorgen – Lil fühlte sich ausgelaugt. Nachts fror sie, weil sie nicht mehr an die Kälte gewöhnt war. Sie konnte nicht mehr.

Ihre Mutter erkannte sie in dem Raum sofort wieder. Sie war der einzige Mensch, der sich gerade hielt. Ihre Haare waren vollkommen grau geworden, aber ihr Gesicht war noch immer sehr schön.

«Mama!», rief Lil und hätte ihre Mutter um ein Haar in die Arme geschlossen. Gerade noch rechtzeitig fiel ihr ein, dass ihre Mutter nicht der Typ für Umarmungen war.

«Hallo, Liebes.» Mrs. Kimming reichte ihrer Tochter die Hand.

Einen Moment lang sahen sich Mutter und Tochter in die Augen, dann wandte ihre Mutter den Blick ab. «Es ist sehr freundlich, dass du mich besuchst, Liebes.»

«Das ist doch selbstverständlich.» Noch während sie es sagte, spürte Lil, wie unpersönlich sie klang. «Wie geht es dir denn?»

«Sehr gut, danke. Die Ärzte und Schwestern kümmern sich gut um mich. Einer der Ärzte hat ein Klavier in seinem Büro stehen, auf dem ich jeden Tag meinen Chopin spielen kann.»

Lil blickte unwillkürlich auf die Hände ihrer Mutter. Hatte sie eigentlich jemals bemerkt, was für schöne Hände ihre Mutter hatte? Langgliedrig und schmal waren ihre Finger. Und so gepflegt. Tausend Fragen drängten sich ihr in den Sinn. Ob die Verwandten sie eingeliefert hatten. Oder sie sich selbst? Welche Krankheit die Ärzte diagnostiziert hatten. Wann all das endlich vorüber wäre.

Die Mutter beugte sich vor und flüsterte: «Ich habe hier ganz andere Träume.»

«Liegt das vielleicht an den Medikamenten, die sie dir verabreichen? Soll ich mit den Ärzten einmal sprechen?»

Die Mutter schüttelte den Kopf. «Es liegt daran, dass ich hier meine Ruhe habe. Ich kann mich auf das konzentrieren, was ich in meinem Innersten sehe.»

Lil spürte, wie sie eine Gänsehaut bekam.

«Was siehst du denn?»

«Ich sehe die Briefe, die sie aus den Luftschiffen herunterwerfen. Es sind schöne Briefe. Manchmal sind Medaillen darin.»

Lil wusste nicht, was sie darauf antworten sollte.

«In einem Monat werde ich nach Hause fahren», sagte die Mutter.

«Nach Hause – du meinst, nach Pearl Harbor?»

«Ja, Liebes, natürlich Pearl Harbor. Was denn sonst?» Die Mutter sah aus dem Fenster. Ihre Finger spielten auf der Lehne ihres Stuhls. Lil blickte sich im Raum um. Es war ein großer Raum, dessen Wände allein verrieten, dass sie in einem Krankenhaus waren. Sie waren mit einer Lackfarbe bestrichen, die vermutlich abwaschbar war. Aber auf dem Boden war ein hübsch geknüpfter Teppich ausgebreitet, und darauf stand ein Holztisch mit einer Blumenvase. Die anderen Frauen, die in diesem Aufenthaltsraum saßen, wirkten wie Menschen, die so auch in der Subway sitzen könnten: allein, in ihre eigenen Gedanken versunken. Selbst das Stöhnen der Frau, die hinter Lil saß, wirkte hier normal.

«In den Zeitschriften liest man jetzt viel über Ehefrauen, die Seite an Seite mit ihren Männern durch diese schwierigen Zeiten gehen müssen», durchschnitt die Stimme der Mutter plötzlich die gedämpften Geräusche im Raum. «Und das ist ja auch richtig. Der Pastor hat das letzten Sonntag auch gesagt.»

«Was hat er gesagt, Mama?» Lil musste ihre Ungeduld unterdrücken. Sie wusste nicht, was sie schlimmer fand: die Mutter, die außerhalb ihrer Musik nichts und niemanden wahrnahm, oder diese seltsame, lammfromme Frau.

«Dass die Wirtschaftskrise etwas Gutes ist. Weil sie die Eheleute wieder zusammenbringt.» Und dann, plötzlich, von einem Moment auf den anderen, krallte sie ihre schönen Hände in ihr Kleid. «Was hast du dir nur dabei gedacht!», rief sie. «Ein deutscher Matrose, Lil! Wie konntest du nur?»

Lil spürte, wie ihr Herz schneller klopfte. «Seine Briefe», sagte sie. «Die hast du versteckt, nicht wahr?»

Die Mutter funkelte sie an. «Natürlich habe ich die versteckt! Ich musste dich beschützen – wer hätte das denn sonst tun sollen?»

Lil biss sich auf die Lippen. Dave und Tessi, hätte sie um ein Haar gesagt. Die Menschen, die sich wirklich um mich gekümmert haben, als ich klein war. Nicht du.

«Du glaubst, du kannst in deinem Leben einfach tun, wozu du Lust hast, ja?», fuhr die Mutter fort. «Egal, was die Gesellschaft darüber denkt?»

«Ja», sagte Lil. «Das glaube ich in der Tat. Solange ich niemand anderem damit weh tue.»

«Du hast überhaupt nichts begriffen, Lil!» Speicheltropfen flogen aus ihrem Mund. «Du denkst immer noch, das Leben ist ein Wunschkonzert!»

«Nein.» Lil schüttelte den Kopf. «Das denke ich nicht, aber ich denke, dass wir uns bemühen können, glücklich zu sein. Ich denke, das ist unser Recht.»

Die Mutter starrte sie an. «Recht», stieß sie hervor. «*Ich* hatte nicht das Recht, den Mann zu heiraten, den ich geliebt habe. Warum solltest *du* es dann haben? Ausgerechnet *du*!»

Lil spürte, dass sie wütend wurde. Aber das durfte sie nicht. Ihre Mutter war krank, sie wusste nicht, was sie sagte. Sie holte tief Luft. «Wer war dieser Mann, den du nicht heiraten durftest?», fragte sie leise.

Die Mutter blickte auf ihre Hände hinab. Ganz zerknittert war der Stoff ihres Kleides, da wo sie ihre Finger hineingekrallt hatte. «Er war auch Musiker», sagte sie nach langem Schweigen. «Deine Großeltern waren dagegen. Ein Armeelieferant sei sicherer, haben sie gesagt.»

Lil schluckte. Sie wusste nicht, welches Gefühl die Oberhand gewann: Erleichterung, Mitleid oder eine riesige Wut. «Der Matrose heißt Christian, Mama. Und er ist mittlerweile Zeppelin-Offizier. Wir haben einander wiedergefunden. Er kommt morgen in New York an, und vielleicht darf ich ihn dir ja vorstellen.»

Die Mutter sah sie an, aber jetzt war jede Lebendigkeit aus ihren Zügen verschwunden.

Lil versuchte es noch einmal. «Das fände ich sehr schön, wenn ich ihn dir einmal vorstellen könnte, Mama.»

Die Mutter richtete ihren Blick an die Decke. «Ich denke darüber nach.»

★★★

Küchenmeister Xaver Maier ging in Gedanken die Zutaten durch, die ihm noch zur Verfügung standen. Für den 6. Mai hatte er kein Menü geplant, schließlich hätte die *Hindenburg* ja schon um sechs Uhr früh in Lakehurst landen sollen. Aber so wie es aussah, musste er nun doch irgendein Mittagessen zaubern. Es war schon elf Uhr vormittags, und sie hatten noch nicht einmal Boston erreicht. Maier überlegte, etwas mit der Englischen Hochrippe anzustellen. Ja, da würde ihm schon was für feine Gaumen einfallen, nicht umsonst hatte er jahrelang im Pariser Ritz gekocht. Er pfiff seine zwei Köche herbei, und gemeinsam machten sich die Männer für die 36 Fahrgäste und 61 Besatzungsmitglieder ans Werk.

Noch nie in seiner gesamten Laufbahn als Chefsteward hatte er eine solche Unverblümtheit erlebt. Immer und immer wieder hatte er diesen albernen amerikanischen Laternenkünstler darauf hingewiesen, dass er nicht allein den Zeppelin durchqueren dürfe, um nach seiner Hündin zu sehen. Und jetzt hatte er ihn schon wieder dabei erwischt! Überhaupt schienen alle auf dieser Fahrt verrücktzuspielen. Am Vorabend hatte ihn der eine Jude gefragt, ob er das Abendessen vielleicht woanders einnehmen könne, was vollkommener Unsinn war, schließlich war sein Tischnachbar auch Jude, und der Zweiertisch war für

383

die beiden perfekt. Diese Amerikaner hatten sowieso alle miteinander eine Schraube locker, man sollte ihnen glatt noch einmal den Krieg erklären. Einige der Deutschen an Bord waren aber auch nicht besser. Er hätte schwören können, dass ein Fahrgast heimlich in seinem Zimmer rauchte. Wozu in Gottes Namen hatten sie denn einen Rauchsalon, der durch eine Schleuse vom Rest der Räume getrennt war? Was glaubte dieser Fahrgast? Heimlich zu rauchen auf einem Zeppelin, inmitten von zweihunderttausend Kubikmeter hochexplosivem Wasserstoffgas, wäre ein Schuljungenspaß?

Gut, dass sie am Nachmittag landen würden. Nur noch ein paar letzte quälende Stunden. Dann war diese Fahrt endlich vorbei.

In der Führergondel herrschte angespanntes Schweigen. Alle vier Kapitäne waren zusammengekommen. Um 16 Uhr würden sie Lakehurst erreichen, mit fünfzehn Stunden Verspätung. Und als wäre das nicht schon schlimm genug, gab Charles Rosendahl, der Kommandant von Lakehurst, die Landung nicht frei. Eine Gewitterfront, so hatte er gefunkt, treffe gleichzeitig mit der *Hindenburg* ein.

Lehmann war weiß im Gesicht. «Angenommen, wir können erst um 17 Uhr landen. Dann bleiben uns nur vier Stunden Zeit für die Vorbereitungen auf die Rückreise!»

«Das ist völlig unmöglich», wandte Wittemann ein. «Wir brauchen sechzehn Stunden, um zu tanken und die anderen Bordmittel aufzu…»

«Dann muss es jetzt eben schneller gehen! Eine ganze Reihe von Fahrgästen hat die Rückfahrt gebucht, um die Krönung von Georg VI. zu sehen!»

Der Funker reichte einen neuen Wetterbericht herein, den Kapitän Pruss sorgfältig studierte. «Das Gewitter wird sich eine

Weile über New Jersey halten. Wir müssen abwarten, wie sich der Wind verhält. Fahren wir erst einmal unsere Schleife über New York.»

Millionen von Menschen hielten inne, als der Zeppelin über Manhattan auftauchte. Die Fahrerin eines Bestattungsunternehmers parkte ihren Wagen (mitsamt der Fracht, die jetzt alle Zeit der Welt hatte), stieg aus und blickte in den Himmel. Eine Gruppe von Kindern hörte auf, in einer Mülltonne nach Essbarem zu suchen. Eine Pianistin, Insassin einer Nervenheilanstalt auf Long Island, hielt mitten in ihrem Chopin-Stück inne.

Luftschiff 129 *Hindenburg* schwebte über der Stadt, dass die Menschen, die an den Fenstern des Promenadendecks standen und hinunterblickten, fast meinten, die Spitzen der Gebäude zu berühren. Ein Gebäude, das seit sieben Jahren Chrysler Building hieß, glänzte im trüben Nachmittagslicht.

Ein Vater von drei Kindern filmte das Gebäude. Er filmte Manhattan von oben, den Broadway, der sich quer durch die Inselstadt schnitt, und das Karomuster, das die anderen Straßen und Avenuen bildeten. Er filmte seine Kinder, vor allem die vierzehnjährige Irene, die sich vor ihrer Reise die Haare hatte kurz schneiden lassen und die jetzt schon so erwachsen war und so schön.

Ein Lebensmittelkaufmann, der nach Deutschland gereist war, um für seine jüdischen Verwandten Ausreisegenehmigungen in die USA zu erwirken, nahm sich vor, sich nicht mehr so viel gefallen zu lassen. Gleich morgen, dachte er, während er das Empire State Building betrachtete, finge er damit an.

Jetzt nahm das Luftschiff Kurs auf die Freiheitsstatue, die aus der Upper Bay ragte. Dann bog es ab in Richtung Süden. Um kurz nach siebzehn Uhr befand sich die *Hindenburg* genau zwischen Manhattan und Lakehurst, New Jersey. Das Luftschiff flog eine Schleife über das Meer, um dem Gewitter auszuweichen, das nun von Lakehurst in Richtung Nordwesten zog. Nach einer weiteren Stunde erhielt die Mannschaft endlich die Landeerlaubnis. Anstelle eines Abendessens bekamen die Passagiere belegte Brote auf dem Promenadendeck gereicht.

Ein Offizier, der Wache am Kartentisch hatte, blickte von seiner Wetterkarte in den sturmgrauen Himmel. Kein Schmerz zuckte ihm mehr durch den Kiefer. Gleich würde er die Frau sehen, die er liebte. Der Schmerz war, wie so vieles andere, Vergangenheit.

★★★

Zuerst sah sie nur seine Nase, die die Wolkenwand durchstieß. Dann glitt der Rest des Zeppelin-Körpers auf sie zu. Seine silberne Außenhülle glänzte, wie ein fliegender Fisch, nur viel größer. Aus den Wolken zuckten Blitze. Einen Herzschlag lang war der Landeplatz in grelles Licht getaucht. Einundzwanzig, zweiundzwanzig. Der Donner fuhr Lil in die Ohren. Als sie wieder aufblickte, stellte sie fest, dass der Zeppelin wieder abdrehte. Ein Schmerz zuckte in ihrem Herzen, dann im Bauch. Sie war ungeduldig und voller Sehnsucht. So viele Monate, in denen sie Christian nicht gesehen hatte. Ihr Herz klopfte bei dem Gedanken daran, ihn zu sehen, seine Stimme zu hören, seine Haut zu berühren.

Der Platz war dicht gedrängt mit Zuschauern, Fahrgästen und Journalisten. Um sich abzulenken, beschloss Lil, sich zu bewegen. Sie schritt über den weiten Sandplatz. Satzfetzen wehten ihr ans Ohr.

«Landeerlaubnis anscheinend wieder verweigert, wegen des Gewitters.»

«Gibt's doch gar nicht, sind schon weit über zehn Stunden zu spät!»

«Sonst so pünktlich, verstehe das überhaupt nicht!»

«Ja, wir wollen auch zur Krönung nach England. Hauptsache, die *Hindenburg* legt rechtzeitig ab!»

«Man sagt ja, dass er stottert …»

«Besser ein stotternder König als einer, der es mit einer Geschiedenen treibt!»

In einigem Abstand vom Hangar hatten sich Kameraleute und Fotografen postiert. Ein Mann in ihrem Alter sprach in ein Mikrophon. Lil beobachtete ihn ein paar Minuten lang, wie er da stand, mit seinen sauber gescheitelten Haaren und der Ruhe im Gesicht. Sie überlegte, wie es wäre, wenn auch sie einmal in ein Mikrophon sprechen könnte. Wenn es das gäbe, Frauenstimmen im Radio.

Der Himmel war gewitterdunkel geworden. Und dann war er wieder da: Hell und gigantisch schob sich der Zeppelin durch die Wolken. Jubelschreie ertönten auf dem Sandplatz, und durch all das Rufen konnte sie das Brummen der Motoren hören, einen dumpfen, vielstimmigen Ton wie von einem Hummelschwarm. Jetzt rissen die Wolken ein Stück weit auseinander, ein Sonnenstrahl drang hindurch. Das Licht brach sich auf den Fenstern des Zeppelins, der nun immer weiter auf sie zuschwebte. Die Landemannschaft machte sich bereit.

«Viele wichtige Persönlichkeiten sind an Bord», hörte Lil den Radioreporter sagen. «Und ohne Zweifel ist Max Pruss, der neue Kommandant des Schiffes, begeistert, denn dies ist sein großer Moment, er befehligt zum ersten Mal die *Hindenburg*.»

Der Zeppelin bewegte sich nicht mehr. So mächtig und still stand er in den Wolken, dass er Lil in diesem Moment wie ein Luftschloss vorkam. Christian, dachte sie. Was du wohl gerade da oben machst. Auf einmal kamen ihr die Sorgen der letzten Wochen so unwichtig vor. Alles würde gut werden. Ihre Mutter würde genesen. Amy fand schon jetzt wieder in ihr altes Leben zurück. Und sie selbst würde Christian wiederfinden. Den Mann, den sie liebte, seit sie neunzehn Jahre alt war. Regen strömte vom Himmel, aber Lil vergaß sogar, dass sie fror.

Eine Frau, die zwei kleine Kinder an der Hand hielt, deutete nach oben und lachte. Eines der Kinder hüpfte begeistert auf der Stelle. Fotografen standen konzentriert an ihren Stativen. Kameramänner riefen ihren Assistenten Befehle zu. Noch immer verharrte der Zeppelin wie ein Luftschloss in den Wolken.

«Er steht praktisch still», hörte Lil die Stimme des Radioreporters an ihrer Seite, als plötzlich Feuer in den Himmel schoss.

25

Ein Ruck erschütterte die Führergondel. Der Stoß war so gewaltig, dass es Christian von den Füßen riss und an die rückwärtige Wand schleuderte. Gleich darauf glitten die Schubladen des Kartentisches auf, und die Papiere rutschten zu Boden. Der Zirkel, den er eben noch in der Hand gehalten hatte, flog durch den Raum. Später hätte er nicht mehr sagen können, was zuerst geflogen war, welcher Mann zuerst gefallen. Er versuchte sich aufzurichten, aber die Gondel lag mittlerweile so schräg, dass er Mühe hatte, sich auf den Beinen zu halten. Er versuchte sich hochzuziehen und blickte aus dem Fenster. Und da sah er es draußen lodern.

Ein Feuermeer.

Niemand sagte ein Wort in der Führergondel. Sekundenlang sahen sich die Männer fassungslos an. Im Bruchteil eines Augenblicks erinnerte Christian sich daran, dass der Wind von Backbord kam. Dorthin musste er springen, zur Luv-Seite, wenn er den Flammen entkommen wollte. Schon wurde die Gondel von weiteren Stößen erschüttert. Wieder richtete er sich auf. Es gelang ihm, sich zu einem der Fenster an der Backbordseite zu hangeln. Er blickte hinunter und sah, dass die Gondel noch etwa fünfzehn Meter über dem Boden hing. Das war zu hoch zum Springen. Jemand schrie etwas, doch die Flammen prasselten so laut, dass Christian den Schrei nicht verstand. Dann sah er, dass Eduard Boëtius ebenfalls an einem der Backbordfenster stand.

Immer tiefer sank die Gondel. Zehn Meter waren sie jetzt vom Boden entfernt. Er versuchte das Fenster aufzureißen, doch die Rahmen hatten sich verzogen, irgendetwas klemmte. Gluthitze schlug herein. Christian sah Boëtius an seinem Fenster zögern.

«Spring, Eddi!», rief er über das Prasseln der Flammen hinweg. In diesem Moment zersplitterte etwas, und er sprang in die brennende Luft hinaus.

«It burst into flames! Get out of the way! Get this, Charley! Get this, Charley! It's burning and it's crashing! It's crashing terrible! Oh my, get out of the way, please. It's burning, bursting into flames and it's … and it's falling on the mooring mast and all the folks agree that this is terrible. This is one of the worst catastrophes in the world. And oh … it's burning, four or five hundred feet into the sky. It's a terrific crash, ladies and gentlemen. The smoke and the flames now and the frame is crashing to the ground. Oh, the humanity …»

Der Radioreporter sprach, so schnell er konnte. Vor Weinen wurde ihm die Kehle eng. Er sah alles gleichzeitig: wie das Luftschiff in der Mitte brach, wie das Feuer in den Himmel stürmte, und wie die Menschen herausfielen, brennende Fackeln, die fielen und fielen, bis sie erloschen waren.

Der Familienvater hatte gerade den Gesellschaftsraum verlassen, um eine neue Filmrolle zu besorgen, als er und die anderen Passagiere auf dem Promenadendeck einen Ruck spürten, der sie zu Boden warf. Die Mutter und ihre drei Kinder wurden zu Boden geworfen. Gleichzeitig spürte die Mutter, dass das Luftschiff sank. Sie versuchte, nach allen drei Kindern gleichzeitig zu greifen, aber das war unmöglich. Der Boden rutschte seitlich unter ihnen weg. Dann gellten Schreie durch den Raum. So viele Menschen waren ineinandergefallen, dass sie ihren Mann nicht erkennen konnte. Sie sah den gelb flackernden Schein und die beiden Stewards, die ihnen noch vor einer Stunde Brote gereicht hatten. Die beiden rissen die Fenster auf und sprangen hinaus. Noch immer keine Spur von ihrem Mann. Mit einem Ruck riss sie die beiden Kleinen an sich und rief ihre Tochter. In diesem Moment brachen die Flammen in den Raum.

Das Heck des Luftschiffs krachte auf den Boden. Aber von dem Punkt, an dem sie stand, waren es bestimmt noch fünf Meter bis dorthin. Sie sah, wie einer der beiden Stewards unten inmitten des Feuers stand und ihr zurief, sie solle ihm die Kinder zuwerfen. Sie packte zuerst ihren Zehnjährigen. Später würde sie sich fragen, warum den Zehnjährigen, warum nicht den anderen oder ihre Tochter, warum ausgerechnet ihn. Sie warf ihren Sohn mit aller Kraft aus dem Fenster. Der Steward fing ihn auf und rannte mit ihm fort.

Jetzt nahm sie den Kleinen. Zu ihrem Entsetzen sah sie, dass seine Haare brannten. Sie hörte seine Schreie, und sie hörte Irenes Schreie, die nach ihrem Vater rief, immer und immer wieder. Sie warf den Kleinen aus dem Fenster und noch während er fiel, sah sie, dass sein Gesicht in Flammen stand. Dann drehte sie sich zu ihrer Tochter.

«Nein!», schrie das Mädchen und wehrte ihre Hände ab. «Ich will Papa suchen! Lass mich los, Mama! Ich will Papa suchen! Lass mich los!»

Die Mutter packte das Mädchen unter den Achseln, so wie sie es mit den beiden Jungen getan hatte, aber Irene war zu schwer für sie. Und dann, mit einem Ruck, riss sich das Mädchen los und rannte in die Richtung, in die der Vater verschwunden war, mitten in die Flammen hinein.

«Springen Sie!», schrie der Steward von unten.

Und die Mutter sprang.

Kapitän Wittemann spürte zunächst den gewaltigen Ruck, der ihn gegen die Wand schleuderte. Dann hörte er aus dem Funkraum einen Ruf. Er blickte aus dem Fenster und sah einen Feuerschein. Im selben Moment kippte der Boden unter ihm weg. Er versuchte, sich aufzurichten, aber die Führergondel hatte einen Neigungswinkel von etwa 45 Grad erreicht, sodass Stehen unmöglich war. Einige Sekunden später jedoch sackte die gesamte Gondel nach unten. Niemand sagte ein Wort. Dann hörte er Kapitän Lehmann rufen: «Alle raus!»

In diesem Augenblick sah er zwei Männer springen, Christian Nielsen und Eduard Boëtius. Auch Kapitän Lehmann machte sich bereit für den Sprung. Von allen Seiten gellten Schreie. Wittemann lief zu dem Fenster, aus dem Lehmann jetzt zu klettern begann. Er spürte, wie die Gondel erneut kippte und hielt sich an einem der Geräte fest. Von da aus hangelte er sich zu dem Fenster weiter, aus dem Lehmann verschwunden war, doch dann spürte er, wie sich der Rahmen des Fensters löste. Wieder versuchte er, sich irgendwo festzuhalten, aber alles um ihn herum splitterte und brach. Es gab noch einen Ruck, und er krachte inmitten der Flammen zu Boden. Er sah die anderen Kapitäne über den Landeplatz rennen, und das Feuer des brennenden Luftschiffs hinter ihnen her. Es ist die falsche Richtung, dachte Wittemann verzweifelt. Er drehte sich um und machte ein paar Schritte in die Mitte des Navigationsraums, und jetzt hörte er ein gewaltiges Krachen, lauter diesmal als zuvor, und das Aluminiumgerippe, mitsamt der brennenden Außenhülle, brach über ihm zusammen.

Moritz Feibusch wurde durch den gewaltigen Ruck zu Boden geworfen. Er versuchte, sich aufzurichten, aber ein anderer Passagier, der neben ihm am Fenster des Promenadendecks gestanden hatte, stürzte auf ihn, und dann stürzten noch mehr Menschen, und Feibusch fühlte, dass er nicht mehr atmen konnte.

Der Raum schien sich zu verschieben, sodass er plötzlich halb auf der Wand lag und nicht mehr auf dem Boden, und dann schoss ein Feuer in den Raum, und alles war voller Rauch. Er spürte, dass er erstickte, und zur selben Zeit verebbten die Schreie, und alles wurde dunkel. Er sah ein Weizenfeld in Ostpreußen, durch das er mit seinen Brüdern jagte, und er sah sie lachen, und dann sah er, wie er das Schiff nach San Francisco bestieg, und er sah das Haus wieder vor sich, das Haus, von dem aus er das Meer betrachten konnte, und seine Frau, so, wie sie vor ihrer langen Krankheit ausgesehen hatte, und dann sah er ihr stilles, totes Gesicht. Sie liefen alle vor seinem inneren Auge vorbei, diese Bilder, bis zu dem Punkt, in dem er wieder in Berlin war und seinen Verwandten versprach, dass sie in nur wenigen Monaten würden ausreisen können. Dass sie keine Angst mehr haben müssten, er wäre für sie da. Immer weiter fraß das Feuer die Luft um ihn herum, fraß die Haare und Kleider der Menschen, die schreiend auf ihm lagen, und dann wurde es vollkommen dunkel in ihm.

Joseph Späh filmte das Landemanöver, als er den Ruck durch den Zeppelin spürte. Den Feuerschein sah er durch den Sucher seiner Kamera, gleißendes Licht an einem regentrüben Tag. Der Stoß war so gewaltig, dass die Menschen, die neben ihm an den Fenstern standen, nach hinten kippten. Er selbst hielt sich am Geländer fest. Der Boden verschob sich unter ihm, Schreie gellten, und plötzlich war das Feuer auch im

Raum. Und in diesem Augenblick geschah etwas Eigenartiges mit ihm: Er dachte nicht daran, dass er jetzt sterben könnte. Eine große Ruhe überdeckte seine Angst. Ihm war, als würde er hoch oben auf einem Bühnendach balancieren und in Gedanken sein Kunststück durchgehen. Mit dieser Ruhe lehnte er sich aus dem Fenster. Die Hitze senkte sich über ihn wie Feueratem. Er schätzte die Entfernung zum Boden auf sechs Meter, und dann sprang er. Die Sekunden dehnten sich zu einer Ewigkeit. Er flog und flog, fand noch während des Fluges Zeit, sich zusammenzukugeln, und so flog er am g des Schriftzugs *Hindenburg* vorbei, der Buchstabe für Buchstabe in Flammen aufging. Auf dem Boden angekommen, machte er eine Vorwärtsrolle. Dass er sich trotzdem verletzt hatte, spürte er nicht. Ein Matrose der Bodenmannschaft packte ihn und riss ihn mit sich fort.

Christian kam gleichzeitig mit Boëtius auf. Eine Sekunde später zerriss ein Geräusch die Schreie der Menschen und das Prasseln des Feuers, ein Geräusch, an das er sich für den Rest seines Lebens erinnern würde. Er drehte sich um und sah, dass der Zeppelin zusammenbrach. Das Feuer hatte die Hülle gefressen, und jetzt schmolzen die Streben. Er rannte in den Wind hinein, so weit, bis er sicher sein konnte, dass ihm keine Flammen hinterherkamen. Zu seiner Verwunderung spürte er überhaupt keine Schmerzen. Er dachte auch nicht darüber nach, was passiert war. Seine Mutter schoss ihm durch den Kopf, die sich Sorgen machen würde, wenn sie von dem Feuer hörte, und er dachte an Lil, die hier irgendwo war.

Er rannte immer weiter, und dann rannte er in einem Bogen um die Flammen zurück, denn er war ja unverletzt, er konnte anderen helfen, so wie Fiete ihm damals geholfen hatte. Er spürte eine seltsame, große Kraft.

Ein Mann lief ihm schreiend entgegen. Später erinnerte sich Christian nur an den Mund, den der Mann aufgerissen hatte, und an seine entsetzlichen Schreie, nicht daran, dass er keinen Fetzen mehr am Körper trug und dass alles an ihm brannte, seine Haare, seine Schultern, seine Brust. Ein anderer Mann, vielleicht einer von der Bodenmannschaft, lief mit einer Decke auf ihn zu. Er sah, dass neben dem g von *Hindenburg* ein Passagier auf die Erde sprang und dass er winzig klein dabei aussah, wie zu einer Kugel eingerollt.

Und dann sah er das brennende Mädchen. Sie stand in einem Fenster auf dem Promenadendeck und loderte. Von Kopf bis Fuß ein Feuer war sie.

Auf einmal war auch Boëtius wieder an seiner Seite, ebenso ein Offizier und einer der Stewards. Das Mädchen sprang, und noch während sie ihnen in die Arme stürzte, klopften sie die Flammen auf ihren Kleidern und Haaren aus. So löschten sie das brennende Mädchen, und erst als alle Flammen gelöscht waren und nichts mehr an ihr brannte, erst da bemerkte Christian ihr zerstörtes Gesicht.

Lil sah die Menschen einen nach dem anderen fallen. Sie sah, wie das Luftschiff in der Mitte auseinanderbrach. Flammen schossen in den Bugteil. Die Tränen rannen ihr über die Wangen, während sie umherlief und Christian suchte. In der Ferne heulten Sirenen. Etwas barst und knallte, Menschen brüllten, kreischten, schrien.

Und dann sah sie Christian. Er kam um den Zeppelin herumgelaufen, sie erkannte ihn an seinen blonden Haaren und an der Art, wie er sich bewegte. So war er immer in Rio auf sie zugerannt, wenn sie auf dem Landeplatz auf ihn gewartet hatte, und so wollte sie jetzt auch auf ihn zurennen, auch wenn das bedeutete, dass sie ebenfalls in die Flammen laufen musste, so wie er das in diesem Moment tat. «Christian!», schrie sie und begann loszulaufen. Dann erkannte sie, dass er zum Zeppelin zurückrannte, zu einem der Fenster, aus dem das Feuer schlug und in dem ein brennender Mensch stand. Sie rannte immer weiter, in die Flammen. Rannte, bis jemand sie von hinten packte und sie mit Gewalt in die entgegengesetzte Richtung riss.

Christian brachte das verletzte Mädchen zu einer Gruppe von Rettungskräften. Dann stieg er gemeinsam mit Boëtius in das Fenster des Promenadendecks ein. Das Feuer hatte die Polster auf den Stühlen gefressen, aber die Gestelle waren unversehrt. Zu ihrem Erstaunen fanden sie in einer der Kabinen ein altes Ehepaar sitzen, das ihnen verwirrt entgegensah. Ihre Koffer und Mobiliar waren umgestürzt, aber sie selbst wirkten unversehrt. Christian und Boëtius halfen ihnen hinaus, dann durchkämmten sie die anderen Kabinen auf dem A-Deck. Die Kabinen, die sich im Mittelteil befanden, waren vollkommen verwüstet. Erst als sie sicher waren, dass sich niemand mehr im Luftschiff aufhielt, kletterten sie wieder hinaus.

Draußen rauchte das Wrack.

«Lass mich los, ich will zu Christian!» Lil versuchte, sich aus Amys Umklammerung loszureißen. «Wieso bist du überhaupt hier?»

«Ich habe den Zeppelin heute Nachmittag über Manhattan gesehen», sagte Amy. Aus den Augenwinkeln bemerkte Lil, wie Feuerwehrleute und Rettungskräfte über den Platz liefen, Suchscheinwerfer flammten auf. Doch Christian war verschwunden. «Und dann habe ich bei Tony Pause gemacht», fuhr sie fort. «Er hat mir erzählt, dass sie im Radio gesagt hätten, die Landung würde sich verzögern. Da dachte ich mir, ich fahre raus und hole euch ab.» Amys Stimme klang ungewohnt ernst. «Du wärst um ein Haar in das Feuer gelaufen, Lil.»

«Ich ...» Lil erstarrte. Im grellen Licht eines Suchscheinwerfers sah sie einen Verletzten auf dem Boden liegen. Sie konnte nicht sagen, ob es ein Mann oder Frau war, dem Menschen waren Kleider und Haare weggebrannt.

«Mach dir keine Sorgen, du hast ihn gesehen», sagte Amy. «Er lebt.»

Lil drehte sich zu ihr um. Noch nie hatte sie die Freundin so ruhig erlebt. Sie war wie eine Felseninsel in einem Ozean aus Schmerz und Chaos und Lärm.

Amy legte den Kopf schief. «Was ist, Darling? Du hast acht Jahre lang mein chaotisches Leben ertragen. Jetzt bin ich mal dran.»

Lil löste sich von ihr. «Ich muss da jetzt trotzdem hin. Ich muss ihn finden.» Sie ging an einer Gruppe von Polizisten vorbei und hob dabei ihren Presseausweis in einen der Scheinwerfer. «Ich bin Journalistin. Bitte lassen Sie mich durch.»

Christian war gemeinsam mit Boëtius und weiteren unverletzten Besatzungsmitgliedern in eine Offiziersgarnison gebracht worden. Die Polizei von New Jersey hatte sofort Rundfunkalarm ausgelöst, die Sirenen heulten im gesamten Bundesstaat. Ärzte, Krankenwagen und Krankenschwestern kamen aus allen Richtungen zum Marine-Landeplatz nach Lakehurst gefahren. Die Luftfahrtgesellschaft American Airlines schickte von Newark aus mit dem Flugzeug Ärzte und Verbandszeug. Einer dieser Ärzte untersuchte Christian, obwohl der mehrfach versicherte, bei bester Gesundheit zu sein. Er bat lediglich darum, seiner Mutter ein Telegramm schicken zu dürfen: *Bin unverletzt.*

Innerhalb einer Stunde richtete die Polizei in der Garnison ein Postamt ein. Das Telegramm, das normalerweise sechs Stunden über den Atlantik benötigt hätte, kam schon nach zwei Stunden auf Westerland an, beschleunigt von der amerikanischen Postbehörde für den Katastrophenfall. Auf Sylt war es zwei Uhr morgens, und Margarethe Nielsen lag in tiefem Schlaf, als der Briefträger, der ebenfalls aus seiner Nachtruhe gerissen worden war, an ihrer Tür Sturm klingelte. Zu diesem Zeitpunkt wusste noch niemand in Deutschland von der Explosion der *Hindenburg*, und Margarethe grübelte eine gute Weile über den Inhalt der Eilnachricht nach.

«Ich möchte bitte zu einem der *Hindenburg*-Offiziere, Mr. Christian Nielsen.» Lil musste ihre Stimme erheben. In der Ferne heulte eine Sirene. Noch immer wallte die Feuerglut über den Landeplatz.

Der Polizist am Eingang der Offiziersgarnison musterte Lil. «Sie sind doch Journalistin, ich habe Sie vorhin auf dem Landeplatz gesehen!»

«Verzeihung, Sir, aber hier handelt es sich um eine private Angelegenheit …»

«Wir haben strikte Anweisung, die Überlebenden von Journalisten abzuschirmen.»

«Aber ich bin …»

«Machen Sie jetzt bitte den Weg frei, Miss!»

«Christian!» Lil formte die Hände zu einem Trichter vor ihrem Mund und brüllte, so laut sie konnte. «Christian! Ich bin es! Hörst du mich?»

«Hören Sie sofort mit dem Theater auf, Miss, sonst bin ich gezwungen, zu anderen Mitteln zu greifen! Alles nur, um an eine gute Story zu kommen – dass Sie sich nicht schämen, Miss!» Der Polizist schob sie beiseite.

Lil versuchte noch einmal zu erklären, dass sie die Freundin des Offiziers Christian Nielsen war, aber der Polizist wollte ihr nicht glauben. Amy, die ein paar Meter weiter auf sie gewartet hatte, fuhr sie mit dem Leichenwagen nach Manhattan zurück.

Noch in der Nacht kamen die ersten Todesnachrichten. Über das Mädchen, das sie gerettet hatten, hörte Christian, dass sie nach wenigen Stunden im Krankenhaus gestorben war. Die Mutter und die beiden Söhne hatten überlebt. Noch keine Nachricht vom Vater.

Mehrmals fragte er eine Krankenschwester, ob eine Amerikanerin mit dem Namen Lil Kimming in der Garnison gewesen sei, und er hinterließ eine Nachricht, man möge ihn wecken, wenn sie käme, egal zu welcher Stunde, auch spät in der Nacht. Irgendwann gelang es ihm tatsächlich einzuschlafen – doch nur für kurze Zeit: Durch die Jalousien am Fenster drang bereits der Morgen. Angstschreie, Befehle und Sirenen waren verebbt. Er versank in einen Dämmerzustand.

Und dann kamen die Bilder. Er sah das Gesicht des verbrannten Mädchens vor sich. Und er dachte an Kapitän Lehmanns toten Sohn. Er wusste, dass er seine Habseligkeiten verloren hatte, und er dachte so merkwürdige Dinge wie: Jetzt weiß ich überhaupt nicht, wie dieser Knittel-Roman endet. Und wie die Familie Lauretz mit ihrer Schuld umgeht.

Der Sender WLS Radio Chicago brachte Herbert Morrisons Reportage, sobald die Schallplatten mit den Aufzeichnungen eingetroffen waren. Wieder und wieder funkte der Sender den Augenzeugenbericht. Millionen von Menschen an ihren Radiogeräten, von New Jersey über Akron, wo Ingenieure der Goodyear Zeppelin Corporation an Konstruktionsplänen für ein neues Luftschiff arbeiteten, über die Weiten des Mittleren Westens bis hin zur Westküste, waren fassungslos. Niemand im

Land konnte begreifen, wie das hatte geschehen können, wieso ein deutsches Luftschiff, ausgerechnet die *Hindenburg* – das technische Meisterwerk unter den Zeppelinen – in Flammen aufgegangen war. An allen Ecken der Welt setzten sich Journalisten in Bewegung. Sie fuhren mit dem Schiff über die Ozeane, mit dem Flugzeug, mit Autos, per Eisenbahn. Auch Lil machte sich am nächsten Morgen wieder auf den Weg nach Lakehurst. Als Reporterin würde sie Fragen stellen dürfen. Das war ihre einzige Chance, um Christian zu finden.

Am 7. Mai erschien die Geschichte von der *Hindenburg*-Explosion in allen Zeitungen rund um den Globus. «Schreckenskunde aus Amerika», titelte die *Sylter Zeitung*. «Luftschiff *Hindenburg* durch Explosion zerstört. Unter den Geretteten der Westerländer Christian Nielsen.»

Die dänischen Zeitungen würdigten die *Hindenburg* als das ideale Luftschiff und hoben insbesondere die Fahrsicherheit für die Reisenden hervor. Die britischen Blätter widmeten dem Unglück ganze Seiten und ergingen sich in Vermutungen, was die Unglücksursache betraf. Der australische Polarforscher Hubert Wilkins, der sechs Jahre zuvor die Absicht kundgetan hatte, sich mit einem U-Boot bis zum Nordpol durchzubohren und dort einen Zeppelin zu treffen, erklärte, das Unglück habe ihm keineswegs den Glauben an den Luftschiffverkehr geraubt. Auf Oahu saß ein Gärtner auf seinem Lieblingsplatz unter dem Ingwerbaum und starrte die Titelseite des *Honolulu Star-Bulletin* an. Das Bild eines Zeppelins war darauf gedruckt, aus dessen Mitte eine Feuersäule schoss. Vor der Luftschiffhalle Kasumiga Ura schwenkten trauernde Japaner deutsche Fahnen, und in Santa Cruz, dem Zeppelin-Landeplatz von Rio de Janeiro, beklagten Matrosen aller Hautfarben den Unfall.

Überall in Deutschland, von der Sylter Strandpromenade bis über die Straßen in Berlin, Hamburg, Frankfurt und München, wurden derweil die deutschen Fahnen auf Halbmast gesenkt. In Friedrichshafen versammelten sich Ingenieure und Arbeiter des Luftschiffbaus morgens um acht Uhr dreißig in Halle 1 der Zeppelin-Werft unter dem Bug von LZ 130, dem Schwesterschiff der *Hindenburg*, und legten eine Schweigeminute ein. In der Paulinenstraße wehten Trauerwimpel.

Und auf einer Bank an der Uferpromenade des Bodensees saß eine Frau und blickte über das Wasser. Die Frühlingssonne war herausgekommen und tauchte den See bis zum Horizont in ein türkisfarbenes Licht. Das Baby gluckste in seinem Kinderwagen, und der Wind raschelte in den Blättern der Zeitung. Wieder und wieder blickte sie auf die Liste der Überlebenden, die die Zeitung veröffentlicht hatte. Ihr Mann war der Feuerhölle entkommen.

Aber sie hatte nichts von ihm gehört.

Die Leichen lagen in einem Seitenraum des Luftschiff-Hangars. Kapitän Wittemann zählte sie nicht. Jeder Tote, der hier unter einem Tuch lag, war ein Toter zu viel. Er hatte mit den Menschen, die hier lagen, über Jahre zusammengearbeitet. Mit einem von ihnen, dem Elektriker Ernst Schlapp, war er viele Male nach Rio de Janeiro gefahren. Er hatte sich eigentlich nie richtig mit ihm unterhalten, aber er erinnerte sich gut an ihn.

Ihm wurde weich in den Knien, und er musste sich anlehnen. Wie konnte es angehen, dass er das Feuer überlebt hatte und nicht die Menschen, die hier lagen? Minutenlang war er von der brennenden Hülle des Zeppelins eingeschlossen gewesen. Und doch hatte ausgerechnet er es geschafft.

Er spürte die Hand des Lakehurst-Kommandanten Charles

Rosendahl auf seiner Schulter. «Ich muss Sie jetzt bitten, Captain ... es tut mir leid.»

Ernst war der dritte Tote. Jemand zog das Tuch von seinem Gesicht, und Wittemann nickte. Er erkannte Ernst an den Zähnen. Er hatte so viel gelacht.

Er blickte zum amerikanischen Leichenbeschauer hinüber, der vor einem Haufen von Körperteilen stand. Die Explosion hatte einige Besatzungsmitglieder in Stücke gerissen, die er nun mit Hilfe von zwei Assistenten so zusammenfügen musste, dass man sie identifizieren konnte. Wittemann spürte, wie eine Schwäche in seine Knochen kroch und ihm dunkel wurde vor Augen. Jemand stützte ihn, er konnte nicht sagen, wer es war, minutenlang, so schien es ihm, konnte er nicht mehr richtig sehen.

Die Menschen, die hier lagen, waren auch Fahrgäste gewesen, schoss es ihm durch den Kopf, als er wieder über die Reihe blickte. Er hatte die Verantwortung für sie gehabt. Wie konnte er das, was geschehen war, ihren Familien mitteilen? Wie konnte er je einem von ihnen wieder in die Augen sehen?

«Sie wissen, was ich Ihnen erzählt habe», flüsterte er, als er sich zu Rosendahl umdrehte. «Vergangene Nacht.»

Der Lakehurst-Kommandant blickte ihm fest in die Augen. «Ich muss Sie bitten, das vorerst noch für sich zu behalten.»

«Aber wir alle haben diese Bombendrohungen erhalten!», zischte Wittemann, jetzt lauter. «Wir hätten niemals fahren dürfen! Kapitän Lehmann hat sogar einen Brief bekommen, von einer Frau in Milwaukee, die ihm schrieb, dass die *Hindenburg* durch eine Zeitbombe zerstört werden würde! Er hatte den Brief während der ganzen Fahrt in seiner Brusttasche dabei!»

«Die Untersuchungskommission wird das klären», sagte Rosendahl. «Die deutsche und die amerikanische, beide gemeinsam. Hugo Eckener ist bereits auf dem Weg. In der Zwischenzeit muss ich Sie bitten …»

«Wie geht es Kapitän Lehmann eigentlich?» Wittemann schien Rosendahls Worte überhaupt nicht zu hören.

«Den Umständen entsprechend, wenn man die Verbrennungen am Rücken bedenkt. Er hat gute Ärzte, und er wird …» Rosendahl zog eine Taschenuhr aus seiner Weste. «… vermutlich in ebendiesem Moment zu Spezialisten im Columbia-Presbyterian Hospital in New York verlegt.»

Die Schwestern in der Offiziersgarnison gaben den köstlichsten Kaffee aus, den Christian je getrunken hatte. Der Kaffee war stärker, als er es gewohnt war, sie hatten sogar einen Schuss Milch hineingegossen und ihn gesüßt. Beim Trinken musste Christian den Becher mit beiden Händen festhalten, weil sie so zitterten. Über den Rand seines Bechers blickte er zu den anderen am Tisch hinüber. Ihm gegenüber saß Boëtius. Sie nickten einander zu, aber keinem von ihnen war nach Reden.

Eine der Schwestern fragte ihn, wie es ihm gehe, und er antwortete: «Danke, mir geht es sehr gut!»

Aber warum kam Lil nicht zu ihm? Hatte sie nicht versprochen, auf dem Landeplatz auf ihn zu warten? Er hatte gehört, dass ein Mitglied der amerikanischen Landemannschaft durch die Explosion getötet worden war. Auf einmal zitterten seine Hände so stark, dass er seinen Becher abstellen musste.

«Wissen Sie, ob Zivilpersonen verletzt wurden?», fragte er die Schwester, die ihnen belegte Brote reichte.

Sie hob die Schultern. «Die Situation ist sehr unübersichtlich», sagte sie.

Christian griff nach dem Brot, obwohl er eigentlich keinen Hunger hatte. Es fiel auf den Boden und öffnete sich dabei, sodass es mit der Butterseite unten kleben blieb.

«Oh», sagte einer der Maschinisten bedauernd, der ein paar Stühle weiter saß und das Ganze beobachtet hatte. «Das ist jetzt Pech!»

Das Wrack sah aus wie ein verendetes Tier aus der Urzeit. Schwarz und gigantisch lag das Gerippe auf dem Landeplatz. Polizisten und Sanitäter führten sie zu der Unfallstelle, zu dem Durcheinander von Spanten, Drähten und eingedrücktem Blech. Der Rundgang sollte ihnen helfen zu begreifen, was geschehen war. Gemeinsam mit Boëtius schob sich Christian über den aufgeweichten Boden durch das Gestänge, das einmal die Mannschaftsräume der Offiziere gehalten hatte. Und da sah er es zwischen Rußteilen im Schlamm aufblitzen: sein altes Portemonnaie. Er erkannte es an dem metallenen Reißverschluss, der in den letzten Wochen immer geklemmt hatte. Er bückte sich, griff zwischen zwei verbogenen Aluminiumstreben hindurch und sah, dass ein Fünf-Mark-Stück danebenlag.

Ein Mann, dem der Hut etwas schief auf dem Kopf saß, sprach ihn auf Deutsch an: «Verzeihen Sie bitte, ich habe dem Gespräch mit Ihrem Begleiter entnommen, dass Sie zur Besatzung der *Hindenburg* gehören. Darf ich fragen, ob Sie etwas in dem Wrack gefunden haben?»

Ein Polizist schob den Mann beiseite. «Wenn Sie Journalist sind, muss ich Sie bitten, sich zu entfernen.»

Der Mann zückte seinen Presseausweis. «Aber ich bin ein Mitarbeiter des Deutschen Nachrichtenbüros! Ich habe die Genehmigung, mich auf dem Gelände frei zu bewegen!»

«Ist schon in Ordnung», sagte Christian zu dem Polizisten. «Der Mann tut ja auch nur seine Arbeit. Wenn Sie gestatten, dann spreche ich mit ihm.»

Er zeigte dem Journalisten das angekokelte Fünf-Mark-

Stück. Seltsamerweise zitterten seine Hände immer noch ein bisschen. «Das hier habe ich gefunden. Das und die Überreste meines Portemonnaies.»

In diesem Augenblick geschah das Unglaubliche: Eine junge, brünette Frau, die schönste Frau, die er je gesehen hatte, rannte quer über den Platz, genauso wie noch vor einem halben Jahr in Rio, als würde sie ihn nach seiner Landung abholen, mit dem strahlenden Lächeln im Gesicht, das er an ihr so liebte.

Sein Herz begann zu rasen. Er beugte sich unter dem Gestänge durch, breitete die Arme aus und lief auf sie zu.

26

In der Subway fiel es Christian zum ersten Mal auf: Jeder sprach mit jedem. Und dabei ging es gar nicht um die *Hindenburg* allein. Es war, als hätte die Katastrophe von Lakehurst die Menschen auf eine merkwürdige Weise zusammengeschweißt. Draußen priesen Zeitungsjungen lautstark die Extrablätter zum *Hindenburg*-Unglück an. An einem Lichtspielhaus wurde mit großen Lettern die Wochenschau mit den Bildern aus Lakehurst angekündigt, davor bildete sich eine lange Schlange.

Lil und er wollten sich gegenseitig ihre Lieblingsplätze in Manhattan zeigen, und Christian zog es zuallererst in den schiefen Buchladen in der 96. Straße. Er erzählte ihr von dem alten Buchhändler, der mit seinen Dörrpflaumen hinter dem Kassentisch gesessen und Bücher über Vögel mit Büchern über Zeppeline zusammensortiert hatte, weil nun einmal beides durch den Himmel fliegt.

«Das ist doch nicht möglich», staunte Lil, als sie vor dem Laden standen, in dem jetzt Schusswaffen verkauft wurden. «Hier war ich doch auch! Wir hätten uns hier begegnen können!»

Und dann liefen sie durch die Stadt, Schulter an Schulter, und erzählten sich, wie es ihnen ergangen war. Über das, was in Lakehurst passiert war, verlor Christian nicht viele Worte. Stattdessen erzählte er Lil, wie er sich auf einem Schiff im Sturm den Kiefer gebrochen hatte und wie ein Koch namens

Fiete, der jetzt immer noch sein Freund war, ihm das Leben gerettet hatte. Er erzählte ihr, wie ihn ein Offizier auf der *Orion* herumgeschubst und denunziert hatte. Und dass ihm im Traum manchmal ein Raubvogel erschien. Und dabei konnte er nicht aufhören, Lil anzusehen. Alles an ihr war lebendig, sie blühte und strahlte. Sie war seine Frau.

«Was ist?», fragte sie lachend.

Auf einmal musste Christian daran denken, wie jung sie gewesen waren, als sie sich kennengelernt hatten. Wie vertraut sie ihm war. «Ich liebe dich, Lil», sagte er.

Sie schlang ihre Arme um seinen Hals. «Oh, mein Christian. Ich liebe dich auch.»

Sie überlegten, in welchem Teil Manhattans sie am liebsten wohnen würden, bis sie nach Akron zögen, wo Christian sich Arbeit bei der Goodyear Zeppelin Corporation versprach. Eng umschlungen liefen sie durch die Stadt, und immer wenn sie aufblickten, lächelte ihnen jemand zu.

Das Leben ist endlich, dachte Christian, während sie zum Hafen hinunterschlenderten, in dem die *Orion* gelegen hatte. Auch wenn Menschen wie Onkel Per vielleicht unsterblich waren, war das Leben endlich, und die Menschen in New York, die alles über die *Hindenburg*-Explosion erfahren hatten, spürten es mehr denn je. In dem Drugstore, vor dem er Lil kennengelernt hatte, wurde er freundlich, ja fast liebevoll begrüßt. Der alte Mann hinterm Tresen, der seine Haare zu einer Brücke über den Schädel gekämmt hatte, fragte Lil, wie es ihrer Freundin Amy mit dem Leichenwagen gehe und ob die kleine Joana sich bei der Tante in Brooklyn gut eingelebt habe; die Kunden, die an der Theke ihren Kaffee tranken, baten einander höflich um den Zucker und wünschten sich noch einen guten Tag.

Irgendwann – da wanderten sie schon durch die Park Row,

und Lil schilderte den Geruch in den Zeitungshäusern, diese Mischung aus Druckerfarbe, Zigarettenrauch und Schweiß – blieb sie mitten im Satz stehen und fragte ihn, ob es ihm eigentlich gutgehe.

Christian lächelte sie an. «Ja, aber sicher, warum fragst du?»

«Ich meine nur. Du zitterst am ganzen Körper. Du hast vor zwei Tagen eine Explosion überlebt.»

«Aber ich habe keinen Kratzer abbekommen. Mach dir keine Sorgen, mir geht es ausgezeichnet!»

Es passierte im City Hall Park. Die Sonne war herausgekommen, und sie trödelten Hand in Hand zwischen Männern, die sich im Gehen die Hüte festhielten, damit sie bei dem Tempo ihrer Schritte nicht davonflogen. Eine Mutter mit einem kleinen Jungen an der Hand trottete an ihnen vorüber. Der Junge war vielleicht etwas über ein Jahr alt, und er setzte seine Füße etwas wackelig voreinander, da segelte eine Taube an ihm vorbei. Der Junge versuchte nach ihr zu greifen, er lachte. Dann gab er nicht mehr acht, wie er seine Füße setzte, fiel hin und zerschrammte seine Knie. Sie brachen fast gleichzeitig in Tränen aus, der Junge und Christian. Lil schlang die Arme um ihn und hielt ihn fest.

«Er blutet so, der Junge», weinte er und konnte gar nicht mehr aufhören. Lil schwieg. Er spürte nur ihre Wärme und die Kraft, mit der sie ihn festhielt. Sie musste nicht fragen, warum er um einen fremden Jungen so sehr weinte. Sie wusste es.

Es war der erste Brief, den er an Maria schrieb, der allererste. Und er kam ungefähr eine Stunde lang nicht über die Anrede hinaus, ja wusste nicht einmal, wie er die Anrede formulieren sollte, ob er Maria schreiben sollte oder Mietsch. Vor der Offiziersgarnison hörte er laute Stimmen. Es ging um Kapitän

Lehmann, der kurz vor seinem Transport in das New Yorker Krankenhaus an seinen Brandwunden gestorben war. Kapitän Lehmanns Frau, die zehn Tage zuvor ihren Sohn verloren hatte, hatte in Cherbourg, gemeinsam mit Hugo Eckener, die *Europa* nach New York bestiegen. Jetzt mussten sie ihr die Nachricht vom Tod ihres Mannes auf das Schiff telegraphieren.

Christian stützte seinen Kopf in beide Hände. Er hätte gern geweint, aber das ging nicht. Dazu waren zu viele Menschen im Raum. Irgendwann fand er endlich die Worte, die er suchte. Er erklärte Maria, dass er sich gemeinsam mit zwölf anderen Überlebenden bereithalten musste, um vor der Untersuchungskommission auszusagen. Dass er wohl noch zwei Wochen in Amerika bleiben würde. Und dass kein Tag vergehe, ohne dass er an den kleinen Rink denke. Wie es dem Kleinen denn wohl gehe? Und ihr? Zum Schluss schrieb er: *Ich weiß, dass es nicht immer leicht war mit uns beiden. Aber das wird sich jetzt ändern. Ich freue mich auf euch.*

Er musste beim Schreiben wohl die Zähne zusammengebissen haben, denn als er den Brief zusammenfaltete, spürte er etwas, was er vollkommen vergessen hatte: An der Stelle, an der sein Kiefer gebrochen war, stach ein brennender Schmerz.

Hakenkreuzfahnen und amerikanische Flaggen hingen einträchtig beieinander. Deutsche und Amerikaner drückten einander die Hand. Die Pier 86 am Ende der 46. Straße, wo sonst die Schiffe der Hamburg-Amerika-Linie ablegten, war für ein paar Stunden ein anderer Ort geworden – ein Ort der Freundschaft beider Länder und ein Ort der Trauer. Amerikanische und deutsche Tote lagen nebeneinander aufgebahrt.

Lil musste an die Worte von Fritz Kuhn denken, dem Leiter der deutsch-amerikanischen Liga: Als amerikanischer Bürger könne er sich nicht vorstellen, dass ein Sabotageakt die *Hindenburg* zerstört hätte. Es gebe keinen Hass zwischen den beiden Völkern, und es werde auch in Zukunft keinen Hass geben. Zeppeline hätten Deutschland und die USA immer miteinander verbunden, und der Absturz der *Hindenburg* schweiße die Völker nun noch enger zusammen.

Sie stand in der Ecke, in der die Journalisten zugelassen waren, und versuchte, Christian unter den Trauergästen auszumachen. Es war nicht ganz einfach, sich in dem Gedränge zu behaupten. Deutsche Journalisten stritten mit amerikanischen Kollegen um die besten Plätze – unter den Berichterstattern war die «Freundschaft zwischen den Völkern» offenbar deutlich schwächer ausgeprägt. Sie sprang in die Höhe, um über den Hut ihres Vordermanns hinweg einen Blick auf die flaggengeschmückten Särge zu erhaschen, und registrierte die missbilligenden Blicke ihrer männlichen Kollegen – schon wieder war sie die einzige Frau unter lauter Männern. Soweit sie es erkennen konnte, waren alle Särge bis auf zwei mit Hakenkreuzfahnen bedeckt.

Eine traurige Melodie ertönte. Die Bordkapelle der *Hamburg*, auf der die Toten nach Europa überführt werden sollten, spielte auf. Lil versuchte, sich auf das Geschehen zu konzentrieren, auf die deutschen Nazis, die in ihren braunen Hemden mit gerecktem Arm an den Särgen vorüberschritten, aber gleichzeitig flog ihr Blick immer wieder über die Menge. Sie konnte Christian nirgendwo entdecken.

Seit drei Tagen – seit ihrem Spaziergang durch Manhattan – hatte sie nichts mehr von ihm gehört. Sie wusste, dass er zu seiner Familie zurückkehren würde, dass er nicht ohne seinen Sohn leben wollte. Sie wusste es, seit er über den kleinen Jungen im Park geweint hatte. Hatte es, ohne sich selbst im Klaren darüber zu sein, schon in Rio geahnt. Und doch hatte sie gehofft, dass sie sich noch einmal treffen würden, bevor er nach Deutschland zurückfahren würde. Noch ein letztes Mal.

Sie blickte zwischen den Hutkrempen ihrer Vordermänner in ein Blumenmeer. Rote und weiße Blumen, farblich passend zu den Hakenkreuzfahnen. Dazwischen grüne Zedern, vielleicht als Symbol der Hoffnung. Noch immer marschierten die Männer mit rechts gereckten Armen. Vorbei auch an dem Sarg mit der amerikanischen Fahne. In diesem Sarg lagen die sterblichen Überreste eines Amerikaners jüdischen Glaubens, der seinen Berliner Verwandten zur Flucht aus Nazi-Deutschland verhelfen wollte. Nun würdigten Braunhemden seinen Tod in einer NSDAP-Gedenkfeier. Lils Stift flog über das Papier. Die meisten Reden wurden auf Deutsch gehalten. Lils Gedanken kehrten zu Christian zurück.

Dann trat Charles Rosendahl auf, der Lakehurst-Kommandant. Er sprach seine feste Überzeugung aus, dass aus der Asche der *Hindenburg* wesentlich größere und noch effizientere Luftschiffe aufsteigen würden. Er gab seiner Regierung nicht direkt die Schuld, kein Helium an Deutschland geliefert zu haben, aber er bezeichnete es als «Schwäche», dass die USA die Herausgabe von Helium verweigert hatten. Die *Hindenburg*, eigentlich für Helium-Gaszellen gebaut, war auf diese Weise gezwungen gewesen, die Zellen mit leicht entzündlichem Wasserstoff zu füllen. «Wir sind uns dieser Schwäche bewusst geworden», sagte Rosendahl wörtlich. «Das wird nicht noch einmal passieren.»

Daraufhin sang ein Chor: «Deutschland, Deutschland über alles, über alles in der Welt» und gleich darauf ein Lied, das Lil aus Brasilien kannte. Senhor Müller hatte es «das Horst-Wessel-Lied» genannt.

Und dann sah sie Christian. Er schritt gemeinsam mit seinen überlebenden Kollegen an den Särgen vorbei. Sie sah sein blondes Haar leuchten, denn er hatte den Hut abgenommen, und für einen Sekundenbruchteil erkannte sie sein ernstes Gesicht.

Hugo Eckener traf mit der *Europa* erst einen Tag nach der Trauerfeier ein. Gemeinsam mit Charles Rosendahl sollte er die Untersuchungskommission leiten, er die deutsche, Rosendahl die amerikanische. Zusammen wollten sie aufklären, was die Katastrophe ausgelöst hatte. Alles sprach für einen Sabotageakt, fanden sie.

Abends, an Rosendahls Esstisch, unterhielten sie sich über ihre gemeinsamen Abenteuer. Wie sie sich 1924 kennengelernt hatten, damals, bei der ersten Atlantiküberquerung in einem Zeppelin, der später *Los Angeles* heißen sollte. Und sie erinnerten einander an ihre gemeinsame Fahrt um die Welt.

Um zu verstehen, wie die Ankunft der *Hindenburg* in Lakehurst abgelaufen war, ließ sich Hugo Eckener eine Schellackplatte kommen, auf der die Worte des Journalisten Herbert Morrison zu hören waren. Die Worte brannten in seinen Ohren, aber er saß stundenlang da und hörte sich die Beobachtungen des Radiomannes wieder und wieder an, bis das Gesprochene irgendwann undeutlich wurde. Eckener ließ eine neue Nadel für das Grammophon kommen, hockte sich vor das Gerät und wechselte sie aus.

Christian trat am 19. Mai 1937 vor den Untersuchungsausschuss. Die Befragung fand in einem kargen, fast schäbigen Raum statt, er erinnerte Christian an sein altes Klassenzimmer. An der Stirnseite hatte jemand eine Flagge der Vereinigten Staaten gehisst, an der Seite hing eine Tafel. Eine Reihe von Männern blickte ihm entgegen. Im hinteren Teil saßen die Journalisten. Christian musste sich nicht umdrehen. Er spürte Lils Gegenwart blind.

Hugo Eckener saß so, dass die Sonnenstrahlen, die durch das Fenster drangen, sein Gesicht beschienen. Als er Christian sah, nickte er ihm kaum merklich zu, so als wolle er ihm sagen: «Du hast nichts zu verbergen, sag ihnen einfach nur, was geschehen ist.»

Christian musste schwören, dass er die Wahrheit sagen würde. Ein älterer Mann in grauem Anzug und mit runder Brille, der sich als South Trimble, Vorsitzender des Untersuchungsausschusses, vorstellte, bat ihn, seinen Namen und seine Adresse zu nennen. Das Klackern der Schreibmaschine erfüllte den Raum.

«Sie waren ein Mitglied der *Hindenburg*-Mannschaft am 6. Mai?», fragte Mr. Trimble.

«Ja, Sir.»

«Was war Ihre Aufgabe?»

«Ich gehöre zur Mannschaft des *Graf Zeppelin*, und ich habe diese Reise zu Beobachtungszwecken unternommen.» Christian fühlte, wie sein Herz klopfte. Er wusste nicht, ob es daran lag, dass er sich wie in seinem alten Schulzimmer fühlte, wie ein kleiner, verletzlicher Junge. Oder daran, dass er wusste, dass Lil nur wenige Meter hinter ihm saß.

«Wo waren Sie zum Zeitpunkt des Unfalls?»

«Im Navigationsraum.»

«Erzählen Sie uns bitte, was Sie sahen, was Sie hörten und was Sie fühlten kurz vor und während des Unfalls.»

«Mein Kollege Boëtius wurde von Kapitän Sammt ans Höhenruder gerufen. Zu diesem Zeitpunkt hatte Boëtius bereits das Signal zur Landung gegeben. Boëtius ging ans Höhenruder, und dann habe ich erneut das Signal zur Landung gegeben. Es geschah vielleicht zwei oder drei Minuten nach dem ersten Signal. Zwischen dem Landesignal und dem Moment, in dem sich der Unfall ereignete, wurde mehrmals Gas gezogen. Als die Landeseile fielen, habe ich beobachtet, wie die Landemannschaft die Seile an der Winsch befestigte. Außerdem habe ich beobachtet, dass ein leichter Wind das Schiff in Richtung Steuerbord schob, aber ich kann nicht sagen, ob sich das gesamte Schiff bewegte oder nur der vordere Teil. Dann spürte ich einen gewaltigen Ruck, der mich gegen die Rückenwand des Navigationsraumes warf. Zuerst glaubte ich, dass das Halteseil losgerissen war, aber dann wurde mir schnell klar, dass für diese Art der Vibration der Schock zu groß war. Wie ich bereits sagte, konnte ich nicht ganz nach achtern sehen, aber als ich mich umdrehte, sah ich ein riesiges Flammenmeer.»

Christian schluckte. Er spürte, wie er erneut zu zittern begann. Dreizehn Tage war es her, dass die *Hindenburg* verbrannt war. Dreizehn Tage, in denen er immer wieder die Bilder vor sich sah. Sein Herz klopfte schneller, und in seinen Ohren begann es zu rauschen. Mr. Trimble stellte ihm eine weitere Frage, aber Christian konnte ihn nicht hören. So als hätte jemand im Raum den Ton abgestellt. Und dann geschah etwas Merkwürdiges. Er hatte auf einmal das Gefühl, der Unfall wäre nicht ihm passiert, sondern jemand Fremdem. Sein Herz klopfte langsamer. Er wurde ganz ruhig. Und jetzt konnte er erzählen, was danach passiert war. Und wie er dann gesprungen war.

Er hörte sich Sätze sprechen wie: «Ich habe etwas vergessen. Ich möchte zunächst einmal etwas sagen. Ich erinnere mich.» Und dann musste er das Bild beschreiben. Das Bild, das ihn verfolgte, seit dreizehn Tagen und Nächten schon. Ein Mädchen an einem geborstenen Fenster mit brennenden Kleidern und Haaren. Wie sie das Mädchen aus dem Feuer retteten und wie sie dann auf ihre Kleider schlugen, um die Flammen zu löschen, immer und immer wieder. Wie das Mädchen dabei schrie.

«Sagen Sie uns bitte, ob sie den Widerschein der Flammen an Steuerbord gesehen haben, nachdem Sie den Ruck fühlten.» Mr. Trimble musste seine Frage wiederholen, weil Christian sie nicht verstand.

«Da war kein Widerschein», sagte er endlich. «Ich habe das Feuer direkt gesehen.»

«Und in welchem Teil des Schiffes war das Feuer?»

«Meiner Erinnerung nach im hinteren Mittelteil.»

«Haben Sie während dieser Reise etwas Ungewöhnliches an Bord gehört oder festgestellt?»

«Nein, Sir.»

«Hatten Sie während des Unfalls irgendeine Ahnung, was den Unfall ausgelöst haben könnte?»

«Mir war nicht klar, wie so etwas passieren konnte.»

«Hatten Sie seither eine Idee, was den Unfallhergang betrifft?»

«Ich habe sehr viel darüber nachgedacht, aber ich bin zu keinem Schluss gekommen.»

«In Ordnung, vielen Dank, Mr. Nielsen. Das war alles.»

Christian drehte sich zu Lil um, aber sie sah ihn nicht. Sie hatte den Kopf über ihr Heft gesenkt und schrieb.

Es war Amy, Lils Freundin, die er in Rio kennengelernt hatte, die das Telefongespräch annahm. Lil hatte ihm stolz erzählt, dass sie jetzt einen Apparat besitze, und er hatte den Zettel mit der Nummer auswendig gelernt. Am nächsten Tag würde er mit der *Bremen* nach Deutschland zurückfahren. Aber er konnte nicht anders, er musste Lil noch einmal sehen.

Amy klang ein bisschen wie Lil, nur dass sie ein breiteres

Amerikanisch sprach, und sie unterbrach sich immer wieder, um ein Kind zurechtzuweisen, das im Hintergrund tobte. Lil sei in der Zeitungsredaktion, erklärte Amy, aber sie könne ihr eine Nachricht bestellen.

«Ich fahre heute Abend nach Manhattan», sagte Christian.

«Zum allerletzten Mal, Joana, wenn du nicht aufhörst, bringe ich dich noch heute zu *Zia Serena* nach Brooklyn! O heilige Madonna und Jesus!» Das Schreien im Hintergrund verstummte. «Hallo?», brüllte sie jetzt in den Hörer. «Bist du noch da?»

«Ich bin heute Abend um sieben Uhr im Hotel Pennsylvania», sagte Christian. «Kannst du das Lil bitte ausrichten?»

Das Geschrei begann von neuem. «Mache ich!», brüllte Amy über den Lärm hinweg.

Sie trafen gleichzeitig vor dem säulenverzierten Hoteleingang ein. Lil trug ein rotes Kleid, und ihre Absätze klapperten, als sie ihm entgegenrannte. Und wieder flogen sie einander in die Arme, als wäre nichts passiert. Er umschlang ihre Taille, hob sie in die Höhe und wirbelte sie herum. Sie sagten kein Wort, sahen sich nur in die Augen. Strahlten sich an.

«Ich möchte dich zum Essen ausführen», sagte er endlich.

«Ich weiß nicht, ob die Restaurants angekokelte Fünf-Mark-Stücke annehmen», scherzte sie.

Christian rauchte eine imaginäre Zigarre und sprach mit tiefer Stimme. «Keine Sorge. Ich habe echtes Geld.»

Sie schlenderten die 7. Avenue hinauf. Noch immer riefen Zeitungsjungen die neuesten Schlagzeilen zum *Hindenburg*-Unglück aus. «Sabotage ausgeschlossen! Ein Funke war schuld!»

«Ich habe gehört, dass sich die Überlebenden morgen nach Deutschland einschiffen.» Lils Stimme klang gleichmütig. Sie sah ihn nicht an.

Christian blieb stehen. «Das ist richtig», sagte er leise. «Ich fahre morgen zurück.»

«Wird das jemals aufhören?» Lil wirbelte zu ihm herum und ballte die Fäuste. «Dieses verdammte Abschiednehmen – hören wir jemals damit auf?»

Er spürte, wie ihm die Kehle eng wurde.

«Sag mir, ob wir eines Tages damit aufhören, Christian!»

Zu seiner Überraschung bemerkte er, dass sie weinte. «Ja», sagte er und schluckte. «Das glaube ich ganz fest.»

Sie suchten sich ein kleines koreanisches Lokal in der 32. Straße im Textildistrikt aus. Christian war der einzige Blonde im Raum.

«Ich verstehe kein Wort», kicherte Lil und starrte auf die Speisetafel, die mit koreanischen Zeichen beschriftet war. Das Schwarz, das sie sich auf die Augen geschminkt hatte, war ein bisschen verschmiert.

«Alles andere hätte mir Rätsel aufgegeben!» Christian lächelte, beugte sich zu ihr und küsste sie vorsichtig auf die Haut unter ihren Augen.

Lil staunte. «Du hast schwarze Lippen!»

«Das ist schön», sagte Christian. «Dann sind wir jetzt beide etwas schwarz im Gesicht.»

Sie folgten der Empfehlung einer Kellnerin und aßen wenig später Dinge, von denen sie weder wussten, wie sie hießen, noch, was es war. Die Speise war merkwürdig weich – weiße Inseln in einem Meer aus roter Soße.

«Das bestelle ich mir noch mal, wenn ich keine Zähne mehr habe», lachte Lil. «In fünfzig Jahren oder so.»

«Ich vermute, es ist …» Christian versuchte, das englische Wort für Quallengelee zu finden, allerdings vergeblich. «Weißt du, diese Tiere, die im Meer so machen.» Er ahmte die pulsierenden Fäden von Quallen nach.

«Fische mit einer Ballettausbildung?», lachte Lil.

Auch der Nachtisch gab ihnen eine Denkaufgabe auf. Die Kellnerin stellte zwei Schalen mit einer roten Flüssigkeit vor ihnen ab.

«In Japan habe ich gesehen, dass man sich mit der Flüssigkeit in solchen Schalen die Hände wäscht», sagte Christian. «Aber hier bin ich mir nicht sicher.»

Lil blickte an der langen Tafel hinab, an der eine koreanische Familie saß. «Wir beobachten einfach, was die mit ihren Schalen machen, und dann machen wir es auch.»

Christian nahm ihre Hände. «Oder wir gehen jetzt ins Hotel.»

«Was glaubst du, woran es lag, dass die *Hindenburg* explodiert ist?», fragte Lil in die Dunkelheit ihres Zimmers im 12. Stock. Sie hatten die Vorhänge nicht zugezogen. Das glitzernde Manhattan breitete sich vor ihnen aus.

«Ich habe keine Ahnung.» Er rückte dichter an sie heran. «Kapitän Wittemann ist immer noch davon überzeugt, dass es sich um Sabotage handelt. Aber er darf das nicht laut sagen, weil es die Spannungen zwischen unseren Ländern verschärfen würde. Allerdings gibt es etwas, das für die Bombentheorie sprechen würde: Teile des Luftschiffs sind weit von der Absturzstelle entfernt gefunden worden. Als wären sie durch eine Explosion dorthin geschleudert worden.»

«Sie verdächtigen Ben Dova, oder? Ich meine, Joseph Späh?»

«Den Artisten? Ja, irgendjemand hat den Verdacht geäußert. Weil er einmal allein durchs Luftschiff gelaufen ist, um nach seinem Hund zu sehen. Aber das ist vollkommener Unsinn, wenn du mich fragst. Späh hatte gar nicht vor, mit der *Hindenburg* zu fahren. Es blieb ihm nur nichts anderes übrig, nachdem er die Abfahrt seines Schiffs verpasst hatte, und um ein Haar wäre ihm auch die *Hindenburg* vor der Nase weggefahren. Das habe ich selbst gesehen.»

Lil legte ihren Kopf auf seine Brust. Er streichelte ihre Haare, ihre Wange, ihren Hals.

«Lil», sagte er nach einigen Minuten.

«Ja.»

«Ich habe in der Nacht, in der die *Hindenburg* explodiert ist, gesehen, wie eine Familie auseinandergerissen wurde.» Er holte tief Luft. «Meine Familie lebt noch. Meine Frau und mein Sohn, meine ich. Ich habe begriffen …» Er suchte einen Moment lang nach Worten und fand sie endlich: «Ich habe begriffen, was für ein Geschenk das ist.»

«Wir werden uns nicht mehr wiedersehen, oder?», fragte sie leise.

«Doch», wisperte Christian. «Wir werden uns immer wiedersehen. Du gehörst zu meinem Leben. Ich möchte ohne dich nicht sein. Und ich werde dir schreiben. Und vielleicht schreibst du mir auch.» Er hörte keinen Laut von Lil, aber er spürte an den Bewegungen ihres Körpers, dass sie weinte. «Lass uns abwarten, bis mein Sohn größer ist», sagte Christian. «Natürlich kann ich nicht von dir verlangen, dass du auf mich wartest. Aber ich würde mir so sehr wünschen, dass wir uns wiederfinden, Lil.»

In der Dunkelheit tastete ihre Hand nach seinem Haar.

«Erinnerst du dich daran, was wir in Rio verabredet haben?», fragte Christian leise. «Wenn irgendetwas passieren sollte. Wenn du eines Tages nichts mehr von mir hören solltest. Oder ich von dir.» Er holte tief Luft. «Dann finden wir uns an unserem Strand auf Oahu wieder.»

Lil versuchte, ein Lächeln in ihre Stimme zu legen. «Ja, Christian. Das tun wir. Wir finden uns an unserem Strand.»

27

Rink hauchte eine Wolke an die Scheibe. Dann nahm er seinen Spielzeug-Zeppelin und fuhr damit vor der Wolke herum.

«Bist du aufgeregt?», fragte Maria.

Christian betrachtete ihr Gesicht, das etwas breiter geworden war, und gleichzeitig bemerkte er die Gebäude, die hinter ihr am Fenster vorbeizogen, das Hotel Adlon, feine Geschäfte, ein Café.

«Brummm», machte der Kleine und steuerte seinen Zeppelin mit Daumen und Zeigefinger auf die Rückenlehne des Taxifahrers zu.

«Ich bin jedenfalls froh, dass ihr mitgekommen seid.» Christian lächelte und nahm ihre Hand.

Von der Straße Unter den Linden bog der Fahrer in eine Seitenstraße ein. Menschen in dicken Mänteln hasteten über die Gehwege. Der Schnee, der über Weihnachten gefallen war, lag in schmutzigen kleinen Haufen herum, aber an diesem 23. Januar 1939 waren die Temperaturen schon über den Gefrierpunkt geklettert. Trotzdem kam ihm Berlin schrecklich kalt vor. Viel kälter als Friedrichshafen, dachte Christian. Das Taxi hielt an einer Ampel. Vor einer Kohlenhandlung wartete eine Schlange von Frauen, mit Eimern und Körben ausgerüstet. Dann bog das Taxi in eine breitere Straße ein.

Das Reichsluftfahrtministerium erkannte Christian schon

von weitem. Es war ein imposanter Neubau mit langen, schmalen Fenstern, an denen Hakenkreuzfahnen gehisst waren. Schwarz gekleidete Wachsoldaten mit geschultertem Gewehr marschierten davor. Er bezahlte den Fahrer und half Maria und Rink auf die Straße.

Es war ein merkwürdiges Gefühl, die alten Kollegen wiederzusehen. Ein Steward und ein Zweiter Offizier von der *Hindenburg* waren schon versammelt. Sie drückten einander die Hände, erkundigten sich freundlich nach dem Wohlbefinden. Jetzt trat auch Steuermann Helmut Lau auf ihn zu. Sturmführer der ss, dachte Christian. Das war er zumindest damals gewesen. Wer weiß, welchen Rang er jetzt bekleidete. Er war im hinteren Teil der *Hindenburg* gewesen, dichter am Feuer als die meisten anderen.

«Die Rettungsmedaille am Bande», strahlte Lau. «Verliehen durch den Führer und Reichskanzler! Was für eine Auszeichnung!»

Christian nickte. Er meinte, seinen Sohn zu hören, der mit Maria im Vorzimmer des Generals der Flakartillerie wartete. Ja, sie hatten Leben gerettet. Das Mädchen war trotzdem an ihren Brandwunden gestorben. Er hatte alles versucht. Es hatte nicht gereicht. «Wo ist denn der Kollege Boëtius?», wollte er wissen. «Er wurde doch ebenfalls ausgezeichnet.»

Lau hob die Schultern. «Ist mit einem Walfänger unterwegs.»

«Schade», sagte Christian. Er hatte zwar gewusst, dass Boëtius die Zeppelin-Fahrerei aufgegeben hatte, dennoch hatte er gehofft, ihn in Berlin zu sehen.

Über einen langen Flur wurden sie in einen Saal geleitet, in dem ein gigantisches Bild des Reichsministers der Luftfahrt Hermann Göring hing. General der Flakartillerie Günther Rüdel begrüßte sie mit festem Händedruck.

«Der Herr Reichsminister der Luftfahrt», begann er seine

Ansprache, «hat beschlossen, Ihnen aufgrund Ihres todesverachtenden Verhaltens die Rettungsmedaille am Bande zu verleihen. Ich beglückwünsche Sie zu dieser hohen Auszeichnung. Gerade in einer Zeit, in der die Lage der Luftschifffahrt schwierig geworden ist, stelle ich mit Freude den guten Geist fest, der auch auf diesem Gebiet der Luftfahrt herrscht.»

Sie erhielten zwei Abzeichen. Eines, das sie sich in das Knopfloch ihres Jacketts stecken konnten, und dann die Medaille an dem gelb-weiß gestreiften Band. *Für Rettung aus Gefahr* war in die Münze eingeprägt, mit Eichenlaub umkränzte Worte.

Und dann traf Christian doch noch auf einen weiteren alten Bekannten. Auf dem Rückweg über den langen Flur ging eine Tür auf, und heraus trat der Kamerad, den er nur mit Wunden im Gesicht gekannt hatte. Die Wunden waren verheilt, aber Christian erkannte ihn an seinen schmalen Zügen und dem halb abgerissenen Ohr.

«Harro Schulze-Boysen!», entfuhr es ihm.

«Christian Nielsen!» Der Mann lächelte ihn an. Obwohl er sich äußerlich gar nicht so sehr verändert hatte seit ihrem Lehrgang in Warnemünde, schien er dennoch ein anderer Mensch geworden zu sein. Selbstbewusst und aufrecht sah er aus.

«Du arbeitest jetzt im Ministerium für Reichsluftfahrt?»

Harro nickte. «Ich bin in der Nachrichtenabteilung des Ministeriums.» Er wartete, bis sich die anderen ein paar Schritte entfernt hatten, dann beugte er sich vor und fragte leise: «Und, Christian? Immer noch kein Mitglied der Partei?»

«Immer noch nicht», sagte Christian fest.

Harro lächelte, und später musste Christian an diesen Gesichtsausdruck zurückdenken. Es erinnerte ihn an die Art, wie Maria manchmal lächelte, wenn sie zwischen Fröhlichkeit und Spott schwankte. «Ich mag dich, Christian.»

Christian wusste nicht, was er darauf entgegnen sollte. Er verabschiedete sich rasch und ging weiter in Richtung Vorzimmer des Generals. Dort stand ein Mann mit so vielen Abzeichen, Orden und Medaillen an seinem Anzug, dass es nur so blitzte.

«Von mir auch die herzlichsten Glückwünsche zu Ihrer Auszeichnung», sagte er an Christian gewandt. «Den Sylter aus der *Hindenburg*-Besatzung wollte ich doch gern einmal persönlich kennenlernen. Ich liebe Sylt!»

«Ich danke Ihnen, Herr Minister.»

Hermann Göring beugte sich zu dem kleinen Rink hinunter und nahm ihm den Zeppelin aus der Hand. «Wenn du ein guter deutscher Junge sein willst», sagte er, «dann spiel lieber damit.» Er reichte dem Kind ein kleines Flugzeug. «Das ist die Zukunft. Zeppeline brauchen wir nicht mehr.»

★★★

Es war ein klarer Septembermorgen, als Julius Forstmann das Radio einschaltete. Auf dem Rasen vor seinem Anwesen lag Frühnebel, und die Sonne malte hellrote Streifen in den Himmel. Im Central Park waren die Baumwipfel noch vollkommen grün. Forstmann stellte das Radio lauter, obwohl er wusste, dass seine Frau das nicht mochte. Aber sein Gehör war in den letzten Jahren ein bisschen schlechter geworden, und das, was Kommentator H. V. Kaltenborn da sagte, klang wichtig. Er musste jedes Wort verstehen.

Zu seiner Überraschung sendete das Radio auf einmal Deutsch. Es war die Stimme Adolf Hitlers. Der Reichskanzler erklärte, dass polnische Soldaten immer wieder Deutsche angriffen. Und dann plötzlich, erregt: «Seit fünf Uhr fünfundvierzig wird jetzt zurückgeschossen!»

«Sieg Heil!», brüllten Menschen im Hintergrund.

«Mach doch mal das Radio leiser!», rief seine Frau aus dem Nebenraum.

Forstmann blickte auf die Uhr. In Deutschland war es sechs Stunden später, Mittagszeit also. Seit einem halben Tag tobte in Europa ein Krieg.

In den folgenden Wochen las er täglich die Zeitungen, um alles über den Krieg des Landes herauszufinden, in dem er geboren war. Er saß dabei stets in seinem Lieblingssessel mit Blick auf den Morgennebel und die Baumwipfel im Central Park. Manchmal legte er die Zeitung beiseite und starrte an die Decke. Er dachte an Deutschland, sein geliebtes Deutschland, seine Heimat. Und er erinnerte sich an die Reise mit der *Orion* rund um die Welt.

Nicht zum Aushalten war das alles.

Deutsche Soldaten erschossen polnische Zivilisten. Ermordeten Patienten in psychiatrischen Einrichtungen. Überzogen polnische Städte mit Flächenbombardements. Am 3. September traten England und Frankreich in den Krieg. Am 25. September bombardierten 240 deutsche Flugzeuge Warschau. Die polnische Hauptstadt brannte Tag und Nacht.

Sieben Wochen lang las er über den Krieg. Er las, dass die USA beschlossen hatten, neutral zu bleiben. Und dass das Wetter verrücktspielte: Mitte Oktober fielen die Temperaturen in New York von einem Tag auf den anderen um fast 20 Grad. Am Freitag der siebten Woche, einem 27. Oktober, sah er nicht mehr, wie die Sonne aufging, sah nicht mehr die Bodennebel und die gelben Blätter im Central Park. An diesem Tag setzte sein Herz für immer aus.

***

«Mit dem Leichenwagen nach Chelmsford, Massachusetts», sagte Lil. «Ich freue mich jetzt schon auf den Gesichtsausdruck meines Chefs, wenn ich ihm diese Spesenrechnung präsentiere.»

Amy lachte. «Falls er sich beschwert, kannst du ja sagen, dass nichts im Leben umsonst ist. Nur der Tod.»

«Und der kostet das Leben», sagten sie im Chor.

«Hast du auch festgestellt, dass wir nicht mehr so fein reden, seitdem ich im Bestattungsgewerbe tätig bin?», meinte Amy, während sie in die Ortschaft hineinfuhr.

Chelmsford sah niedlich aus, fand Lil. Kleine, einstöckige Häuser standen an den Straßen, Mädchen in dicken Mänteln sprangen in einem Vorgarten Seil.

«Ich habe vor allem festgestellt, dass du Fortschritte am Steuer gemacht hast. Vermutlich hast du dir das Schicksal deiner Fracht vor Augen geführt.» Lil musste sich festhalten, als Amy über einen unbefestigten Weg rumpelte. «Übrigens haben wir noch nie fein geredet. Und du schon gar nicht.»

«Spar dir deine Beleidigungen und guck auf die Karte. Wir müssen hinter der Kirche rechts, aber dann weiß ich nicht mehr weiter.»

Es war nicht das erste Mal, dass sie Amy bei einer Sargüberführung begleitete. Bei den Fahrten sprangen immer interessante Geschichten für sie heraus. Die drei letzten hatte sie sogar an den *New Yorker* verkauft. Ihr Auftraggeber schätzte die etwas abseitigen Helden in Lils Bestattungsgeschichten. Vor allem aber hatte er nichts gegen die Kombination Tod und Humor.

Vor einem rot gestrichenen Holzhaus mit weißen Fensterläden bremste Amy. Lil blickte auf ihr Notizbuch. «Hier muss es wohl sein.»

Auf der Fußmatte lag ein Zettel, den jemand mit einem Stein

beschwert hatte: *Bin nebenan.* Lil und Amy öffneten die Gartenpforte zum Haus daneben, WALLER stand daran. Amy klingelte, und eine freundliche, ältere Dame machte die Tür auf.

«Da haben Sie aber eine lange Fahrt hinter sich», sagte sie schmunzelnd, nachdem sie sich vorgestellt hatten. «Kommen Sie doch herein. Meine Nachbarin und ich trinken gerade friesischen Teepunsch. Möchten Sie auch einen?»

Jetzt erst stellte Lil fest, dass die Frau einen leichten Akzent hatte. «Das ist sehr freundlich», sagte sie. «Ich habe schon viel über friesische Getränke und Speisen gehört.»

Drinnen in der Stube hing ein Gemälde. Es zeigte eine Dünenlandschaft, die sehr realistisch aussah. Gräser wogten im Vordergrund, dahinter brandete das Wasser grau und schwer auf den Sand.

«Meine Heimat», sagte die Frau stolz. «Die Insel Sylt.»

Lil beobachtete den bernsteinfarbenen Strahl, der aus der Kanne in ihre Tasse floss. Wie von ferne hörte sie, wie Amy sich mit der trauernden Witwe, der Nachbarin dieser Mrs. Waller unterhielt.

«Möchten Sie auch einen Schluck Köm in Ihren Tee?», fragte Mrs. Waller.

«Gern, obwohl ich leider nicht weiß, was Köm … Anni Waller?» Lil sprang so plötzlich von ihrem Platz auf, dass Mrs. Waller vor Schreck Tee auf die Tischdecke goss. *Meine Schwester Erika ist für ein Jahr zu Tante Anni nach Massachusetts gezogen*, fiel ihr plötzlich ein. Das war eine Zeile aus einem von Christians Briefen. «Sie sind … Tante Anni aus Sylt?»

Die Frau nahm einen Lappen und wischte den Fleck sauber. Dann blickte sie auf und lächelte. «Tante Anni – so hat mich schon lange keiner mehr genannt.»

Lil ergriff ihre Hände, die noch immer den Lappen hielten. «Sie sind die Tante von Christian Nielsen? Und von Erika?»

Jetzt schauten die Nachbarin und Amy neugierig zu ihnen herüber. «Das bin ich, ja. Aber woher wissen Sie ...»

«Ich bin eine Freundin von Christian», sprudelte es aus Lil hervor. «Mehr als das, ich ... Wir haben uns kennengelernt, als wir beide neunzehn Jahre alt waren. Christian und ich ... wir ...» Sie spürte plötzlich, wie ihr schwindelig wurde.

«Alles in Ordnung mit Ihnen, Liebes?», fragte Anni. Und an die Nachbarin gerichtet: «Den Köm! Schnell!» Sie schenkte Lil einen ordentlichen Schluck Schnaps in die Teetasse. «Sie sind also die andere Frau.»

Lil ließ ihre Tasse in der Luft schweben. «Die andere Frau, wie ...?»

«Meine Schwester hat mir erzählt, dass Christian unglücklich verheiratet ist. Es gibt da wohl eine andere Frau, vermutet sie.»

Lil spürte, wie sich ihre Augen mit Tränen füllten. «Seine Mutter – Ihre Schwester – sie weiß Bescheid?»

«Sie hat etwas geahnt, sagen wir mal so. Und sie hat irgendwann ein Paket aus Amerika bekommen, an ihren Sohn gerichtet; weibliche Handschrift und definitiv nicht von mir. Das Paket ist verlorengegangen, weil Per, das ist mein etwas merkwürdiger Schwager, vom Rad gefallen ist oder so etwas in der Art.» Sie schob sich eine graublonde Strähne aus der Stirn. «Das Paket wurde erst Monate später wiedergefunden. Die Geschichte hat die Runde gemacht auf Sylt.»

Lil nickte. «Das waren meine gesammelten Briefe. Wir haben uns sieben Jahre lang geschrieben, Christian und ich. Es gab ein Problem mit ... der Zustellung.» Sie hatte keine Lust, über ihre Mutter zu sprechen. Über Mama. Die jetzt wieder auf Oahu war.

«Ja, es ist nicht immer einfach, die Verbindung über einen großen Ozean hinweg aufrechtzuerhalten», seufzte Mrs. Waller. «Niemand kann das besser beurteilen als ich.» Sie sah zu ihrer Nachbarin und zu Amy hinüber. Amy war gerade dabei, sich noch etwas Köm nachzuschenken, und blickte schuldbewusst auf. «Vor allem in Zeiten wie diesen. Nehmen Sie sich ruhig noch etwas, Liebes. Ich glaube, wir vertragen alle noch einen Schluck.» Sie schenkte allen vieren Tee und Köm nach, reichte auch das Schälchen mit dem Zucker herum, und dann schaute sie Lil in die Augen. «Wann haben Sie das letzte Mal von Christian gehört, Liebes?»

«Seinen letzten Brief habe ich vor einem Jahr und vier Monaten erhalten. Im August 1939. Kurz vor Kriegsausbruch.» Und dann stellte sie die Frage, die sie seither umtrieb. «Wo ist Christian jetzt?»

Anni Waller seufzte. «Er ist als Flieger eingezogen worden. Nach Frankreich. Ich nehme an, dass er Schwierigkeiten hat, Ihnen in die USA zu schreiben. Aber das mit Frankreich hat mir meine Schwester erzählt.»

Lil spürte ihr Herz klopfen. «Sie wissen nicht zufällig, wo genau in Frankreich?»

«Einen Moment, bitte.» Anni Waller erhob sich und ging zu einem Schreibtisch hinüber. Sie zog eine Schublade auf. «Hier steht es, im Brief meiner Schwester: Er ist bei einer Küstenfliegergruppe in Hourtin. In der Nähe von Bordeaux.»

«Wie kann er das nur tun?», weinte Lil, nachdem sie die Urne abgeliefert hatten und wieder in ihren Wagen gestiegen waren. «Wie kann er nur für die deutsche Luftwaffe fliegen? Weiß er denn nicht, was deutsche Flugzeuge anrichten?»

Amy beugte sich zu ihr hinüber und nahm sie in den Arm. «Vielleicht hatte er keine andere Wahl.»

«Man hat immer eine Wahl.» Lils Atem gerann zu einer weißen Wolke. «Immer! Er hätte in die USA kommen können!

So wie wir es geplant hatten! Oder er hätte … desertieren können!»

«Und riskieren, dass sie ihn als Deserteur erschießen?», fragte Amy.

Lil zog ihren Mantel enger um sich. Es war kalt im Wagen. Minutenlang sagte keine von ihnen ein Wort.

«Ich verstehe dich nicht», durchbrach Amy endlich die Stille. «Du hast gesagt, dass du über ihn hinweg bist. Dass er zu seiner Familie zurückgekehrt ist und dass es das jetzt für dich war.»

«Tja, das sind eben manchmal zweierlei Dinge.» Lil ballte die Fäuste. «Was man sagt und was man fühlt.»

«Wie lange hast du ihn jetzt schon nicht mehr gesehen? Drei Jahre?»

«Na, und? Wir haben uns auch schon mal sieben Jahre lang nicht gesehen!»

«Darling, hör zu, ich verstehe, dass du jetzt sehr aufgewühlt bist. Und dann noch der ganze Köm. Aber du solltest ihn vergessen. Wirklich. Er ist Deutscher! Vergiss den Mann.»

Die Wut füllte ihren Kopf aus, bis kein Gedanke mehr Platz hatte. Nichts existierte mehr in diesem Wutmoment, wie sie ihn schon so lang nicht mehr gehabt hatte. «Fängst du jetzt auch noch an wie meine Mutter?», rief sie irgendwann.

Amy starrte sie ein paar Sekunden lang an, dann startete sie den Wagen.

«Entschuldige bitte», sagte Lil, nachdem Chelmsford nur noch ein Kirchturm im Rückspiegel war. «Das meinte ich eben nicht so.»

«Gut, dass du wieder zu Sinnen gekommen bist.»

Lil blickte aus dem Fenster in den grauen Himmel. «Ich werde nach Frankreich fahren.»

Amy stoppte den Wagen so plötzlich, dass sie beide vornüberkippten.

«Ich muss es tun», sagte Lil, bevor Amy den Mund öffnen konnte. «Ich muss es zumindest versuchen! Wenn ich es nicht tue … und wenn ich erfahre, dass er im Krieg gefallen ist … Ich würde es mir mein Leben lang vorwerfen, dass ich es nicht noch einmal versucht habe! Er kann nicht zu mir, das weiß ich, aber ich kann zu ihm!»

«Nein, das kannst du nicht!» Amy schlug mit der flachen Hand auf das Lenkrad. «Du kannst nicht nach Frankreich! Der Atlantik ist voll mit deutschen U-Booten! Was, wenn du umkommst bei dem Versuch, ihn wiederzusehen? Ist es das wert?»

Lil blickte in die kahlen Bäume. «Ich würde es mir sonst mein Leben lang vorwerfen», wiederholte sie.

28

Hourtin, am 31. 12. 1940

Meine liebe Mutter!

Für deinen lieben Brief, den ich kurz vor Weihnachten erhielt, und für die Päckchen, die auch rechtzeitig ankamen, danke ich dir herzlich, Mutter. Ich freue mich, dass es dir gutgeht und dass du dich bei Erika und ihrem Mann wohl gefühlt hast.

Christian hob den Kopf in seinem Arbeitszimmer auf dem Gefechtsstand und lauschte in die Dunkelheit. Es war schwer, sich die kleine Schwester als verheiratete Frau und werdende Mutter vorzustellen, nahezu unmöglich eigentlich. Er sah sie noch genau vor sich, damals am Strand, als sie die Buntmenschen beobachtet hatten, in jenem Sommer, in dem aus ihrem Gesicht die Kindheit schwand.

Wie Erika und Hugo sich wohl gefreut haben, dass du das Weihnachtsfest mit ihnen gefeiert hast. Ob du auch über Neujahr bei ihnen bleiben wirst? Ich möchte es gern annehmen.

Wieder hob er den Kopf und lauschte. Er meinte Schritte im Gefechtsstand zu hören, weibliche Schritte, aber das konnte ja nicht sein. Und dann war ihm plötzlich, als stünde die Mutter vor ihm. Er sah ihre blauen Augen und das immer noch hübsche Gesicht. Er meinte ihren Duft zu riechen, diese Mischung aus frischem Wind und Apfelkuchen. Und dann hörte er ihre Stimme, hörte den lieben, friesischen Klang. Wie sollte er nur das, was er empfand, in Worte fassen? Er legte sein Gesicht in beide Hände. Dann stützte er den Kopf in die linke Hand. Er stellte sich vor, wie sie das kleine Weihnachtspaket für ihn geschnürt hatte. Ausgerechnet Schokoladenkekse. Sie hatte daran gedacht, wie sehr er Schokolade mochte, aber bei der Luftwaffe bekam er als Leutnant doch sowieso Schokolade. Sie hätte die Kekse für sich selbst behalten sollen!

Die Kekse mit Schokolade schmeckten mir sehr gut. Ich will hoffen, dass du auch meine Päckchen rechtzeitig erhalten hast.

Auf einmal fiel ihm ein, wie sie ihn seit seiner Hochzeit manchmal ansah. So, als wolle sie ihn fragen, ob es ihm auch gutgehe, ob er seine Wahl auch nicht bereue, und dann las sie in seinem Gesicht, wie es nur eine Mutter kann, die ihr Kind sehr liebt, las, wie es um ihn stand. Aber es hatte sich etwas zwischen Mietsch und ihm verändert seit der *Hindenburg*-Katastrophe. Seit er zum zweiten Mal dem Tod entkommen war.

Das Weihnachtsfest habe ich mit der Kompanie gefeiert. Es war ganz nett, aber ich war innerlich auch sehr einsam und hatte große Sehnsucht nach meiner kleinen Familie. Wie enttäuscht werden wohl auch Mietsch und Rink gewesen sein. Hoffentlich ist nun Rinks sehnlichster Weihnachtswunsch in Erfüllung gegangen, sonst wird seine gute Meinung vom Weihnachtsmann wohl einen Knacks kriegen!

Wieder legte Christian sein Gesicht in beide Hände. Das war doch mehr, als man ertragen konnte, der Wunsch, sein eigenes Kind zu sehen.

Heute feiert nun alle Welt Silvester. Auch bei uns ist allerhand für den Abend vorbereitet. Ich aber habe bis morgen Mittag Wache und sitze allein auf unserem Gefechtsstand. Es ist mir ganz lieb, denn so habe ich Muße, dir zu schreiben. Ich habe mir eine Flasche Sekt kommen lassen, die werde ich um 24 Uhr ganz allein trinken und in Gedanken mit euch feiern, Mutter. Es ist gleich 22 Uhr, und im Radio spielt gerade Barnabas von Geczy. Ich werde auch noch an Maria schreiben, und dann wird wohl der große Augenblick gekommen sein. Hoffen wir alle, dass uns das nächste Jahr den ersehnten Frieden bringen und uns gesund heimkehren lassen möge. – Nun, meine liebe Mutter, wünsche ich dir im neuen Jahre alles Glück und vor allen Dingen Gesundheit.

Dein dankbarer Christian.

Der Himmel war ganz klar am 25. Januar 1941. Auf dem Lac d'Hourtin kräuselten sich schwach die Wellen. Ideale Startbedingungen für die Heinkel 115. Sie schaukelte sacht auf ihren Schwimmern, und die Morgensonne tauchte ihre Flügel in ein gelbes Licht.

Es waren Momente wie dieser, in denen Christian vergaß, dass er für einen Krieg flog. Er dachte an Lil, an die Blumen, die sie auf Oahu im Haar trug, und daran, wie sie ihn immer zum Lachen gebracht hatte, und jetzt musste er selbst lachen. Der Atem war ganz weiß vor seinem Mund.

Sein Bordmechaniker machte eine Bemerkung über die Kälte, und Christian stimmte ihm zu. Die beiden Bodenwarte am Steg bedeuteten ihnen, dass die Maschine jetzt klar wäre für den Abflug. Christian setzte sich ans Steuer. 960 PS röhrten auf. Einer der Bodenwarte gab ihm ein Handzeichen, das Christian erwiderte. Er drehte die Heinkel langsam über den See, bis er die Startposition erreicht hatte. Dann schob er den Gashebel nach vorn.

Er verspürte keine Angst, als er in den Himmel aufstieg.
Er würde nicht sterben.
Nicht er.

★★★

Margarete Nielsen erhielt den Brief, den ihr Sohn ihr zu Silvester geschrieben hatte, gleichzeitig mit der Nachricht von seinem Tod.

BESCHEINIGUNG.
Nach den hier vorliegenden dienstlichen Meldungen ist
Dienstgrad: <u>Leutnant d.B.</u>
Vor- und Zuname: <u>Christian Nielsen</u>
Geburtstag und -ort: <u>28. 4. 1910 in Westerland (Sylt)</u>
Truppenteil: <u>1. Küstenfliegergruppe 106</u>
am 25. Januar 1941 über See Planquadrat 45° N 10° 20 W
auf Feindflug gefallen.
Wehrmachtsauskunftstelle Büro I / f gez. Unterschrift.

Margarethe las noch einmal den Brief ihres Sohnes. Las wieder die Bescheinigung. Las beides immer abwechselnd, so lang, bis ihr die Schrift vor den Augen verschwamm und sie nicht mehr verstand, wie das zusammengehörte, der Brief und die Bescheinigung. Las, bis sich alles auflöste, was sie an Hoffnung gehabt hatte, das Schöne, das in ihrem Leben gewesen war.

Draußen fiel ein eiskalter Regen. Der Himmel sah aus, als würde es nie wieder hell.

★★★

«Er ist in der Luft verschwunden, sagen Sie?» Lil starrte den deutschen Pfarrer an. «Nicht gefallen? Steht das so auch in seiner Sterbeurkunde?»

«In seiner Sterbeurkunde steht: auf Feindflug gefallen. Das ist die gängige Formulierung bei Fliegern. In seinem Wehrpass hingegen habe ich die Bemerkung gefunden: Vermisst. Niemand weiß, wie er ums Leben gekommen ist. Es gibt kein Anzeichen dafür, dass sein Flugzeug abgeschossen wurde. Er ist einfach verschwunden. Ja.»

Les Sables d'Olonne. So hieß der Ort, an dem der Leichnam angespült worden war. Der Leichnam, der Christians Dienstmarke trug. Lil spürte, wie ihr der Novemberwind ins Gesicht blies. Eisgrau und dunkel türmten sich die Wellen in der Ferne auf, hinter den Häusern, am Ende der Straße, da wo jetzt das Hakenkreuzauto entlangfuhr und Männer in deutschen Uniformen marschierten. Ein Zittern durchfuhr sie. Acht Monate hatte sie gebraucht, um diese Reise überhaupt antreten zu können. Mit einem normalen Visum hatte sie nicht in den besetzten Teil Frankreichs einreisen dürfen, darum hatte sie sich um eine Akkreditierung als Kriegskorrespondentin bemüht. Das hatte sie zwei weitere Monate Zeit gekostet. Dabei war sie längst nicht mehr die einzige Journalistin an der Front. Lady Grace Drummond-Hay, die Frau, die zwölf Jahre zuvor die Welt in einem Zeppelin umrundet hatte, berichtete jetzt vom Krieg in Abessinien. Andere Amerikanerinnen waren nach Berlin gereist.

Und dann, als sie endlich in Hourtin eingetroffen war, hatte ihr ein Mann im Auskunftsbüro der Deutschen gesagt, was nicht sein konnte. Und so war sie in die Vendée, nach Les Sables d'Olonne gefahren. Hier, auf dem kleinen Soldatenfriedhof, war Christian bestattet worden. Sie hatte den Kriegspfarrer aufgesucht.

Der Wind fauchte so sehr, dass sie schwankte. Seit Hourtin hatte sie nichts mehr gegessen. Sie konnte nicht mehr.

«Hat man das Flugzeug gefunden, mit dem er geflogen ist?», nahm sie das Gespräch wieder auf.

«Das Flugzeug ist ebenfalls verschwunden», sagte der Pfarrer. Das Alter hatte seine Haut gefleckt. Aber er hatte freundliche Augen, und er sprach Englisch. «Es ist denkbar, dass die Maschine unterwegs einen Propellerschaden erlitten hat und ins Meer gestürzt ist. Allerdings wurde kein Notruf abgesetzt.»

«Aber Seeaufklärer haben doch normalerweise schon Funkkontakt zur Basis, oder?»

«Nein, das ist eher die Ausnahme. Funkrufe können ja vom Feind abgehört werden. Die Flugzeugführer erhalten die Positionsdaten beim Start, und das war's dann.»

«Funken die Flugzeugführer auch dann nicht, wenn ihnen unterwegs etwas Besonderes auffällt? Oder wenn sie in Not geraten?»

«Doch, in diesen Fällen schon.»

«Wenn es aber keine Hinweise darauf gibt, dass das Flugzeug abgeschossen wurde und wir davon ausgehen müssen, dass ein Motor- oder Propellerschaden die Ursache war, dann ist es doch merkwürdig, dass die Basis keinen Notruf bekommen hat!»

Der Pfarrer überlegte. «Hören Sie, ich bin kein Flugexperte, aber es könnte auch sein, dass das Wetter eine Rolle gespielt hat. Vielleicht hat eine Fallbö die Maschine ins Meer gerissen. Es könnte alles sehr schnell gegangen sein.»

Nein, dachte Lil, ohne es laut zu sagen. Keine Fallbö. Mit einer Fallbö wäre Christian zurechtgekommen, sein alter Fluglehrer hatte ihn das gelehrt. Sie war so versunken in ihre Gedanken, dass sie nicht den weichen Boden unter ihren Schritten spürte.

«Das ist der Strand», sagte der Pfarrer. «Ich zeige Ihnen jetzt die Stelle.»

Lil wollte keine Stelle sehen. Aber sie fühlte sich zu betäubt, um sich zu wehren. Es war, als hätte jemand in ihrem Kopf eine Maschine in Gang gesetzt. Eine, die Fragen stellte und sich alles notierte und die dann eine Geschichte zusammenschrieb.

«Das Flugzeug ist vermutlich nordwestlich von La Coruña in Spanien verlorengegangen, hat mir die Dienststelle in Hourtin gesagt. Das sind siebenhundert Kilometer von hier.» Lil vermied es, auf den Strand zu gucken. Aber sie wollte auch nicht das Meer ansehen. «Wie kann es sein, dass ein Leichnam eine so lange Strecke zurücklegen kann?»

«Das ist das andere Rätsel», sagte der Pfarrer ruhig.

«Jemand, der so lange – von Januar bis April! – im Wasser treibt, den kann man doch auch gar nicht mehr identifizieren.» Lil sprach wie über jemanden, den sie nicht kannte. Erinnerte sich an Gespräche, die Amy mit Giovanni, dem Bestattungsunternehmer, geführt hatte. Tat, als ertrage sie das hier.

«Doch. Anhand von Merkmalen wie seinen Zähnen.»

«Aber hier kannte ihn doch niemand!»

«Und anhand seiner Dienstmarke natürlich.»

«Dienstmarken kann man austauschen.»

Der Pfarrer blickte sie lange an. «Das kann man, rein theoretisch betrachtet, natürlich tun.» Er beugte sich vor und flüsterte ihr ins Ohr, so leise, dass die Worte im Meeresrauschen untergingen und sie noch einmal nachfragen musste. «Haben Sie von der deutschen Widerstandsgruppe *Rote Kapelle* gehört?»

Lil verneinte. «Bezieht sich *rot* auf die politische Ausrichtung? Sind das Kommunisten?»

«Ja.» Wieder flüsterte der Pastor. «Es heißt, Christian Nielsen habe einen aus der Gruppe gekannt.»

«Entschuldigen Sie, aber das halte ich für ausgemachten Unsinn. Christian war kein Kommunist.» Sie sah ihn an. «Sie wissen eine ganze Menge über ihn. Wie ist das möglich?»

Der Pfarrer schwieg eine Weile. «Normalerweise kenne ich die Toten, die ich bestatte. Oder ich erkundige mich bei der Einheit, die hier stationiert ist. Aber die Todesumstände von Christian Nielsen haben mir Rätsel aufgegeben. Also habe ich nachgeforscht. Darüber, wie er gestorben sein könnte. Und wer er einmal war.»

Eine Gruppe Möwen flog über den Himmel, jagte kreischend über die Gischt. Lil spürte, dass ihr Gesicht nass wurde. Es hatte zu regnen begonnen.

Neben ihr klappte der Pfarrer einen Schirm auf. «Kommen Sie doch mit darunter», sagte er.

Lil bewegte sich nicht. «Die anderen Männer», sagte sie endlich. «Die mit ihm geflogen sind. Wurden die denn gefunden?»

Der Pfarrer schüttelte den Kopf. «Nein. Auch diese Männer gelten als vermisst.»

Der Soldatenfriedhof bestand aus einem Stück umzäunter Wiese. Neun hölzerne, mit weißer Farbe bemalte Kreuze standen darauf. Jemand hatte Christians Namen auf das Holz geschrieben. Vertrocknete Blumen hingen daran. Der Boden war so schlammig, dass Lil sich nicht mehr halten konnte. Die Knie sackten unter ihr weg. Sie wusste nicht, wie lange sie im Schlamm saß und weinte. Die Kälte kroch ihr unter die Haut.

Die Leute sagen, es gibt bald Krieg, hörte sie eine vergangene Lil sagen. Eine Lil, die mit ihrem Geliebten in einem Hotelbett in Rio de Janeiro lag.

Dann lass uns einen Ort vereinbaren, hörte sie Christian flüstern. *Einen Ort, an dem wir uns wiedersehen.*

Wir treffen uns an unserem Strand auf Oahu wieder.

In Ordnung.

Versprich mir, dass wir uns wiederfinden!

Ja, Liebste. Das verspreche ich dir.

Es hörte auf zu regnen. Durch die Wolken schob sich ein Sonnenstrahl. «Lassen Sie uns zurückgehen», sagte der Pfarrer freundlich. «Die Sperrstunde beginnt gleich.»

Die Leute starrten sie an, als sie durch die Straßen des kleinen Ortes gingen. Der gefleckte Kriegspfarrer und Lil voller Schlamm. Durch die Scheibe einer Brasserie konnte sie eine Gesellschaft von Deutschen in Uniformen sehen. Knöpfe blitzten durch den Rauch.

Vor ihrem Hotel bedankte sie sich bei dem Pfarrer.

«Sie haben mir sehr geholfen», sagte sie und drückte ihm die Hand.

Drinnen im Zimmer stürzte sie sich auf ihre Reiseunterlagen. Blätterte mit zitternden Händen in den Schiffslisten herum. Das Blut pochte ihr in den Schläfen. Gleich morgen früh könnte sie mit dem Zug nach Bordeaux fahren. Wenn sie sich beeilte, bekäme sie noch für denselben Tag eine Schiffspassage nach New York.

Wir treffen uns an unserem Strand auf Oahu wieder.

Mit der Eisenbahn von New York nach San Francisco. So viele Tage. Lil zählte mit dem Zeigefinger der rechten Hand die Finger ihrer Linken ab. Dann mit dem Schiff von San Francisco nach Hawaii.

Sie dachte an Dave, der vermutlich in diesem Moment unter dem Ingwerbaum saß. Sie dachte an ihren Vater, und wie lange sie ihn nicht mehr gesehen hatte. Und sie dachte an ihre Mutter, die geheilt war.

An unserem Strand auf Oahu.

Sie rechnete aus, dass sie mit dem Schiff am 7. Dezember 1941 in Pearl Harbor sein könnte.

Zeit, endlich wieder zu Hause zu sein.

Nachwort:
Die Geschichte hinter dem Buch

Alles fing damit an, dass mir meine Eltern Filmaufnahmen zeigten. Feuer lodert aus einem Zeppelin, Menschen schreien, Körper stürzen zu Boden. Dann eine Männerstimme: «It burst into flames, and it's falling, it's crashing!» Mein Vater hielt den Film an und zeigte auf einen Punkt: «Das. Das ist dein Großvater.» Ich war damals zehn Jahre alt.

Ich habe mehrere Jahrzehnte gebraucht, um zu begreifen, was meinem Sylter Großvater Christian Nielsen, Navigator auf dem Zeppelin *Hindenburg*, passiert war. Und was vorher geschehen war.

Als Teenager und junge Erwachsene las ich die vielen wunderschön gebundenen Bücher, die er besessen und in die er vorne seinen Namen eingetragen hatte. Immer wieder fragte ich mich dabei: Wer war dieser Christian Nielsen? Die Bilder in unseren Fotoalben zeigen einen jungen Mann, der viel lacht und immerzu von anderen Menschen umringt zu sein scheint. Der aber auch ernst und entschlossen aussehen kann. Aber nie war er für mich mehr als nur ein schwarz-weißes Bild in einem Album, ein Schriftzug in einem Buch.

Eines Tages traf mein Vater zufällig einen Zeppelin-Kollegen meines Großvaters. Und der erzählte ihm etwas, das uns alle überraschte: Mein Großvater hatte ihm auf der letzten

Fahrt der *Hindenburg* anvertraut, dass er sich scheiden lassen wolle. Plötzlich war es, als ob das Bild von meinem Großvater zum Leben erwache. Als mein Vater mir dann auch noch Christian Nielsens Tagebuch und seinen letzten Brief zu lesen gab, war ich wie im Fieber – was für ein Mensch, was für ein Leben! Aber natürlich dachte ich auch darüber nach, ob mein Großvater, der ja eine Fliegerausbildung hatte, nicht auch Nationalsozialist gewesen sein musste. Seine Geschichte war aufregend, ein echter Romanstoff, aber erst musste ich Gewissheit haben. Man kann sich meine Erleichterung vorstellen, als ich den Nachweis erhielt, dass mein Großvater keiner nationalsozialistischen Organisation angehört hatte.

Nun ließ mir seine Geschichte erst recht keine Ruhe mehr. Vor sieben Jahren schrieb ich dann an den amerikanischen Zeppelin-Historiker Patrick Russell, um zu erfahren, was er über meinen Großvater wusste. Er konnte mir das Protokoll über die Vernehmung von Christian Nielsen durch die US-Behörden schicken, und er stellte klar, dass mein Großvater nur durch einen Zufall auf der letzten Fahrt an Bord der *Hindenburg* gewesen war.

Mir war rasch klar, dass es nicht einfach sein würde, «Und unter uns die Welt» zu schreiben. Denn es sollte nicht nur die Geschichte meines Großvaters werden – ich wollte mit diesem Buch eine Zeit sichtbar machen, die einmalig in der Weltgeschichte ist: die Zeit zwischen den Weltkriegen. Die Zeppelin-Ära. Ich wollte die Erde von oben beschreiben – so wie sie wahrscheinlich in den zwanziger und dreißiger Jahren des vergangenen Jahrhunderts ausgesehen hat. Und ich wollte über reale Menschen und Ereignisse berichten. Alles sollte so authentisch wie möglich sein und dennoch ein Roman. Mit Ausnahme von Lil und ihrem Umfeld haben alle beschriebenen Personen tatsächlich gelebt.

Ein großer Glücksfall war, dass ich das Bordtagebuch der *Orion* ersteigern konnte – jener Yacht, mit der mein Großvater vor seiner Zeit als Luftschiffnavigator um die Welt gesegelt war. Zusammen mit dem Tagebuch meines Großvaters, seinen Briefen, Zeugnissen, den Dokumenten über seine Fahrten als Zeppelin-Offizier und den Fotos aus unserem Familienalbum war das Bild am Ende nahezu komplett.

Ich konnte mit dem Schreiben beginnen.

Dank

Mein besonderer Dank gilt dem Zeppelin-Historiker Patrick Russell, der mir mit fachkundigem Rat sieben Jahre lang zur Seite stand. Niemand hat das Leben der Menschen an Bord der *Hindenburg* auf ihrer letzten Fahrt nach Lakehurst so akribisch erforscht wie er. Wer mehr über Crew und Passagiere erfahren möchte, sollte unbedingt seine Seite facesofthehindenburg.blog spot.de besuchen. Außerdem danke ich Barbara Waibel vom Zeppelin Museum in Friedrichshafen. Als Leiterin des Museumsarchivs hat sie Bücher über den Bau von Zeppelinen und das Leben an Bord herausgegeben, die für die Recherche sehr hilfreich waren. Hervorheben möchte ich auch die hervorragende Arbeit von Andrea Jahn, die das Sylter Archiv leitet. Ohne die Kurgastlisten und die archivierten Artikel aus den Jahren 1929–1937 hätte ich nie erfahren, unter welchen Umständen sich meine Großeltern kennengelernt haben und was mein Großvater in den Tagen nach dem Absturz der Hindenburg tat. Auch dem Bundes- und Militärarchiv möchte ich für die wertvollen Auskünfte danken.

Ich danke von ganzem Herzen meinem Agenten Markus Michalek und meiner Lektorin Katharina Naumann für ihre wundervolle Arbeit.

Ein Dank, der sich kaum in Worte fassen lässt, gilt meinem Vater Rink Nielsen. Er hat nicht nur jahrzehntelang Dokumente über Christian Nielsen gesammelt, er hat sie auch hinterfragt, mir zur Verfügung gestellt, mit mir gemeinsam Ideen debattiert und wieder verworfen. Ich danke ihm für ein Leben voller Reisen, Bücher, Liebe und Humor.